ZHONGGUO XIAOSHUO
100 QIANG

中国小说100强（1978—2022）

七根孔雀羽毛

张 楚 著

北京联合出版公司
Beijing United Publishing Co., Ltd.

图书在版编目（CIP）数据

七根孔雀羽毛 / 张楚著. -- 北京 ：北京联合出版公司，2023.9
（中国小说100强）
ISBN 978-7-5596-7067-0

Ⅰ.①七… Ⅱ.①张… Ⅲ.①中篇小说－小说集－中国－当代 Ⅳ.①I247.5

中国国家版本馆CIP数据核字(2023)第118009号

七根孔雀羽毛

作　　者：张　楚
出 品 人：赵红仕
出版监制：张晓冬　范晓潮
责任编辑：徐　鹏
特约编辑：和庚方　张　颖
封面设计：武　一

北京联合出版公司出版
（北京市西城区德外大街83号楼9层　100088）
北京兴星伟业印刷有限公司印刷　新华书店经销
字数188千字　650毫米×920毫米　1/16　19.5印张
2023年9月第1版　2023年9月第1次印刷
ISBN 978-7-5596-7067-0
定价：58.00元

版权所有，侵权必究
未经书面许可，不得以任何方式转载、复制、翻印本书部分或全部内容。
本书若有质量问题，请与本公司图书销售中心联系调换。
电话：010-65868687

中国小说100强（1978—2022）丛书

编委会

丛书总策划

张　明　　著名出版人
张　英　　资深媒体人

编委主任

吴义勤　　中国作协副主席
　　　　　中国小说学会会长

编　委

吴义勤　　中国作协副主席、中国小说学会会长
宗仁发　　《作家》杂志主编
谢有顺　　中山大学教授、中国小说学会副会长
顾建平　　《小说选刊》副主编
张　英　　资深媒体人
文　欢　　作家、出版人

总　序

"中国小说100强"（1978—2022）是资深出版人张明先生和腾讯读书知名记者张英先生共同策划发起的一套大型文学丛书。他们邀请我和宗仁发、谢有顺、顾建平、文欢一起组成编委会，并特邀徐晨亮参与，经过认真研讨和多轮投票最终评定了100人的入选小说家目录。由于编委们大多都是长期在中国文学现场与中国文学一路同行的一线编辑、出版家、评论家和文学记者，可以说都是最专业的文学读者，因此，本套书对专业性的追求是理所当然的，编委们的个人趣味、审美爱好虽有不同，但对作家和文学本身的尊重、对小说艺术的尊重、对文学史和阅读史的尊重，决定了丛书编选的原则、方向和基本逻辑。

从文学史的角度来说，1978年以后开启的新时期文学是中国当代文学的黄金时代，不仅涌现了一批至今享誉世界的优秀作家，而且创造了许多脍炙人口的文学经典，并某种程度上改写了20世纪中国文学史的版图。而在中国新时期文学的经典家族中，小说和小说家无疑是艺术成就最高、影响力最大的部分。"中国小说100强"（1978—2022）就是试图将这个时期的具有经典性的小说家和中国小说的经典之作完整、系统地筛选和呈现出来，并以此构成对新时期文学史的某种回顾与重读、观察与评判。呈现在读者面前的这套丛书是对1978—2022年间中国当代小说发展历程的一次全面、系统的整体性回顾与检阅，是中国当代文学经典化的重要成果，从特定的角度集中展示了中国新时期文学在小说创作方面的巨大成就。需要说明的是，与1978—2022年新时期文学繁荣兴盛的局面相比，100位作家和100本书还远远不能涵盖中国当代小说的全貌，很多堪称经典的小说也许因为各种原因并未能进入。莫言、苏童、余华等作家本来都在编委投票评定的名单里，但因为他们已与某些出版社签下了专有出版合同，不允许其他出版社另出小说集，因而只能因不可抗原因而割爱，遗珠之憾实难避免，而且文学的审美本身也是多元的，我们的判断、评价、选择也许与有些读者的认知和判断是冲突的，但我们绝无把自己的标准强加于别人的意思。我们呈现的只是我们观察中国这个时期当代小说的一个角度、一种标准，我们坚持文学性、学术性、专业性、民间性，注重作家个体的生活体验、叙事能力和艺术功力，我们突破代际局限，老、中、青小说家都平等对待，王蒙、冯骥才、梁晓声、铁凝、阿来等名家名作蔚为大观，徐则臣、阿乙、弋舟、鲁敏、林森等新人新作也是目不暇接，我们特别关注文学的新生力量，尤其是近10年作品多次获国家大奖、市场人气爆棚的新生代小说家，我们秉持包容、开放、多元的审美立场，无论是专注用现实题材传达个人迥异驳杂人生经验、用心用情书写和表现时代精神的现实主义作家，还是执着于艺术探索和个体风格的实验性作家，在丛书里都是一视同仁。我们坚信我们是忠实于自己的艺术理想、艺术原则和艺术良心的，但我们并不认为自己的角度和标准是唯一的，我们期待并尊重各种各样的观察角度和文学判断。

当然，编选和出版"中国小说100强"（1978—2022）这套大型丛书，除了上述对文学史、小说史成就的整体呈现这一追求之外，我们还有更深远、更宏大的学术目标，那就是全力推进中国当代文学"经典化"的历程和"全民阅读·书香中国"建设。

从1949年发端的中国当代文学已经有了70多年的发展历程，但对这70多年文学的评价一直存在巨大的分歧，"极端的否定"与"极端的肯定"常常让我们看不到当代文学的真相。有人认为中国当代文学达到了前所未有的高度和水平。王蒙先生在法兰克福书展上就说：中国当代文学现在是有史以来最繁荣的时期。余秋雨、刘再复甚至认为中国当代文学的成就远远超过了现代文学。也有人极端否定中国当代文学，认为中国当代文学都是垃圾。他们认为现代文学要远远超过当代文学，中国当代文学连与现代文学比较的资格都没有。比如说，相对于鲁（迅）、郭（沫若）、茅（盾）、巴（金）、老（舍）、曹（禺）这样大师级的人物，中国当代作家都是渺小的侏儒，根本不能相提并论，两者比较就是对大师的亵渎。应该说，与对中国当代文学的肯定之声相比，对当代文学的否定和轻视显然更成气候、更为普遍也更有市场。尽管否定者各自的角度和出发点不同，但中国当代作家、作品与中外文学大师、文学经典之间不可比拟的巨大距离却是唱衰中国当代文学者的主要论据。这种判断通常沿着两个逻辑展开：一是对中外文学大师精神价值、道德价值和人格价值的夸大与拔高，对文学大师的不证自明的宗教化、神性化的崇拜。二是对文学经典的神秘化、神圣化、绝对化、空洞化的理解与阐释。在此，我们看到了一个非常有趣的悖论：当谈论经典作家和文学大师时我们总是仰视而崇拜，他们的局限我们要么视而不见要么宽容原谅，但当我们谈论身边作家和身边作品时，我们总是专注于其弱点和局限，反而对其优点视而不见。问题还不在于这种姿态本身的厚此薄彼与伦理偏见，而是这种姿态背后所蕴含的"当代虚无主义"。这种"虚无主义"的最大后果就是对当代作家作品"经典化"的阻滞，对当代文学经典化历程的阻隔与拖延。一方面，我们视当下作家作品为"无物",拒绝对其进行"经典化"的工作,另一方面又以早就完全"经典化"了的大师和经典来作为贬低当下泥沙俱下的文学现实的依据。这种不在同一个层面上的比较,不仅毫无意义,而且只能使得文学评价上的不公正以及各种偏激的怪论愈演愈烈。

其实,说中国当代文学如何不堪或如何优秀都没有说服力。关键是要进行"经典化"的工作,只有"经典化"的工作完成了才有可能比较客观地对当代的作家作品形成文学史的判断。对当代的"经典化"不是对过往经典、大师的否定,也不是对当代文学唱赞歌,而是要建立一个既立足文学史又与时俱进并与当代文学发展同步的认识评价体系和筛选体系。当然,我们也要承认,"经典化"问题是一个非常复杂的问题,并不是凭热情和冲动一下子就能完成的,但我们至少应该完成认识论上的"转变"并真正启动这样一个"过程"。

现在媒体上流行一些对于中国当代文学经典化冷嘲热讽的稀奇古怪的言论,其核心一是否定中国当代文学有经典、有大师,其二是否定批评界、学术界有关"经典化"的主张,认为在一个无经典的时代,"经典"是怎么"化"也"化"不出来的,"经典化"是一个实实在在的"伪命题"。其实,对于文学,每个人有不同的判断、不同的理解这很正常,每一种观点也都值得尊重。但是,在"经典"和"经典化"这个问题上,我却不能不说,上述观点存在对"经典"和"经典化"的双重误解,因而具有严重的误导性和危害性。

首先,就"经典"而言,否定中国当代文学早就不是什么新鲜事,对当代文学的虚无主义态度在很多人那里早已根深蒂固。我不想争论这背后的是与非,也不想分析这种观点背后的社会基础与人性基础。我只想指出,这种观点单从学理层面上看就已陷入了三个巨大误区:

第一个误区,是对经典的神圣化和神秘化的误区。很多人把经典想象为一个绝对的、神圣的、遥远的文学存在,觉得文学经典就是一个绝对的、乌托邦化的、十全十美的、所有人都喜欢的东西。这其实是为了阻隔当代文学和"经典"这个词发生关系。因为经典既然是绝对的、神圣的、乌托邦的、十全十美的,那我们今天哪一部作品会有这样的特性呢?如果回顾一下人类文学史,有这样特性的作品好像也没有。事实上,没有一部作品可以十全十美,也没有一部作品能让所有人喜欢。在这个问题上,我们应该明确的是,"经典"不是十全十美、无可挑剔的代名词,在人类文学史上似乎并不存在毫无缺点并能被任何人所认同的"经典"。因此,对每一个时代来说,"经典"并不是指那些高不可攀的神圣的、神秘的存在,只不过是那些比较优秀、能被比较多的人喜爱的作品而已。从这个意义上说,当今中国文坛谈论"经典"时那种神圣化、莫测高深的乌托邦姿态,不过是遮蔽和否定当代文学的一种不自觉的方式,他们假定了一种遥远、神秘、绝对、完美的"经典形象",并以对此一本正经的信仰、崇拜和无限拔高,建立了一整套关于中国当代文学的伦理话语体系与道德话语体系,从而充满正义感地宣判着中国当代文学的死刑。

第二个误区,是经典会自动呈现的误区。很多人会说,是金子总是会发光的。但对文学来说,文学经典的产生有着特殊性,即,它不是一个"标签",它一定是在阅读的意义上才会产生意义和价值的,也只有在阅读的意义上才能够实现价值,没有被阅读的作品没有被发现的作品就没有价值,就不会发光。而且经典的价值本身也不是固定不变的。如果一个作品的价值一开始就是固定不变的,那这个作品的价值就一定是有限的。经典一定会在不同的时代面对不同的读者呈现出完全不同的价值。这也是所谓文学永恒性的来源。也就是说,文学的永恒性不是指它的某一个意义、某一个价值的永恒,而是指它具有意义、价值的永恒再生性,它可以不断地延伸价值,可以不断地被创造、不断地被发现,这才是经典价值的根本。所以说,经典不但不会自动呈现,而且一定要在读者的阅读或者阐释、评价中才会呈现其价值。

第三个误区，是经典命名权的误区。很多人把经典的命名视为一种特殊权力。这有两个层面的问题：一，是现代人还是后代人具有命名权；二，是权威还是普通人具有命名权。说一个时代的作品是经典，是当代人说了算还是后代人说了算？从理论上来说当然是后代人说了算。我们宁愿把一切交给时间。但是，时间本身是不可信的，它不是客观的，是意识形态化的。某种意义上，时间确会消除文学的很多污染包括意识形态的污染，时间会让我们更清楚地看清模糊的、被掩盖的真相，但是时间同时也会使文学的现场感和鲜活性受到磨损与侵蚀，甚至时间本身也难逃意识形态的污染。此外，如果把一切交给时间，还有一个前提，那就是对后代的读者要有足够的信任，要相信他们能够完成对我们这个时代文学的经典化使命。但我们对后代的读者，其实是没有信心的。我们今天已经陷入了严重的阅读危机，我们怎么能寄希望后代人有更大的阅读热情呢？幻想后代的人用考古的方式对我们这个时代的文学进行经典命名，这现实吗？我不相信后人对我们身处时代"考古"式的阐释会比我们亲历的"经验"更可靠，也不相信，后人对我们身处时代文学的理解会比我们亲历者更准确。我觉得，一部被后代命名为"经典"的作品，在它所处的时代也一定会是被认可为"经典"的作品，我不相信，在当代默默无闻的作品在后代会被"考古"挖掘为"经典"。也许有人会举张爱玲、钱钟书、沈从文的例子，但我要说的是，他们的文学价值早在他们生活的时代就已被认可了，只不过很长时间由于意识形态的原因我们的文学史不谈及他们罢了。此外，在经典命名的问题上，我们还要回答的是当代作家究竟为谁写作的问题。当代作家是为同代人写作还是为后代人写作？幻想同代人不阅读、不接受的作品后代人会接受，这本身就是非常乌托邦的。更何况，当代作家所表现的经验以及对世界的认识，是当代人更能理解还是后代人更能理解？当然是当代人更能理解当代作家所表达的生活和经验，更能够产生共鸣。因此，从这个角度来说，当代人对一个时代经典的命名显然比后代人更重要。第二个层面,就是普通人、普通读者和权威的关系。理论上,我们都相信文学权威对一个时代文学经典命名的重要性,权威当然更有价值。但我们又不能够迷信文学权威。如果把一个时代文学经典的命名权仅仅交给几个权威,那也是非常危险的。这个危险表现在什么地方呢?就是几个人的错误会放大为整个时代的错误,几个人的偏见会放大为整个时代的偏见。我们有很多这样的文学史教训。在这个问题上,我们既要相信权威又不能迷信权威,我们要追求文学经典评价的民主化、民主性。对一个时代文学的判断应该是全体阅读者共同参与的民主化的过程,各种文学声音都应该能够有效地发出。这个时代的文学阅读,最理想的状态应该是一种互补性的阅读。为什么叫"互补性的阅读"?因为一个批评家再敬业,再劳动模范,一个人也读不过来所有的作品。举个例子:现在我们一年有5000部以上的长篇小说,一个批评家如果很敬业,每天在家读二十四小时,他能读多少部?一天读一部,一年也只能读三百部。但他一个人读不完,不等于我们整个时代的读者都读不完。这就需要互补性阅读。所有的读者互补性地读完所有作品。在所有作品都被阅读过的情况下,所有的声音都能发出来的情况下,各种声音的碰撞、妥协、对话,就会形成对这个时代文学比较客观、科学的判断。因此,文学的经典不是由某一个"权威"命名的,而是由一个时代所有的阅读者共同命名的,可以说,每一个阅读者都是一个命名者,他都有对经典进行命名的使命、责任和"权力"。而作为一个文学研究者或一个文学出版者,参与当代文学的进程,参与当代文学经典的筛选、淘洗和确立过程,更是一种义不容辞的责任和使命。说到底,"经典"是主观的,"经典"的确立是一个持续不断的"过程","经典"的价值是逐步呈现的,对于一部经典作品来说,它的当代认可、当代评价是不可或缺的。尽管这种认可和评价也许有偏颇,但是没有这种认可和评价,它就无法从浩如烟海的文本世界中突围而出,它就会永久地被埋没。从这个意义上说,在当代任何一部能够被阅读、谈论的文本都是幸运的，这是它变成"经典"的必要洗礼和必然路径。

总之，我们所提倡的"经典化"不是要简单地呈现一种结果，不是要简单地对一个时代的文学作品排座次，不是要武断地指出某部作品是"经典"，某部作品不是"经典"，不是要颁发一个"谁是经典"的荣誉证书，而是要进入一个发现文学价值、感受文学价值、呈现文学价值的过程。所谓"经典化"的"化"实际上就是文学价值影响人的精神生活的过程，就是通过文学阅读发现和呈现文学价值的过程。可以说，文学的经典化过程，既是一个历史化的过程，更是一个当代化的过程。文学的经典化时时刻刻都在进行着，它需要当代人的积极参与和实践。因此，哪怕你是一个对当代文学的虚无主义者，你可以不承认当代文学有经典，但只要你还承认有文学，你还需要和相信文学，还承认当代文学对人的精神生活具有影响力，你就不应该否定当代文学经典化的重要性。没有这个"经典化"，当代文学就不会进入和影响当代人的生活，就失去了存在的意义。每一个人，哪怕你是权威，你也不能以自己的好恶剥夺他人阅读文学和享受文学的权利。

从这个意义上说，当代文学的经典化当然是一个真命题而不是一个伪命题。在一个资讯泛滥的时代，给读者以经典的指引是文学界、出版界共同的责任，而这也是我们编辑出版这套书的意义所在。

最后，感谢张明和张英先生为本套书付出的辛劳，感谢北京立丰天文化传播有限公司、北京金圣典文化有限公司的资金支持，感谢全体编委和北京联合出版公司各位编辑，感谢所有对本套丛书的出版给予大力支持的作家和他们的家人。

是为序。

吴义勤

2022年冬于北京

目 录
Contents

刹那记____1

大　象____55

梁　夏____97

七根孔雀羽毛____143

细嗓门____201

夏朗的望远镜____251

刹那记

一弹指六十刹那,一刹那九百生灭。

——《仁王经》

1

樱桃是愈发地厌恶裁缝了。不过是立秋,裁缝已披裹了军大衣,将掉毛的矬领箍住短粗的脖颈。一张窄瘦的核桃脸被窗棂打成细小的碎格,偶有光斑飞蛾般浮游,她就慌乱着用掌心去遮蔽。她手上戴着副线手套,这样终日匍匐在"飞人牌"缝纫机前,"歌德歌德"地踩着踏板，永远不知疲倦。旧款的阿拉伯睡袍早就不缝制了，县服装厂破产了，沙漠里的阿拉伯人民再也穿不到桃源镇的睡袍了。裁缝现在接的都是零活，春天裁风衣，夏天剪旗袍。虽然活比以前少了，饭量却大了。她吃饭素来香甜，从来都是副低眉耷眼的肃穆神情。在裁缝看来，每天能吃到大米白面，能喝到鸡蛋紫菜汤，能烧得起煤气，无疑是上苍的恩赐。樱桃常常看到她端起草莓剩的碗底子，伸出猩红的舌头舔来舔去，同时嘴里发出急促的、响亮的咀嚼声。那一日樱桃看《动物世界》，便想，裁缝多么像只食欲旺盛的豺狗。

裁缝戴的那副线手套，本是樱桃为罗小军织的。班上的女孩都在为男生织手套。细绒毛线很便宜，八毛钱能买一小绦，色彩极明丽，有暗紫，有艳黄，有朱红，还有果绿。樱桃选的是素黑。她觉得罗小军如果戴上露手指的黑手套，就更像个小流氓了。器具也简陋，不是闲妇们织毛衣用的棒针，而是纤细的竹针，一尺有余，在手指间穿梭缠绕，即便上课时在抽屉里编织物什，老师在讲台上也不会有丝毫察觉。单是双手套，旁人四五天就完工。樱桃不行，她的右手还似先前那样，三根手指鸭蹼般纠结在一起，做起针织类的细活很不便当。她织了足足半个月。

罗小军还没初中毕业，就去新疆当兵了，樱桃便没机会将手套送他。即便罗小军不当兵，又能怎样呢？以前他疯了似的搞收藏，樱桃曾托煤矿工人买过不少张交通地图，有南京的，上海的，有巴黎的，伊斯坦布尔的，甚至还有张布宜诺斯艾利斯的，攒了一捆也有了，他不照样没要？罗小军临行那日，樱桃倒是去偷偷送了。家属们都聚在县武装部门口。先是衣着鲜艳的农民舞龙狮，后是新兵代表发言，再是个唇边缀了颗桑葚般大小黑痣的中年男人"嗯啊"着无休止地演说。新兵蛋子都穿着没肩章的军装，戴着樟脑味的军帽，一撮撮绿硕的萝卜缨子似的。樱桃混迹人群中，睁了鼠眼寻觅罗小军。那几百号人模样也不太像，瘦的瘦肥的肥，可偏望不到罗小军。樱桃垂着头，坐到花圃边来回摆弄着线手套。刘若英扒了下她肩膀说，我们走吧，我们走吧，好冷啊。刘若英是来送黑皮的。黑皮高三没读完，要去旅顺当海军了。

刘若英生得毪，又有点窝胸，便显得有些许的驼背。她小头小脸，眉寡目淡，已经念到高一。她早不在体育队练长跑了，也不再热衷舞蹈。五年级时，她有双粉红色猪皮童鞋，是她父亲到苏州出差时买的，写完作业，便在门口的煤渣路上跳新疆舞。如今她迷上了音乐。她父亲请了位退休的音乐老师，每个周末教她拉手风琴。"烦死了，"她时常对樱桃嘟囔，"我想学弹吉他，我爸偏让我学手风琴。他怎么一点都不理解我？烦死了。"

烦死了的不光是她，还有樱桃。对于新近搬到家里的那个陌生男人，樱桃老觉得别扭。煤矿工人失踪两年了。不是死于矿难，也不是罹于车祸疾病，而是失踪了。古冶矿的领导来过几趟，警察也来过几趟，都跟裁缝问些细情，却也问不出个所以然。煤矿工人倒是有个弟弟，据说在南方一座城市的动物园里当管理员，不过一封电报过去，却全然没有回音。总之，那个黑乎乎、满脸须髯、一推门就将裁缝按倒在床的男人再也没回过家。隐约听人说，他搞了矿上某工头的老婆，被人砍了手指蹽东北去了。在樱桃印象中，那些落魄的人，似乎都会坐着火车逃往东北，仿佛那里是世界上最安全最明亮的地方。樱桃还记得小时候，矿工常带切糕回来，切糕上镶着金丝小枣、葡萄粒、芝麻跟亮晶晶的碎煤渣。他还偷偷送过她一双丝袜，一管口红，一方丝巾，当然，那是樱桃上初中之后的事。

现下这男人是镇上的鞋匠，住在另一条街上。以前樱桃倒没怎么见过。一脸的碎麻子,鼻毛奔拉到人中,嘴唇呢,满是那种只有过度饥渴才生成的碎皮。用媒婆的话说,这是只没尝过女人味的老童子鸡。倒也不是身体有什么毛病,那年月家里成分不好,地主出身,又没有兄弟姐妹搣扶,一拖两拖就拖成了老光棍。只是个修鞋匠,可不吸烟不嗜酒,平生最喜欢的事就是攒钱,虽说只是块八毛的生意,可终归还是生意吧,手里肯定是有俩子的。再说了,平生没贴过女人的身,如若尝了女人的鲜,定会知晓女人的好,不怕他不疼两个孩子。裁缝边穿针引线边点着头,算是应了。鞋匠送了两千块礼钱过来,过了几日,用三轮车把行李搬过来,草草摆了桌酒席,将媒人和邻里请来,喝了几盏酒,算是"倒插门",正式做了裁缝家的女婿。

2

这男人晨起颇早。往往樱桃刚将台灯打开温书,正房那边窸窸窣窣的动静就有了。樱桃撩了厢房的窗帘侧身观望。鞋匠正在刷牙。他刷牙的样子非常虔诚,门牙犬齿一百下,臼齿一百下。刷完牙齿后他打开铁门倒尿罐。无疑他是个好干净的人,樱桃听到破刷子在来来回回蹭着尿碱,接着厨房的煤气灶开关"啪"的一声被拧开,火焰"噗噗"燃着,自来水"哗哗"流着,勺子"叮当"地碰着锅沿。然后,草莓的哭声就从安谧的声响中浮起了。这个煤矿工人的儿子天生一副粗嗓门,都六岁了却夜夜惊梦,是个难缠的夜哭郎,不光夜间哭,早晨睁开眼后的第一件事也是扯开喉咙大哭。裁缝通常厉声喝止,将他的屁股扇得"啪啪"响。樱桃用棉花团塞紧耳朵,世界就在柔软的抚慰中渐渐安息下去。待她推开窗户通风，鞋匠已经开始练习倒立。他双手撑地，将身体倒贴墙壁，一双鞋帮渍了汗碱的解放鞋，将墙壁上的老苔藓划开道道刮痕，死掉的蜗牛壳就"簌簌"地掉了下来。她仿佛能听到他微微了了的喘息声。

她已经给罗小军写过两封信。她长这么大还没给人家写过信，因而格外重视。信纸是贵，五毛钱三张，头尾是素粉碎花，朵朵缠着蔓延开去，将整张纸都铺满了。樱桃通常先在白纸上打草稿，打完草稿后方将文字正式誊到信纸上，即便如此，她还是不可避免地将信纸弄脏，留下浅黑的螺形指纹。沮丧是难免的，信里其实并没说什么。说白了，只是流水账似的日记罢了，只不过前边郑重地加了"罗小军"这三字。她说"秋天到了，万里无云，碧空如洗，大雁南飞，丹桂飘香"，这些词都是她从《中学生作文词典》上抄袭下来的。她还说，院子里的芭蕉枯萎了，蔷薇枝干昨天被她用镰刀割掉，根茎处铺了层薄薄的炉灰，怕的是霜冻来临。她说，母亲为了结婚买了身水红色的羊绒大衣，由于大号和小号都是一个价钱，母亲就要了大号的，穿在身上连脚面都盖住，像马戏团里的女驯兽师。如此而已。邮是邮不得的，尽管从同学那里要了他的部队番号和地址。她曾骑着自行车跑到邮局，那信封已经攃进邮筒过半了，还是硬被她拽出来，惴惴地揣进怀里，东看西望的，怕被同学瞅见。傍晚了，桃源镇的每条主街，无论是"东方红"路还是"捷克"路，"友谊"路还是"斯大林"路，都有高音大喇叭播报《晚间新闻》，然后放些流行歌曲。樱桃听到一个吊诡的细嗓门唱着,雪在烧……雪在烧……风中的花朵……绝望地奔跑……便有流泪的欲望。伸了三根手指去揩眼睛，干进进的，没得一滴咸湿的盐水，就越发羞愧，拖了蠢笨的身子骑上加重自行车埋头憨骑，秋天在身后就愈发得深了。

然而樱桃还是遭到了刘若英的耻笑。她耻笑樱桃是有道理的。她都给黑皮写了十六封信了，每封信都用唇膏涂了嘴唇的形状，还要夹上几片干玫瑰花瓣。信纸呢，白白净净，洒了桂花香水，叠成优雅的纸鹤，塞进一个杏黄色信封。你个窝囊废！怕什么呢？刘若英通常伸出食指，在她额头上狠戳一下，怜惜地说，要不，我替你邮信？

刘若英当然不怕了。上小学时，罗小军三番五次追打过樱桃。他追打她似乎也没有什么理由，只是因为樱桃长得蠢笨吧？可惜他腿虽比樱桃长，却没樱桃跑得快。那一回，他在"大众副食批发部"溢出的猪头肉香气中兴致大发，竟追到了樱桃家门口。刘若英家那时跟樱桃家尚住隔壁，她正在门口旋着脚尖跳舞，那顶新疆帽垂下的数条麻花辫仿佛让她真的变成了骄傲的维吾尔族姑娘。她什么都没说，只轻蔑地盯了罗小军几秒钟，罗小军的眼神就慢慢萎缩，背着绿军用书包转身走了。如果没记错，上了初中后，罗小军是刘若英众多的追求者之一，曾割破了手指写了封触目惊心的血书，内里抄的席慕容的情诗，托人捎给刘若英。刘若英窝沙发里，命樱桃用火柴将信点着。她嘴里咯吱咯吱地嚼着脆薯片，阳光将她的眉眼打成了锡纸的金黄，让樱桃的腰愈发直不起来。

"我跟黑皮说了，放寒假了就去看他"，刘若英说，"你知道桃源镇离旅顺……有多远吗？"不待樱桃应答，她就继续自言自语，"哎，你肯定也不知道。你这么没心没肺的人，除了傻吃蔫睡，知道什么呢？嗯？"

樱桃虽没心没肺，可还是察觉到自己的信被人读了。她偶然从《少年文艺》上读到篇文章，说是主人公为了防止父母偷窥日记，将日记里藏根头发，要是头发掉了，便是日记被父母偷窥了。樱桃觉得这办法很好，也就将信里夹了两根。信封是糨糊封的口，本不结实，如果拆开再糊上倒也瞧不出什么。关键是里面那两根头发没了。樱桃憋闷了半天，还是去问裁缝：

"妈，你是不是翻我抽屉了？"

裁缝从缝纫机前撤出身子，军大衣上满是碎布条，头上呢，顶着丝缕的破线头。她先端起搪瓷缸子咕咚咕咚灌几口凉水，又将根细红线穿进针眼，这才盯着樱桃身后说："我哪儿有闲心管你的抽屉？我忙得连放屁的空都没有。"

她说话时从来都是盯着人家身后，似乎后面尚站着旁人。樱桃还想问两句，裁缝又说："你丢什么东西了没？"

樱桃说："没。"

裁缝说："没有你咋知道抽屉被人翻过？"

樱桃不晓得如何作答，嗫嚅着转身去寻草莓。草莓正骑着条野狗疯跑。樱桃揪了他的黑耳朵问道："你动姐的抽屉了？"

草莓说："没！别揪我耳朵！"

樱桃问："谁进我房间了？说！不说我把你耳朵扯下来炒韭菜吃！"

草莓泪眼汪汪地说："爸去过。别揪我耳朵！"

这孩子对矿工早没什么印象，管鞋匠叫"爸"是难免的。樱桃一阵恶心，回房将信件揉巴揉巴扔到垃圾桶，坐在椅子上生闷气。后来又将信捡回来，小心着拿熨斗熨平藏进被窝，骑了自行车去街上买锁。买锁的时候，她在百货大楼门口看到了鞋匠。鞋匠正拾掇鞋箱，见了樱桃远远地喊："樱桃！樱桃！"樱桃只当没看见，目不斜视地骑了自行车回家。

傍晚吃饭，裁缝煮的毛虾萝卜馅饺子。家里多日没吃过饺子了。鞋匠倒了盅散白酒慢慢饮，饮着饮着抬起头，对樱桃说："樱桃……你去商场买啥？我见到你了……招呼你……你……你也没吭声。"

樱桃不说话，裁缝蹙着眉说："这傻丫头，嘴巴是用来出气的？你叔跟你说话呢，你倒是吭一声！"

樱桃半晌才小声解释道："我没听见……"

晚上出去小解，刚蹲到屋檐下，便听到正房里有人拌嘴。不禁将耳朵贴了窗户细听，方听清是母亲在训斥鞋匠。母亲声气时重时轻，时缓时急，听得出是在责怪鞋匠乱进樱桃的房间，鞋匠的声音细若游丝，似乎在辩驳什么，但辩驳得心不在焉，后来声音越来越嘈杂，满耳是鞋匠的喘息声。樱桃的脸便红了，转身欲回，慌乱中却将尿盆踢倒，裁缝在屋子里问道，谁呀？樱桃吗？还好草莓又开始哭夜了。他的哭声在深秋的庭院显得如此忧伤空旷，樱桃不免抬头看了看天。天上满是星斗，一直朝北方洒开去。樱桃想，罗小军现在是不是也从军营的窗户看桃源镇的星斗？

翌日吃早饭，樱桃的眼睛便有些肿涩。鞋匠不时盯看着她，后来方说："樱桃，叔叔发誓，我没乱动过你东西。"

樱桃开始不敢正眼瞅他，后来听没了下文，这才狐疑着抬头，正碰到鞋匠的目光。鞋匠脸上满是碎麻子，不过在昏暗灯火下倒也光滑油润，他的鼻毛修剪得齐整多了，说话时龇出口白牙，呼吸间满是薄荷牙膏味儿。樱桃微微笑了下，点点头。后来她想，兴许是自己疏忽了，头发其实并没有真正封到信封里。

可过不几日，裁缝跟鞋匠大吵了一架。原来那天晨起落雨，鞋匠便没有出去摆摊，将家里的衣服洗了。当然，家里的衣服包括他自己的，包括裁缝的，草莓的，也包括樱桃的。洗也就洗了，偏就洗了樱桃一条内裤。鞋匠倒是比先前的煤矿工人勤快多了。可这勤快如若不合时宜，倒不如懒惰些讨人欢喜。鞋匠没嫁过来时，衣服都是裁缝洗，裁缝忙，将裤子袜子裙子塞进洗衣机，轰隆轰隆转上几圈，就晾到竹竿上去暴晒了。鞋匠嫁过来后，嫌衣服洗得不干不净，要么是油渍洗不掉，要么就是白衬衣染了桃红色。他常常将四五个洗脸盆一字排开，一个泡洗衣粉，一个泡肥皂水，另外几个泡清水。樱桃见那些衣物分批分次地从一个盆挪到另一个盆，再从另一个盆甩到第三个盆，如此反复后，再将浑水倒掉，重新倒满清水，阵仗大得很，便想起电视里耍杂技的，不免"扑哧"笑几声。说实话，樱桃的内衣裤都是自己洗濯的，见了鞋匠代劳不免有些羞涩。可她还是没料到母亲会因此跟他翻脸。

裁缝不单针线活拿手，抠人也是拿手。开始只骂骂咧咧，"不要脸啊""骚鸡巴啊"诸如此类。做过寡妇的，心肺里的怨毒冒将出来，是比用刀子捅人还要锋利的。鞋匠难免回嘴。回嘴也回不几句，脸涨成绛红，一只手戳点着裁缝单是颤。裁缝愈骂愈烈，后来径直扑了上去。除了吃饭如厕，樱桃很少见裁缝离开缝纫机，她没料到母亲身手如此敏捷。鞋匠的白牙在阳光下没开启几个回合，裁缝已如猕猴般蹿爬到鞋匠身上，两条腿将鞋匠臀部紧夹，一双手在鞋匠脸上挠来挠去。樱桃很纳闷母亲为何没从鞋匠身上掉下来。更纳闷的是，鞋匠只象征性地躲闪，并没还手或咒骂。一切如此安静，像无声电影那样岑寂着上演，樱桃的眼泪就流下来。她不再搭理他们，默默地将那条内裤从细竹竿上抻下，用热水烫了，泡了洗衣粉来回搓洗。洗着洗着就忘了两个撕扯的人。后来内裤也洗完了，忍不住去瞥裁缝和鞋匠。两人都蹲在花墙下，隔了一米左右的距离各自喘息。裁缝还嘟囔着脏话，唇上满是唾沫，一双眼斜视着鞋匠身后。鞋匠脸上全是血红印子，不时有秋风旋过，将墙壁上的沙粒和枯草叶拂到他耳郭里。樱桃想踱过去安慰几句，却终归开不了口，心里难免怜悯起这男人，对母亲呢，则隐隐记恨起来。

她倒不晓得裁缝这般做法全是出于紧张。樱桃毕竟是姑娘家，虽生得粗糙，却也胳膊是胳膊腿是腿的。裁缝虽断断续续做着寡妇，却也知晓男人若是下作起来，什么丑事都做得出。樱桃便将这事说与刘若英听，说完后问刘若英："你爸……给你洗……内衣吗……"

刘若英说："怎么不洗？我 13 岁那年我爸还给我洗澡呢。"

樱桃黯然道："我从来没见过我父亲。"

刘若英说："我爸现在还给我洗脚呢。他那么胖，蹲在那里呼哧带喘的。"

樱桃说："我妈是不是我亲妈呢？我是不是她捡来的弃婴？她从没提过我爸。我爸……是个什么样的人呢……"

刘若英安慰她说："妈肯定是亲妈，怪只怪不是亲爸。你这么大了，虽然长得丑点，当妈的还是难免有忌讳。"

见樱桃不开心，她又挑起快活的话题。她说，她打算寒假去旅顺探望黑皮。黑皮来信了，信里的字都被泪水打湿了，黑皮还从哭过呢。黑皮说，他每天都梦到她，不光梦到她，还梦到他们亲热。黑皮还说，再见不到刘若英，他就直接跳进黄海喂鲨鱼算了。"我打算偷着去打工，不让爸妈知道，"她调皮地吐了吐舌头，"再用打工的钱，买一张去大连的火车票，"她把樱桃紧紧揽进怀里，"你不觉得我很伟大吗？啊？黑皮会感动死的！"樱桃感到刘若英跳动的胸脯顶着自己。为了去看黑皮，她竟然要去打工。打工，这个字眼只在电视剧里听到过。樱桃就想起罗小军。如果她坐了火车去新疆探望他，他会怎么样？

"你没在学校的墙上看到广告吗？桃源镇第一家酒吧就要开张了，"刘若英那时迷上了台湾言情剧，说话的时候总是带着浓浓的台北腔，"酒吧是什么样子的呢？我打算晚上去那里当服务员。我好好兴奋耶。"

3

刘若英当真去当服务员了。每天晚上九点才回家。那个酒吧叫"黑夜吧"，就在县职工俱乐部。职工俱乐部是"文革"期间盖的，看上去仿佛一座雄伟豪华的水库，墙两侧镶嵌着两条巨幅标语，一条是："毛主席万寿无疆！"，另一条是："全世界无产阶级联合起来！"，专供开批斗大会和演样板戏，如今又有了新用途，常有走穴的三流歌星或杂技团来演出。樱桃曾经带着草莓看过马戏团演出。樱桃非常喜欢那个单手就能甩出四个棒槌的小丑。

酒吧就设在俱乐部二楼，场子阔，能摆十几张檀木桌，桌上托着红蜡烛。大厅里有点唱机，五块钱一首。老板是县石油公司的会计，据说走的黑白两道，很有些来历。刘若英每天晚上七点上班，九点下班。因为是瞒着父母，便不敢声张，胆子又小，只得央樱桃接她。

樱桃还是很乐意去接刘若英的。下了晚自习，回家也无趣。裁缝的工作间就在樱桃卧室隔壁，回去了，满耳是"歌德歌德"踩缝纫机踏板的声响，有时还要当模特，穿了各种款式的衣服走来走去，边走边忍受裁缝"你咋又胖了！"之类的牢骚。草莓倒是睡得早，可以看两眼电视，电视里正在演台剧《八月桂花香》，樱桃最迷刘松仁和米雪，她发现他们都长着可爱的大板牙。可鞋匠嫁过来后就不能随便去正房了，一则鞋匠喜欢看评剧，将黑白电视的按钮"啪啪"地转来转去，不是《花为媒》《刘巧儿》就是《杨三姐告状》，大抵单身惯了，还喜欢光着膀子，即便初冬了，也只套件松松垮垮的跨栏背心，单只披着条床单抠脚心；二则对于那次与裁缝的争吵，鞋匠似乎并未放在心上，常大声召唤樱桃去看电视。裁缝通常轻轻咳嗽声，樱桃刚迈出的脚步就颤抖着缩回来。

自从每日接刘若英后，樱桃回家的时间便晚了一截。樱桃并没有将实情告诉母亲，只是说功课紧了，老师常常将课时延长。裁缝正样看着件寿衣。冬天到了，老人们似乎更愿意选择天寒地冻的季节去喝孟婆汤。裁缝头也没回地说，学习是不能耽误的，这样吧，我让你叔叔去接你，免得你害怕。樱桃听了不免有些意外，后来想，看来母亲对鞋匠终归放心了，不再胡乱想些没有边际的事了，心里竟隐约窃喜起来，也不知是为母亲喜呢还是为鞋匠喜呢？脸上砌着笑忍不住去瞄裁缝，只见裁缝将踏板踩得比往日里更快，寿衣的针脚也比往日里扎得更为细密。

可思来想去樱桃又想拒绝，虽则鞋匠很是随和，可樱桃讨厌成年男人身上那种气味。樱桃喜欢男孩身上的味道，譬如罗小军，她从他身边疾走而过时，也能闻到他身上那种植物的清香，那是刚发芽的柳树、白杨、桑树或茱萸在雨后的味道，掺杂着泥土、麦穗和蒲公英的甜味。成年男人则不同，仿佛他们历经了多年的呼吸与排泄，身上沉淀下来的不是松脂的暗香，而是类似油漆、牲畜粪便和脏池塘混浊后的气味，这气味樱桃从诸多陌生或熟稔的男人身上闻到过。比如他们班的历史老师，人长得斯文干净，可他从樱桃身边走过时，樱桃却闻到种动物尿液的骚味，那气味让樱桃身上的每个毛孔瞬息挣扎着竖立起来，呼吸急促，闭了眼睛时身子恍如置于一条幽深漆黑的洞穴，没有一丝朝暾明亮的光。可若是拒绝了母亲的好意，又委实有些害怕，冬天夜来得早，夜深人静，耗子都懒得偷粮食，家里南侧是片玉米地，玉米早已入仓，只有成垛的玉米秸子矗在田野，黑乎乎的委实让人心生忐忑。刘若英住在"捷克路"的商品楼，离樱桃家尚有一里半路。樱桃只得应允了。

　　这样，行程变得复杂起来，每日夜里樱桃先去职工俱乐部接刘若英，护送她回家后，鞋匠再来接自己。鞋匠似乎来得早，通常站在一抱麦秸垛旁，将手电筒远远地晃着，光线能甩到百米开外，待樱桃的自行车铃声响得欢了，鞋匠才温吞着嗓子喊两声："樱桃！樱桃！是樱桃吗？樱桃！"有时樱桃忘了按车铃，鞋匠仍站在那里，待她侧身过了，才疑惑着问道："樱桃！是樱桃吗？樱桃！樱桃！"樱桃这才发觉，原来鞋匠是夜盲症，夜里看不清东西的。不知道他每天来接自己，是只出于母亲的逼拶呢，还是他心里确实愿意？想到他眼睛如此了，还每日来提着硕大的电工手电筒接自己，心里渐渐生出些暖意。这暖意对樱桃来说是如此地弥足珍贵。十七的年岁了，从没有一个人用如此温厚的嗓门呼唤过自己的名字。

　　便渐渐盼起夜晚的来临了。每每送完刘若英，余下的路就显得短促而漫长。有时候她故意下了自行车推着前行，为的只是让那温净的呼唤声来得迟些。她想到他满脸的麻子，想到他每隔几天就必须修剪的鼻毛，想到他努力刷洗牙齿的样子，想到他晨起倒立时墙上的那双解放鞋，就忍不住"扑哧"一声笑将出来。鞋匠呢，也不是个爱说话的人，也许先前是爱说话的吧，只不过婚后气焰被裁缝轻易灭掉了，虽然在裁缝面前挺着胸脯，跟樱桃该说的说该笑的笑，一副我行我素的模样，可骨子里对裁缝却是弯着脊梁的，因而单独跟樱桃赶路，也从不主动说上一个字。牵引他们的只是手电筒的灯光，细长细长的，近的路照得清晰，能照得见衰败的车前草、枯萎的波斯菊、僵硬的石子、发霉的玉米骨头、长尾巴的肥鼠，抑或疾走的野猫；远的路照得模糊，只依稀辨出这是棵瑟瑟抖动的槐树，那是屋顶上冒着黑烟的烟囱，这是堆过冬用的无烟煤，那是城外高耸的火葬场，抑或是偶尔路过的夜行人。他们的距离，通常也保持在两米左右，一辆"凤凰"牌加重自行车的身长。很多时候，镇子的夜晚似乎也只剩下了车子辐条滚动的声音，鞋匠磕磕绊绊走路的声音，连土狗都不会吠两声。后来樱桃想出了个主意，她在前边照手电筒，鞋匠在后面推着自行车紧随。这样有了自行车的牵伴，鞋匠反而走得安稳些。那一日不愿走了，樱桃想了想说：

"叔，我驮着你吧。"

鞋匠没有说话，樱桃却能猜到他一定在拼命摇头。

樱桃鼓足勇气说："你咋这么封建呢？你是我叔，又不是外人。"

鞋匠这才磨蹭着过来，待樱桃骑了自行车后才跳上后架。他腿长，双脚不时蹭到地面，发出"擦拉擦拉"的声响。樱桃要骑自行车，只得让鞋匠打手电筒。鞋匠呢，一手拿着手电筒照亮，另一只手紧攥着鞍座的弹簧，难免坐得不安稳，碰到沟沟坎坎，樱桃骑得晃来晃去，鞋匠就要掉下去的样子，情急之下扶了扶樱桃的腰身。樱桃穿了厚重的羽绒服，却仍然察觉到鞋匠的大手劲道不小，刚想说你扶稳了，鞋匠的手已然撤回去。半晌，樱桃听鞋匠叹息声说："哎，有个闺女真是好呢。"

樱桃心里一热，心房竟颤出小小的幸福。她从没见过自己的生父。裁缝从未提及过父亲，家里也从来没有父亲的任何旧物，仿佛裁缝是蜗牛那样雌雄同体的动物，并不靠男人来生养。樱桃懂事后常常猜度，定是多年之前母亲与父亲之间生了龃龉乃至变故，方才导致母亲如此乖戾的性情。小时她隐约听邻里们嘀咕，地震那年，裁缝挺着肚子来到桃源镇，借了人家的草房替人缝制衣物，过了五个月生下樱桃，身旁连个伺候月子的人都没有。生樱桃的时候更别提了，甭说去县医院，连赤脚医生都没来得及请，裁缝自己用剪子铰断脐带，把樱桃裹进棉花里面……如此看来，倒有可能是父亲在地震中身亡了，这很正常，一九七六年地震，整座城市死了二十四万人，据说当时天崩地裂鬼哭狼嚎。有时候樱桃会胡乱地想，这座城市是个栖息着诸多幽灵的城市，那些魂灵并未抛弃苟活下来的亲人，他们在黑夜里孑孓徘徊，在风里睡眠在麦田里散步，同时嘴唇里发出虚无的、忧伤的叹息。

那一天，樱桃驮着鞋匠刚走不远，便发现身后有黑影小跑着追赶。樱桃骑得慢些，那人就行得慢些，樱桃骑得快些，那人就行得快些。樱桃有些发怵，悄声说，叔，车链子掉了，你先下来，我拾掇拾掇。她猫下腰身朝身后看去，那人也就停了，侧身隐进路旁的玉米垛。过了会儿樱桃佯装修好了，继续驮着鞋匠赶路。那人又从玉米垛里闪出继续跟着行走。樱桃的左眼就突突地跳，只得将腿上的肌肉绷得更紧。等到了家门口，樱桃颤抖着嗓门说，叔你先推车子，我去开门！进了门后樱桃小跑着拐进厢房，黑着灯拉开一角窗帘。这时鞋匠已将自行车推进庭院，樱桃看到那个黑影的速度也慢下来。不一会儿听到有人开门，便听得鞋匠问，咦，黑灯瞎火的你去哪里了？

原来那人是母亲。樱桃心就放下了。只听裁缝笑着说，哦，我刚才去给刘荣书媳妇送羽绒服了。鞋匠说，都快十点了，还跑出去做什么？明天不会送吗？把草莓一人扔家里，你倒真是放心呢！裁缝闷声不语，半晌听她叨咕，我都忙成这样了，你还有闲心鸡蛋里挑骨头，还让不让人活了？樱桃躺在床上听他们拌嘴，觉得母亲说话的语气有些绵软，全然不似平日里的做派。仔细一想，母亲显然是在睁着眼睛撒谎，刘荣书家住在"斯大林"路，跟她回时的路完全在相反的方向。她到底是去做什么了？为何要说假话呢？难道……是在监视她和鞋匠？

想到"监视"这个词时樱桃突然就脸红了。她跟鞋匠有什么可监视的呢？脑子里就映出了母亲总是斜视的眼神，想到她灰头灰脸的样子，愈发地厌恶。

4

裁缝的冬天格外忙。刘若英也不例外。她似乎爱上她的工作了。她将赚来的钱大部分存起来，零钱呢，请樱桃吃了碗兰州拉面，又给樱桃买了副护膝。樱桃有关节炎。刘若英父亲是县委办公室副主任，家境自不必说，好歹见过世面的，可她跟樱桃说起酒吧里的有钱人，照样是一惊一乍。她说，那里的一瓶洋酒最少得两百块。常有那出手阔绰的，一晚上就喝上千八百的酒，而她父亲的工资，一个月也不过九十八元。又说那里的男人，小费给的也不少，有个叫辉头的，有次就给了她三十元，听得樱桃连连咋舌。

"我现在往返的火车票都有了，"刘若英托着腮帮子说，"我还要攒些钱，给黑皮买件佐丹奴。"

为了黑皮的佐丹奴，樱桃只好继续夜夜去接刘若英，鞋匠也只好夜夜去接樱桃。那一日，刘若英回得晚些，十点钟也有了。她似乎很扫兴。樱桃问是怎么了，她说有位客人，獐头鼠目的，大概是跑钢轨生意的江苏人，这些天老腻歪她。所谓腻歪，就是请她喝酒唱歌，不光请她喝酒唱歌，还给她送黄玫瑰，"烦死了！烦死了！"她恨恨地说，"眼里全是毒水，真想拿刀剜了他的眼珠子！"樱桃安慰她说，有人喜欢是高兴的事呢，说明你长得漂亮，人家都愿意亲近你。刘若英点点头说，这话你说得倒没错，这样看来，他还是很有眼光的嘛。

　　两人絮叨着走走停停。走着走着路灯倏地下就全灭了，看来是停电了。每到冬天，桃源镇就趁着夜晚大修电路。路两旁的树木黑魆魆的，光秃的树枝手指般叉开，天上也没有月亮，两人的脚步不由得快了起来。过了一会儿，身后便扫过雪亮的灯光，知是夜行车路过，也没在意。等到了一丛玉米垛旁，那车就将灯火熄了。樱桃和刘若英忍不住回头看。这时车上影影绰绰下来两人，在她们愣神的空当，三两步跨到她们身旁，先将她们的自行车锁了，顺势拔下钥匙。刘若英尖叫一声刚想斥骂，一人已经捂紧她嘴巴，揪住她的马尾辫往车里拖。樱桃突然明白是如何的一回事。她粗壮的身体直接朝房刘若英的人冲撞过去。那人似乎没料到樱桃的气力如此之大，一个趔趄跌坐到地。樱桃就朝刘若英大声喊："快跑啊小英！快跑！"刘若英这才缓过神来，撒腿就跑。她小时候练过田径，短跑和长跑俱是强项，在县里拿过名次的。她很快如尘埃入土般在黑夜里消逝不见。樱桃本想跟她一起跑，她跑得比刘若英还快，可她的臂膀被另外那人死死钳住。地上的人摇晃着站起，将条手绢塞进她嘴里。樱桃又踢又踹，愈是挣扎，那人劲道愈是生猛。他身上浓烈的酒气将她熏得眼睛也要睁不开了。

　　他们并没把她塞进车厢，而是将她挟持到麦秸垛里。只听得一人懒散着骂道，妈B的，野鸽子跑了，剩下只烂麻雀，凑合着用吧。你先来还是我先来？他们的口音听起来是本地人，只是因了醉酒，抑或因了寒冷的空气，方将他们的声音衬得陌生而空荡。樱桃很轻易地就被他们摁倒在地，一人攥住她双臂，另一人在她脸上拱来拱去，后来干脆将舌头顶住她上颚，吭哧着裹紧她的舌头。樱桃几要窒息，男人的手麻利地褪掉她的厚棉裤……

　　樱桃始终闭着眼，不敢睁开。等睁开了，万籁俱寂，耳窝里是头发压倒野草的窸窣声，身子颤抖时，底下的玉米秸就爆出微弱脆响。她凝望着天空。星星多得很，银白银白的，并不如何耀眼。有那么片刻她甚至怀疑是夏天到了，自己正躺在干草堆里，观望着打灯笼的萤火虫。及至后来，下身的刺痛和冰冷方才慢慢浮腾上来。不晓得又过了多久，她才打着寒噤站立起来。刚站起，又一屁股跌倒进麦秸垛。良久，樱桃听到熟悉的呼喊声："樱桃！樱桃！你在哪里啊？樱桃！"手电筒的光线晃来晃去。她想应声作答，才发现嘴里的手绢还没抠掉。等她将手绢扔掉，将裤子系好，方才朝那束光线踉跄着蹭去。

"都十点半了。咋这么晚？"鞋匠狐疑地问道。他平日里很少主动说话。

樱桃没吭声。她想去搬自行车，却是锁着的。也不知他们将钥匙扔到了哪里。

"你没事吧樱桃？"鞋匠小声着问，"你方才在那里干啥？"

"……撒尿。"樱桃半天挤出两个字。

"哦。我们走吧。车钥匙呢？"

"丢了……"

"在哪里丢的？"

樱桃想了想说："忘了。"

鞋匠把手电筒递给樱桃，自己扛了自行车跟在樱桃身后。樱桃走得慢，晃晃悠悠，鞋匠仿佛几次开口要问些什么，但又都憋了回去。到了家，樱桃将房门拨开，安静地躺到床板上。母亲过来了，问道，你叔说你病了，发烧吗？樱桃说没有，什么事都没有。母亲伸手探探她的额头，将被褥盖覆到她身上说，你……是不是有心事？樱桃说，没。母亲沉默片刻，转身欲走，走了两步又折回来，挨她身子坐了，摩挲着她的手背说，女孩大了，有心事正常。哪个姑娘没心事呢？有的话你不要憋心里，说给妈听，妈好歹是过来人。裁缝极少这般温声款语地说话的。樱桃哽咽着说，把灯熄了吧，困死了。裁缝这才离开。樱桃挣扎着坐起，下身的疼痛一脉一脉撕裂开去，让她直冒冷汗。她哆嗦着从裁缝的麻袋里揪了团棉花，将下身潦草地擦了擦，这才将电热毯插上，紧紧抱住棉被，牙齿咬着松软的枕头昏昏睡去。

第二天，樱桃没上学，托人递了请假条。裁缝给她煮了两个荷包蛋，派草莓端到床头。樱桃一口没吃，只瓷着眼盯房顶。房顶的苇席早被烟火熏黑，夏天的马蜂窝也已皲裂，单剩欲坠的空壳。那条塑料粘蝇器上，粘满了死掉的黑头苍蝇、蝴蝶、蜘蛛和蜜蜂，被窗户蹩进的西风吹着，不停地荡。

等到晌午刘若英来了。她好像还没从昨夜的恐慌中恢复过来。她神经质地握住樱桃的手，问她有没有看到她的自行车钥匙。她说，那辆公主车的钥匙本就丢了一把，如果这把也丢失了，那么就得撬锁头了，而她不想换别的锁，原装的锁多好啊。她又说，黑皮的佐丹奴还是不买了，她不想去酒吧里当侍应生了，倒不是累，而是危险。像她这样又漂亮又有气质的女孩，要真是出点意外，她父亲会伤心得自杀的。自己说累了，见樱桃还没有言语，这才恍惚着问："你昨天没事吧？几点到的家？"

樱桃照例没声气。刘若英说："哎，你能有什么事呢，你跑得那么快，鬼都追不上。再说了，"她捋了捋自己的马尾辫，笑着说，"就你这模样，该不会出什么事的哦。"

樱桃说："我困了。"

刘若英有些不快地离开了。临走前她突然问道，对了，昨天那辆车的车牌号你记下没？要是记下了，我们可以去公安局报案。樱桃想了想说，天那么黑，没看清楚。刘若英怏怏不乐地埋怨道："你怎么就那么笨呢。"

　　樱桃在床上躺了两天。裁缝请了位老中医过来。中医把了把脉，说没什么大碍，只是伤风而已，给开了剂草药，命裁缝熬了与樱桃喝。裁缝在第三天头便想杀只老母鸡炖了给樱桃补身子。鞋匠去街上出摊了，裁缝只得自己杀鸡。那只鸡虽看着愚笨，上蹿下跳起来裁缝还真是拿它没办法，就想呼邻居过来一并拾掇。怎奈邻居去串亲戚了，裁缝只得悻悻折回。等进了庭院不免暗暗吃惊。原来是樱桃从床上爬起来了。那只鸡怎的就被她抓在手里，一只手攥着翅膀，另一只手握着菜刀。见裁缝进来，也没说什么。裁缝只见一刀劈下，鸡头就被剁了下来，直挺挺飞到自己脚边。裁缝就说，我来吧，你去烧壶开水。樱桃默不作声。那只鸡虽被斩了头，却还是硬生生从樱桃手里挣开去，三扑棱两跳地飞上花墙。樱桃追过去一把捋下，重重摔到地上，咬牙踩了几脚。裁缝忙去烧开水，等水开了，樱桃将母鸡按捺进水盆打湿，开始拔鸡毛。眨眼工夫那只鸡就被褪干净，白白净净躺水盆里，溅出的血水将泥土洇成了暗红。裁缝就晓得樱桃彻底没事了，心底有些欢喜，匆忙泡了野山菇，灶膛添了木柴。水咕嘟咕嘟响着，她撒了大把的花椒八角下去，将鸡嫩嫩地炖了。

　　鞋匠回家时，远远地就闻到了香味。他给樱桃买了糖人。本是小孩子吃的，樱桃木木地接了，端详会儿，憨笑着对鞋匠说，给草莓吃吧。草莓只舔着嘴唇说，我的牙齿掉了，不能吃甜的。樱桃就将糖人拿在手里观瞧。捏的是头猪，圆润躯干，尾巴俏皮地打着卷，一双乌黑的眼珠似乎会说人话。就想起小时候，罗小军每每将她围追堵截时，都会恹恹骂上句："你个猪猡！把右手伸出来！"

　　想到罗小军，方才想起有些时日没给他写信了。就溜进屋子洗了手，拿出纸笔。她告诉他，桃源镇的冬天和往年一样冷，大风小号的，不过还没来得及下雪。她又说，前些日子，广州的大马戏团又来演出了，不过，这次那个单手能抛接四个棒槌的小丑没来，也没看成鹦鹉做算术题，换成了一个兜齿的侏儒，这个侏儒身上缠着条蟒蛇，还能自由自在地走钢丝……写完后樱桃将信件封好，锁进抽屉里。想起了什么似的又拿出来，将信贴到脸上来回着蹭，蹭着蹭着，大滴大滴的眼泪就顺着粗糙的鼻翼流下，将信封打得精湿。

这个冬天其实比往年要冷些。樱桃穿了保暖内衣，又套了裁缝新做的羽绒服，还是常常冻得打寒噤。小雪那天，真就下了雪，刚开始还小，后来就漫天皆是，慢慢地卷了西风，淹没了整个桃源镇。到了大雪，樱桃就套上了刘若英送她的护膝，晚自习也不去上了，整日猫在被窝里写信。刚开始，信首还题了"罗小军"三个字，后来干脆就省了。她写道，放寒假了，刘若英真的去旅顺了，她穿着款最新样式的红色呢子大衣，穿着双黑皮靴，被她父亲亲自送到唐山火车站，当然，她没说是去看黑皮，而是去探亲，她叔父一家在旅顺工作；她写道，刘若英从旅顺回来了，她又白又瘦，眼皮割了双眼皮，手上戴着只铜戒指，刘若英给她买了个海螺，可惜海螺被草莓打碎了，不然的话他要是从新疆归来，她可以吹给他听，她相信他能听到海鸥的叫声和海浪拍打礁石的声音；她写道，鞋匠即便下了雪，还要到街上去摆摊，他说越是天寒地冻，人们越需要将鞋子补得密不透风；她写道，母亲今年接的活计特别多，母亲已经是桃源镇最出名的裁缝，连居委会的主任都亲自来家里，让她翻新了一件裘皮大衣；她还写道，最近老肚子疼，老反胃，常常呕吐，她很少生吃萝卜和白菜心了，因此她怀疑，可能是肠子里长了条猪肉绦虫。

5

樱桃的信写得越来越多，也越来越长。她似乎把平时要对活人讲的话，全变成了死掉的符号存留在白纸上。上课有时也写，写完了带回家锁进抽屉。抽屉鼓鼓囊囊的。那天她把抽屉清理了下，仔细着数了数，这段日子以来，总共写了三十五封信。这些贴了邮票但没投递出去的信，让她既觉得羞涩又觉得幸福，羞涩是这些话好像是对远在新疆的罗小军说的，她跟他没什么交往，唯一印象深的，就是他小时候老欺负她；幸福也是闪烁其辞的，只是心里觉得柔软温善，仿佛罗小军已听她亲自说过那些无聊的话，并且喜欢她亲自说这些无聊的话。

又有什么用处？新疆那么远，她连他的一张照片都没有，甚至她对他的相貌也逐渐模糊起来了，只记得他十一二岁时，脸窄小无肉，目光冷清，长大后脸依然窄小，一对铁皮耳朵挣挣着，眼睛大得似乎要撑到脸庞外边，喜欢穿双黑色冒牌耐克鞋，春天时他从她住的厢房后面疾走，扁瘦的臀部机械地摆动，浑身散发出类似铁器冰凉的光芒，这光芒将他四周的空气也浸润得干涩、疏离，她根本就近不了他的身。这么想时，又觉得有些虚妄。

而刘若英这些天根本就不用写信了。黑皮回了家。黑皮的父亲跟人下象棋，用马踩了对方的炮，又将死了老将，得意地哈哈大笑一声歪头死了。他父亲原是县车辆修理厂厂长，能言擅饮，据说一人能喝倒仨壮汉。得的肝硬化，肝硬化了每天还要喝上斤老白干。可终归没死在肝上，而是死在心上，这让子女们甚是欣慰。黑皮那天樱桃见了，胳膊上戴着黑箍，头上几乎没有发根，一双三角眼暴出的精光，并没有因为当了海军而有丝毫的减弱。只是比以前黑了，估计是在船上晒的。他只在家停留了两日。白天他忙着跟哥哥姐姐办丧事，晚上则抽空出来会刘若英。他请刘若英到饭馆吃了顿便饭，喝了几瓶啤酒。樱桃也去了。是刘若英硬拽过去的。她没别的意思，只是向樱桃炫耀她的男朋友罢了，就跟小时候她拿着动物小饼干和酒心巧克力，在樱桃面前晃来晃去一般。

小酒馆里又冷又干，生着煤炉子，寒气还是让人不停打着喷嚏，三合板桌面爆了皮，皮上皮下俱油腻腻的，沾着沉淀下的炉灰、菜叶和肉渣。还好，熘大肠和木须肉是热的，冒着刺鼻的香气。樱桃缩在一角并不夹菜，偶尔喝口茶水。刘若英就数落起她，说女孩长得丑点没关系，胖点也没关系，长了三根手指也没关系，可要是眼睛不灵活，呆头呆脑的，就真没人喜欢了，还说这小店服务态度不好，女服务员的白围裙脏兮兮的，明显是不尊重顾客嘛，菜端上来时呢，也不知道报菜名。后来她又埋怨起黑皮，说黑皮答应过，如果他回家探亲，会给她买鱿鱼丝和干乌贼吃，可这次竟然忘记了。可见，信里所谓的想她想得直哭，明明就是骗人的勾当。

黑皮也只是一旁听着并不搭话，也不吃菜，一口闷一杯啤酒。大抵他还沉浸在丧父的悲伤之中，坐在那里心神不定的。后来他突然站起来瞄了刘若英两眼，把老板招呼过来将账结了。他嘟囔了句，真他妈B的烦！起身走了。刘若英愣了愣，尖叫着追了出去，把樱桃晾在饭馆。

冬天的夜晚无非就是冷，还好樱桃穿得厚实。饭店离家并不远，樱桃开始倒没觉出如何，只顾"嗖嗖"地走着。快到拐角处，她的心忽然慌到不能再慌，不光心脏隐约着疼，连下身也撕裂般地疼。路灯还亮着,百米一杆,并不一抹眼似的黑,樱桃还是撒腿就小跑起来,跑着跑着到了先前鞋匠接她的地方,心里才隐约着踏实安稳。那晚之后,她极少上晚自习,也没接过刘若英,鞋匠也自然没接过她。她想起那些日子,嘴角倒时常滑筛出丝缕的微笑。她记得鞋匠拎着电工用的那种笨拙、老气的手电筒,蜷缩在一棵树下。即便她骑着自行车从他身旁过去了,他也不敢轻易认定就是她。他是夜盲眼。

可是,现在她慢慢地走到树下,树下倒真站着个人。那人除了是鞋匠,还会是谁呢?他压着嗓子细细地问:"樱桃吗?是樱桃吗?"

樱桃说:"是我。"

鞋匠说:"吃饭吃得这么慢?"

樱桃"嗯"了声。

鞋匠说:"吃饱了没?"

樱桃说:"没有。我不爱吃大肠,也不爱吃肝尖。"

鞋匠说:"没吃饱的话,叔叔回去给你煮面条。"

樱桃说:"我妈让你来接我的?"

鞋匠说:"不是。"

樱桃说:"要不我拿手电筒,你跟在我后边。"

两个人就一前一后走。走着走着,鞋匠突然问:"樱桃,前些日子,有天晚上我来接你。丢钥匙的那回……你……怎么了?"

樱桃哆嗦了下,说:"忘了。"

鞋匠说:"你那天慌慌的……还记得吗。"

樱桃不时吸流着鼻涕。

鞋匠说:"哦。忘了就好。有些事,不要老惦记着。人这一辈子,其实就是眨眼的空当。"

等到了家里,裁缝还在灯下做活。她的腰愈发佝偻,头上戴着煤矿工人送她的棉帽子，不时拿起眼药水翻了眼皮，大滴大滴地挤着。见了鞋匠，淡淡地问了句，你去干啥了？鞋匠想了想说，能去干啥，接樱桃了呗，怕她害怕。裁缝就问樱桃，你哭啥？鞋匠去看樱桃，果然，樱桃的脸颊上全是泪水。樱桃说，困了，打哈欠打的，你怎么什么都管！裁缝摘下帽子，将发卡叼在牙齿上，把披散的头发捋顺了，盯着樱桃身后说，你学会了顶嘴是吧？有人给你撑腰了是吧？翅膀硬了是吧？

　　樱桃和鞋匠都不搭理他。鞋匠到厨房给樱桃下面条。樱桃在边上站着看。鞋匠做饭很有一套。主要是他的做法跟裁缝不同。譬如最简单的凉拌黄瓜，裁缝把粗盐用水稀释，捣好的蒜末和酱油一搅和，倒进去就是。鞋匠呢，是把花生油烧热了，撒上花椒、胡椒粉、姜片和孜然，等香味炸出来了，再泼到嫩黄瓜上。如果是下面条，鞋匠将水烧开了，先倒少许的山西老陈醋，等沸到不能再沸，扔段山东大葱，抓把海盐，打个鸡蛋，才将细挂面款款下锅。樱桃好吃这口，又酸又辣，吃后身上的每个毛孔都生出毛茸茸、湿漉漉的翅膀。鞋匠说这叫酸汤面，正宗老兰州的吃法。鞋匠从没出过桃源镇，杂七杂八却也懂得不少，想必是光棍做久了，晚上睡不着觉，就只能琢磨着如何将肠胃伺候得如意些。

　　面条很快熟了，鞋匠正用筷子往碗里挑着，裁缝走过来了。她把捞到碗里的汤面"哗"一声倒进锅里，大声清了清喉咙，一口痰吐出，噗水不偏不倚就吐在荷包蛋上。鞋匠傻站着，樱桃也是。两个人直勾勾盯着裁缝端着马勺把，大踏步走到院子里，将一锅面全倒进了垃圾桶。倒完后她兀自拧开自来水管，用丝瓜瓤将锅铲洗涮干净，放到煤气灶上，然后用肥皂把手打了打，细细地搓了搓，朝棉裤上揩了揩，重新蹩到厢房，屁股粘住板凳，身子俯到缝纫机上，继续给黑皮父亲缝寿衣。她动作缓慢，膝关节和肘关节似乎上了铁锈的机器，运作起来既生硬又散发出金属忧伤的气息。鞋匠什么都没说回了正房。樱桃也回了卧室，木木地躺上床板。她倒习惯了母亲对鞋匠大吵大闹，或者动粗将鞋匠的脸抠成糖葫芦。可这次，母亲如此沉静，倒让她不安生起来。她将棉被罩住了耳目，耳畔依旧是裁缝"歌德歌德"的一成不变的踩踏板声。她终归不是母亲的对手，而有些事，也不像继父所说的那样，能忘就忘得了的，这样想着，鼻涕和眼泪把枕巾浸得又冷又硬。

6

鞋匠仿佛变了个人似的，平日见了樱桃，不再"樱桃樱桃"地亲切喊叫，即便两人走了死对面，也只是侧了身贴住墙壁，让樱桃先行过去；也没再给樱桃买过烤红薯、棉花糖、薄荷糖之类的零嘴，更不用说替樱桃洗衣服了。樱桃想，鞋匠是彻底地被母亲征服了，这让樱桃有些怅然。她很是企盼回到以前的老样子，有说有笑，晨起练习倒立时让她帮他掐表，看看倒立了几分几秒，是否能破吉尼斯世界纪录。裁缝呢，她彻底成了缝纫机不可或缺的零件，和机头、齿轮、针头、牙齿、脚踏板一起快速磨合、转动。樱桃甚至发觉母亲的模样也越来越像台缝纫机了：头颅渐渐长成矩形，脖子出奇地纤细，肩膀处划出两道生硬的曲线，身体则发酵似的膨胀起来，大脚走起路来"歌德歌德"地擦着地面，频率和缝纫机齿轮转动的速度都出奇一致。她话本来就不多，如今更是稀有，只有偶尔哄草莓睡觉，才会轻声哼几句老歌。她会唱《相思河畔》《我一见你就笑》什么的：自从～相思河畔～见了你，你就深深地～印在～我心里……歌词从她嘴里错落有致地哼出，让樱桃想起深夜之时，针头在布料上发出的快速的、密集的、冷漠的击打声。

裁缝越是这样，樱桃反而就越不怕她了。如果她怕了母亲，母亲反而会多疑，如果她越是跟母亲拉硬杠，母亲倒有可能心敞些。鞋匠不吭声，那么她就主动打招呼，鞋匠不给她洗衣服了，她就主动给鞋匠洗，鞋匠不给她买零嘴了，她就主动给鞋匠买双鞋垫。她也不是存心与母亲作对，只是母亲的嘴脸委实让她难以忍受。当然，裁缝也没对她说过什么，任着她性子做。虽然过了年，风还是硬朗得很，鞋匠每每回家，脖子都会跟褪毛的火鸡般抖个不停，樱桃就对母亲说，妈，你咋不给我叔买条棉围脖呢？又花不了几个钱。裁缝没吱声。过几天，樱桃发现鞋匠脖子上真就多了条方格子围巾，毛茸茸的看上去就柔软。鞋匠的鞋大都是嫁过来时自带的，唯一的一双翻毛皮鞋，被鞋匠钉了一个又一个补丁，表皮的褐色毛皮早磨得光亮无比，樱桃对母亲说，妈，你看我叔的鞋，跟个要饭的花子没啥两样。这话说完了樱桃自己都有些后怕。鞋匠毕竟是结了婚的人，"老爷们的穿戴媳妇的能耐"的道理樱桃是知道的，这不明显是损裁缝吗。裁缝回头看了眼鞋匠，鞋匠连忙说，破点是破点，穿在脚上可是真暖和呢！不要听樱桃乱说！裁缝又看了眼樱桃，樱桃的目光生硬地迎上去，裁缝的眼神就飘移到手头的活计上，咳嗽声说，你要是有空了，就陪你叔去"桂英"劳保商店走趟，给他买双军勾吧。话是这么说了，樱桃自然不会去买，不过，鞋匠几天后倒真有了双军勾，黑亮的皮子，鞋帮里全是棕色狗毛，穿在脚上威风得很。樱桃隐隐觉得是自己胜了，心头难免沾沾自喜。

可樱桃越是如此，鞋匠反倒越是沉默寡言，话就更少了。每天早出晚归，轻易看不到他身影。还没出正月，鞋匠在街上叫辆拉铁锹的"三友"农用车给挂了，被同行用板车拉回来，坐在炕上哼哼唧唧。裁缝只打了个照面，问了句骨折了没有？鞋匠连连摇头说，不碍事不碍事，只是筋扭了下，你忙你的。裁缝说用热水把脚泡泡，橱柜里有紫药水，也有麝香虎骨膏，自己贴上一帖吧。说完回了厢房。鞋匠就踮着一只脚去翻箱倒柜找药膏，一个趔趄瘫到地板上。樱桃正在写作业，听到鞋匠的叫喊声连忙冲进正房，将他小心着搀扶到炕沿上，又帮他褪了鞋袜贴麝香膏。鞋匠连连说，我自己来，我自己来，脚臭着呢！樱桃不搭理他，帮他将药敷好，又翻腾出盒"三七"片，端了热水命鞋匠服了。等忙活完，抬头间正看到裁缝叉着腰板倚靠在门框上。樱桃就说，妈，你忙你的吧，我帮叔弄好了。鞋匠的腿就颤起来，不时拿眼瞥裁缝。裁缝笑了，说，你真是命好呢，白捡了个闺女，看来养老送终也不是什么难事了！鞋匠"嘿嘿"地干笑着说，这不都是托了你的福气吗？是你生养得好，生养得好……生养得好呢。

  翌日，裁缝突然说要带草莓去她姨妈家小住两日，算是忙过了冬，要休憩几天。这倒是件新鲜事，樱桃长这么大，一回亲戚也没走过。父亲自小就没见过，更不消说祖父祖母伯父姑母，母亲那头呢，据说亲戚都在七六年唐山大地震时压死，绝了门户，只剩裁缝一人。去就去吧，樱桃无所谓的。中午吃了鞋匠炖的鸡蛋糕，晚上吃了鞋匠炒的麻婆豆腐，吃完了就扒着桌子温书，温着温着打起瞌睡。睡梦里有人敲门，却是刘若英来了。刘若英还没进屋先"嘤嘤"地哭上了。她穿着件火红的裘皮大衣，脖子上盘着油光闪亮的狐狸皮，眉眼黯然耷拉着，全没了平时的骄傲。进了屋先上了樱桃的床，将棉被捂住腿脚，手指缠着樱桃的手指不停地抽泣。樱桃问这是怎么了？是不是考试没及格？刘若英耸了耸鼻子，鄙夷着说："不及格我会哭吗？你也太小瞧我了！"说完仍旧嗡嘤着垂泪。樱桃给她倒了杯热水，一心一意看着她哭。

"黑皮不要我了，"刘若英抽嗒着，"这个没良心的，说不要我就不要了！拿我当什么！"樱桃傻傻地问，不是过年前奔丧时还好好的吗？刘若英说："他说，他不喜欢我了。他喜欢上了一个北京姑娘，也是当兵的。听听！北京姑娘！皇城根长大的！"

樱桃听她絮叨着有些犯困。后来说："他不要你了，你就再找一个。你这么漂亮，追你的人又那么多。"

刘若英这才心敞些，说："可是……可是……"

樱桃倒极少见她这样温吞，就问："可是什么？"

刘若英说："我怀孕了……"

樱桃的嘴巴张开，半晌没有合上。

"这种事，千万不能让父母知道的，"刘若英说，"我让他回来陪我去堕胎。你猜他说什么？"

"说什么？"

"他说，"刘若英哇哇地号啕起来，"他说谁知道我怀的谁的种！"

樱桃刚想骂黑皮，听到门又哐当着响起，以为是夜风刮的，不料旋尔听到草莓"哇啦哇啦"的哭声，正暗自纳闷，裁缝已然闪进了屋。草莓被她揽怀里，努力睁着小眼，显然困了。裁缝见了刘若英也没如何寒暄，只僵硬地笑了笑说，是小英啊？你们聊吧，聊吧，我们娘俩去睡觉咯。樱桃想，母亲不是说在姨妈家住几天吗？怎么这么快就回了？刘若英仍喃喃自语，后来，她干脆央求樱桃陪她去县医院做堕胎手术。"堕胎"这个词从她嘴里脱口而出时，她绝望地躺在了樱桃的床铺上，用被褥死死蒙住了头。樱桃只见那被褥不时耸动，哭声没了，只听得窗外咆哮的风声漫过屋顶，将铁皮烟囱吹得铿锵作响，而糊窗户的草纸被风刮裂，"呼啦呼啦"地忽扇，谁家的狗"汪汪"地狂吠，吠得夜色愈发黑亮。她不禁直起身走到窗口，缓缓拉开窗帘。缺月挂疏桐，几颗碎星嵌到玻璃冰花上。她努着嘴唇朝冰花嘘了口哈气，满窗的景色瞬息变幻起来。她重又坐到刘若英身边，压着细嗓门对她说，她是她最好的朋友，她一定会陪着她去医院的。她听人说过，做流产其实并不痛，就像被蚊子叮咬了几口。她还说，要是她实在疼了，疼得受不了，就咬她的三根手指吧，她不怕。电视里女人家生孩子，不都是咬着被角或者男人的手吗？她这么一说，刘若英似乎更害怕了，哭声从棉被下呜咽着传出，比裁缝踩脚踏板的声响更让人不安。

7

手术倒很顺利。医生是个男的，肥胖的肚腩估计让他看不到自己的膝盖了，满脸的络腮胡则让他显得落落寡欢。他的手和他的身材一点都不协调，小、白、嫩、软、薄，将橡皮手套戴上时，他怎么着就打了个漂亮的响指，让刘若英紧紧闭上了眼睛。手术利落干脆，刘若英从手术台上迈下来时，医生犹豫着对她说，我闺女跟你同岁呢！女孩子家嘛，该懂得护着自己，免得遭殃受罪，将来落下病根，父母也跟着丢人现眼。很显然，他轻易就明白了刚才躺在那里劈开双腿、让他一双小手在花蕾般脆弱的子宫里忙活的，无疑是个怀春的高中女生。也许他碰到这样的事挺多，他的口吻没有试图说教的意思。他摘了胶皮手套，将金属器具扔到白瓷盘里，点了根香烟悠闲地抽起来。刘若英拼命低着头，嘴唇被她细密的贝齿咬得渗出血珠。到了走廊里，她将下巴软塌塌地顶住樱桃宽厚的肩膀，乳房忧伤地抖动着。樱桃随手摸了摸她白净细腻的脸颊，不晓得如何安抚她。

不过有件事樱桃很是好奇。刘若英是如何知道自己怀孕了呢？一些事樱桃影影绰绰知道些，但不是很清晰，她刚上初二，还没来得及学《生理卫生》，裁缝呢，对闺女的事素来不闻不问，那些女孩该知晓的事，也从未郑重地说与她听。樱桃骑了自行车，刘若英坐在后面，由于心存疑惑，自行车就骑得东晃西晃，还被路上的石子硌得颠簸不已。刘若英就不干了，说你存心害我是吗？我的肚子疼得要命，你是真对我好还是假对我好？说完又哭起来。樱桃不理她的茬，只是小声着问，你是怎么知道自己……自己……有了呢？刘若英哼唧着说，你脑袋是榆木疙瘩啊，你是真傻呀还是假傻呀？月经不来了，不就是怀上了吗？

车子咯噔下就停了。刘若英大声骂道，你个死樱桃！黑皮欺负我，连你也欺负我！她的声音饱含着愤怒。她想从自行车上跳下来，又怕崴了脚伤了身，只好从后座上伸手去捶樱桃后背。樱桃也不躲闪，也没继续骑自行车，慢腾腾地推着刘若英。刘若英这才欢畅些，说这还差不多，你对我的好我会永远记得的，我是属黄鼬的，有仇必报有恩必还，樱桃你给我记着这句话。

樱桃回了家，裁缝恰巧带着草莓去给客户送货了。她插了门闩，把窗帘拉得密不透风，炉钩子将蜂窝煤捅开，屋子里就热气腾腾起来。她脱了棉袄棉裤棉鞋钻进被窝，不住地哆嗦着。她记得自己已经三个月没见红了。按照刘若英的说法，就是她也"怀"上了。她伸出手指掐算了一下，距离那天晚上发生的事，刚刚也是三个月。如果不出意外，定是那两个男人中的一个使她有了身孕。她边寻思边把肥胖的身体蜷缩成团，一只脚的脚心磨蹭着另外一只脚的脚背，只希望自己越缩越小，最后变成懵懂的婴儿再次钻进裁缝的子宫。后来她忍不住从抽屉里取出面镜子照着腹部，似乎确实比以前大多了，摸上去似乎也多了些许的褶皱。昏睡了片刻她又激灵着耸身而起，穿了衣服和袜子钻进朱红色的大衣柜。这大衣柜还是矿工跟裁缝结婚时打的，松木的料，漆也好，躺在里面倒是很舒服，鼻孔里满是松木的脂香，只是闷了些。她想如果这是口棺材就好了，自己一辈子躺在里面，不用见到任何人，哪怕是远在新疆喀什的罗小军。这样死了也好，没有人会知道自己发生了什么事，丑陋的秘密和流言蜚语会像水消失在水里，街坊邻居只知道樱桃在大衣柜里闷死了，却全然不晓得她为何闷死在里面。她甚至想到她死后，裁缝可能会抽身离开缝纫机，扒拉扒拉她的厚眼皮，然后命鞋匠借辆马车或拖拉机将她送到火葬场，草莓呢，可能会更高兴，再也不会有人揪他耳朵，刘若英呢，照样会和别的男人谈恋爱，用不了半月就将她彻底遗忘……樱桃越想越伤心。后来听到门响，知晓是裁缝回来了。裁缝大声喊道："樱桃！樱桃！开门！"

樱桃从柜子里慌乱着跳出，趿拉着鞋小跑着去开门。裁缝就问，你中邪了？大白天的你插什么门？樱桃不敢去看母亲。裁缝进了樱桃的房间，前前后后观瞧一番，这才去缝纫机前裁剪布料。樱桃重新钻进被窝，将自己蜷缩成条肥硕的蛆虫。不一会草莓溜达过来，非要嚷嚷着和樱桃一起睡。樱桃将他拖进被窝，紧紧抱拥到自己怀里，伸了手去摸他脊梁骨。草莓长得瘦弱，脊梁骨摸上去硬扎扎的，让樱桃眼角沁出的泪水终于忍不住流出。弟弟很是听话，他一向惧怕樱桃，也没有哭闹，安然地枕了樱桃肉头的胳膊。姐弟俩一直睡到吃晚饭。鞋匠来叫他们，说米饭煮好了。樱桃这才抱着草莓去厨房。

吃着吃着裁缝说："樱桃，你把筷子伸到你叔的碗里了。"

樱桃慌忙着把手缩回，低了头默默地吃。裁缝倒是很久没见樱桃如此安静，眼皮也不挑，话也不多，也不挑剔她了，就跟鞋匠拉起家常。她说，镇上孙德昌的闺女，就是在百货大楼卖布料的那个，长得像林黛玉的那个，跟百货大楼的经理有了。说"有"这个字时她停顿了下，继续神秘地对鞋匠说，那个经理带着她去医院流产，正碰到她姐姐去打保胎素，姐俩就碰上了，裁缝打了个饱嗝，不屑似的说，真是丢人啊，孙德昌闺女才十九岁，那个老不正经的都五十八了！半截身子入土的人了！真是孽障。

樱桃撂下碗筷快速退回屋子。裁缝说你怎么只吃这点？樱桃窝着胸半句话也没说。裁缝似乎有些得意，说翅膀就是硬了，也得吃饱饭吧？吃不饱可是飞不起来的。樱桃没接茬，径自出了院门。晚上的风不似以前那样锋利，夜也不似以前那么黑，田野里的垢雪正在日渐融化，墙角里钻出了鹅黄色的蒲公英。樱桃在煤渣路上跑动起来。她小时跑得那么快，快得连罗小军都赶不上她，如今不行了，脂肪将她的臀部变得臃肿笨拙，两条粗短的大腿如非洲象般布满褶皱。除了去找刘若英讨主意，还能做些什么？

刘若英的脸色红润许多，正在床上咂摸着嘴喝鸡汤，见了樱桃很是高兴，说还是你惦记着我，别看你傻了吧唧的，却懂得心疼人呢。樱桃咧嘴笑了笑，话到嘴边又硬生生咽将下，只机械地摆弄着发梢，听刘若英骂黑皮的种种不是，骂着骂着她"噌"地一下蹿了起来，用力拍了拍桌子，将本岑凯伦的小说震到地上。她父亲推门进来问是怎么了？刘若英说，麻烦你进屋之前敲敲门好吗？亏你还是个知识分子！她父亲讪笑着退出去。樱桃仍是木头般坐了，将沙发靠垫抱怀里抚摸着，眼睛盯看着沙发下的波斯毛毯。刘若英骂累了，也就不说话了。屋子里突然安静下来，只听得两人匀称的呼吸、闹钟嘀嗒走动的声响和窗外传来的猫头鹰凄厉的叫声。

又过些时日，饭是更难下咽了，常常是课间操的时候，一个人偷跑到厕所，将早晨喝的大米粥吐得干干净净，也怕闻到那油烟味，以前是喜欢的，有事没事站在鞋匠身后看他掂大勺。尿也勤了，刚如完厕又隐约着来了。如此折腾了近个把月，肚子似乎也微微隆起了，好歹是冬天穿得厚实，旁人倒也观瞧不出什么门道。樱桃几次找到刘若英，想将事情原委告诉她，可每次俱是缩手缩尾地溃逃回来。便知道当初刘若英去做流产是需要多大的定力。课也上不好了，尤其是体育课，考仰卧起坐竟然没有及格，让樱桃的脸上很是挂不住。这样的日子又维系了段时间，有一日她把刘若英叫到自己家中，大声对她说，让她陪自己去医院堕胎。

刘若英惊愕的样子樱桃多年后仍会记得。刘若英的下巴瞬息间竟然脱臼了。樱桃只好先陪她去了附近的小门诊，让医生帮她把下巴接好。接好了下巴的刘若英眼睛还是大得惊人，她紧握着一只手，将它搁放在喉咙上，她这么做似乎是想优雅地扶好下巴，免得它再次掉下来。后来她好歹安定些，神情吊诡地问樱桃，跟谁有的？

樱桃闭口不谈是谁的孩子。她只关心到医院打胎到底需要多少钱。刘若英告诉她，钱倒是不多，几百块。樱桃说能不能先借我？刘若英沉吟会儿说，我上次用的钱，还是先前在酒吧里打工时攒的。现在往哪里去找那么多钱呢？往哪里找那么多钱呢？她神情恍惚地唠叨着，一副六神无主的样子，仿佛不是樱桃怀孕，而是她再次怀了别人的孩子。及至后来，她仿佛将钱的事情淡忘了，倒一味询问起是谁做的孽，声音也渐渐暖和起来，问樱桃有没有爱过那人？那人对樱桃又如何如何？樱桃就扶了大衣柜不停地呕吐，想起那一日的两个男人。她没看清他们的嘴脸，她只记得浓烈的白酒气味和他们粗糙的大手，以及下身传来的让她撕心裂肺的疼。刘若英上街帮她买了些橘子，安慰她说，她已经有办法了，虽然不是最妥当的办法，但终归是办法，总比这样拖延下去好，如果再这样不慌不忙拖着，没准哪天樱桃就会把孩子生在课堂上，到时候连个剪脐带的护士都没有，丢人的不光是她樱桃，还有她母亲和学校。樱桃就急急地问是什么办法？刘若英竖起食指放在唇边"嘘"了声，眼睛里漾出灿烂的笑意。樱桃的心里就安稳多了。

　　樱桃被裁缝用皮带抽打是几天后的事。刘若英所说的不妥当的办法，原来就是将这件事情告诉了裁缝，让裁缝带樱桃去医院妇产科做手术。裁缝那天等樱桃放学回来，二话没说先就将樱桃扑倒在床，一把扯下樱桃的裤子，将她的羽绒服撩上去，一双干枯的手掌在她腹部摸来摸去，摸着摸着裁缝险些昏厥了。她离了樱桃，稳稳地坐到缝纫机前，机械地踩踏了几下脚踏板，不成想全踏了空。后来她直勾勾地盯着缝纫机的皮轮，皮轮有些干涩，她皱了皱眉头，从抽屉里划拉出半瓶润滑油，小心着在皮轮上抹来抹去，抹完了随手将润滑油扔了，这才恍惚着说，樱桃，帮妈把柜子里那条皮带拿来。

　　樱桃"嗯"了声垂头就去拿。这皮带是矿工的，据说是哪个狐朋狗友送的名牌，矿工失踪后一直在柜子里锁着，那天被鞋匠看到了想自己用，却被裁缝讨要回来。樱桃怯怯地将皮带递给母亲，裁缝稳稳地接了，命樱桃自己掀着衣襟，露出白皙、脂肪丛生的小腹，一皮带就抽将下去。樱桃一哆嗦，也没吭声。裁缝就一下一下地抽起来，樱桃开始还小声哼唧两声，后来连声气都没了。裁缝还不罢手，将樱桃的身体翻将过去，继续抽她脊梁骨，抽着抽着樱桃醒过来，轻轻地唤了声"妈"，裁缝嘴唇哆嗦了下，仿佛方才明白自己在做什么。她扔了皮带，目光在樱桃脊背上扫来扫去，后来伸了手去触，刚碰到樱桃的皮肤，樱桃就断断续续地呻吟起来。裁缝一把将樱桃揽进自己怀里，号啕大哭。哭了没两声就歇了，怕左邻右舍听到。樱桃长大后还是第一次这样被母亲抱着,尽管皮肉和筋骨都散了架,却仍察觉到母亲干瘪的乳房顶住了自己的乳房,母亲的心脏贴住了自己的心脏,母亲呼出的气息吸进了自己的肺里。

后来,裁缝问:"谁的?"

樱桃半点说话的力气也没有了,身子是软的,舌头是硬的。

裁缝问:"谁的?!"

樱桃就哭了。

裁缝继续问道:"谁的?!!"

樱桃良久才哭着说:"我也不知道……"

裁缝问:"是不是他?"

樱桃嘴唇翕动着:"他……?"

裁缝冷冷地说:"我就知道是他。"

樱桃想知道母亲口中的"他"说的是谁。可裁缝没说。

裁缝叹了口气:"我早就看出来了……我早就看出来了。"

樱桃这才一惊,虽则神智模糊,却也隐约猜出母亲口中的"他"是谁,沙哑着嗓子说:"不是他!不是!"

裁缝冷笑一声:"到现在你还护着他。你到底跟谁一条心?亏我生养了你!"

樱桃被裁缝强行拽进被窝,听到门响了声就昏迷过去。也不知道过了多久渐渐苏醒过来,只觉背部如被针毡刺了个遍,腹部亦是火辣辣地跳个不休,便想,鱼被人放到滚烫的油锅里时,是不是也这样的疼法?平躺着也疼俯卧着也疼,只得侧身卧了,盼母亲回来快给她上些云南白药。想着想着又昏睡了过去,似乎只有在睡梦中,屈辱和忧伤才会全然没了踪影,所有的事才会踏实如意,便对自己说莫醒来,莫醒来……等一只小手来回摸自己的脸,才将眼睛开,知道是草莓和伙伴捉迷藏回来。草莓问，妈去哪儿了？妈去哪儿了？我快饿死了！我要吃肉！樱桃呜咽两声，一个字也吐不出。弟弟就说，姐姐，抱着我睡觉，抱着我睡觉。樱桃哪里有心思去抱他，只好任他脱了鞋子躺进来，将窄小的头颅偎依着她的乳房，安静地闭了眼又睁开，说，姐姐，姐姐，我长大后要娶你做老婆，我喜欢你呢。樱桃哽咽着说，好……好。将他搂得更紧，怕是一松手，自己这口气就要缓不上来。

傍晚时分，裁缝和鞋匠双双回到家。鞋匠似乎很是开心。原来下午裁缝没做衣裳，而是去街上帮他看摊子。裁缝不光帮鞋匠看了鞋摊，还去肉铺买了三斤五花肉、半斤草驴肉，又去农贸市场买了四两东方虾和一瓶高粱酒，简直比过年还要丰盛。鞋匠将肉切了便要入锅，裁缝柔声说，你累了半天，该歇歇了，让我来吧。鞋匠有些受宠若惊，搓着手站在那里不知是继续帮忙呢，还是哄了草莓去玩。裁缝就嗔怪道，你有啥不放心的？我炖的五花肉肯定比你炖的香。鞋匠"嘿嘿"笑着，脸上的麻子聚在一起，反倒显得脸光滑许多。虽说是裁缝下厨，鞋匠也不敢走开，在她身后蹑手蹑脚站了，又是切葱姜蒜又是递酱油瓶子，见裁缝忘了放桂圆又偷着往锅里投了几粒，怕裁缝见了生气，动作倒极为干爽利落。等忙活得差不多也有八点钟了。鞋匠将裁缝腰上的围裙解下，这才快活地问，咦？怎么不见樱桃？

裁缝说："樱桃这孩子，又发烧了。躺着呢。"

鞋匠问："要不要请医生？"

裁缝冷哼一声："不用。被子一蒙，姜汤一喝，比什么灵丹妙药都管事。"

鞋匠讪笑着点点头，将餐桌放好，又问裁缝："樱桃起来吃，还是在床上吃？"

裁缝朝他笑了。鞋匠跟裁缝结婚半年多来极少见她笑过，即便笑

37

时也转瞬即逝，仿若夏天偶从弄堂里吹过的凉风。不过裁缝笑起来倒比平日耐看些，鞋匠就多看了两眼。裁缝也不恼，叼了发卡拢拢碎发说：“樱桃估计不想吃腻的，我们吃我们的吧。”

鞋匠又掂量着问："要不要给她熬点稀粥？厨房里还有些绿豆和冰糖。"

裁缝将五花肉盛进花瓷大碗，缓缓地转过身来凝望着鞋匠，即便是凝望着丈夫，她的瞳孔还是不自觉地偏离开去，对准了墙上褪了颜色的杨柳青年画。后来，裁缝斜着眼捋了捋鞋匠的衣领，鞋匠前胸有块油渍，她又用食指蘸了唾沫洇湿，指甲上下左右抠了抠，这才喃喃着说："总是这么心细呢，你。"

鞋匠对妻子温存的举止倒有些不适，将她的手掌轻轻移开，"嗯"了声，又试探着问："要不要去问声？没准她现在烧退了，吃点油腻的，倒能开开胃。"

裁缝转过身端起五花肉，说："也好。随你的便吧。你是她继父，不要屁大点的事也要问我。你不一向是个有大主意的人吗？嗯？"

鞋匠就进了樱桃的屋子。樱桃恍惚中听到脚步声，知道是他，没等他开口就说："不吃。"

夤夜，鹧鸪数声，寒灯吹熄，樱桃只望得见梁上无涯的黑。她本想将详情原原本本告知母亲，可一念到那两个男人，心里委实恶心，仿佛言辞沾了这两人，对她亦是另一次糟蹋。母亲又会如何看她？母亲无疑会将眼神斜钉在她身后的簸箕上，将她的身坯和星点可怜的自尊压成齑粉，她就跟鞋匠一样，在母亲眼前再也直不起腰身了。等裁缝摸黑推门进来，她慌忙着闭紧双眼。母亲偎了她的身子，半晌没得声息。旋尔裁缝撤身离开，寒风自门缝刮进，吹得额头冰凉，难免沉沉睡去。孰料不久，母亲又推门进来，仍是贴她坐了，影子般沉默。

樱桃能感觉到母亲寒气沼沼的身体不住打着寒噤，浑身散发出染料、猪油和缝纫机油的气味。樱桃想去拉母亲的手，怎奈连臂膀也抬不起。裁缝就这样在黑夜里坐着，灯也不打，呼吸声也听不得一息，仿佛坐在樱桃身旁的只是个沉默寡言的魂灵。有那么片刻，樱桃以为母亲已经离开了，不禁睁开眼扫射四周，黑暗中却看到两束绿色的光芒安静地笼罩着自己，不禁打了个哆嗦。裁缝这才起身关门离开，关门时门闩似乎碰到了炉钩子，裁缝及时扶住，金属钝响在暗夜里未来得及荡开，倏地就断了。

8

翌日清晨，迷迷糊糊中樱桃又听到鞋匠刷牙的动静，心里莫名地安定下来。他心情很好，嘴里吹着口哨，把自来水放得哗哗大响，想必是昨晚的五花肉很对他胃口。及至寒日东升，草莓端了碗绿豆粥进来，一勺一勺喂给樱桃吃。樱桃盯着弟弟的小脏手，眼泪就收不住了。草莓虽小，却有得耐性，等碗里的粥喂完，又奶声奶气问樱桃，姐姐，要不要再来一碗？爸爸煮的，好吃不？樱桃攥了他老鸹般的黑爪，想了想说，不吃了，你把妈给我招呼进来。

裁缝进来时嘴里正嚼着乳豆腐，满嘴猩红，双眼肿胀。她先坐到缝纫机前缝了顶帽子，然后她侧转身子，手指不停揪着帽檐上的破绒线，生硬地问道，你……有什么事？

樱桃这才支支吾吾地将那晚发生的事，一五一十告诉母亲。在述说的过程中她并不敢看裁缝。裁缝也只安然地听着，并不插话。樱桃一口气讲完如释重负，身子也没了力气，恹恹地躺平。裁缝一点点逼仄过来，想去拉樱桃的手，樱桃激灵下躲开，起身扶着床沿将吃进的绿豆粥吐得满地皆是，边吐边思忖，母亲会说些什么呢？知晓了真相，她该不会怀疑继父了吧？想到母亲竟然会猜到鞋匠头上，樱桃的眼里就浸了泪水。裁缝的手硬生生地撤将回去，什么都没说，起身给樱桃倒了杯热水，半天才缓过劲来似的说了句："你……别怕，有我呢。"她没说"妈"，而说的是"我"，樱桃这才感到丝暖意，却也只是料峭的春风里，零星的几点野火罢了。

快到晌午时好歹筋骨舒展些，皮肉不那么痛痒，樱桃慢慢地穿着衣服，耳朵里是母亲隔三岔五踩缝纫机的动响。后来，她看到母亲急匆匆走出厢房，将一件物事扔进垃圾桶。扔完后她又急匆匆进了厢房，站在缝纫机前按捺住胸脯不停的喘息。本来樱桃也没如何留意，可裁缝惊慌的神情让她心里生出丝不安。她趿拉着鞋佯装去倒垃圾，然后，她从满桶的煤灰、鹅毛、白菜帮子、生肉皮里捡出个塑料瓶。塑料瓶是白色的，崭新的商标是用老鼠尸骨歪歪斜斜拼凑的黑字，"毒鼠强"。这段日子家里的老鼠并不扰人，鞋匠手巧，用废铜烂铁和弹簧自制了老鼠夹子，夹子上放了块碎奶酪，竟打到了十五只肥硕的家鼠。母亲买"毒鼠强"做什么？听说国家已经禁止生产这种烈性毒药，想来母亲买上这么一瓶也非易事，干吗又要鬼鬼祟祟扔掉？樱桃盯着商标上老鼠干瘪的尸骨，寒气便迫上心肺。

中午，刘若英来看樱桃了。她似乎还在为她的主意暗自得意，一个劲地问樱桃她母亲是怎样的态度？何时动身去医院？还好，她不再一根筋地追问这胎儿的由来，想必在她看来，能跟樱桃好上的，绝非什么玉树临风的白马王子，早没了探究的兴致。另外她还提供了条珍贵的信息，她说，刚才放学回家路上，她从电线杆上看到条广告，上面写着:"不痛不痒,一针堕胎——广大粗心女人永久的福音"。只不过价钱并不便宜,两百多块,可药水真是管用的话,当初她倒宁愿挨上这么一针,也不愿看到那个男医生有条不紊地戴橡皮手套。她又神秘兮兮地告诉樱桃,黑皮又回家了。听说这头没良心的骚驴在部队体检时,被查出有肝炎,要在家里待上段时间。樱桃觉得刘若英完全没有必要再打听黑皮的任何消息。这个男人不值得她拿正眼去看,可刘若英似乎并不这般想,她拉着樱桃的手,用近乎甜蜜的声音问道,樱桃,你说我要不要买上筒荔枝罐头,去看看他呢?他独自在家……肯定很无聊呢,你不知道,他这个人,最好热闹了。樱桃将脸颊面向墙壁,不再搭理她。

裁缝这天也没再理樱桃的茬,不过伙食倒硬了不少,炖的小肘子肉。樱桃其实企盼母亲尽快出个准主意,赶快去医院把孩子拿掉。裁缝呢,似乎并没着急,想来她在盘算最好的法子。任何一件坏事发生,总会有个最好的办法来应对,裁缝素来相信这道理。不过,她最好的办法还没有想出,家里却来了位陌生的客人。

这客人是鞋匠带回家的。他白净柔弱,围着条暗红方格子围巾,身上是件瘦瘦的掐腰黑风衣,已然褪了颜色,衬得他像颗上了锈的黑色铆钉。他头上顶着细雪,踏着碎步尾随鞋匠进了庭院。裁缝正杵着缝纫机托着双腮走神,便听得有个男人细声细气地喊:"嫂子!嫂子!"

裁缝、樱桃和草莓都从屋子里跑出来。他们家从没有来过亲戚。尤其是草莓,拽了裁缝的后衣襟,探头探脑地朝男人挤眉弄眼,被裁缝扒拉过去。她迟疑着问道:"你是?……"

男人尚未答话,鞋匠就急忙说:"我正在修鞋,卖肉的王德胜把兄弟带到我那儿,说是你亲戚……"没待鞋匠解释完毕,男人突然伸出手握住了裁缝的手,裁缝想把手抽回,她没有和男人握手的习惯,不料男人热忱的双臂紧紧焊住了她的双臂，裁缝倒丝毫动弹不得。她看见他朝自己咧嘴笑了笑，露出两颗金灿灿的门牙，他似乎察觉到她窥到了他与众不同的门牙，有些羞怯地笑了笑。他笑的时候左眉未动，右眉梢则在瞬息间挑了两挑。她盯着他的黄金牙齿机械地启合，碎雪花不时扑进他幽深的口腔。她只得再次问道："你……是？……"

"我是你弟弟啊！"男人有些幽怨似的说，"我哥难道从来没和你……提起过我？"见裁缝仍愣愣地扫视着自己，他只得说道："我哥就是岑国庆啊！我是岑国庆他弟弟，我叫岑卫星。"

裁缝这才明白过来，原来客人是煤矿工人的亲弟弟，据说在南方的动物园里饲养大象，前夫失踪时倒给他拍过封电报，询问他哥是否去了南方。不过他也没回信。裁缝"哦"了声，目光散淡地问："你哥哥跑了，你来这里干什么？"

鞋匠似乎觉得裁缝这样对待一位千里迢迢赶来的客人有些生冷，忙拉着大象管理员进了正房。裁缝则在庭院里站了几秒，后来她望着樱桃问："他来这里干什么？嗯？"樱桃也摇摇头。对于矿工，樱桃已然将他忘却。唯一记得的，是他给她买过好多交通地图，有南京的，有苏州的，还有巴勒斯坦的。更小的时候，他给她买过切糕和麻糖。短短几年，樱桃记不起他长什么样子了，不过有一点倒能肯定，他和他这个在动物园工作的弟弟全然不像。

一家人都围看着这个外省来的人。他那么瘦，定是营养不良，是不是他把食物都喂给了他心爱的大象？他也不是很健谈，坐在炕沿上低头修理着自己的指甲。他小拇指的指甲两寸盈余，晶莹剔透。鞋匠瞄了裁缝一眼，商量着问男人，你晚上别走了，天这么冷，我们喝两盅？说完又去看裁缝，裁缝恍惚着回他一眼，并没吭声。大象管理员这才朝小拇指吹了吹，将指甲刀小心翼翼地放进钱包，盯看着鞋匠说，好吧，好吧，不过我来得非常匆忙，并没有给孩子们带礼物，真是不好意思。鞋匠炒了个鸡仔，拌了块豆腐，热了热前日剩的草驴肉，倒了盅散白酒，两个男人默默喝起来。几杯酒下肚，大象管理员这才暖和过来，他说，还是家里好啊，自从唐山大地震后，他已十六年没回过老家，这么些年来，他一直待在南方那个疯狂的城市，饲养着大象和乌龟。他使用了"疯狂"这个词语似乎还不过瘾，接着他详细描述起那个貌似文明其实野蛮的城市。他说，这座城市里居住着大批没有进化好的土著居民，面目可憎，身材畸小，空气里满是人肉的臭味；火车站、地铁、商场里全是盗贼，专门偷穷人，不光偷钱，还偷身份证、暂住证；大街上、天桥上、地下通道里全是飞车党，动不动就将行人耳朵割下、手指剁下，为的只是耳朵上的金耳环和手指上的金戒指。述说这些情境时，他不停耸着肩，右眉梢跳得更加厉害，不禁让草莓吓得钻进裁缝怀里。鞋匠只"嗯啊"点着头，为了让客人显得更有尊严，他挑了几个有关动物的问题问他，比如，鞋匠有些谦卑地问道，大象……是不是……分为非洲象和……和……和亚洲象两种？

"你怎么能这么说呢！"大象管理员尖着嗓门嚷道："你们这些农民，看问题总是这么肤浅！"他有些赌气似的将酒杯重重摔到酒桌上，有些诧异似的盯着鞋匠。鞋匠只得"嘿嘿"干笑几声，大象管理员这才缓缓说道："首先我要说，仅仅根据外貌和大小来判断一个物种是不是由几个物种构成，是很冒失的！是极端不科学的！比如文糙龟，红耳亚种最大的雌性可以达到35厘米，而维纳斯亚种最大的雌性只有20多厘米，泰氏亚种、黄耳亚种最大雌性在它们之间，四个亚种的花纹、花色构成在你们这些人看来，都会认为是不同的龟，而和它们没有关系的甜甜圈龟、彩龟，却拥有和它们相似的花纹花色。"他饶有兴致地摸了摸草莓的后脑勺，又摸了摸樱桃粗糙的脸，"另外某些动物幼年和成年差异相当大，例如棱背龟，从幼年生长到成年，食性会由肉食完全转换为彻底的素食。"

他并没有说大象，而是说了这么多听起来如此神奇的乌龟。一家人都焦急地等他继续说下去。而他却不说了。他好像累了，身体躺靠在炕褥上说："我哥到底去哪里了？"他没有望着裁缝说，而是望着鞋匠说。鞋匠摇摇头，他这才将目光投向裁缝。裁缝"哼"了声："我倒是想问你呢。你哥跑哪儿去了？扔下我们娘仨，不声不响就没了！没了！"

她近乎愤怒地起身去了厢房。鞋匠这才郑重地对大象管理员说，天很晚了，他最好先去汽车站附近找家旅馆，免得待会雪大了，路泥泞不堪，黑灯瞎火的不要有什么闪失。大象管理员点了点头，细声细气地问樱桃，请您给我拿几张餐巾纸，好吗？

樱桃对这个大象管理员没什么好感。他身上有种动物的气息。这和他当不当动物饲养员没关系，她相信他即便去摩托车商行卖摩托车，去种子站卖玉米种子，去税务局收税，他身上照样是股子动物的气息。对这位贸然来拜访的客人，樱桃也不甚关心。她关心的是母亲。整整一天了，母亲再也没提过她怀孕的事，仿佛樱桃根本没和她提过这档子事。而樱桃是多么急切地想知道母亲的算盘是怎样打的，她有没有将这事告诉继父？继父如果知道了，会拿怎样的目光看她呢？他还会在漆黑的夜晚，提着硕大的电工手电筒去接她吗？樱桃在屋里走来走去，耳畔是"歌德歌德"的噪响。后来，她端坐到书桌前，打算给罗小军同学写信。她很久没给他写信了，那种素粉花朵的信纸也用完了。樱桃将做数学题的本子撕下一页。她写道：罗小军你好，请原谅我这么长时间没跟你联系，我遇到了些麻烦事……写"麻烦事"这几个字时，樱桃眼前又浮现出母亲那张没有任何表情的脸，像张萨满面具嵌在黑夜上空。她接着写道：我妈的亲戚来了，不过我妈并不喜欢他。这个亲戚也让人讨厌，长着条会跳舞的眉毛和两颗黄金板牙，说话尖声尖气，浑身散发着大象和药水的气味……你那边冷不冷？桃源镇还在下最后一场雪，不过快立春了，估计雪化了，大雁就该飞来了，我的麻烦事也会解决掉，你也不用担心了。

9

然而这几天母亲仍然没有提堕胎的话题，何止是没提，简直和以前待樱桃没什么区别，照例做她的活。春天快到了，好些人家托裁缝缝制一种爱尔兰帽子，据说宽大的帽檐对付春天的沙尘暴绰绰有余。樱桃又急又气，急的是再拖延下去，出丑就是板上钉钉子的事，气的是母亲为什么这样麻木不仁？她是否想凭这件事拿捏自己？

倒是鞋匠对她突然地亲近起来，也不再顾忌裁缝。那天中午他很早回来，在厨房忙活半天，端了盆黑乎乎的汤出来，汤上漂着几块枯木皮般的东西。他叮嘱樱桃赶快趁热喝掉。樱桃问这是什么汤？鞋匠的脸就红了，只说你喝就是了，对你身体有好处的。说到"身体"这两个字时他加重了语气，眼神却并不看樱桃，而是盯着碗里的几根香菜。樱桃"咕咚咕咚"地喝了。鞋匠的厨艺没得说，汤滋味鲜美，樱桃全喝下了，最后她用筷子将那几片贝壳样的东西挑出来，扒拉过来扒拉过去，委实猜不出是什么。第二天中午，鞋匠又炒了海马韭菜，偷偷端到樱桃房间。樱桃看着鞋匠，鞋匠将目光投向窗外，叮嘱樱桃说，樱桃……你什么都不要说，也什么都不要问……叔给你煮的东西，你尽管放心吃好了……

这样,鞋匠每天都弄些奇怪的食物来让樱桃品尝,有辣椒炒丁香,茴香拌洋葱,生姜末泡芥末油,还有生萝卜蘸酱,落葵炒菊花脑,肉桂煮羊汤。他甚至不晓得从哪里弄了些槟榔,让樱桃有空就吃几粒。樱桃将槟榔放进嘴里嚼着,一股烟丝呛人的味道,舌头麻麻幽幽。樱桃就晓得,他大概是知道了自己的事,给她吃的东西,怕也全是对堕胎有益。果不其然,那天樱桃去正房里翻找毛衣,便在柜子里发现了本薄薄的旧书,叫《孕妇食谱》,好多处用铅笔重重画了波浪线。譬如孕妇忌吃食物里就有"海马"一则,写道:"《本草新编》曰:海马入肾经命门,更善堕胎,故能催生。《本草纲目》亦云:海马,难产多用之。《食物中药与便方》中介绍:妇女子宫阵缩无力而难产:海马1个,煮水,冲入黄酒半杯温服。故凡在怀孕早中期,切勿食之。"每一页多少都用铅笔画了横线,甚至连介绍如何保胎的相关条款亦是如此。

看来她的事,家里除了草莓,是都清楚的了。鞋匠之所以能知道,只能是母亲相告。可是母亲为何迟迟按兵不动?那天鞋匠又炒了马齿苋给樱桃,樱桃低着头闷闷地吃。鞋匠并没立刻离开,而是垂头看着樱桃。樱桃见他站那里不发一言,就仰了头看他。她看到他眼里沁着泪水就要夺眶而出。见樱桃瞅他,连忙用手指掐住眼角,笑着说,春天该来了吧?风沙恁地大呢!樱桃说是啊,我顶不喜欢春天,昏天黑地,桃源除了沙子还是沙子。鞋匠说,话也不能这么说啊,春天还是好的,草长莺飞,万物复苏……他顿了一顿,说,樱桃,其实你妈比我还……操心这事,只是她不说而已……你也知道她的脾性……她是你亲妈呢……你现在的样子,吃药其实已经不管事了……她在给你联系一家好点的医院,又不能在本县……那些医生都认得她,她们的旗袍,你也知道，不都是你妈给她们做的？

母亲当真关心自己？如若真把闺女当回事，为何连句安慰的话都不肯说？是面子重要还是闺女的身体重要？樱桃赌气似的撕扯着自己的衣襟，将马齿苋的菜汤都咽干净。鞋匠磨磨蹭蹭拾掇着碗筷，像是还要说些什么。后来，他只是拍了拍樱桃的肩膀。

学还是要上的，刘若英还是难免会碰到的。刘若英的装扮奇特而诡异，她套了顶灰色贝雷帽，戴副白口罩，脖子上缠了条厚实的花围巾，单只将一双惊恐的眼睛露在空气里。她偷偷把樱桃拉到车棚，很严肃地告诉她，这几天，有个南方口音的男人经常跟踪她，跟踪了几天后就不跟踪了，而是直接跟她谈了话。这个男人穿着件黑风衣，戴着副墨镜，跟电视里的侦探没什么两样。他知道她的名字，知道她跟樱桃要好，他甚至知道她堕胎的事。这个幽灵向她询问了很多关于樱桃家的事，比如她最后一次见到煤矿工人是什么时候？煤矿工人失踪多久开始有媒婆给裁缝做媒？鞋匠第一次去裁缝家又是何时何日？裁缝跟鞋匠在煤矿工人失踪之前是否就有往来？总之这个娘娘腔的男人比女人还烦，问的问题她根本无从回答。不过她还是认真回答了，因为这个男人警告她，如果她不如实坦白相告，他不但会把她去医院的事写信告诉她父亲，还要写成成篇累牍的大字报，贴满桃园县每条主街道的电线杆。

刘若英说完急匆匆地走了，走时还东张西望一番，大抵怕那男人在暗处盯梢。樱桃觉得好生奇怪，这人无疑是大象管理员，他跟刘若英问这些事，到底要做什么？狐疑着回到家，却看到大象管理员正蹲在门口，拿着卷皮尺悠闲地丈量着土地。他见了樱桃咧嘴笑笑，不慌不忙掏出笔记本记录着，后来他收了皮尺和本子，一本正经地对樱桃说："你，喜欢岑国庆吗？"

樱桃没理会他，径自推了自行车入门。见了裁缝，把这男人的古怪行径说了一遍，裁缝的额头就沁出汗珠。她咬掉了爱尔兰大檐帽的一根线头后，吩咐樱桃千万不要搭理这人。他无论问什么话都不要理会，就当他是个不存在的人好了。樱桃连连点头，转身去盛米饭，听到裁缝在身后嘀咕，哎，屋漏偏逢连夜雨。

长这么大樱桃还没遇到过这么让人头疼的人。晚上在家门口她又见到那男人。他竟然正抱着草莓聊天。草莓被他紧紧箍在怀里，还要不时被他在脸颊上亲吻几口。草莓倒也安生，嘴里嚼着块旺旺雪饼，见了樱桃就大喊，姐！姐！大象叔叔买的饼干，你吃不吃？

大象管理员见了樱桃，很礼貌地点点头，示意樱桃一并来坐。樱桃就坐了。她倒想看看他到底要什么把戏。男人对樱桃坐到他身边没有觉得意外，好像事情就应该是这个样子。他在给草莓讲大象的故事。他温声款语地说，我的侄子啊，我的宝贝啊，我们家唯一的骨肉啊，你知道吗？大象的脚趾数目往往不是绝对的，而是存在着变异。为什么呢？脚趾数目的减少，可能会让脚部有更多的空间来生长肉垫，而宽大的脚垫，可以应对森林松软的地面。这和"生活在干燥平原地区的马蹄子窄小，生活在潮湿林地的马蹄子宽大"应该是一样的……他声音温净、安详，似乎在这寒冷的户外也有种催眠作用，樱桃竟觉得困顿起来。她听他在她耳边一个字一个字地说，有些事，远远不是你看到的那样，你想象到的那样，而是隐藏着巨大的秘密……这时鞋匠收摊回家了，见樱桃和草莓坐在大象管理员身边很是诧异。他热情地朝管理员打着招呼，喂！你还没走吗？你难道不着急回去上班吗？

大象管理员的右眉欢快地蹦跳着，他告诉鞋匠，前几年他在训练大象表演时，被头发情期的大象踩断了肋骨，在医院里整整躺了两年。两年的时光啊，也只是树绿了两次，杜鹃叫了两回。他今年办了退休手续，再也不用和大象和乌龟打交道了。他这次回家的目的，就是想找到他哥哥，跟他哥终老一生。可是他哥却失踪了。说着说着，他眉毛也不跳了，阴森地盯着鞋匠。半晌才说，我知道我哥没失踪。他怎么会失踪呢？他那么热爱女人！如果他没失踪，那么，他到底去哪里了呢？大象管理员突然站立起来，他怀里抱着草莓，却仍能看到他的胸腹在剧烈地起伏。他朝鞋匠用普通话大声嚷道，他死了！我知道他肯定死了！他从小胆小怕事，连壁虎和蝮蛇都不敢摸，他肯定不会自杀！他是被别人杀死的！实话告诉你，我已经查出凶手是谁了！……说到"凶手"这两个字时，鞋匠和他的孩子们都惊恐地注视着大象管理员。然而大象管理员却不再说话。说了这么多，他肯定累了。他小时肯定是个娇生惯养的孩子。

鞋匠把草莓从他怀里抱过负在肩上，又拉了樱桃的手急急进了家门，将铁门的门闩紧紧插死。他对孩子们说，不要再单独和这个动物园的人打交道，哪怕他给他们吃最好的零食，给他们玩最好玩的玩具。晚上吃饭时，樱桃留意到母亲不断梭巡着继父，每每要说什么却欲言又止。鞋匠呢，倒是从没有过的从容。他没去看裁缝，而是竖起耳朵听着门外的动静。门外其实也没什么特别的动静，只是往日里野猫叫春的声音和布谷鸟哀怨的鸣声。

因了大象管理员的存在，一家人很快就吃完了饭，草莓也异常听话，并没有哭闹。裁缝匆匆刷了碗筷，催促樱桃快去厢房睡觉，而她自己也没有如平时那样，将缝纫机的踏板一直踩踏到深夜。母亲也有怕的时候，她也毕竟是个女人，是个没有什么气力和主见的女人，她的彪悍厉害之处，只是用在儿女和丈夫身上。这么想时，樱桃内心滋生出恣肆的快慰。她大声地说着话，叫草莓先别睡觉，而是跟她玩一种"拖拉机"的纸牌游戏；她又将走廊的灯打开，说是车链子没油了，要浇些缝纫机油。等浇完缝纫机油，她说头痒得厉害，头屑比雪花还多，要开煤气灶烧水洗头。裁缝没有叱责她，裁缝甚至没有正眼瞅她，而是早早温了被褥钻进去，有一搭没一搭地看电视。樱桃觉得无趣，只好关了门写作业，写着写着有人敲门，却是鞋匠煮了只螃蟹要她吃掉。樱桃知道这东西味寒，默默接了。鞋匠轻柔地说，要是没什么紧要事，就熄灯睡觉吧，方便时不用出门跑厕所，在院子里好了。

樱桃那晚睡得异常安谧，梦也做得踏实。及至半夜，她突然醒来，屋顶上似乎有脚步声。脚步声很轻，可她却仿佛闻到了某种动物的气味，想到那位大象叔叔，难免有些紧张。她摸黑窸窸窣窣穿好衣服，鞋也来不及穿，蹑手蹑脚探到窗边，偷偷拉开一角窗帘，显些就要呼叫出来。

院子里漆黑无光，樱桃却也能辨出有人正在庭院里挖东西。那人身影单薄细长，抡着把铁镐一点点刨那丛蔷薇。蔷薇刚入冬时就被樱桃割掉了，表层埋了炉灰。如今立了春，泥土松融，刨起来并不费力。樱桃就去摸裁缝的剪子，摸了半天却只摸得一把木尺。她又掀了窗帘，眼睛却瞬间刺得睁不开了。

原来是鞋匠开门出来，将屋檐下的灯打开了。鞋匠穿戴齐整，脚上穿着新买的军勾鞋，脖子上围着灰格子围巾，手上攥着把切皮子用的砍刀，像尊门神似的站在那里。砍刀刃无疑很锋利，在灯光下射出一星两星的寒光。樱桃听到鞋匠冷笑了两声，我就知道你会来！

大象管理员把镐拢在怀里，樱桃知道他一定在尖声尖气地争辩着什么。可窗子紧闭，她根本无从听辨清晰。她想拿着木尺跑出去，小腿却动弹不得。她看到继父也在说话，他说话的速度很快，樱桃只能看到他的门牙和白齿在白炽灯泡下泛着和砍刀一样的寒光。后来大象管理员将镐扔掉，捶胸顿足，那件黑色的掐腰风衣被他甩到泥土上。

樱桃将窗户打开一道缝隙,隐约听大象管理员喊道:"你要是让我相信你,你就砍下自己一根手指!我保证以后再不来骚扰你们!"他声音虽歇斯底里却音符那样错落有致,"否则,我夜夜来纠缠你们!我怕什么!我连精神病医院的医生都不怕!我可不是岑国庆!我是岑卫星!我是动物学家岑卫星!"

樱桃看到鞋匠迟疑了会。樱桃想继父千万不要相信这男人的鬼话。鞋匠呢,手里拿着砍刀只盯着大象管理员。大象管理员温和地笑了两声,樱桃能想象到他右眉梢一定在神经质地抖动。"我就知道,这个世界上的正常人,从来都没有疯子勇敢。"说完他突然从裤兜里掏出把刀子。樱桃只见他身子颤了两颤,一件东西就掉到地上,"我的手指已经砍了,你敢吗?"他的声音并不惊慌,好像他刚才砍下的不是自己的手指,而是别人的。他安慰似的对鞋匠说:"砍吧,砍吧。你要是敢承认我哥没埋在蔷薇底下,就把你的手指砍下来吧。我求求你了,你把你的手指砍下来,好吗?"

多年之后,樱桃还记得那晚的情形。她看到父亲的砍刀很随意地就挥舞了一下。就那么一下,只是一下。伴随着父亲的一声闷叫,父亲的一截手指掉在了水泥地上。后来,那个大象管理员愣了愣,从地上捡起他的手指和黑风衣,二话没说就去蹿院墙。院墙上满是冰碴,他从上面滑落下来。他扭头朝鞋匠笑了笑,然后低头朝手掌上吐了口唾沫。樱桃看到他脸色惨白,嘴角上沾染着一丝血迹。这样,第二次他很容易就爬上院墙。他在院墙上坐了片刻,举起手臂哭丧着对鞋匠说,瞧,我留了十六年的指甲没了。他在鞋匠家的最后一句话樱桃听得异样清楚,这句话也是他郑重地说给鞋匠的。他说:"你是个疯子!"

他很快从屋檐上消失不见。裁缝就是这时从正房里跑出来的。她疯着头发啼哭着用毛巾裹住鞋匠的手掌,又将鞋匠的手掌紧紧捂在自己丰满的乳房上,同时大声招呼着樱桃,快去推自行车!驮你爸去医院!

10

那个大象管理员再也没有出现在桃源镇,仿佛他这辈子从未踏足过这块让他伤怀的土壤。鞋匠的手指当天夜里就在医院接好了,只不过落下个病根,每逢阴天下雨疼得要命,还好,这并没影响他的生意,他修补的皮鞋,仍是桃源镇最结实的。

过了不到一个礼拜,裁缝终于带了樱桃去临县的医院。鞋匠去车站送她们娘俩。在樱桃踏上汽车的瞬间,鞋匠突然伸出手掌,在她发质稀疏的头顶摩挲了一下。他的手掌那么温热,又那么粗糙,像是块在火炕上煲热了的松树皮。他的小拇指还打着石膏,在从她的脸庞滑落时,厚厚的白纱布碰到了樱桃冰凉的耳朵。樱桃看了他一眼,他正在朝她笑。他在住院的这段时间里学会了吸烟,可是他的牙齿还那么白。只是晨起的时候他不能练习倒立了。

在刚驶出"捷克路"时,樱桃还看到了刘若英和黑皮。黑皮揽着刘若英的腰,进了一家私人门诊,也不晓得他们去那里作甚。

虽说是临县的医院,其实还隔了百十里路。纵然一马平川俱是平原,樱桃感觉却是要出很远很远的门。她们坐的是长途汽车,走的是国道。樱桃有点晕车,裁缝就央求售票员找个好位子,后来樱桃挑了临窗的位子坐了。等安置妥当,樱桃向窗外看去,她这才倏地一下发觉,柳树枝条全绿了,不时伸进窗户里掸着她的脸颊,那几株向阳的,已嫩嫩地顶了苞芽，随时都会被春风吹破的样子。路过大片盐碱地时，樱桃还看到了大丛大丛的蒲公英，她倒从来没见过这么多蒲公英一齐怒放，锯齿叶片在阳光下泛着绿色光芒。一到春天她就会想起罗小军。她记得他十四五岁的时候常从她房后走过，浑身散发着铁器上了黄锈的气味。有时候他会吹着口哨赶路，口哨声并不嘹亮，若有若无，仿佛月光下唱歌的蟋蟀，突地就隐藏进浮动的花影里……裁缝在车上睡着了。她睡得异常香甜。她仍穿着那件军大衣，掉毛的狴领箍住她的脖颈，偶有光线照在脸上，她就闭着眼用弯曲的手指象征性地遮挡一下。她那双比男人还大的脚板即便在车厢里，也会时不时地踩几下，仿佛她正坐在缝纫机前，听"歌德歌德"的皮轮转动声响彻她的耳际。

当然樱桃也不晓得她即将在医院的遭遇。她决计不会料到她和桃源镇最优秀的裁缝将遭到全体妇产科医生护士的嘲笑和鄙夷，还好，裁缝和樱桃根本就不认识她们。她们嘲笑的理由简单而有趣，那就是樱桃根本没有怀孕，只是腹腔长了个良性肿瘤，这肿瘤压迫着子宫里的神经，导致她几个月没有见红，而这个面色菜黄、双眼混浊的妇人竟带着十七岁的女儿来做引产手术，除了让医生嘲笑，还能有什么？当然，樱桃在前往临县医院的路途中，并没有心思，或者说并没有能力去猜度以后的事，她唯一能做的，只是稳稳地坐在车厢的座位上，偶尔拉开窗户，将早晨吃的咸菜和小米粥吐到窗外。头不晕的时候她就拉上窗户，捂着脸想象自己马上要躺在手术台上的样子。一想到戴口罩的陌生人会套着胶皮手套、拿着钳子伸进她的身体，她心里就会涌动起一股莫名的哀伤，她不知道，莫名的哀伤不光会陪她渡过手术床上的时光……在越来越颠簸的国道行驶中，一只七星瓢虫落在窗玻璃上，樱桃小心着捏着，放在手心里，让它在自己迷宫般的掌纹里爬来爬去。快到临县县城时，瓢虫突然收了厚重花壳展开透明薄翼，仓皇着飞走了，它很快就消逝在正午刺眼的光线中。樱桃对这只搭便车的昆虫无疑有些失望，她轻轻叹息了声，便听到裁缝响亮地咳嗽两声，继而用一种近乎甜美的声音小声叮咛道：

"樱子，快下车了，看好包裹。你……冷……不冷？"

2007年10月28日—11月3日

大　象

1

挑这样的日子出门，无疑是好的。

出门之前，孙志刚喂了鸡，喂了狗，喂了猫，喂了花狸鼠，喂了鹅，还喂了那只越长越瘦的绿毛龟。艾绿珠也不过来帮忙，只一旁瑟瑟站着。她套了件深红对襟唐装，头上裹着方格子头巾，掌心时不时捂紧双唇，小心地呼着气。当孙志刚将一把烂白菜叶撒进鸡舍时，艾绿珠终于按捺不住了。她小声嘟囔道，磨蹭啥呢，真是现上花轿现扎耳朵眼……

孙志刚直起腰，摸了摸身边溜达的狗，又把猫耳上的发卡重新系了系。狗是老狗，牙齿全掉光了，柔软糜烂的牙龈不时啃舔着他的手指，猫呢，正在发情，总爱把条黄丝绸蝴蝶发卡套在右边的耳朵上，在镜子前踱来踱去。当他们恋恋不舍地锁门时，艾绿珠突然尿急，她踉跄着冲进庭院，不假思索地往菜畦垄上一蹲……解决后她并未起身，而是不声不响盯着畦垄上的一簇蒲公英。蒲公英的锯形齿粘爬着蚜虫，细长秆顶着层层叠叠的花瓣,花瓣里栖着细腰马蜂。艾绿珠努了努嘴,半晌才喃喃问道,孙志刚,孙志刚,难道……立春了?

春早就立了,龙头早抬了,连清明的冥纸也早烧过了。孙志刚看着她边系裤腰带边狐疑地扫望着庭院。他大踏步走过去,把她拽出院子,"咣当"锁了门,搛她上了电动三轮车。艾绿珠也没挣扎。她平时最讨厌旁人不尊重她。不过,这一天她心情尚好,最起码表相上看来如此。这让孙志刚稍稍有些心安,他柔声对她说,别急,我们这就要出发了。当"出发"这两个字从嘴里蹦出时,语气那么干脆、爽朗,让他自己都略略吃惊起来。

"你再等等,孙志刚,"艾绿珠慌张着说,"我忘了样东西。"她扫着犄角旮旯,"我这脑袋……真成榆木疙瘩了……我是不是……真老了?"

艾绿珠开了锁急匆匆进家,旋尔急匆匆颠跑出来,手里拎着只玩具大象。她乜斜着孙志刚,手忙脚乱地把大象塞进书包。大象太大了,粉红的长鼻子就从书包口支棱出来。艾绿珠抚摸着大象鼻子,佯装无事地瞥孙志刚一眼,说:"还傻愣着啥?走啊。快走啊。"

孙志刚没听她唠叨。这些日子以来,孙志刚早习惯对女人莫名的絮叨保持沉默。这和他以前的作风倒是迥异。他曾经喝醉之后,把只穿着内裤的女人关在门外半个多时辰。那可是腊七腊八,风能侵骨入肺的。艾绿珠赤着脚,双手捂着乳房在门外小声啜泣,间或拼命蹦跶两下,将青石板踏得"嘭嘭"响。

"栗子少了袋!"等三轮车发动起来时,艾绿珠有些惊慌地说,"栗子怎么少了一袋呢?天哪,这可怎么办?这可怎么办呢?"

孙志刚只得把三轮车停下,进了车篷跟她点货。他们总共拉了四袋小米、四袋栗子、四袋红薯。小米是艾绿珠姐姐送的,栗子是孙志刚嫂子给的，红薯是从集市买的。前几日，他俩蹲厢房里，用称约了又约，把小米、栗子和红薯分成了四份，小心着倒进麻袋，用粗口绳扎好。

"少就少吧，"孙志刚皱着眉头说，"多一份跟少一份，有啥区别呢。"

"那怎么行？少给谁一份我心里都不踏实，"艾绿珠说，"我再去找个破麻袋，把这三份匀成四份。"说完她迫不及待地跳下三轮车。孙志刚只得站屋檐下，默默点上烟，大口大口地吸食。后来他索性蹲下，背靠墙壁盯着葳蕤的野菜、洞穴里的蚂蚁、叫不上名的大眼昆虫以及晃来晃去的阳光。再后来，当他不经意扭头时，在石头上看到几行字。字是用白粉笔写的，或许年限长了，已然被雨雪风霜洗刷得模糊难辨。他好奇地歪着头，仔细辨认着：

　　不相交的两条直线叫平行线。
　　三角形的一个外角等于和它不相邻的两个内角之和。
　　天使也曾美丽过。

他用手来回蹭那几行字，一个字一个字地蹭。当艾绿珠找回麻袋将栗子分好，小声吆喝着他大名时，他的手指还颤抖着停驻在"美丽"那两个字上。手指肚一点感觉不到石头的凉，相反，他粗糙的、被劣质香烟熏得焦黄的手指肚，仿佛正在触摸一颗温热的、娇嫩的心脏。

2

劳晨刚跳下长途汽车，挑衅似的搜寻着男人。这个男人在将近十个小时的旅途中，一直坐在她左侧。起初她没留意他。对这种眼睛浮肿、皮鞋裂口的中年人，劳晨刚很少接触。应该说，在她有限的记忆中，她从没有和中年男人正式打过交道。开始还相安无事，男人似乎饿了，他撕扯着一只德州扒鸡，同时扬起满是皱纹的细长脖颈，小口抿着二锅头。其间他很有礼貌地询问劳晨刚，姑娘，要不要吃点？边问边把鸡腿犹豫着塞给她。她朝他摇摇头，为了表示感谢，她从兜里掏出几张餐巾纸，轻轻递他手边。

后半夜，劳晨刚终于迷糊住了。其实睡得也不沉，她不是那种一挨枕头就做梦的孩子。当那双手颤抖着抚摸起她的大腿时，她哆嗦了下，不假思索地将那人的手拨拉开。她动作果断，丝毫不沾泥带水，反而激起了男人的欲望。他突然伸出双手，一只紧紧攥了她的左腕，另一只则轻佻地摸了摸她丰满的乳房。一股鸡皮味飘浮着，劳晨刚骤然间动也不敢动了。车厢里灯光昏仄，旅客们在汽车颠簸的行驶中睡得格外沉迷。有那么片刻，劳晨刚觉得自己简直快要窒息过去。她脸憋得通红，牙齿死死咬住下唇。男人"嘿嘿"地轻笑两声，方才将手坦然撤回。劳晨刚松口气，摸索着将背包带解开。男人似乎也就这么点兴致，再没旁的举动。也许，醉鬼总是在神志不清时不知不觉变成色鬼。尽管如此，劳晨刚也不敢正眼瞅他。她只记得他头发稀疏，脑门油亮，手指缝满是泥土。还好，他人香甜的睡眠总是有种神秘的催眠作用，劳晨刚在旅客均匀的呼吸声中放松了警惕，扒着前座断断续续睡了。

男人凄厉的叫声是凌晨响起的。他尖锐的外地口音让旅客们从睡梦中不约而同苏醒过来。他们伸长脖颈，好奇地打量着四周，却没有发现任何异常，他们只好拉开车厢窗帘，望着平原上一闪而逝、成片成片的梨花，同时小声地、琐碎地交谈着。他们交谈的内容宽泛而缺乏主题，往往是一个人勉强开了头，另外一个人支支吾吾接茬后就难以为继，只得再次沉默下去。当然，他们的话题无非围绕着这座即将到达的城市展开，譬如地震，这座城市三十多年前发生过20世纪全球最惨烈的地震，政府公布的数据是7.8级，实际上是8.2级。在这次地震中，二十四万人死于睡梦中，他们赤裸的身躯被钢筋水泥压成馅饼或皮影；譬如石油，报纸上报道说，在这座城市的东部海湾地区，勘探到大量石油。大量是多大？储量足以抵得上两个大庆油田，国务院总理和政治局常委都曾到这里视察，这里俨然已成了全国最火的投资热点……除此之外，这座曾经以地震和死亡著称的城市，还有什么诱人的谈资？

劳晨刚掏出包餐巾纸，将刀刃上的血珠轻轻拭掉。长这么大，她从没伤害过别人，她从来没想到过，某天清晨，她将会用一把瑞士军刀敏捷地割破一个男人的手指。说实话，在她十五年的生命中，她一直刻意远离小刀、订书钉、铁钉、图钉这些东西。其实呢，她喜欢那些金属铸造、精致划一、金光闪闪的小玩意，她喜欢小玩意中规中矩的造型以及散发出的温暖气味。金属的气味和血液的气味如此相近，这让她倍感亲切。

她稍稍有点后悔，刚才没把MP4及时打开，将男人的叫声录下来。不过，在剩余的短暂旅程中，这个男人肯定再也不敢把手掌伸向她丰腴的身体了。她做了个简单的深呼吸，然后轻蔑地朝男人看了看。他正将纸巾一圈一圈缠住手指，脸上是副忧郁、忐忑甚至绝望的神情。他有什么好绝望的？劳晨刚倒有点可怜起这个男人了。灯光下，男人眼袋幽暗，仿佛随时会睡着或者死掉，他衣服也不干净，上衣前襟沾染着油点和莫名其妙的白斑。他年龄应该和……父亲差不多。

男人并没紧随劳晨刚下车。他肯定怕了这个随身携带瑞士军刀的女孩。劳晨刚有点骄傲，她将军刀塞进布包，环视着陌生的长途汽车站。天已大亮，苏澈还没有来。她暂时不需要苏澈的帮忙。现在的关键问题是，要不要给母亲打个电话？

母亲快把她的手机打爆了，她愣是没接。她知道母亲一定急疯了。母亲素来是个没有主意的人。离家之前，她给母亲留了张便条，说出去办点"正事"，事成之后立即回家，不要惦念。她还记得自己出门时，将防盗门的明锁和暗锁仔细旋转了两圈，之后她打车去了汽车站。在长途汽车站，她碰到一位小学同桌。不过他肯定不认识她了，当然，她也只是从他脸上的那块黑色胎记认出了他。他个子高挑，弯着腰在候车大厅不停地喝一瓶矿泉水。当他目光扫射到她时，并没有哪怕片刻停留。这让她隐约有点失望。她的相貌和小时候并没多大区别，留着老式蘑菇头，眼睛大大的，蒜头鼻的两侧点着几粒雀斑，不过，她的体重却是那时候的几倍。几倍是什么概念？她当时看着那个喝水的男孩，摸了摸自己唇上浓浓的小胡子。

她跟苏澈约的是八点。八点钟，他准时来接她，然后，陪她做些她想做的事。那么，在和他见面之前，她最好先吃点东西。她在车上连口面包都没吃。她现在就想喝上一大杯甜牛奶，吃上块松软芳香的面包或蛋糕。她喜欢甜的、绵软的、闻起来蜂蜜味道的食物。她现在胖得像头发育中的棕熊，可仍不能阻止自己对甜食和热量的热爱。这一点，她觉得跟明净姐一点不一样。明净姐喜欢喝稀粥吃咸菜，明净姐也胖，但是胖得好看。

在站前饭馆，劳晨刚吃了碗打卤面。吃完后，她看到墙角有只老鼠耐心地啃着个酒瓶。老鼠很肥，牙齿机械地咬着酒瓶脖颈，两只前爪妄图将酒瓶抓得更牢固。她打开MP4，蹑手蹑脚地搁置到老鼠正上方。

咯吱~~咯吱~~咯吱~~
咯吱~~咯吱~~咯吱~~

老鼠跑了，劳晨刚将它咬酒瓶的声音来来回回放着。她希望能在这种奇怪的、有点轻快的声音当中，早早看到那个叫苏澈的大学生。

3

这么多年来，孙志刚很少有机会去市里。不是不想去，或者去不了，而是没有去的理由。第一次是83级太原兵聚会，老班长把电话打到他家，通知他礼拜天去海鲜城。那时他尚在加油站上班，每天值夜班，打着手电筒给往来的拖拉机、农用三轮车和卡车加油，并将白手套作为赠品塞到司机手中。他为那次聚会提前倒了班，为了更体面些，艾绿珠还专门跑到供销商场给他买了套"报喜鸟"西服。西服很便宜，款式也老，可穿在孙志刚身上仍挺拔漂亮。该下班时，经理让他抽空到空油罐里瞅一眼，说怀疑罐底漏油。他整个人蹲蹴在黑漆漆的油罐里，拿着手电来回晃荡。晃着晃着他忽然听到一声轻脆的爆响，接着，整个人就深陷一片红色火焰中……还好，他被烧伤的面积不是很大，只是日后胳膊上爬了条面目狰狞的蜈蚣。谁能料到他裤兜里的简易打火机会爆炸？谁能想到空油罐里还有没挥发完的汽油？孙志刚想，这就是命吧？第二次战友聚会时，他已从石油公司买断离岗，开了家自行车修理铺，闲了就坐了马扎，闷闷地抽袋旱烟。对于是否参加这次战友聚会他多少有些踌躇。那些战友在市里混得有头有脸，老班长已是全市最大的出租车公司副总，整天开辆奔驰游山玩水。那是他多年来第一感觉到自己的卑微，没了体面的工作，脸色终日灰头土脑，连烟都是1.5元一包的"北戴河"。不过，艾绿珠倒赞同他出去转转。她安慰他说，有啥见不起人的？修自行车也不比别人低等，老爷们只要腰板挺直了，没啥好怕的。她在小学当语文老师，平时喜欢读点唐诗宋词，说话还是有水平的。可孙志刚才坐上公共汽车，艾绿珠电话就追过来了。她咋咋呼呼地说，女儿不小心被水果刀割破手指，贴了创可贴，可还血流不止。那是他第一次体验到血流不止是什么意思。那年女儿十二岁。

  这次是他第三次要去市里。关于这次出门，他酝酿了许久。他觉得，在这个桃红柳绿的春天，必须要出趟门了。到了他这年岁，想一件事跟做一件事，总是有点差头的，主要是身板不如年轻时壮，心气不如年轻时高，到动真格的时候，那口气很自然就泄了。而这事对他来讲很重要。要知道，到了他这年岁，能有所谓重要的事，无疑也是种福分。

  谁料到，孙志刚和艾绿珠尚未出桃源镇就碰到熟人。说是熟人，其实是五服内的亲戚。这亲戚叫赵广元，是孙志刚表舅的长子，每逢过年过节，总要在酒桌上喝两盅的。孙志刚停了三轮车，扯着嗓子喊：

"我说连弟啊，你这是去哪儿啊？捎你一程？"

赵广元眼睛有点散光，他将瞳孔几乎贴到孙志刚鼻子上，才知道遇到连兄。他机警地朝车篷里张了张，方才小声说道："我要去市里。"

"去市里干啥？"

"告状啊，"赵广元梗梗着脖子说，"我要去信访局告状。"

关于这位连弟的事，孙志刚倒拉拉杂杂听说过些。他从黑龙江娶了个老婆，老婆长得好，只是有点好吃懒做。过了三两年，在市里上班的邻居，把她介绍到酒店工作。说是工作，无非是去坐台。赵广元怕被庄里人笑话，老话讲得好，宁可光棍打三年，不可绿帽戴一夜，何况这女人是夜夜给他戴，日日给他戴。他索性跟女人离了婚，离婚后没埋怨老婆，对邻居倒恨得牙根痒痒，趁黑夜一把火点了人家房子。人没烧死，只把头怀孕的花母牛吓得流产。邻居趁机打断了他一条胳膊，一分钱医药费也没出。他去镇里告，镇里人说，人家一头小牛崽，比你这条胳膊还值钱！又去县里告，可惜，保安连大门都没让他进。

"我们正好去市里，顺路，一块拉着你吧！"孙志刚下了车，二话没说把赵广元抱上车斗。

赵广元见了艾绿珠，忙说嫂子也在啊？你们两口子这是干啥去啊？

艾绿珠咧嘴笑了笑说："我们……没啥正经事，听说……市里的花都开了，去看看，去看看。"

赵广元说："哎，你们是该出去散光散光了，老是家里闷着，迟早会疯的。"

艾绿珠不说话。

赵广元又说："也有小半年了吧？"

艾绿珠半晌说："四个月零十天。"

赵广元说:"我那阵忙着离婚打官司,也没空去瞅你们。"

艾绿珠垂头说:"家家有本经,自家的经念好了,少让亲戚操心,就对得起大伙了。"

赵广元说:"听说闺女没回来?留那儿了?"

艾绿珠看了看赵广元,赵广元也看了看艾绿珠。两个人谁都没再吭声。

路上的风硬得很,不过,却是暖的,吹得头皮酥痒,太阳也好,晒得眼皮饱胀,杨树叶子呢,油亮发黑,柳树枝子能拧笛了,麦子呢,拔了三指高,田野到处弥漫着牛粪、苜蓿和野花的味儿。孙志刚隔着玻璃窗大声问赵广元:"我说连弟啊,麦子灌浆了没?"

赵广元没回话,他鼠头鼠脑地上上下下打量着艾绿珠,突然问道:"你们再抱个嘛。"

艾绿珠只用手来回拧着大象鼻子。这是只用水红绒缝的大象。

赵广元讨好似的出主意:"嫂子,你们真可以再抱养个。改天我十里八村的踅摸踅摸,看谁家有了私生的,抱过来给你们养。你们虽镇上住着,却没我们庄稼人活泛。"

艾绿珠郑重地把大象鼻子塞进书包,这才磨磨蹭蹭道:"你连个老婆都没有,还替我们着想,真难为你了……不过,我好歹还有个熄灯说话的人,哪天腿一伸走了,还有人料理后事……你呢,还是自己抱一个吧……等着日后好养老送终。"

赵广元便知自己说了不该说的话。不过,艾绿珠这席话,倒真触到他伤心处。他哑然片刻后,突然号啕大哭起来。他个子那么矮,声音却异样洪亮。他佝偻的脊梁哀伤地起伏着,伴随着大声地咳嗽,将眼泪和鼻涕抹得到处都是。艾绿珠掏出条手绢攥他手心里,安慰他说:"你还年轻,家里又有三间宽敞的大瓦房,还怕娶不到称心如意的老婆？"赵广元仍抽噎着，连一句话都懒得说了。艾绿珠就去看孙志刚。孙志刚没听到他们叔嫂间的对话，仍有板有眼地开着三轮车。他真以为自己是个司机了。他的腰板拔得像扇门板。

麻烦事刚进市郊就来了。交警在十字路口拦住了孙志刚。其实不是人家拦他，交警本来查前面那辆广本的养路费，检查完就走了，孙志刚呢，以为肯定自己也没跑，心里头长草，慌（荒）了，三轮车停在那里动也不敢动。他这一停，后面的车辆只得跟着停。交警蹙着眉走过来，有一搭无一搭地说："喂，把运营证和驾驶本给我看看。"

孙志刚想想说，我没运营证，我不是跑运输的，只是拉着家里人串个门。交警看了看车篷问，那矮个是谁？孙志刚说，是我兄弟。交警问，那女人是谁？孙志刚忙说，是我老婆。交警摇摇头笑着问，那是你弟？肯定不是一个妈生的吧？又瞄了两眼艾绿珠问，那是你老婆？不是你年纪人（母亲）？孙志刚赔笑道，我是老实人，从来不说假话，我这辈子，最痛恨的就是说假话的人，这矮子，真是我兄弟，这女人，真是我老婆。交警清了清嗓子说，就当他是你弟、她是你老婆好了，把驾驶本给我瞧瞧。孙志刚支吾着说，驾驶本？没带啊。交警说，没带好办，交罚款吧。

孙志刚说，我身上没带钱。

交警说，没带钱更好办，把这三轮车扣下就成。

孙志刚是真没带多少钱。他们两口子要是手头宽裕，也不至于借了王屠户的三轮车来市里。

艾绿珠这时从三轮车上款款地迈了下来。她把头上的方格头巾撸掉了，满头的白发格外显眼。她缓缓地问交警，你刚才说啥？谁是谁妈？交警一愣，说，我什么都没说啊！

艾绿珠说，你没说，我咋听到了呢？我耳朵又不聋，亏你还是个警察，有你这么说话的吗？她并没去看交警，而是眼神涣散地梭巡着来往的人群，她说话的语气也慵懒，仿佛说这些话着实费了不少气力。交警不理她的茬，只是说，赶快交钱，别他妈穷磨叽了！艾绿珠迟疑着问，你……你骂人？交警说，我没骂啊，怎么，你们无证驾驶还有理了？艾绿珠商量着说，我们就是无证驾驶，你也不能骂人啊，对吧？

后面的车堵得越来越多，不少司机把车熄了，凑过来看热闹。交警无疑很上火，他一把拽过艾绿珠，将她扠到马路牙子上。他本来个子魁梧，艾绿珠纤细，看上去就像是他轻而易举将她悬空拎过去一般。艾绿珠惊慌失措地嚷道，你这是干啥呢？你这是干啥呢？我们又没干违法的事！我可是人民教师呢！你撒了我！撒了我！

孙志刚连忙去扶艾绿珠，同时大声地问交警，你这个同志……怎么能这样呢？交警冷冷地说，我什么样了？嗯？我什么样了？边说边去揪孙志刚衣领。孙志刚不比他瘦弱多少，见他动手，也毫不示弱地去抻他衣领。俩人眼看就要撕扯到一块。交警忙掏出手机给同事打电话，说这里有无证驾驶的！不但不交罚款还蓄意滋事。孙志刚一听，赶紧松了手，他懂得好汉不吃眼前亏的道理，他们是来市里办事的，可不是来市里闹事的。他说大兄弟啊，你消消气，我们是从镇上来的，没见过市面，也不懂规矩，你大人有大量，饶了我们吧。说完他扒住艾绿珠耳朵嘀咕句什么。艾绿珠白着脸说，不行！不行！孙志刚又嘀咕几句，艾绿珠才噘嘴走开，不一会扛着个麻袋过来，扔在交警脚边。孙志刚瓮声瓮气地说，同志啊，我们是真没钱，要是有钱，我们何必费这个口舌？我们只有这么点栗子，您行行好，就当是罚款收了吧。

交警铁青着脸摆着手说，快走吧！快走吧！别在这儿添堵了！你们这号人，不老老实实家里待着，出来乱跑个鸟！

孙志刚蹚着马路牙子闷闷地开着三轮车。艾绿珠还在车篷里唠叨，她说这么一大袋栗子转眼就没了，还给了这么个不懂礼貌的人，连镇上的小学生都不如，还市里人呢！说完她又去看赵广元。赵广元刚才在车上吓得直哆嗦，连个屁都不敢放，叫艾绿珠很是瞧不起。倔劲就冒上来了，说，连弟啊，我们马上快到报社了，你该上哪儿上哪儿吧。赵广元讪讪地说，我也不知道信访局在哪儿，不如我先陪你们去报社？你们去报社干啥呢？你们不是去公园看樱花吗？艾绿珠匕斜他一眼，不紧不慢地说，我们干啥都跟你没关系，刚才我们差点挨打，你咋不上手呢？赵广元说，嫂子，你瞧瞧，你瞧瞧，就我这小身坯，哪里近得了人跟前啊！艾绿珠哼了声，不再搭理他，又开始唠叨起那一麻袋栗子。

孙志刚也心疼那麻袋栗子。不过他更担心的是，怎样才能在到报社之前，避免再次挨罚？而找到报社后，如何才能找到那个叫李文的记者？

4

苏澈来得不是很及时，晚了半个多小时。劳晨刚发现他跟视频里的模样一点都不像。视频里他有点瘦，单眼皮，头发粗短，可本人看上去是方脸，眼皮有点肿胀，看不出是单是双，头发油腻，明显是个懒散的大学生。他见到劳晨刚也有点惊讶，这姑娘长得太壮了，简直像个女相扑运动员。他们彼此简单地打了招呼，又彼此端详一番。

苏澈是本地人，读大学二年级。在公共汽车上，他不失时机地给劳晨刚介绍这座城市的历史，好像只有这样，才能消除由于初次见面而带来的陌生感。不过劳晨刚并不感兴趣，这是座震后重建的城市，没什么高楼大厦，只是街道很整洁，马路很宽敞，店铺很兴旺。她关心的是，苏澈能否顺利地帮她找到康保民？

按照劳晨刚掌握的信息，康保民住在龙泽路和北新道的交叉口，那里有一片居民楼，是震后第一批盖的，住的大都是开滦煤矿的职工，不过现在搬的搬迁的迁，房子大都往外出租，住在那里的大都是外地打工人员。而这些打工的又以安徽人居多，他们在这座城市，以卖正宗的安徽板面和倒卖昂贵的南方水果闻名。

"他开了家小吃部，据说生意还不错，"劳晨刚对苏澈说，"他现在有两个儿子，一个14岁，一个9岁，"她低着头说，"当然，如果算上净姐，他们有三个孩子。"

"你放心好了，"苏澈说，"就是他藏在石头缝里，我们也能把他抠出来。"

不过，康保民没藏进石头缝，他们俩也没能把他找出来。当他们到了龙泽路，才发现小区已经变成废墟，十几栋居民楼都已爆破，百十号工人抡锤砸着钢筋水泥，推土机轰隆隆地将地面震得直颤，还有批人拿着图纸，指手画脚议论着什么。他们的头就有点大了，过去一打听，才晓得小区居民早在一个月之前就全部搬迁，这里马上要建设成全市最高档的住宅小区。至于那些原来的居民去了哪里，他们也不清楚，大都是租房子的小商贩，跟耗子搬家似的，倒腾到哪个洞都有可能。"这就没辙了，"苏澈耸耸肩膀说，"你最好先给孙明净打个电话，看看她是否知道点信息。"

"她家电话撤了，"劳晨刚垂着眼睑说，"每次打的时候，都说没这个号。"

"她自己没手机？"

"以前有，"劳晨刚叹息着说，"不过，现在注销了。"

"那她父母的号码呢？"苏澈皱着眉头说，"她父母的号码你总该知道吧？"

"对不起，"劳晨刚诺诺地说，"我没有她父母的号码。"

"你真是的，"苏澈说，"你们多久没联系了？"

"我也说不好，反正挺长时间了，"劳晨刚说，"你也知道，这半年来我是怎么过来的，"她用牙齿不停地咬着手指，"有时候……我感觉……我好像活了好几辈子了。"

苏澈盯着这个十五岁的女孩，半响才说："即便我们找到康保民又有什么用？我们找到他，却找不到孙明净。"

"我知道净姐家住哪儿，"劳晨刚说："她家在桃源县桃源镇文明路132号。平房，院子里养着一只猫，一条狗，一只花狸鼠，如果我送她的那只绿毛龟还活着，应该都三岁了。"

苏澈说："你累不累？"

劳晨刚说："我现在要是躺在席梦思上就好了。"

苏澈说："你饿不饿？"

劳晨刚说："我现在能吃进一桶冰激凌，或者六个鸡腿汉堡。"

苏澈说："你都这么胖了，以后少吃点。"

劳晨刚说："我觉得，女的胖点，其实挺漂亮的。"

苏澈说："孙明净是不是比你还胖？"

劳晨刚："她的绰号叫'大象'。"

苏澈问："哦？她是不是特别喜欢大象？"

劳晨刚："她说从小到大，总共有十六只大象玩具，有塑料大象，橡皮泥大象，绒布大象，积木大象，电动大象，嗯，还有大象水枪，"

她忍不住莞尔笑了,"不过我认识她的时候,她真的跟大象那么胖了,你知道,"她垂下眼睑,"长年累月吃激素,都这样。"

苏澈说:"那我就请你去吃冰激凌吧,你想吃两桶也行,只要你能吃得下去。"

苏澈当然没请劳晨刚吃两桶冰激凌,他身上总共有五十块钱,他只好请她到工地旁边的一个小卖部吃了块雪糕。又给她买了个大桶方便面,用热水沏了,看着她狼吞虎咽地吃。她好像真的饿极了,方便面几乎两口就没了,而且连汤水都不剩一滴。她一边吃还不忘掏出MP4,将打夯机"咕咚咕咚"的声音录下来。

"喂,你录这干吗?你是不是好几年没吃东西了?"

"是啊?你怎么知道?"劳晨刚很严肃地说,"我每天都靠梦想和空气维持生命。"

苏澈"啧啧"两声说:"你们这个年龄的女孩,是不是都跟你一样矫情?"

劳晨刚撇撇嘴说:"矫情有什么不好?说明我们纯洁。"

苏澈说:"孙明净呢?"

劳晨刚说:"净姐不矫情,她可是个有思想的人。"

苏澈说:"比你还深刻?"

劳晨刚说:"那当然,跟康德差不多。"

苏澈说:"挺恐怖的。"

劳晨刚说:"她聪明绝顶。她两年没上学,却考上了重点高中。"

苏澈说:"女孩要是太聪明,又太美丽,很容易得你们这号病。"

劳晨刚说:"谢谢你夸我。"

苏澈又给劳晨刚买了个方便面。他说:"我最讨厌吃方便面。猪食。我喜欢吃板面,"他突然想起什么似的朝小卖部的人问:"你们这里以前好多卖板面的安徽人?"

"那可不,"小卖部的人说,"这一片有七八家呢,家家都火得很。"

"你在这里呆多久了?"

"三十年也有了。"

苏澈的眼睛亮了亮:"你认识一个叫康保民的安徽人吗?"

"咋不认识呢,他的店生意挺好。他老往汤里放罂粟壳,客人都上瘾。"

"那他现在去哪里了?"苏澈给那人讨好似的点支烟,"您知道吗?"

"怎么不知道!他们全家都搬到开发区了。那里不是有个全市最大的废纸收购公司吗?他在那里打工。"

苏澈朝劳晨刚眨眨眼说:"玻璃公主,我们出发吧!"

5

孙志刚艾绿珠他们很顺利地就到了报社。他们在半路上再也没遇到警察或旁的麻烦。道路两旁全是开疯了的西府海棠,鼻翼里飞着花粉细弱的颗粒,孙志刚忍不住重重打了个喷嚏,当他掏出手绢擦完鼻涕,抬头间就发现了路旁那个硕大陈旧的牌子。他有些惊喜地大声招呼着车上的人,不一会儿,艾绿珠跟赵广元从电动三轮车上鱼贯跳出。艾绿珠冷静地环顾四周后,把她的方格头巾郑重其事地系好,掸了掸身上的灰尘,紧了紧裤腰带,又弯腰用团手纸擦了擦黑皮鞋。当她直起腰身再次东张西望时,有只蜜蜂嗡嘤着飞过,怎么着就撞到脸上,艾绿珠手忙脚乱地逮住，手指肚夹着细细观瞧一番，后来，她噘着嘴巴吹了吹蜜蜂的花翅膀，喃喃自语道："这才有个春天的样儿。这才有个春天的样儿啊。"说完她瞅了瞅孙志刚。

春天该是什么样儿？什么样儿才是春天？孙志刚不清楚，他只得含混着点点头，表示对艾绿珠的感慨颇为赞同。多年来，他已经习惯了对艾绿珠的高谈阔论保持沉默。

艾绿珠将近四个月没出过家门了。这漫长的一百二十来天，她除了卧室、厨房、厢房和厕所，再也没有迈出过庭院的铁门。那些时日，她仿佛只冬眠的蟾蜍，在自己冰凉狭小的洞穴里栖居，即便偶有亲戚朋友来访，她也只是躺在炕上懒懒地愣神，似乎客人的光临和她没有丝毫牵扯。她唯一牵挂的是书房里那尊菩萨，每日清晨、晌午和黄昏，她都要燃上几炷香，庄严地跪在蒲团上念经，一念就是个把时辰。除了这件让她挂心的事，她连狗都懒得喂，猫也懒得抱，即便那只花狸鼠用牙齿啃着她的手指，她也不会去摸一把。大多时候，孙志刚披着碎雪从自行车修理铺回来，他会惊讶地发现，炉火根本没点，屋子里清冷清冷的，厨房里灶火没开，案板上只有硬馒头，而艾绿珠坐在一团漆黑的房间里，默默念叨着什么。那册《金刚经》通常被她攥手里，半天也不翻上一页。那时孙志刚总隐隐担忧，怕她真得了什么症号。

"我们把车停在这儿。"艾绿珠指挥着孙志刚将三轮车靠在玻璃橱窗和绿化带的缝隙，蛮有把握地说，"肯定不会违反交通规则，"她随手摘朵海棠，放鼻子下漫不经心嗅着，"我们先找警卫打听打听，看李文有没有上班。他们跑新闻的，屁股下都安着弹簧，"又低头对赵广元说，"广元啊广元，你忙你的去吧，你不是急着上访吗？"

赵广元诺诺地说："嫂子，我那点尿事，不急，不急，先陪你们，陪你们。"

艾绿珠沉吟了片刻说:"你……是不是……不敢自个去了?"

赵广元白着脸说:"嫂子你把我看成啥人了?我可不是没脓血的人。谁要惹了我,我可敢一把火烧了他全家!"说完用眼光去瞄孙志刚。孙志刚就说:"可不是,广元不是好欺负的,是个正经老爷们,庄里人哪有不佩服的?"赵广元得意地朝艾绿珠撇了撇嘴,艾绿珠抹乎着眼睑说:"说你脚小,你还就扶着墙走了?"孙志刚忙捅了捅艾绿珠,说:"告状不是一时半会儿的事,那可是几年、几十年、甚至一辈子的事,广元,你要愿意在这儿待着,就在这儿待着吧。我跟你嫂子没钱,但有成把成把的时间,等我们正事办妥了,就送你去,免得你坐公共汽车,花那冤枉钱。"

艾绿珠不好再说什么,将车上的一袋栗子、一袋红薯和一袋小米背下来,吭哧吭哧地聚成一堆:"广元你先帮我看着,"她擤了擤鼻涕,手指在鞋帮上麻利地蹭了蹭,"我跟你哥去找李记者。"

在报社警卫室,孙志刚和艾绿珠找到了保安。这是两个满脸青春痘的男孩,正在玩弄手机。孙志刚递上香烟,小声问道:"小兄弟,麻烦你们帮我找一下李记者?"

两个警卫头也不抬地问说:"谁?"

孙志刚说:"李文,李文,新闻部的李文。"

一个便对另外一个说:"去去去,打电话问一下。"

另外一个说:"凭什么我去打,你在这里大饱眼福啊?"

一个说:"这些图片网上有的是,要是想看,待会我发你手机上。你手机有蓝牙没?"

另外一个才不情愿地去打电话。没说两句就挂了,伸手去抢同伴的手机,同时扭头对孙志刚说:"李文去遵化采访了,没在单位。"

73

孙志刚笑着问:"大兄弟,麻烦你帮忙问下他的手机号,好吗?"

刚打电话的小伙子说:"你改天再来吧。我们这里有制度,不能随便把手机号告诉陌生人。"

孙志刚忙说:"我跟他很熟。"

小伙子就不搭理他了。孙志刚说:"我给他带了些土特产。"

小伙子说:"先放传达室。写上他的名字。"

孙志刚就和艾绿珠把栗子、红薯和小米搬进传达室,在麻袋上歪歪斜斜地写上了李文的大名。刚写完孙志刚看到赵广元招呼自己,就小跑着过去。赵广元犹犹豫豫地说,他先不打算去信访局了,他想去看看李梅。

李梅就是他前妻。孙志刚问,她都跟你离婚了,你还找她干啥?当初你们人脑袋都打出狗脑袋了,你还把邻居的灶膛砸了。赵广元泪眼婆娑地说,我……我想跟她……复婚。孙志刚攒着眉头说,你当婚姻是儿戏,说结就结,说离就离啊?再说,你这么着低三下四地去找她,她能瞧得起你吗?女人家,最看不起软脊梁骨的男人呢。赵广元蹲地上不吭声。孙志刚只好掐着他窄小的肩胛骨安慰说,不过呢,你要真想吃回头草,就吃吧。哥能理解你。晚上被窝里少了个暖脚的人,心里哪能踏实?不过,你千万别说软话,你要说明白话。知道什么叫明白话不?赵广元连忙地朝他连兄点点头,哽咽着说,离婚后他常梦到李梅,梦到她给他洗脚,梦到她在酒店被坏人欺负。他要不来救她,她就没活路了。他恨她恨得牙根痒痒,可总不能见死不救吧?他赵广元可是个有担当的男人。

孙志刚良久无语,去瞥艾绿珠,却看到艾绿珠正扒着警卫室窗户朝里张望,边张望边朝他不停摆手。孙志刚就狐疑着走过去,陪她一起朝窗子里观瞧。

原来那两个警卫正在吃孙志刚和艾绿珠的栗子,还将栗子皮吐得满地都是。两口子挣挣着耳朵,听到一个对另外一个说,这栗子真是新鲜呢。另外一个说,霜打过的栗子又甜又脆,你要是喜欢,我们干脆把这袋栗子分了,反正他们也不知道。一个说,这傻B男人,连自己的名字都没写,即便给了李文,李文也不知道谁送的!另外一个说,是啊,乡下来的,心眼都不齐全。一个说,我很少吃坚果,这样吧,我要这袋小米,我妈最喜欢用红枣熬小米粥了,那袋红薯你就要了吧,我胃不好,这东西,又软又甜,可吃多了泛酸水。

孙志刚和艾绿珠面面相觑。孙志刚皱着眉头思量,如何才能将几麻袋东西从传达室搬出来?既要不伤人脸面,自己又要得体。他尚在愣神犯嘀咕,艾绿珠已然冲进了警卫室。她浑身颤抖,死死盯住两个保安,一句话都不说。两个保安没料到她突然闯进,手里抓着的栗子不禁滚到地上。三个人就那样对峙着,后来艾绿珠终于说话了,她说,你们也是爹妈一把屎一把尿拉扯大的,怎么能这么没良心?嗯?你们的良心难道被狗吃了?嗯?她语速缓慢,说的还是普通话,说到"良心"这两个字时,她像朗读课文一样使用了重音。她好像把这两个小伙子当成自己的学生了。两个保安你看看我我看看你,谁也没吭声。艾绿珠对这样的效果无疑很是满意,她重新系了系头巾,然后弯腰把撒落到地上的栗子一颗一颗地捡起,其中有两颗滚到床铺底下,她就随手从电视机上抄起根细竹竿,跪在地板上撅着屁股,赌气似的扒拉出来。当她发现孙志刚和赵广元在门口搓手站着时,便胳膊一挥,地主婆一般吼道:"还傻愣着干啥你们俩?难道你们缺了心眼,连脚也瘸了吗?快把栗子小米跟红薯,统统给我运到车上去!"

6

苏澈虽说是本地人，但却是个标准的"路盲"，连蒙带打听的，好不容易找到那个所谓全市最大的废旧物资收购站。这是一个庞大的收购站，占地方圆几公里，红色围墙上镶嵌着碎玻璃和铁丝网。门口两个站岗的也都穿着制服。

苏澈说："怎么感觉跟《越狱》里的狐狸河监狱似的。"

劳晨刚有些发愁地说："这个厂子人肯定挺多，找他肯定费劲。"

苏澈说："你别自己吓唬自己啊。我们不是还长了两张嘴吗？"

他们先去问站岗的，站岗的还算和气，说你们去传达室问问吧。传达室的门卫是个干瘪的老头，听他们说明来意后，就问你们找的这个人，是国内的还是国外的？苏澈有些诧异地问，怎么，还有外国人在你们这里当雇工？老头笑着说，我们老板倒是想呢。是这样的，我们这里的废品，有从国内收购的，还有从国外收购的。你们要找的这个人，在哪个分厂呢？苏澈就挠着头皮说，这个，这个……应该是国内的吧？老头又问，是哪个车间的？苏澈说，你们这里车间很多吗？老头说，那当然，有32个车间呢，废纸车间，废钢废铁车间，废硅胶车间，旧机组车间，废机油车间，电子脚车间……苏澈问，那你这里有职工花名册吗？老头摇摇头说，我这里没有，劳资科应该有。苏澈就说，那我们去劳资科问问吧。老头又摇摇头说，不行不行！我们董事长说了，近日不许让闲杂人员进厂。苏澈说，我们不是闲杂人员啊，我是大学生，她是初中生。老头一听脸色就变了，说，那更不能让你们进了！快走快走！苏澈说别介啊大爷，有话慢慢说，别赶我们走啊。我们也不容易，来这里找亲戚，亲戚家有人出了肇事……他可怜兮兮地注视着老头，老头就叹口气说，实话跟你说吧小伙子，我们董事长前几个月去参加全国人大会，会上提了建议，说国家应该保护富人，少上富人的税，结果前几天，几个北京大学的学生混进来，偷拍了不少车间工人的照片，发到网上，引起轩然大波，我们董事长很生气，说了，除了市长能进厂，连副市长都不行……

苏澈和劳晨刚只得在工厂门口转悠。劳晨刚脸色苍白，不时咬着下嘴唇。苏澈就问，你累了？劳晨刚低声说，是啊，都快昏厥了。苏澈商量着问，要不这样，我们先找个旅馆，你好好休息休息，等下午我们再想别的办法？劳晨刚一听就急了，说不成不成，我只是有点体虚，坐会儿就好了。我可不是豌豆上的公主。

苏澈说："你平时也这样吗？玻璃公主？"苏澈在网上跟劳晨刚聊天时，经常这样戏谑地叫她。

劳晨刚说："是啊。是不是把你吓坏了，姜饼人？"

苏澈问："骨髓移植手术……做了也有半年了吧？"

劳晨刚淡淡地说："其实恢复得挺好。"

苏澈说："还输血吗？"

劳晨刚说："前三个月，每星期输两袋，后来就光吃药。"

苏澈就沉默了。在他们见面后的半天里，他们两个一直喋喋不休地谈话，仿佛他们已经是认识多年的故友。其实，他们认识也只不过两个月。

"有办法了！"苏澈盯着劳晨刚说："我有个表哥，在路北国税局当局长。"

劳晨刚说:"人家连副市长都不让进,何况一个局长。"

苏澈说:"不懂了吧?没听说过一句老话吗,山高皇帝远,县官不如现管。"

苏澈就联系他表兄。他表兄应得倒很爽快,问这人叫什么名,是哪里人,来工厂多长时间。苏澈一一告知,然后挂了手机,有些得意地问劳晨刚:"我是不是越来越聪明?"

劳晨刚说:"不是越来越聪明,是越来越贫。"

苏澈嘿嘿笑着说:"是啊,不像你,正处于忧伤的少女时期。"

劳晨刚说:"我有点讨厌你了。"

苏澈说:"我倒越来越喜欢你了。你越看越像《怪物史莱克》里的费安娜公主。"

劳晨刚说:"可惜,你怎么看怎么像法尔奎德公爵。"

他们还在斗嘴,苏澈表兄的电话就打过来了。他不仅告诉了苏澈康保民的手机号码,还说康保民马上就会到工厂的传达室等候他。

"兵贵神速,"苏澈说,"玻璃公主,你是不是很佩服我?"

"是啊,"劳晨刚说,"我还真没见过,男孩能把一双白匡威板鞋穿这么脏的。"

苏澈的鞋子再脏,还是比康保民的干净。这男人蓬头垢面,脚上的一双黄胶鞋满是汤子水子,还有数不清的纸屑碎泥粘鞋帮上。看来这个习惯卖板面的安徽男人并不习惯在车间挑选废旧纸壳。见到苏澈和劳晨刚,他满脸的疑惑提示着劳晨刚,他并不是个好对付的人。当然,她长这么大,很少有机会和成年男人交往。她父亲母亲在她七岁时就离婚了。

"康叔叔好,我叫劳晨刚。"劳晨刚有些羞涩地自我介绍着,同时伸出手去握康保民的手。康保民的手并不如何粗糙,只是油得很,很快就泥鳅一样滑出去。"你们找我有什么事情？"他来来回回看着他们俩，同时将烟雾从鼻孔里迫不及待地喷出来。

苏澈瞅了瞅劳晨刚，劳晨刚就说："我是你女儿的朋友。"康保民脸色就变了。劳晨刚继续说："虽然你们好久没见了，可她还是你女儿吧？"康保民的头颅很快被烟雾笼罩住，而且他抽的烟极为呛人，劳晨刚忍不住咳嗽起来。传达室的老头就捅了下康保民说，把烟掐了吧，瞧把孩子呛的。康保民讪笑着猛吸一口，定定地凝望着屋顶。

"她现在需要做手术……"

"我走了！"康保民将香烟踩碎，头也没回就走了。劳晨刚和苏澈站在那里，不知道是否应该追过去。他们费了这么大的劲才找到他，而他却在不到一支烟的工夫就离开了。劳晨刚傻傻地站在那里，拿不准是否应该追出去。苏澈伸手拍了拍她肩膀。她的肩膀那么宽，那么厚，一点都不像个女孩。

7

孙志刚、艾绿珠还有孙志刚的连弟赵广元，到达光荣敬老院时，已经是正午时分。当然，从报社去敬老院的旅途中，艾绿珠不停唠叨着。她唠叨了交警，唠叨了保安，后来又唠叨了李文。她说李文是个多好的记者啊，那年去咱们家，也就是二十啷当岁吧？别看年轻，文章却写得老道，要不是他那篇妙笔生花的专访，我们闺女受的苦、受的罪怕是更多……孙志刚从反光镜里窥到她渐渐沉默下去，他不晓得她是不是在流泪,他只是看到她温柔地摩挲着那只玩具大象的鼻子,后来,她干脆把大象从书包里拽出来,紧紧地抱怀里,就像哺乳期的女人抱着……刚出生的婴儿。当她神情涣散地盯着孙志刚后背时,孙志刚心里哆嗦了一下。

女儿得病前,艾绿珠在镇上的小学当语文老师。她教的班级,考试成绩始终在全年级第一。表面上看她矮瘦纤弱,蜡黄的脸庞让她像一个肺病患者,其实呢,她身上有种……孙志刚说不出来的味道。女儿得了再障性贫血后,孙志刚在镇上继续修理自行车,她跟学校请了长假,独自带着闺女四处治病。她们几乎将中国的版图走遍了,天津、石家庄、上海、北京、武汉……每到一座陌生城市,艾绿珠都会寄张明信片回来,告诉孙志刚,她和女儿很好,吃得好,睡得好,医生好,护士好,病友好,治疗效果也好。2003年"非典"期间,艾绿珠陪着女儿在地坛医院做入仓手术。他们都对这项据说是国际最先进的治疗方式,抱着一种赌博的心态。医生们决定把女儿放入一个狭窄的玻璃无菌室,将她血液里的白细胞统统杀死,然后,再往她的血液里注入兔子的细胞,让兔子的细胞在女儿体内生成新的造血功能。她们娘俩在北京一待就是三个月。她们很少给家里打电话,哪怕是一块钱,孙志刚也晓得艾绿珠都想掰成两半花。为了昂贵的入仓手术,他们把房子卖了,住在亲戚家闲置的平房里,房子卖了钱也不够,要不是李文记者的报道在社会上引起轰动,别说入仓手术,连每月一次的800CC的血,他们也是输不起的。那时的艾绿珠,偶尔打电话,总是慢条斯理地叮嘱孙志刚,吃饭一定要吃热饭,睡觉一定要睡热炕,如果修自行车的用打气筒,一定要额外多收五毛钱。

"我们以后再来看李文,"艾绿珠自言自语道:"我们总会找到他的。"

这次找张奎倒是容易。张奎住在凤凰区的敬老院。他们还没见过这么漂亮的敬老院，一水的北京平掩映在高大的泡桐树中，泡桐树上悬挂着热烈而肥硕的花朵。在他们印象里，敬老院该是灰色的，飘着孤寡哀伤的气味。他们商量了半天，决定先找院长。院长很轻易就被他们找到了。她是个干练的胖女人，穿身鲜亮的套装，正在接受市电视台采访。他们在院长办公室门外足足等了半个小时。记者们走后，他们才怯怯地敲门进去。他们说，他们是从县里来的，他们来探望一个叫张奎的老人。

"你们是他什么人？"院长给他们每人倒了杯茶水，赵广元慌里慌张接时，不小心碰洒了水杯，茶水溅湿了院长的裙子。孙志刚慌忙着掏出手绢帮忙去擦。院长也没生气，连连摆手说不要紧，不要紧。

"我们……我们……"孙志刚说，"我们是他远房亲戚。"

"我说呢，你们以前没怎么来过，"院长说，"我这就派人带你们去。"

带他们去的是个文静害羞的姑娘。她带领他们穿过一具具晒太阳的衰老身体，穿过一群群打扑克的老头老太太，穿过一丛丛绚烂的樱花树，终于见到了张奎。张奎刚拉了一裤子屎，弄得这里一块那里一块，有个中年女人正在拾掇。他连裤子也没穿，木乃伊般的大腿小腿全露外面。对于这些来探访他的客人，他没有丝毫的热忱。他甚至没抬眼皮正眼瞧他们一眼。当那个文静的姑娘招呼他的名字时，他的耳朵才机警地动了一动，然后站立起来，漠然地盯着他们。那个中年妇女连忙大声叱喝着让他坐下，将一条脏被单紧紧裹住他下体。文静的姑娘脸颊通红地说，张大爷，你亲戚来看你了，你还认识他们吗？

张奎左看看右看看，姑娘指着孙志刚细声细气地问："他是谁？"

张奎的眼皮动了动,响亮地喊道:"爸爸!"

姑娘又指着艾绿珠问:"她是谁?"

张奎想也没想地说:"姥姥!"

姑娘摇了摇头,对孙志刚和艾绿珠说,老人得痴呆症两年了,大部分时间,除了摆弄他那些朝鲜战争时得的奖章,就是骂人和睡觉。

孙志刚什么都没说,他帮那个中年妇女将床单换了,地扫了,又将窗户打开,这才坐到张奎身边。他伸出手试探着摸了摸老人的脸,老人的脸上没有一块肉,他又摸了摸他干瘪的耳朵,他的耳朵上粘着大便,孙志刚用手纸擦掉,当他去摸老人的胳膊时,老人慌忙地躲开,缩到墙角假寐。艾绿珠就大声说,您别怕,我们是来看你的!我们还给你带了栗子和红薯呢!她朝赵广元使了个眼色,赵广元连忙将那一麻袋栗子抱到床上,从里面捧出一大把,放到老人脚边,说吃吧吃吧,甜着哪!张奎盯着栗子,突然咧嘴笑了笑,然后他将上嘴唇和下嘴唇撩开,摸了摸自己的牙龈。他连一颗牙齿都没有了。

艾绿珠有些失望地说:"他是真傻了。"

孙志刚说:"人老了,都这样。"

艾绿珠说:"他连牙都没了。"

孙志刚说:"我们家的那条老狗,不也这样。"

艾绿珠说:"他连头发都没了。"

孙志刚说:"等你到了他这个岁数,头发还不如他多。"

艾绿珠喃喃道:"我们即便来看他,又有什么用呢。"

孙志刚说:"他不知道我们看他。我们不是知道吗?"

他们俩说着话,没料到老人蹑手蹑脚地蹭过来,摸着艾绿珠书包里支棱出的大象鼻子。刚开始只是小心地摸,后来就拼命地拽。等艾绿珠发现时,大象的半截身子快要拽出来了。艾绿珠哆嗦着道,撒手,撒手！快撒手！老人听她这么一说，反倒攥得更紧。艾绿珠就去抓他的手。她没想到老人的手劲这么大，反正她是没法让他松手了。她只得看了看孙志刚。

孙志刚说："老人要是喜欢，就给他吧。不就一个玩具吗？"

艾绿珠说："不行。"

孙志刚说："你别这样。"

艾绿珠说："我咋样了？"

孙志刚说："你咋这么小气呢？老人不糊涂的时候，每个月都给我们寄200块钱。"

艾绿珠尖声道："我小气？我小气？你说我小气？"

孙志刚命令说："把大象给他。听到没？"

艾绿珠说："孙志刚你给我说清楚，我哪里小气了？我要是小气，能拉这么多栗子来看他吗？"

孙志刚伸手去抢大象，艾绿珠慌忙躲开。她这么一躲，张奎的身体便被她拽个趔趄。老人一愣，旋尔"哇啦哇啦"号哭起来。通常，老人的哭泣会和婴儿的哭泣一样响亮。那个文静的姑娘连忙哄老人，随手塞他嘴里一粒太妃奶糖。孙志刚抬腿就踹了艾绿珠一脚。艾绿珠手扶着炕沿，正了正身子，瞥了孙志刚一眼，二话没说就出了屋子。赵广元在旁提醒，快追啊连兄，我嫂子跑了！孙志刚没搭理他。他扶着窗台，看着艾绿珠很快就消失在茂密的树丛之中。他忍不住打了个哈欠。他感到疲惫至极。他闭上眼，温热的阳光岑寂地触摸着他的眼皮，耳畔传来清风拂动树冠的沙沙声。他想，人要是能一辈子这样站在屋檐下晒太阳，什么事都不用做，什么心都不用操，该多好。

8

下午两点半,康保民骑着自行车从工厂大门里晃晃悠悠出来。苏澈得意打了个响指,说,怎么样,守株待兔也能逮着猎物吧?

他们俩打了辆三轮车,吩咐车夫跟着康保民。康保民骑车的速度很慢,或者说,他好像一边骑车一边想着什么心事。在十字路口遇到红灯时,他竟然径直骑了过去。幸好车辆少,也没有警察。苏澈突然道,真看不出他是这么心狠的人,舍得把孩子送给别人!劳晨刚说,他们家穷。苏澈说,再穷也不能卖孩子啊。劳晨刚沉默了会说,阿姨他们对净姐特别好,为了给她治病,连房子都卖了。苏澈问,明净是什么时候知道自己不是亲生的?

劳晨刚的脸在车篷里显得特别白,偶有阳光透过缝隙,跳跃着扫着她毛茸茸的汗毛,才让她整个人有些生气。她的体形一点都不像个发育中的女孩,如果不是她凝望着别人时,瞳孔里流露出的那股纯净的光,旁人定会以为她是个臃肿的妇女。

"生病后知道的。"劳晨刚说,"净姐做了次入仓手术,可惜失败了。阿姨他们就想给她做骨髓移植。而这个手术要想成功率高些,最好的办法,就是使用同胞兄妹的骨髓。"

"她养父母做出这个决定,肯定也下了不小的决心,"苏澈说,"这样的秘密,其实最好带进棺材里。"

"康保民跟她老婆去看过明净,"劳晨刚说,"明净姐哭了好几天。"

"哦?他们见过面?"苏澈有些吃惊地问道,"那大人们之间,应该商量过捐骨髓的事？"

"是啊，"劳晨刚说："当时康保民跟他老婆，一口就答应了，他们有两个儿子，"她有些哽咽了，这让她说话的声音更苍老，"不过，后来他们就失踪了，阿姨找不到他们了。"

"失踪了？"

"电话打不通，住址也变了。"

苏澈盯着劳晨刚，半天才说："那今天我们去的那个住址，是谁告诉你的？"

劳晨刚将头甩向车篷外，静静地说："净姐。"

苏澈有些茫然地点了支香烟："你的意思是说，他们搬家之后，其实把地址告诉过孙明净？"

"一点没错，康保民他们经常搬家，但是，明净一直没告诉阿姨。"

"她为什么这么做？"

"你知道，即便有人免费捐献骨髓，手术费也非常贵。"

"即便我们现在找到康保民，即便他们答应我们，又有什么用？"苏澈大声问道："没有钱，孙明净的手术照例做不了，何况，你今天也看到康保民了，她是他亲生女儿，可他好像并不是她亲生父亲。"

"不管怎么着，"劳晨刚抬起头，一字一句地说，"总会有办法的。"

康保民的家离工厂不是一般的遥远，都快到市郊了。那一片全是土著居民，房子全是震后盖的平房。不过，附近就是市师范学院，在这里租房子的大学生非常多。

苏澈问："你给你妈打电话没？"

"没有，"劳晨刚说，"我不打电话，她只会干着急。我要是打了电话，她会疯的。我觉得从心理上讲，她还是个没成熟的孩子。"

"也是,"苏澈撇撇嘴说,"让你这么个小女孩,自己跑出一千里地。"

"我不是小女孩,"劳晨刚说,"我比你成熟。"

"是比我成熟,"苏澈说,"成熟到白日做梦。"

康保民推着自行车进了一个院子。他们俩也跟着下了三轮车,守在院子门口张望。院子和农家院没什么区别,堆着玉米秆,有几垄菠菜,墙角钻着几丛桑葚。当他们从麦秸垛边走过,突然有人懒洋洋地问道,你们找谁?他们这才发觉,有个男孩躺在麦秸垛上。劳晨刚说,你是谁?你怎么跑到麦秸垛上面去了?男孩说,我是大弟啊,我在晒太阳。我们家好长时间没来客人了,你们是找我爸吗?他刚下班回来。劳晨刚说,是啊。男孩便从麦秸垛上出溜下来。他戴着副大大的墨镜,几乎将他整个脸部都要遮住。我带你们去吧。说完他顺手从地上划拉起一根拐杖,一点一点往前蹭。苏澈看看劳晨刚,劳晨刚小声地告诉他,这是孙明净弟弟,是个瞎子。苏澈便和劳晨刚跟在大弟后面走。还没进屋便听到康保民吼叫的声音。他说的是安徽话,他们一句都听不懂。大弟便说,我爸跟我妈又打架了。他的声音很冷静,似乎他早已经习惯了这样的吼叫声。劳晨刚问,他们吵什么?大弟说,什么都吵,房子,钱,米面,孩子,他们如果不吵架,肯定会觉得活着没什么意思。劳晨刚问,他们现在吵什么?大弟安静地坐到门槛上,没有回答。劳晨刚走过去,拍拍他的头。大弟就说,别打扰我,我正在听蜜蜂飞的声音。

康保民和他老婆终于从屋内撕扯到屋外。康保民的老婆比康保民还要壮硕,康保民揪着她乱糟糟的头发,她则稳稳地抓着他裤裆。两个人边撕扯边大声咒骂。当他们发现劳晨刚跟苏澈时,有些惊愕地互相松开手。康保民劈头盖脸地朝他们嚷道,你们来干什么?给我滚！滚出去！康保民老婆愣了愣，然后也大声骂起来。她说我们现在没钱！不是说好下半年还嘛！你们这些讨债鬼是不是要把人逼死！

劳晨刚连忙说他们不是来要债的。他们是明净的朋友。康保民老婆紧张地问，你们是谁？苏澈就再次大声告诉她，他们是孙明净的朋友，他们费了九牛二虎之力才找到这里。你们来这里干什么？她拢了拢头发，惶恐地注视着他们，然后又去张望康保民。康保民这时倒安生起来，坐到马扎上抽着烟。你们是不是又要我儿子捐骨髓？她声音颤抖着问，是不是？是不是？

劳晨刚注视着她点点头。康保民老婆突然"呜呜"地哭起来。她大声地嘀咕道，我们把女儿送给他们的时候还好好的，又聪明又漂亮！什么毛病都没有！连场感冒都没得过！皮实得像耗子！是他们对她不好，她才得了病！得了病跟我们有什么关系！还要让我两个儿子捐骨髓！捐骨髓不是要人命嘛！我儿子要是再有个三长两短，我们还怎么过啊！康保民你过来！是不是你给那丫头打电话了？要不他们怎么能找到这里来！

苏澈瞪大了眼睛看着劳晨刚，无疑他也没料到康保民老婆会说出这样的话。康保民什么都不说。他老婆就又吵道，孙志刚他们两口子真不是东西！上次我就把他们赶走了。他们自己不敢来，这次还派了说客！真是不要脸！她再次惶恐地来回梭巡着劳晨刚和苏澈，仿佛怕他们做出什么举动。后来她朝屋子里嚷道，小弟，你出来！先别练了！

叫小弟的男孩从屋里出来时，肩膀上还扛着一个杠铃。那个正规运动员才扛得动的杠铃，压在一个瘦弱男孩的肩上。他忐忑地看着他母亲说，妈，你们吵你们的，我练我的。我没偷懒，真的没偷懒！康

87

保民老婆柔声说，先别练了，坏人来了，到妈这里来。说完她把男孩紧紧搂进怀里，警惕地看着劳晨刚说，你们也看到了，我大儿子是瞎子，除了耳朵好使，啥正事都干不了，我小儿子是个天才，我打算着把他培养成举重运动员，将来要拿奥运会冠军的。你们非让他们去捐骨髓，天哪，捐完骨髓他们的身体就垮了！他们还有活路吗？我们还怎么活啊！

劳晨刚不知道还能说些什么。她本来就不是一个擅长言辞的人。她也没生气，只是安静地凝望着这个有些疯狂的女人。女人一直喋喋不休地辩解着，她母牛一样浑浊而庞大的眼睛里，流露出哀伤甚至恐惧的神情。劳晨刚听孙明净说过，她以前是省田径队的运动员，曾经拿过省运动会的举重冠军。退役后分配到毛巾厂上班，后来跟康保民到这里做生意。如今除了壮硕的身体，她什么都没有了。

"我们走吧，"苏澈拉拉劳晨刚的手说，"我们再不走，会被母狮子吃了。"

劳晨刚咬着嘴唇，她想努力使自己保持镇定。她是被苏澈拽出康保民家的。当他们出来时，大弟紧跟着出来。他对他们说，你们代我问姐姐好。我还记得小时候，她带我买过水果硬糖吃。她的病好了，让她一定来看我，好吗？

劳晨刚摸了摸他的头发和耳朵，什么都没说。

"我们……接下来……做什么？"苏澈伸了个懒腰，"说实话，我还真没见过这样铁石心肠又愚昧的女人。毕竟是自己的亲生女儿。"

劳晨刚不吭声。苏澈就说："我们去广场看看，那里的白玉兰全开了。等你玩够了，就去桃源镇找她。我知道你现在心里很难受。可是……"他没再说下去。

9

孙志刚慢慢地开着三马子车，眼睛笼络着马路两旁。他知道艾绿珠肯定走不远。她能走到哪里呢？那些遥远的路，几年来早就被她走尽了……她最后一次出远门，是带着女儿去安徽。女儿告诉她，从网上看到条新闻，说安徽九华山脚下，住着一位90多岁的老中医，对治疗血液病有独家秘方。年前她就带着女儿坐火车去了，一住就是一个多月。她在电话里告诉孙志刚，那个地方很美，即便冬天，竹子还是青翠青翠的。至于老中医开的方子，她轻描淡写地说，只是比别的药方多了剂紫檀。她最后一次跟他通电话是一个下午，她让他赶快买张飞机票过来，女儿正在去医院的途中。她说话的速度很慢，只是口齿不甚清晰。那是孙志刚第一次坐飞机，他托一个在北京的远房亲戚买了张机票，然后打车去了北京。这是他有生以来最奢侈的一次旅程。在飞机上，他的脑袋一直神经质地抖，后来一位漂亮的空姐走过来，问他是不是有点冷？要是冷的话，她可以给他拿一条厚毛毯。他摆摆手，空姐又关切地问，你是不是不舒服？他恍惚着指了指自己的心脏，什么话都没说。他不是不想说，而是真的说不出来。

到达那个群山环绕的小镇，已经是凌晨四点半。艾绿珠在旅馆门口等候着他。她脸上没有任何表情地说，女儿昨天下午一点半就去世了。她给他打电话的时候，其实是去殡仪馆的途中……他颤抖着问是怎么回事？艾绿珠说，女儿发烧三两天了，但是却拒绝输血。女儿说，她跟老中医打了三个赌，她要看看这一次是否能赢，她说，她的运气一直很好……那天下午，艾绿珠带着他去殡仪馆看女儿。女儿躺在一个透明的玻璃柜里，闭着眼，嘴里含着冰碴。他很想抱抱女儿，像平时输液那样，将她柔软的头部倚靠到自己胸脯上。但是她的身体那么硬，像冰。他们就在镇上给她买了一条连衣裙，又买了一双凉鞋。给她换衣服时，他忍不住摸了摸她的嘴唇，仿佛女儿还会对他说些什么话，可艾绿珠马上严肃地警告他，千万不能哭，要是眼泪掉在女儿的身上，女儿就上不了天堂。后来他便和艾绿珠商量起如何将女儿运回家。商量的结果是，把女儿在这里火化。他们已经没有钱雇一辆出租车，从千里之外把女儿拉回家了。那天下着小雨，火化场人少，他们也没排队等候。那个工人把女儿的骨灰从炉子里用铁锹铲出来，一股脑儿全倒在地上。孙志刚再也忍不住，坐到骨灰旁哭起来。那是他这么多年来，第一次这么痛快淋漓地哭。他感觉这可能是他这辈子最后一次哭泣了。骨灰被艾绿珠塞塞窣窣地捧进骨灰盒，后来，她盯看孙志刚半晌，方才迟疑着跟他商量说，女儿一直很喜欢这个地方，青山绿水的，要不，就把骨灰留在这里吧？小镇上就有一座寺庙，还可以让寺里的师傅平时念念经，帮忙超度。他开始时极力反对，他觉得，女儿一个人留在异乡，要是被别的孤魂野鬼欺负怎么办？艾绿珠安慰他说，女儿很快就去西方极乐世界了，像女儿这样的好孩子，连菩萨都会心疼三分。他们请寺庙的师父们做了一场奢华的法事。在烦琐、庄严而疲惫的仪式中，孙志刚心里异样宁静。这份宁静一直延续到火车站。在合肥，他们两口子吃了几块烤红薯，然后坐在椅子上等候火车。他们都感觉到一种奇异的轻松，好像这么多年来，其实他们都在等候这样的一个结果。他们甚至开起了玩笑，艾绿珠说，孙志刚，你别心窄，我们好好过，虱子多了不痒，债多了不愁，我们慢慢还，再过几年，十几年，几十年，我们的债还清了，我就给你买一辆二手夏利，黄金周的时候，你就可以拉着我去外地旅行了。孙志刚笑着说，好啊好啊，那我得先去学个车本，你想去哪里旅行呢？你喜欢大海还是喜欢草原？

他们这样有一搭没一搭地聊着，直到火车进站。在火车上，他们面对面坐下，谁都不晓得还能再说点什么。半夜里孙志刚醒来，艾绿珠死死抱着一个黑皮包睡熟了，她睡得那么沉，嘴角流着长长的涎水。他只有看着窗外，看着窗外弥漫的黑，有那么片刻，绝望再一次紧紧攫住了他的心脏，让他佝偻的身体痉挛起来，同时大滴大滴的泪水扑满脸颊。车厢里那么静，他不敢哭出声，后来，他机械地朝玻璃窗吹着哈气，哈气瞬息就将玻璃铺了层薄雾，他就在玻璃窗上来来回回写着女儿的名字，孙明净……孙明净……孙明净……写完就用袖口擦拭掉，而窗外的黑暗在瞬间又淹没了他的瞳孔……

回来后的很多个夜晚，他没有丝毫睡意，就坐在女儿书桌前发呆，摸摸老狗的毛，搔搔猫咪的痒，要不就将女儿养的绿毛龟从鱼缸里捞出，看它缓慢而忧伤地爬行。有一次他不经意间翻了女儿的抽屉，便翻出了一封信，从日期上看，这封信是去九华山的前一天晚上写的：

  今天，我笑着问爸爸，如果哪一天我死了，你们会怎样？爸爸笑着说，没有你，我们一样活得很好。我知道他心里很难受，他故意这样说。大人们不知道在掩饰悲伤的时候，他们的眼睛往往出卖了他们。爸爸年轻时那么帅，可现在老得像棵丧失了记忆的树。

  我很欣慰。他们知道我有多么爱他们。

如此看来，女儿头去安徽之前，其实早为自己做好了安排。她想死在那个山清水秀的地方，这符合她的天性。她一直爱美，吃激素吃得那么胖，脸上手上全是紫斑，她还是尽量保持清洁，每隔两天就洗一次头。她为什么那么懂事？如果她刁蛮任性，他的痛苦会减轻一点。很多个夜晚，孙志刚盯着房梁，觉得人活着，真是没意思透了。身旁的艾绿珠不停翻身，却故意发出均匀的呼吸声，好让他觉得她睡得如此安详甜美。他当兵那会，其实喜欢过一个高中女同学，女同学家里穷，母亲极力反对这门亲事，并托人说媒，将在镇上教书的艾绿珠介绍给他。这么些年，他机械地跟她做爱、聊天、吵架怄气，就像在跟另外一个自己过日子。艾绿珠不能生育，他们抱养了一个外乡人的孩子。那时他想，人活着，就不要想太多，要是想得太多，这世界就虚无了。人嘛，其实就是棋盘里的卒子，只能进不能退。如今呢，女儿死了，家里一屁股债，他能够感受到的，只是一个中年人没有尽头的……疲惫。卒子再也不想往前拱了，不是不想拱了，而是没有气力往前拱了……当他把那瓶敌敌畏藏在床板底下时，心里竟是一种久违的温暖。他想，自杀之前，他该去感谢感谢那些帮助过他们的人，他始终记着句老话，滴水之恩，当涌泉相报。那些从来没有见过面的陌生人，延续了女儿几年的性命，让他多享了几年的福。他要替女儿做点事。他从捐款者名单里挑了四位，打算给他们送点土特产。

而今天的市里一行，却让他有些不甘。李文出去采访了，张奎傻了。尤其是艾绿珠，竟然连一个玩具大象都舍不得赠给张奎。她从什么时候开始变得如此吝啬？从安徽回来，她就用女儿的一条旧裙子缝制了这么个玩具，有事没事都要拿出来抱一抱。

他们是在离敬老院三里左右的地方找到艾绿珠的。艾绿珠坐在一个垃圾桶旁，胳膊抱着双腿，脑袋夹在两块膝盖骨中间。远远看去她像沙砾那么细小。孙志刚鼻子一酸，就对赵广元说，去，把你嫂子接过来。赵广元没动，反倒问道，我说志刚，你们啥时候才能把事办完？孙志刚知道他这是着急了，他肯定一路都在想着李梅。孙志刚没吭声，而是窸窸窣窣从衣服里掏出张信纸，展开递给赵广元。赵广元接了，贴了眼睛看：

新华道120号《劳动日报社》　　　李　文
凤凰区光荣敬老院　　　　　　　　张　奎
华北煤炭研究所　　　　　　　　　陈素娥
长宁西道祥丰里205楼二门202室　刘志军

"我操，还有两家呢。"赵广元嘟囔道，"煤炭研究所？这是什么鬼地方？"

孙志刚不去管他，而是朝艾绿珠走去。当他站在艾绿珠身旁时，他不知道该说些什么，只好大声咳嗽了一声。艾绿珠抬起头仰望着他。他有些不自在地将眼光移开，然后，他感觉到自己的大腿被艾绿珠死死抱住。她的手臂还那么有力气，他已经记不清楚，她有多少年没这样拥抱过他了？后来，艾绿珠松开胳膊，将手掌伸给他，他就攥了她的手，将她从地上轻松地拉了起来。艾绿珠掸了掸裤裆上的灰尘，轻声对他说，我们赶快去下一家吧。

这样，孙志刚夫妇和赵广元又去找陈素娥。陈素娥是煤炭研究所的研究员。等他们好不容易找到研究所，人家告诉他们，陈素娥去年刚刚退休，早就不上班了。孙志刚向人家讨要她家的地址，人家笑着说，告诉了你，你一时半会也找不到她。孙志刚说，没关系，我们不嫌费事，慢慢找。那人就上下打量着孙志刚说，陈素娥退休后搬她儿子那里住了，享福去咯。孙志刚问，她儿子住哪儿？远不远？那人说，不太近，在德克萨斯州。孙志刚又问，什么州？什么州？是不是离贵州很近？艾绿珠连忙捅了捅他说，美国的，美国的。孙志刚茫然地盯着艾绿珠。艾绿珠就拉着孙志刚出来。她扶着孙志刚的胳膊，半晌没吭声，后来她柔声说道，孙志刚，我有些累了，我真的有些累了，要不我们……先去广场上休息休息？那里有露天的椅子，不用花钱，前天电视里也报道了，说广场上的海棠和玉兰，开得正是时候。

10

劳晨刚和苏澈坐在广场的椅子上，张望着来往的旅人。这是这座城市最大最雄伟的一个广场。广场中心矗立着水泥柱纪念碑，碑底座上雕刻着三十年前那场劫难中，让人们难以忘怀的英雄和事迹。不少孩子们在广场上放着风筝，大人们在一旁帮忙牵线，同时还要提防成群的蜜蜂蜇到奔跑的孩子。

"一会我就去坐汽车。估计下午，我就能见到明净姐姐了。"劳晨刚手里捏着只蜜蜂，蜜蜂挣扎着飞，劳晨刚就用MP4将蜜蜂翅膀拍打空气的声音仔细录下来。

"需要我陪你一块去吗？"

"不用。你赶快去上课吧。我到桃源镇后会给你打电话。"

"你记录这些声音……有什么用途？"

劳晨刚将蜜蜂放飞。后来，她开始放MP4。这样，苏澈在接下去的时间里，听到了风吹屋顶的声音，听到了孩子大声哭泣的声音，听到了火车车轮碾过道轨的声音，听到了刀子割破玻璃的声音，听到了男人和女人吵架的声音，听到了牙齿咀嚼甘蔗的声音，听到了飞机起飞的声音，听到了骏马嘶鸣的声音，听到了昆虫欢叫的声音，听到了鞋子在走廊里走过的声音，还听到了两个女孩子，一起歌唱的声音。

"非典那年，我们一起在北京住院。哪里都去不了，只能乖乖待病房里。我们就用这个 MP4，录窗外的各种声音。我们都不说话，可是心里却很快乐。净姐说，欢愉在于细小，在于沉默。我不知道这句话是她说的，还是别人说的。"

"今天你就能看到她了，"苏澈说，"你们……也有好几年没见了吧？其实……"

"……以前我们经常通电话，只是这几个月，突然就断了消息。"

"其实……其实……其实我有种不祥的预感，"苏澈断断续续地说，"如果明净一切都好，她……她肯定会联系你。"

"别说了。"

"也许她……她已经……"

"别说了。"劳晨刚转向他，将胖乎乎的手指竖在唇边。

"你最好有这样的准备……你这么聪明，也许你早猜到了这一点……只是你不敢承认。"

劳晨刚并不吭声。她沉默了足有一个世纪那么漫长。"我答应过她，等我的病好了，一定帮她找到亲生父母，让他们给她捐骨髓……"她突然说不下去了，她的眼泪已经把她的嘴唇堵住了。她丰满的身体哀伤地颤抖着，后来为了哭起来更方便，她干脆蹲在椅子脚边。她的嗓音和男人一样粗壮。

而孙志刚他们达到广场时，赵广元还在嘀嘀咕咕。他说即便找到那些人又有屁用，明净都不在了，还不如跟他去找李梅。孙志刚和艾绿珠并没有生连弟的气，说实话，他们都被广场上嘈杂的声音和拥挤的游客弄得有些眩晕。有那么片刻，艾绿珠去拉孙志刚的手，孙志刚的掌心涩涩的，似乎还在担忧停在路边的电动三轮车是否会召来交警。艾绿珠将他掌心打开，五根手指用力地攥着孙志刚的五根手指。她的左胳膊夹着那只水红绒大象。大象那么庞大，细长的鼻子几乎要耷拉到地上。他们从安徽回家后，按照桃源镇的习俗，把女儿从小到大的衣物全烧了，当然，还有那些大象玩具。女儿喜欢动物，尤其喜欢大象。艾绿珠只留了女儿的一条红裙子……其实，她一直想告诉他，女儿的骨灰，其实就在裙子缝制的大象玩具里。她没把女儿留在寺庙，而是时常把女儿贴在乳房上……他是个软心肠的男人。她可不希望这个软心肠的男人终日捧着女儿的骨灰抹眼泪。

后来，他们仨看到广场那边围了群人。艾绿珠就拽着孙志刚过去看。他们一向不是爱凑热闹的人，在镇上，每年正月十五都要扭秧歌划旱船，他们一次都没看过，但是在广场上，在市里的广场上，在海棠盛开的市里的广场上，他们没有必要让他们显得跟别人有什么两样。当艾绿珠好奇地从人群中扒拉开一条缝隙时，她无疑有些失望。只是个肥胖的女孩蹲在地上大哭。她哭泣的声音如此粗糙，又如此熟悉，完全不像个羞涩的女孩。艾绿珠隐约着有些失望，难道市里人，就这么喜欢看一个孩子的热闹吗？她突然有些愤慨，她又控制不住自己了。她大声地朝人群喊着，散开散开！有什么好看的！该干啥就干啥去！又不是在耍猴！她的声音严厉而平仄分明，就像一位老师在训斥调皮的学生。那些围观的游客悻悻地散开，然后，在涌动的人流中，艾绿珠拉着神情涣散的孙志刚，一步一步朝女孩走过去。

梁　夏

1

　　买卖是夫妻俩的买卖，没有闲着的腿，没有白吃饭的嘴。婚后不久，老婆就说，哎，别去城里干泥瓦匠了，我一个人在家睡不踏实。世上还有什么比睡个安稳觉更紧要的事？没有。况且，这话从一个新婚燕尔的新娘嘴里出来，便带了些别样的意味。梁夏点点头，说，我听你的，春艳，这个家你做主！王春艳爽朗地笑了。王春艳笑时很有些男子气。她本生得五大三粗，镰眉豹眼，嘴唇厚得赛猪肚，这一笑，娇憨中透些不自然的妩媚，让梁夏心里暖暖的。关于改弦易辙的事，梁夏并没有表态。在梁夏看来，男人的事女人若掺和进来，岂不是草鸡替公鸡打鸣、黄莺替杜鹃孵卵？

　　说良心话，当初梁夏跟王春艳相对象，还真没打心眼里瞅上她。那时梁夏在桃源县城当泥瓦匠，二十啷当岁，每天挣三十块钱。小伙人儿是人儿个儿是个儿，颇讨姑娘稀罕。媒婆也曾给介绍几个，梁夏不是嫌人家长得糙，就是嫌人家全是茶壶把没有茶壶嘴。要么就是人家挑他，怨他闷嘴葫芦不吭声，嫌他家清汤寡水没油水，怕他爹年轻时偷鸡摸狗老了也要扒墙灰。这一错两错，梁夏岁数难免就大些。像他那般大小的同学亲戚，孩子都会打酱油、会来猫猫、会做俯卧撑了，他心里才委实有点慌。那年秋天，又有人给他介绍了个邻村女子，叫他回家相看相看。他换了干净布裳骑着自行车回来，推开门便是一愣。刚收了秋玉米，母亲正跟姑娘在庭院里盘腿剥皮。姑娘背对他，他只能看到她后脑勺梳着条黝黑蓬松的大辫子。这辫子左右一甩，白玉米皮子就飞出来一个，空气中弥漫的腥甜气似乎就更浓烈，一丝两缕的玉米穗子间或弹出，粘上梁夏的白衬衣领子。梁夏恍惚着将穗子摘下，放到鼻下，手指慌慌地捻了捻，心就跳得快些。原来这姑娘来得早，见梁夏母亲正忙农活，二话没说就帮忙起来。看来姑娘是个实惠人。梁夏抽眼觑她，姑娘也不躲，径自朝他咧嘴一笑，露出口比玉米粒还瓷实的白牙，将手在裤子上掸了掸，旋尔伸出，朗声说道：

"梁夏你好，我是王春艳。"

正是猫冬季节，庄稼院没什么正经事，两人就终日在热炕上厮混。那日下雪，两人顾不上朗朗白日就滚作一团。事毕，梁夏脊梁上皆是汗水。王春艳顺手拽了枕巾替他擦拭，将他的头枕上自己的乳房，摸着他耳垂说，我想跟你商量个事。梁夏坏笑着说，还有啥事？是不是还想要一次？佯装翻身搂她，王春艳说，哎，这事我都说絮烦了，可我还得说。等开春了，你别去城里做泥瓦匠了。钱是挣得不少，可日头底下晒脚手架上站，危险着呢。梁夏不吭声。王春艳继续说，你放心，我不会让吃你闲饭。婚前我在县城卖过童装，有经验，也攒了俩小钱。开春后我们去市里头进货，桃源县大大小小三十六个集口，我们还怕赚不来钱？总比你那土里刨食强吧？梁夏还是不吭声，只从身后紧紧抱了她温软的腰身，下身狠加了把气力。

就这么着，这一行做了下来，一做就做了四五年。

王春艳能吃苦，进货时摸黑起来，脸不洗袜不穿，嘴里嚼着凉馒头，提着亚麻袋小跑着去搭村头的公共汽车。梁夏那时睡得香，只晓得身边的那块暖肉没了，满被窝透凉风，心有点慌，睁开眼晃晃房梁又沉沉睡去。汽车票来回二十块，坐了几趟，王春艳怎么就跟售票员攀上了八竿子打不着的亲戚，姐呀长姐呀短的，还用破棉花套子给售票员缝了个椅垫，说是怕售票员坐冷板凳时间长了得痔疮。又过些时日，给售票员攒了一尿罐乌鸡蛋，让售票员给孩子煮着吃，说是对孩子的骨髓发育很有好处。自那以后，售票员来回便只收她十七块。进货的地儿呢，叫作"小山"，她以前跑过这行，手头有几个老货源，熟头熟脑，进价上又讨些便宜。等天黑了，村人便会看到王春艳呼哧带喘地跳下公共汽车，大包小包连拽带抻地鼓捣进家里。赶上了四乡八里的集，鸡叫头遍就抠身而起，烧灶滚粥，嘴上还粘着米粒就命梁夏开着手扶拖拉机，顶着北斗星出发。比起梁夏做泥瓦匠的日子，倒是忙得四脚朝天。不过梁夏倒也满心欢喜，尤其是春天，麦子抽节了，杨树拱穗了，蒲公英开花了，秃萝卜顶能蘸酱吃了，不时有莫名的野花香在拖拉机里飘。半路上梁夏会将拖拉机熄火，顾不得王春艳催促埋怨，跳将下去采些野姜花扔进车篷，便有细腰金翅的马蜂一路疯赶，吓得王春艳"哎呀哎呀"地直掐他大腿。这王春艳长得粗笨，嘴上却涂抹了蜂蜜，见人说人话，见鬼说鬼话，见了王母娘娘就说天上的话，一条裤子别人能赚十块，她则能赚十五。钱攥在手里的感觉咋那么好呢？两口子坐炕头上，十块八毛地数，夜里，两口子就在被窝里搂了钞票睡。有了钱王春艳也不显摆，过年时给梁夏买了套西服，给公公买了个雕花烟斗。过不几天，让梁夏开了拖拉机，从县城拉了台VCD和一套音响。那时候全村只有书记李富贵家有台万利达VCD。于是村里人便知晓，梁夏两口子这是挣了点钱，这看似五大三粗的王春艳，还真是个"女光棍"。

"女光棍"在周庄夏庄一带，专指那些像男人的女人。四乡八里的女光棍不多，但好歹总要出几个，不过她们的营生哪里能跟王春艳比呢？譬如夏庄的周素英，最好跟庄里的老爷们赌钱闹鬼，嘴叼香烟口吐脏话，动不动摸老爷们裤裆揪老爷们骚鸟；譬如马庄的刘美兰，终日穿着灰西服，脚上踏着男式军勾鞋，专事婚丧嫁娶事宜，浑身油腻，嘴上还长着两撇毛茸茸的小胡子。

如此看来，梁夏还真是娶对了媳妇，媳妇帮他赚钱，还把他打扮得一点不像个庄稼人。刚流行皮袄，一千二一件，王春艳想也没想就从城里给他买了，貂皮毛领将他的桃花眼衬得水汽沼沼。梁夏笑着问王春艳："你是不是把我当儿子养了？嗯？"这"嗯"用鼻音甩出来，懒散地往上轻挑，不经意就有了挑逗的意味。王春艳抿嘴笑，笑着笑着嘴角耷拉下来，抬手摸摸男人粗壮的喉结半晌没吭声。也是，两人结婚几年，王春艳还没"开怀"。照两人劲头，孩子本应母猪下崽似的扒拉不开。两口子没少跑医院，可东检查西检查，谁也没毛病。两人就抓空日耕夜作，可地虽不是盐碱地，却愣是打不到粮。梁夏知道这事让老婆心里疙里疙瘩，忙闭了嘴，将老婆手掌抻过来，拿了夹剪，把女人的指甲修剪干净。

2

夫妻俩的买卖是做得越来越大发，拖拉机换成三马子车，三马子车换成松花江。集也赶得密，以前专捡四乡八里的小集，后来专赶八镇九寨的大集，俺城、乐营、马城，再后来，连邻县的集市也一个不落。王春艳越来越胖，喝口凉水都长肉；梁夏越来越白，站货架子后面倒像游手好闲的风骚少年。一日，王春艳吃着吃着饭直喊累，嘴里都淡出鸟来。梁夏就说，我去给你买几根火腿肠吧。等回来一看，王春艳偎着炕沿睡着了。她的方脸在灯下黝黑黯涩，仿佛满屋的暗影都揉进她皮骨。梁夏鼻子发酸，攥着火腿肠默然发愣。翌日便跟老婆商量是不是要寻个帮手？忙时打下手，帮着进进货看看摊收收钱，免得她心力疲乏，整日里像抢食的秃鹫似的。

王春艳就笑着说："咱们家还没熬到地主的份哪，找扛活的干啥？"

梁夏说："你就嘴硬吧，你看看你那眼睛，天天睁不开，比席篾还细。"

王春艳沉吟着说："你算算账吧，雇人的话怎么也要每个月四五百块钱。一年下来就是五六千块。你说这五六千块钱，干点啥不好？龙肝凤胆也能吃上好几顿。"

梁夏就缓缓道："咋啦，你不心疼你自己，还不许我心疼你？"

王春艳愣了愣，上前环了梁夏的脖颈，颌骨轻轻蹭着他的肩胛骨，眼睛就潮了。

找帮工说起来易，真正找起来却不是想象中那么简单。村里十七八的姑娘大都早早辍了学，去镇里的棉线厂当纺纱女工；新媳妇呢，要么挺着大肚子纳鞋底，要么躺炕上奶孩子；三四十岁的女人家，男人都在外打工，整日忙着喂猪喂牛，连放屁的空都没有。如此一拖两拖，这事就搁下，两口子每日仍忙得昏天黑地，夜里连梦都舍不得做一个。

那天梁夏正抽空拾掇院子，准备栽些青菜，便听到有女人叽咕着说话。原来是王春艳领着个女人从正门进来。两人看似很熟络。也许本来生疏,可再生疏的人到了王春艳跟前,都会变得话比老鸹都多。梁夏就叉了腰看那人。要比王春艳长上六七岁,脸上点着几颗雀斑。梁夏弯了腰继续捯地。王春艳就嚷嚷道:"梁夏!还傻愣着啥,快过来见见嫂子!"

女人是王春艳他们村的,算王春艳叔伯嫂子。男人在深圳的玩具厂当工头,年初刚把初中毕业的儿子带过去,三嫂就闲下,况且每月都有汇款,吃穿不愁,干脆将十亩水田租给隔壁,秋后收些钱粮。"三嫂子不给谁面子,也得给我面子啊!"王春艳搂着三嫂的脖颈说,"是不是啊嫂子?"三嫂摸着她的手背微微笑了笑,也没说什么,拿眉眼扫了扫梁夏。梁夏朝她点点头。女人在半个多时辰里很少说话,只用"哦""嗯"这样的语气词来应王春艳。譬如王春艳问,嫂子,我哥半年没回来了吧?女人漫不经心地"嗯"了声,譬如王春艳问,嫂子,你想我哥不?女人照旧漫不经心地"嗯"了声。她的声音仿若冬天地里的一星野火,风不吹来兀自灭着,偶有风拂,方才暗夜里流出一两点光亮。

这样,三嫂就正式来帮了忙。晨起骑着辆木兰摩托过来,再跟梁夏两口子一块赶圈集。梁夏本以为这女人不缺钱,看上去是个尊贵人,哪里愿意干这等粗活?不过王春艳倒没走眼,女人帮着装货卸货,在集市上抢着摆摊位、挂衣裳、收银钱,一丝也不敢怠慢。人跟王春艳讲价钱时,她一般不插嘴,可一旦插嘴却极管用。有个女人买裙子,偏偏为了十块钱磨叽半天,王春艳磨破了嘴皮,女人死活不肯松口。三嫂便说:"大妹子,你手上的戒指是白金的吗?"女人说:"不是白金的难道是铝的?我男人从上海买的。""上海"两个字咬得极重,眉眼也亮起来。三嫂笑着说:"妹子你看看你的穿戴,一看就是个有福的人。白金戒指黄金项链，手上戴的玉镯怕也是和田玉吧？"女人说："哎，有啥福气，瞎凑合呗，就是孩子爸在外地揽个小工程啥的。"三嫂说："这是命啊，你命好，家里舒舒服服待着。你看他们两口子，命就不好，赚的都是辛苦钱，比不上大妹子你一个手指头，何苦为了这十块钱跟他们废那么多唾沫星子？"女人盯看了三嫂一眼，就把十块钱递将过来。梁夏在一旁听了，不禁多看了三嫂一眼。

赶集的人三教九流，难免有手长脚长不听使唤的。赶丁零河集就丢了两套秋衣秋裤。王春艳很懊恼，这集不是白赶了？三嫂低眉耷眼，仿佛这事全归罪于她。没料到下集又碰到一个。是个戴毡帽的老太太，挤人群中很是扎眼。梁夏正站板凳上挂衣裳，一扭头就看到她伸手抻了件棉背心左盯右看，后来哆哆嗦嗦退出人群，东张西望一番转身就走。梁夏刚想扯着嗓子喊，可见她佝偻着老寒腿仓皇逃跑的样儿，心就软了，这话就硬生生噎回去，去瞅王春艳，王春艳正忙着给姑娘家挑羽绒服，去瞅三嫂，嫂子正低头数钱。散了集，两口子回家算账，梁夏想把这事说给王春艳，可东琢磨西琢磨，横竖是自己理亏，干脆闭嘴算了。让他略感意外的是，账结完后却一分钱不少，而那件棉夹克的售价是三十六块。他呆呆盯着王春艳问："算得对不？"王春艳蘸着唾沫又数一遍，扯着铁嗓子说："一分钱不多，一分钱不少。咋啦？"梁夏说："没啥。"王春艳望他一眼："你还别说，三嫂还真挺能干，咱们这帮工的钱可没白花。"梁夏说："我瞅着她也挺利索的，卖衣服说的话比媒婆还好听，就是私下里话比金子还贵。"王春艳说："哟，话再金贵也比你强吧？人家以前可是小学里的代课老师呢。"梁夏"嘿嘿"一笑说："小学老师怎么了？我以前还是工程师呢。"

乐营集那天，两口子醒得迟些。六时刚过就听到"砰砰"的敲门声，知是三嫂来了，王春艳慌忙套了衣裤趿拉着鞋去开门，梁夏不紧不慢套着毛衫，望着窗外的那丛野樱桃。也不知道是哪年的树了，横竖那么长出来，一年比一年繁茂，一扑棱一扑棱的要挡了窗棂，花开得极为琐碎，一簇一簇，白白脆脆，仿佛老人们怯怯的眼。梁夏裤子也没穿，忍不住往外细细打量。待听到门轴"吱扭"声，道是王春艳进了屋，便说："操，这樱桃开疯了。"说完扭身看王春艳。这一看倒真让梁夏委实愣住，一时竟然不知如何是好，过了七八秒方才将棉被硬生生抻过死死捂住下身。梁夏睡觉有个毛病，无论冬夏向来不着一丝，尤是晨起，这下面一杆旗飘得格外高扬。

　　进屋的不是王春艳，却是三嫂。王春艳去了茅厕，虚呼着三嫂屋里来坐，三嫂想也没想就挑门帘进来，竟也一时呆住，倒把梁夏上上下下看了个通透。梁夏忙套上裤子着了鞋袜，将被褥拾掇好，推了窗户下了土炕。洗脸时心仍是"咚咚"乱跳，嗓子又干又痒，从小到大还没出过这等洋相。待听到过头屋传来春艳和三嫂嘀嘀咕咕的话声，心里方安稳些，佯装无事般出了屋，将包裹扛上"松花江"，坐车里喝了口矿泉水。乡间四月已一派喧哗，农人铲草，草驴嘶吼，公鸡打鸣，野猫叫春，花瓣上的露珠从这一瓣滚到那一瓣，大黄蜂从这一朵飞到那一朵。梁夏禁不住闭了眼做几个深呼吸，从倒车镜偷偷瞄了三嫂。三嫂正和王春艳说昨晚镇上的新鲜事。无非是哪个村的张三爬了李四家的墙头，苟且行事间被李四堵在炕头，镰刀铁锹都用上了，人脑袋打出了狗脑袋。梁夏稳稳地开着车，闹不清自己有啥好上火的。这么想着，浑身松懈下来，边开车边点着一支香烟，喷云吐雾间太阳就喷薄而出，瞬息将天下物事都染了暖暖一抹胭脂。

3

　　月底结算工资时，王春艳思忖半晌，往三嫂裤兜里多攮了五十块钱。三嫂没推辞，只朝两口子笑了笑。梁夏这才发觉，三嫂笑起来很受看。眉极轻目极细，眉目间略敞，眼皮不是乳黄，而是笼了层炊烟。还有嘴，肉肉的，不是通常这个年岁女人的李子红，而是樱桃红。梁夏听她跟王春艳说，想请一个礼拜的假去趟深圳，倒不是惦记男人，而是想儿子。王春艳笑着说，想男人就是想男人了，干啥拿孩子来做幌子？三嫂也不辩白，拂了拂王春艳的头发。

　　三嫂不在的几天，两口子才发觉略微有些不惯。这段时日，都是三嫂晨起敲门，比闹钟还准。看两口子扒拉不开，就帮他们填填灶火，搅搅稀饭。三嫂手巧，听人说没开怀的女人，若是系了七彩丝绦缠就的腰带，孩子会早早坐胎，就熬了几个晚上给王春艳织了条彩色裤带，亲手帮王春艳系上。说实话倒不像雇来的人，反倒是一个娘胎的亲姐。那天晚上，王春艳对梁夏说："三嫂怎么还不回来？都去五六天了。连个电话也不舍得打。哎。"梁夏闷声闷气地说："咋啦，还想她了？"王春艳说："嗯，倒真是有些想呢。这么惹人疼的女人，哪里有不喜欢的理儿？你想吗？难道你不想？"梁夏就说："别胡说八道了。快睡了。"王春艳就嬉笑着说："我知道你也想。你肯定比我还想。"梁夏"喊"了声翻身过去不再搭理她。

　　三嫂也是个不经念叨的人。第八天，他们就把三嫂盼回来了。三嫂回来，给梁夏和王春艳都带了礼物。送给王春艳的是尊送子观音，说是男人带着去千佛山,她烧高香求来的,还专门花钱请高僧开了佛光。王春艳稀罕得不得了,将观音紧紧搂怀里。拿眼去瞄送梁夏的礼物,却是几件南方刚流行的衣物,就笑着对梁夏说:"三嫂真懂你的心思呢。知道你是个骚瓜蛋子,好穿。"梁夏没说话,接了衣物随手扔到炕上。王春艳就缠磨着三嫂给她讲去深圳的见闻。三嫂说深圳也没什么啊,就是森林一样的高楼。王春艳又问三哥怎么样?三嫂说,也就那个样,两条胳膊两条腿。王春艳又问孩子怎么样?三嫂说,也就那个样,胡子一把抓,比他爸还老。王春艳听出三嫂的兴致不是很高,仿佛去了趟深圳,就跟她回了趟娘家一样随便。

翌日是俕城集。俕城号称"京东第一集"。等货物拾掇完将要出发,王春艳突然扶着门框呕吐起来。梁夏忙去搀扶。她摆摆手说,可能是葱花饼太凉,有些胃寒,喝点热水就好了。梁夏三步并作两步进屋倒水。王春艳喝了仍攒着眉。梁夏就说:"这个集我们不赶了,不赶了。待会我送你去镇上的卫生院,好好检查检查。"王春艳用拳顶住胸口说:"那哪成呢?上次有个人裤子买肥了,这集要来换的。我们要是不去,人家不就白等了?"梁夏急了,说:"是一条裤子要紧呢,还是你个大活人要紧?"王春艳就闭了嘴。三嫂就对王春艳说:"这样好了。等会让你婆婆陪你去看医生。我跟梁夏去赶集。两不耽误,你说呢?"王春艳又吐了一口,轻声细语地说:"那敢情好。三嫂,真是麻烦你了。"

梁夏就拉着三嫂去俕城。一路无话,只有麦香的糊味脉脉吹来。梁夏从倒车镜里看见三嫂一直盯着自己后背。他寻思她可能会说点什么,但她终归什么都没说。快到俕城,梁夏还是放心不下王春艳,就给她打了个电话,王春艳也没接。三嫂便说:"春燕是不是怀上了?"梁夏喜滋滋地说:"哎,谁知道呢。"下午收了摊,梁夏便请三嫂去肉饼店吃"虎头"肉饼。"虎头"肉饼皮薄肉多，梁夏一口气吃了四块，抬头间见三嫂小口小口地嚼着，便问："咋啦？不饿？"三嫂盯看着他，却没有话。梁夏就笑了。梁夏笑的时候嘴巴有点歪。三嫂说："哎，你笑起来，倒真像个孩子。"梁夏又笑了笑，继续埋头吃肉饼。吃着吃着又去看三嫂，三嫂还是将肉饼夹在筷子上摆弄来摆弄去。梁夏说："嫂子你要是有什么话，尽管说好了。"三嫂将筷子放了，左肘架在右手上，左手拖着腮，缓缓地说："我一直想不明白，上次你明明看到那个女人偷东西了，为啥没吭声呢？"

梁夏嘴里的肉饼就没咽下去。他看着三嫂，三嫂也看着他。半晌两个人都不约而同笑出声来。梁夏这才问："我也一直想不明白，上次明明看到东西被偷了，为啥钱倒是一分没少呢？"

三嫂说："哎。那个老太太，跟我有点远房亲戚，她脑子里缺根弦，时常干点偷鸡摸狗的勾当。我看你没吱声，就替她把钱给补上了。"

梁夏说："我本来差点就喊出来。不过看她穿得破破烂烂，心想那件坎肩穿她身上，兴许到了冬天就不冷了。"

王春艳真是怀上了。怀上了的王春艳照样赶集。照样赶集的王春艳明显有些力不从心。在丁零河，她正帮人挑裙子，突然一口就吐在裙面上，吓得女孩惊声尖叫。王春艳灰头灰脸地向人家赔着不是，梁夏忙把脏物用手纸擦拭干净。第二次是在独寂城，她一口就把酸水沁在梁夏手上。梁夏高兴地甩甩手，替她轻轻地捶背。王春艳小声咳嗽着，眼睛里满是大滴大滴的泪水，嘀咕着我这是怎么了？我这是怎么了？梁夏笑着说，儿子才一个来月就这么能折腾，是好事。王春艳怎的就酥软了，靠梁夏怀里小声抽泣。三嫂说，以后会闹得越来越凶，我怀孩子那阵，见油腻东西就吐，最后连苦胆都吐出来，要死要活的。

107

王春艳听了脸就绿了，唉声叹气地说，这可咋好呢？梁夏倒很少看王春艳这样发愁。王春艳从来都不是个会发愁的人。这样看来，生养孩子倒真是件既让人欢喜又让人担忧的事。梁夏连忙去县城找了好医生，开了几剂中药，熬了给老婆喝。到了两个月头上，王春艳突然见红了。她那天穿着条裙子，一条红蚯蚓就顺着她大腿根缓缓下爬。当时梁夏就傻了，忙招呼三嫂过来看。三嫂把梁夏叫到一旁，悄悄叮嘱他千万别声张，不要让春艳知晓，这可是流产的迹象，不是什么好兆头。梁夏连忙开了车拉老婆去县医院。结果真是被三嫂说中。医生说，还好来得及时，吃些保胎药，姑且再观察一段时日吧。

王春艳就只好待家里，让梁夏和三嫂去赶集。

车厢里少了王春艳，就像车子链条和轴承之间少了润滑油。梁夏从倒车镜里看到三嫂盯着自己后背，像石像那般可以盯上半个时辰。梁夏就觉得浑身不自在。对三嫂说，嫂子你坐到副驾驶上来吧，陪我说说话，真够闷的。三嫂没吭声，直接从两个座位中间挤了过去，这让梁夏惊奇地笑了起来，他真从来没有见过这样换座位的。三嫂也笑了，说："幸亏我长得蜻蜓那么瘦，要是春燕那骨架，是无论如何钻不过来的。"梁夏说："是啊，是啊，你说春燕怎么就那么胖？她买了件花衬衣穿上，说自己被绑成粽子了，我就对她说，那不是粽子叶的问题，而是粽子馅的问题。"三嫂"扑哧"笑出了声，梁夏说："三嫂子，这些天还真是多亏了你。"三嫂说："有啥谢的，都是家里人。你们俩呀，挣两块钱也真是不容易。"梁夏就歪了头去看她。她的脸从侧面看上去犹如剪影，简洁、潦草又有些模糊，尤其是鼻梁，从眉骨间起势就高，到了下眼线处又凸起一块，而后才滑下去。就想起一则荤笑话，说鼻梁中间的那块凸起叫"淫骨"，长了淫骨的男人是大牙狗（公狗）六亲不认，谁都敢上；长了淫骨的女人呢，天煞的"花痴"，稍有姿色的男人，没有不被她弄身上来的。这么想呢，梁夏忍不住就"呵呵"笑，笑完又去仔细打量三嫂，越看她那鼻梁骨越像是"淫骨"，反倒不好意思起来，是笑也不敢笑了。

　　三嫂知道梁夏看她，说："哎，人老了就是皮包骨。尤其是庄稼老娘们，要是过了三十岁，那真是豆腐渣都不如。"梁夏说："可不能这么说。女人家，到了三十来岁才是秋后的柿子甜得麻嘴，十月里的苞米香得腻人。"三嫂说："你扯吧，嘴巴真是涂了蜜，越来越像春艳。"梁夏说："这你可说错了，我们周庄，就我算是个好老爷们。"三嫂说："可不，就你一个好老爷们，黑夜睡觉连条裤衩都舍不得穿，早晨起来摇着棒槌迎接客人。"梁夏的脸瞬息红了。他没料到三嫂会拿这件事开玩笑。说实话，他觉得自己跟三嫂还没有熟到开这种玩笑的份上，只得干笑两声说："从小习惯了。家里穷，买不起内裤。你是个有知识的人，不晓得习性一旦养成，是到了棺材里也改不掉吗？"说话间梁夏觉得自己的右脸颊被什么轻轻划了一划，以为是苍蝇，想也没想用手去掸，没想到，碰到的是一根手指。

　　这手指只能是三嫂的。除了是三嫂的，还能是谁的呢？三嫂恍惚着说："你脸上都是汗。"梁夏说："是啊，麦子都熟了，眼看着入伏了。热得人心惶惶的。"

　　晚上想白天的事，就有点睡不着。这种玩笑在村子里算不了啥，小叔子跟嫂子、小姨子跟姐夫掐鸟摸奶，天经地义。可三嫂这样不吱声不言语伸了手指摸自己的脸，安安静静的，正正经经的，倒从来没有过。想着想着就骂起自己，人家一心一意来帮衬，自己倒想些不着边际的，真是憋坏了。也难怪，王春艳怀孕后就没让梁夏碰过。在王春艳看来，这个节骨眼做夫妻间的事简直是谋杀孩子。她也晓得梁夏难受，有时干脆用手帮他了事。然而即便用手也是敷衍的，动了几动心思便又跑到孩子身上去，干脆让梁夏自己来弄。这样的事本来就是男人最擅长。梁夏不几下就完事，窸窸窣窣地用手纸擦弄。王春艳就"咯咯咯"地笑，一开始声气还小，后来愈发大起来。梁夏望着屋子里弥漫的黑，突然有些伤感起来。

这集赶得不像以前那么密了，倒不是出于懒惰，而是梁夏觉得，让这么个不远不近的亲戚终日里跟着跑，真有些不落忍。好歹三十多的女人了，天天磨着嘴皮子，还要干些体力活，哪个女人受得了？即便三嫂受不了，像她那么脸皮薄的人，出于情面也不会说出来。就给三嫂打电话说，这三两天不用赶集，姑且在家休两天。三嫂在电话那头半天没吭声，她似乎想说点什么，可是静默半晌，还是一句话没说。反正她这种说话方式梁夏也习惯了，女人家嘛，麻雀的心眼，小着呢。就跟三嫂解释说，这两天要带王春艳去医院做检查，等忙完这事，集还是要以前那样赶的。三嫂这才"哦"了声，声音也活泛起来，问道，要不要我陪王春艳一块去啊？很多事你们男人不懂的。梁夏就说，有她娘家妹子一块去，你放心好了。

说实话，王春艳怀孕后就变了个人。以前是破锣嗓，见人远远打招呼，就是隔上个百米也能听得见，这下是说起话来慢声慢语，唯恐打扰了腹内睡得并不安稳的孩子。以前是书不看一本，即便是《故事会》，翻上两页也要打呼噜，这下倒好，专门让梁夏打电话给李明坤，让他从网上帮忙买书。李明坤是个热心肠，不仅买了《如何培养儿童右脑和如何培养天才儿童》《从尿布到约会·尿布卷》这样的中国读物，还买了诸如《犹太家教圣经》《斯托夫人自然教子书》这样深奥的外国读物。王春艳整天手里捧着一本，炕上读厕所里读被窝里读，眼瞅着就要读成近视眼了。以前是看到好看的衣裳就忍不住给梁夏买，现在呢，衣服也不替梁夏洗了，不读书时就给没出世的孩子做红布兜、老虎枕头老虎鞋，光尿布就裁了不下三十块……

没想到刚过去两天，三嫂就来了。她先问候了王春艳体检的结果，然后迫不及待地问啥时候赶集去？王春艳本是要好好跟她聊聊孩子的事，没料到她这么关心自己的买卖，眼眶便潮湿起来，哑摸着嘴说："三嫂啊……上辈子……肯定是你欠我了，所以这辈子对我……这么好。"三嫂就低了头笑，笑着笑着抬起头说："你安心保你的胎。坐下这么个孩子，啥容易的事？"王春艳就更受不了，大眼泪"扑哧扑哧"往下掉。三嫂说："别哭别哭，容易动胎气的！"王春艳忙止了眼泪，有一搭没一搭地说："哟，嫂子这裙子啥时买的？真好看。"三嫂原来穿了件咖啡色连衣裙，脚上是双高跟凉鞋。村里除了没出嫁的姑娘，倒极少有女人家穿裙子。三嫂就讪讪地问："好看吗？你三哥……给我从深圳邮回来的。"王春艳拉了她的手，细细摸着她的小骨节，缓缓地说："好看，好看，你穿啥衣裳都好看。你当过老师，跟我这样没文化的比，到底是两回事呢。这样吧，要是没什么要紧的事，赶明儿你陪梁夏去趟市里，进进货，梁夏这个人心粗，常常丢三落四，他一个人去我还真是不放心。"

4

于是去市里进货。梁夏本想开车，王春艳死活不让，非让他们坐班车，还专门给她那个八竿子打不着的亲戚打了电话，让她票价便宜些。翌日，梁夏跟三嫂肩并肩坐在公共汽车上，发现她身上香香的，就打趣说："三嫂子，这香水都快把人熏倒了。"三嫂说："你不喜欢这味道吗?"梁夏说:"哎,啥喜欢不喜欢的,人的鼻子又不是狗鼻子。"三嫂就白了他一眼,屁股挪了一挪,故意将两个人的缝隙拉远些。

进完货已垂暮,没想到在高速上堵了车。原来"奥运"期间,这跑东三省的大货车全被赶到京唐高速来,一辆一辆水库似的绵延开去,望也望不到头,动也不动一丝。梁夏急起来,怕王春艳惦记,偏巧手机又停电,借三嫂的,三嫂却连带都没带。眼看着车越来越密,空气越来越浊,天边偏又绽起朵朵大金丝菊,然后是震动天地的雷声从车顶劈过,吓得三嫂一把抓住梁夏。梁夏躲也不是不躲也不是,只觉她的手心潮潮的要浸出汗来。刚要将手挣脱开,不成想头顶又是一声闷响,车上的乘客都"哎呀"一声,三嫂的手攥得也越发紧起来。梁夏心里发虚,忍不住环顾四周,每个人都慌慌的,也没甚熟人,即便如此,梁夏心里还是疙里疙瘩,默然把手从她掌心拽出,放在鼻下动也不敢动。不久窗外就什么都看不到,漆黑如墨,雨水顺着玻璃窗河流般恣肆地流。车里也没有打车灯,嗡嗡嘤嘤的议论声咒骂声此起彼伏,都怕是晚上回不到家。梁夏闷闷地点了支香烟,没成想刚吧嗒两口就被售票员发现,大声叱喝着让他掐掉。梁夏蔫头蔫脑地掐掉,把手放在膝盖上神经质地敲打。这时,三嫂的手就又摸上来了。

多年后梁夏还会记得那个雷声滚滚、大雨如注的高速公路上的吊诡傍晚。车灯是慢慢亮起来的,由于电压不足或是旁的缘由,灯光是那种忧伤的暗黄,犹如黑夜里的萤火虫在坟茔里有气无力地晃——光亮慢慢浮起,灯光下黑乎乎的头颅分不出是男人还是女人。世界在梁夏的耳朵里突然安静下去,他什么都听不到了。有那么片刻,他甚至怀疑是刚才的雷声把他的耳朵劈聋了,他只得拿另外一只手抠了抠耳郭。后来,他扭过头,狐疑地看了看三嫂。三嫂正襟危坐,眼睛漫无边际地盯着前方,像是在盯着司机,又好像是盯着外省的卡车,她那么专注，睫毛连眨都不眨，呼吸也没有一声。在暗淡的橘红光下，她的皮肤没有一丝油腻，是黄疸病患者那种洁净的蜡黄，仿佛被药材浸泡过一般。没人看到她的手死死攥着梁夏的手。这个表相瘦弱的女人，气力竟如此之大，仿佛她此刻将毕生的力量都倾注出来，或者说她把她毕生的气力都孤注一掷，为的仅是将他的手指跟她的手指纠缠在一起，为的仅是她的皮肤能与他的皮肤摩擦无隙，为的仅是她的指纹与他的指纹或许能有重叠。梁夏后来一直想不清，如果当时他果断地把手抽离，会是如何的结果？他当时没想过这个问题。他当时已没有心思去想这个问题。他记得他就那么干坐着，手被这个女人颤抖着握住，而窗外，依然是盲人般的黑。

几点到的家？记不太清了。他只记得到了村头时雨已经很小。天已擦黑，却仍能看出杨柳青翠乳燕翻飞。在村头，他看到了身材臃肿的王春艳。她挺着个大肚子，一手叉腰，一手打伞，看着他和三嫂从车上把包裹一个一个卸下。三人淌着雨水回了家。炕上早摆了八仙桌，桌上是盆小鸡炖蘑菇，一瓶红星二锅头。王春艳把热水倒好，命两个人洗脸洗脚，又不停唠叨为什么连个电话也不打？梁夏嗫嗫地说，手机没电了。王春艳就说，用三嫂的打呀，梁夏说，三嫂忘了带手机。王春艳一愣，说是吗？那怎么不用售票员的？她可是我远房表姐呢！梁夏不耐烦起来，嚷道，什么狗屁表姐！连支烟都不让抽！王春艳就笑了说，三嫂子看到没？别看他平时在众人眼里人模狗样，温顺得像猫，说实话这脾气藏性着呢！三嫂说，这就不错了，你三哥要是有三言两语跟我不对付，这巴掌早扇过来了。

就吃饭。梁夏倒是一滴酒都没敢喝。王春艳就张罗着梁夏陪三嫂喝一点。三嫂说，女人家要是沾了酒，就等于是男人家在炕头上纳鞋底，有些事是不能颠倒的。梁夏听了也没吭声。王春艳就跟三嫂拉起胎教的事来。在王春艳看来，一个曾经的小学语文老师，肯定对胎教有着良好的建议和经验。三嫂说，我们改天再聊吧，天很晚了，我要回家了……

"回啥家呀。外面还在下雨！今晚住我这儿好了。跟我睡一个屋，让梁夏西屋睡！"

三嫂瞟了梁夏一眼。梁夏不晓得她为何要瞟他，就下了炕去开电视。电视里正在演新闻联播。梁夏听到三嫂说："这哪成呢？我这个人怯炕。睡别人家的炕要失眠的。"王春艳说："失眠好，我这些天就老睡不着，你正好陪我好好说说话。"

三嫂就这么着住下来。梁夏把自己的被褥搬到西屋。早早脱衣睡下，却翻来覆去怎么都睡不着。脑子里全是三嫂……她肯定稀罕自己，可他委实搞不清楚，自己哪里招她稀罕？即便她稀罕他又能怎样？她是春艳叔伯嫂子，即便不是叔伯嫂子，自己也不会跟别人家的女人乱来。可在车上为何又让她攥了自己的手？为何不当机立断将手挪开，开些玩笑话遮挡过去？梁夏越想越烦，越烦越想，身子骨碌过来骨碌过去，对面屋子里却传来两个女人放肆的笑声。

想着想着就迷糊住，半夜醒了次，听到王春艳打呼噜，恍惚又睡去。后半夜大抵是雨停了，空气薄凉起来，窗外传来昆虫的叫声。不久，他听到门轴"吱扭"着转动，知是春燕去厕所了。想想又不对，这段时日她都在屋子里小解的。那么出去的人肯定是三嫂。又过了会儿，梁夏突然觉得有人在摸自己的脚。那双手梁夏太熟，他顿时六神无主起来。手很凉，像在公共汽车上时那么凉，手心沁得潮乎乎的，摸在脚踝上很是舒服。手挪得很慢，犹如老蜗牛在青苔上慢爬。他下面一下子就硬了，不禁耸了耸身子，同时故意屏住呼吸。他想让三嫂明白，他已醒来，他知道她在做什么。他想她应该知道他并不喜欢这么做。然而那双手仍是一直往上游走，赶到后来，梁夏惊讶地感到女人温软的身躯已然偎依进自己怀里。他听到女人在耳边呢喃，你知道吗，每天晚上，我只有想着你才能睡着……我本想去深圳躲一躲，可在深圳一天都待不下去……我管不了我自己了，我真管不了我自己了……她的声音既细小又微弱，同时有些忐忑的哽咽。梁夏动也不敢动，直到她的手顺势握住他坚硬火热的下体。他的下体那么粗大，她的手快要攥不住了。梁夏突然喘息着一把将她推开。她一愣，发情的母兽一样复又卷过来。她是个过来人，当然晓得哪里才是男人的七寸。梁夏只得压着嗓子说道："别介！别介！松开！松开！再不松开我就喊春艳了！"

"喊吧，喊吧，王春艳是圣旨。王春艳是王母娘娘。"女人的乳房顶着他的胸膛，舌头吮吸着他的脖颈，"傻子，王母娘娘是信你的话呢，还是信我的话呢？别动。"

梁夏就是这时烦躁起来一把将她揉到炕底下的。她可能没料到他竟真的推开她，脚落地时没有站安稳，一个趔趄跌坐地上。而她的手则不合时宜地碰到了一把椅子，椅子倒下时碰到几个空啤酒瓶，空啤酒瓶倒下时又碰到了老鼠夹。老鼠夹打到空瓶时尖利清脆的声响在三更半夜里如是悦耳又如是刺耳。当梁夏打开灯慌乱着套衣服时，他看到了站在门口的王春艳。

王春艳挺着个大肚子呆呆站在门槛上。她先是扫了眼坐在地上的三嫂，又扫了眼下身昂扬挺拔的梁夏。她什么话都没说。什么话都没说的王春艳就那么站着。三个人都以各自的姿势待了足足有一分钟。后来，梁夏听到了扇耳光的声音。耳光很响，更响的是劈天盖地的咒骂声。那个坐在地上的女人似乎半响才明白过味来。她僵硬地站起来，看也没看王春艳，只是死死盯着梁夏。灯火不是那么明亮，虽然王春艳抓着女人的肩膀又是哭又是喊又是摇晃,梁夏还是在女人的眼里,看到了一团迅速燃烧的、愤怒的、几乎将喷薄出来的火焰。梁夏不禁打了个寒噤。

5

第二天,刚上任不久的村支书梁永刚到村民活动中心,便瞥到一个女人立在大门口。那天梁永去得早,去得早是因为晨起跟老婆吵了架斗了嘴。老婆不愿意他竞选村支书,他偏要竞选,老婆不愿意挨家挨户送鱼,他偏要送,老婆以为即便送了鱼他也选不上,结果他偏偏选上了,老婆以为选就选上了,除了开会点卯年底分红,该不会有什么狗屁闲事,结果他上任没两天就号召全村村民捐款修路。除了掏钱疼就是割肉疼,哪个不在背后戳着他的脊梁骨说三道四?媳妇就急了,急了的媳妇早晨径自喂驴喂猪,就是不喂他。没人给做饭的梁永就拧着眉头到村民活动中心来了。当他看到那个女人时,他并没有认出来是谁。这女人站门口低眉耷眼,右脚不停地蹭着潮湿的地面,眼瞅着就蹭出个坑出来。于是梁永吐了口痰清清嗓子,颇为威严地问道:"你是哪儿的啊,嗯?有啥事吗,嗯?"

女人这才抬起头。太阳刚高过炊烟,她的一双瞳孔被镀成了金黄色。

当梁夏接到梁永电话时,正在镇里的卫生院。昨天晚上三嫂走后,王春艳反倒安生下来,不哭也不闹。梁夏过去想说点啥,却发现门闩被插上了。就敲门,敲也是白敲,就说话,说也是白说。王春艳变成了只冬眠的蟋蟀，什么声音都听不到，什么话都听不进。后来梁夏就独自在西屋睡了。或许太累，这一觉倒睡得安生，等睁开眼时却发现王春艳呆呆地坐在身边。有那么片刻，他完全忘了昨晚的事，笑着去摸王春艳的肚子。王春艳将他的手挪开，说："快送我去医院。我又流血了。"她的声音听着又平又干。她已经完全变成一截木头了。

　　在车上梁夏不停解释。他说他跟三嫂根本就没什么。能有什么？她那么大岁数了。说这话时他自己都觉得可笑，但正因这话可笑，反而从内心隐隐升腾出一种莫名其妙的"虚"出来，仿佛本来应该他跟三嫂有点啥，这话听起来才更真实、才更有说服力。王春艳连看都不看他一眼。到了镇医院下车，梁夏去搀扶她时，才发现她的脸上扑满了大滴大滴的泪珠。梁夏这才相信，王春艳委实往心里去了，她或许真的认为，他把那女人睡了？这么想时难免有些愤懑，甩开她的手径直进来了急诊室。王春艳双手捧着肚子慢慢地跟上来。等那个妇科医生建议他们去县城的妇幼医院做子宫缝合手术时，梁夏的手机便响了。他听到梁永在手机那头大声地喊："梁夏，你他妈快给我回村里！"

　　当梁夏跟三嫂面对面坐在村民活动中心的凳子上时，两人谁都没看谁。梁夏听到梁永问："你认识萧翠芝吧？"，不待梁夏回答接着说，"你肯定认识她，她是你们家帮工的。"

　　梁夏去看三嫂。他才知道她的大名原来叫"萧翠芝"，以前只晓得她姓萧。

　　"萧翠芝说，昨天晚上住在你们家了？"梁永问。

　　"嗯的。咋啦？"

　　"咋啦？你说咋啦？你还有脸问我？"梁永的声调突然高八度起来，"我一直以为你小子是正经人，本想过两天让你来村委会帮忙，当个现金保管呢！真是走了眼！"

梁夏突然间明白了接下去的对话可能是啥,但他还是不敢相信。他扫了三嫂一眼,三嫂只梗着个脖子冷冷地望着院子里的几头约克猪,又扫了眼梁永,梁永的眼睛瞪得圆圆的:"你怎么能干这种糊涂事?嗯?"梁永站起来拍了拍桌子,"老猫房上睡,一辈传一辈,你还真随了你那亲爹!兔子还不吃窝边草!你对得起你三哥吗,嗯?你对得起王春艳吗,嗯?你脑袋被猪啃半拉去了吗,嗯?"

梁夏仰起头盯着梁永。他心跳得厉害,他相信更可怕的言语就要从他叔伯哥的嘴里吐出来。有那么一会他妄图躲过梁永的身坯去看三嫂,他简直不能相信那些可怕的话会是从她嘴里说出的。可梁永肥胖的身躯犹如一口水缸稳稳挡住了他的视线,他只得盯着梁永胸前的一颗纽扣。那颗纽扣四个针眼,其中的一个破线了,线头挣挣着,一只长着透明双翼的小蚂蚁在上面趴着。

"你说这事咋办吧?"梁永似乎平静下来,他拍了拍梁夏的肩膀,"你把人家给搞了,人家来告你,你说这事咋办吧?"

梁夏突然站起来将梁永扒拉到一旁,两步就迈到了三嫂跟前。三嫂这时才将目光从窗外拉回来,漫不经心地瞄了他一眼。他一把就抓住了她瘦削的肩膀,用力地晃了两晃,大声地喊道:"你疯了吗?你疯了吗?你他妈疯了吗?我啥时候碰过你?"当他妄图将她整个身躯从板凳上提起时,他感觉到自己的屁股被人猛踢了两脚。他翕动着嘴唇愣愣地回过头看着梁永。梁永似乎比他还要愤怒:"你个狗操的!把人家给搞了还这样嚣张,还有没有点人性?嗯?还有没有点人性?"

梁夏说:"我没搞她!我从来就没搞过她!"

梁永说:"放屁!你没搞过人家,人家一个老娘们能厚着脸皮来告你?嗯?"

梁夏突然不知道要说什么。他还能说些什么呢?他只能去看三嫂。

三嫂也在看他。她脸上的表情梁夏一辈子都忘不了，那是因为她脸上根本没有任何表情。她细细的眉毛，细细的眼睛，细细的鼻梁，除了她的眼圈有点黑，她跟往日里没有区别。她似乎在仔细倾听他们的对话，又似乎什么都没有听到。

"人家不去公安局告你强奸就是对得起你了！"梁永低沉着嗓子说，"人家也没啥别的要求，就是要你认了这事，要你赔个礼道个歉，"梁永的拇指和食指狠狠地捻了一捻，"你还不赶紧掏点这个？嗯？"梁夏的脸完全成了酱紫色，他的瞳孔似乎就要冒出火来。他完全没有留意到梁永的手在他衣兜里搜了一千块钱出来，他也没留意到梁永将这一千块钱屁颠屁颠地塞到了萧翠芝手里。他的血管、他的肺、他的皮肤瞬间就要爆裂了。

三嫂就在这时慢慢地朝他走过来的。他与她之间的距离很近，她完全三两步就能迈过来，而事实是，她走了足足七八步。她身上还弥漫着香水的味道。刺鼻的香味让梁夏突然想起高速公路上的情形。当她跟他面对面对视，她的嘴角神经质地抽搐了一下。当她的右手响亮地抽在他光洁的脸颊上时，火辣辣的疼肆无忌惮蔓延至耳根，让梁夏眼里的泪水几乎要摔落下来。事后他常常责骂自己，当时为何没反手抽她两个耳光？或者一通老拳将她打翻在地？或许他当时完全傻了。他眼睁睁地看着这个叫萧翠芝的女人把一千块钱在他眼前晃了晃。她晃得很慢，仿佛瞬间有片刻走神了，然后一声脆响，纸币被她从中间果断地撕成了两截，有一两张顺势飘到地上，死掉的蝴蝶般荡了几荡。她的这个动作无疑让梁永和刚刚进门的副书记王金荣都很震惊，梁夏似乎听到梁永扯着嗓子喊了句"这可是钱哪大妹子！"。她那双枯瘦但蕴含着巨大气力的手动得越来越快，越来越快，犹如一个疲惫的农妇轻车熟路地用镰刀收割麦子般，将一叠钱币撕得越来越碎越来越小。

赶至后来，她甚至没发觉那些纸币已完全从她指间落下，红色花纹的纸币静坠到地上，被晨风拂到梁夏脚上——她的手指还在机械地重复着那个动作，丝毫没有察觉只是在漫不经心地撕扯着空气。如果梁夏没有记错，她最后缓过神来，朝梁永和刚进门的副书记王金荣郑重地点了点头，似乎是在赞许他做得很好、做得很对，她对这样的结果无疑很是满意，然后，晃着消瘦的肩膀从屋子里一点一点踱出去，慢慢地骑上她那辆木兰摩托车，一拐两拐就消失不见了。

梁夏的嘴唇被自己咬破了。

6

全周庄的人都晓得他把王春艳的叔伯三嫂给睡了。睡就睡了，村里爬墙头的也有，也没见爬出什么不干净的话，偏偏他就被人家给告到村委会，告到村委会也罢，还被人家当面撕了一千多块钱，被人家当面撕一千多块钱也罢，还被人家扇了一个格外响亮的耳光……看来王金荣不但喜欢赌钱，还是男人的腿女人的嘴，搞宣传很有一套。梁夏一整天都没挪窝，蒙着被子躺了整整一天。中午王春艳将他的被子一把扯开，冷冷地说了声"吃饭"。她煮的面条。如若是往日，面条里总要专门给梁夏放些细肉丝、荷包蛋、枸杞，但那天王春艳什么都没放。梁夏扒拉了两口觉得越发寡淡。他想好好跟王春艳谈谈，但王春艳根本就不给他谈的机会，大白天的也把门闩插上。话又说回来，有什么好谈的？他跟这个叫"萧翠芝"的女人屁事都没有。他从来就没对她动过什么念想，如果说有念想，也是萧翠芝对他有念想。他越想越气，直把一碗面条摔扣到墙上。

晚上他父亲就来了。他父亲该是听到了什么风声，不然的话不会来看梁夏。梁夏对他父亲孝顺是孝顺，但走得并不近，这走不近的缘由便是父亲名声不好，年轻时睡人家女人常被捉到现形，有次甚至被那一家男人差点当场阉掉。他坐炕上抽着旱烟袋，开始什么都不说。后来终于说了，倒是些前不着村后不着店的话，什么货卖得如何如何，王春艳的胎气保得如何如何，东扯西拉一番，这才压着嗓子小声着问："儿子啊，你真把人家给睡了？"

梁夏不搭理他，他就又问："你这孩子也是，睡哪家的不好，偏要睡春艳家嫂子。那么大岁数了，身上连片肥肉都没有，老眉咔嚓眼的。"

梁夏仍不搭理他，他就又说："这事没啥可丢人的，儿子，我晓得你脸皮薄，可裤裆里的那点事，从省长到村长，从村长到平头百姓，只要是长俩卵子的，谁不稀罕谁不好惜呢？真没啥丢人的啊。你可千万要想开点啊，儿子。"

梁夏挨家挨户拜访村里人是几天后的事。他先去的他三爷家。他三爷以前是村里的小学校长，见到梁夏时他正躺在一把摇椅里戴着花镜读《人民日报》。他这辈子最喜欢的报纸就是《人民日报》，以前是在学校里读，现在是自己掏钱订了一份，有事没事喝着茶水读。在梁夏看来，三爷是全村最明事理、最洞世事的人。三爷见到他并没有起身，只是朝他点了点头，又指了指旁边的凳子，意思是让梁夏坐下。三爷喜欢梁夏，三爷喜欢梁夏是因为在三爷眼里，这孩子知书达理，手脚干净没有尾巴。人这一辈子咋会没尾巴呢？官人的尾巴是贪污腐败，商人的尾巴是见利忘义，明星的尾巴是叫卖身体，农民的尾巴是小肚鸡肠……但梁夏这孩子没有，这也是三爷人前人后夸梁夏的缘由。

梁夏就在凳子上坐了，给三爷敬烟，三爷摆摆手；给三爷续茶，三爷摆摆手；给三爷递了把凉扇，三爷摆摆手。梁夏一肚子话，就全在三爷摆手间没有了。看来三爷也知晓了他的事，不但知晓了他的事，而且对他的事颇为恼火。梁夏还能说什么？梁夏什么都不能说了，只有站起来告辞。刚直起身，便听到三爷说了句："君子有所为，有所不为。"梁夏去看三爷，三爷也在看他。梁夏说，我来了就是想跟您说声，我什么都没做。我真的什么都没做。三爷朝他摆摆手，意思是走吧走吧。梁夏悻悻地走出来，这胸口就隐隐疼起来。

第二家，他去的是梁明家。梁明从小跟他睡一个被窝长大，好得跟一个人似的。长大后一起在县城做泥瓦匠。梁明没在家，在家的是他女人。女人家正在做饭。见了梁夏连忙洗了手进屋，给梁夏又是翻箱倒柜地找烟，又是端茶倒水。女人家无疑知道了他的事，但女人家就是不说。她坐在炕沿上，小声地询问梁夏为何没有去赶集？梁夏说，这几天热死荒天，正好在家休整几天。女人家问，春艳这些日子咋样了？有没有去镇上的卫生院做B超？梁夏就说王春艳一切都好，一切都好。女人家又问，你妈在家干啥呢？哮喘病好些没有？梁夏就说哮喘好几年没犯了，只是又犯了风湿……女人家一路问下去，就差没问他的远房亲戚了。梁夏心里就更加难受，拿眼去瞅女人。女人大夏天的只穿了件皱巴巴的背心，腰里的赘肉挤出来，脖子上全是一圈一圈的汗。女人家见梁夏瞅她，怎的激灵下就朝后挪了挪屁股，仿佛怕梁夏要做出什么过分的举动。梁夏就说，嫂子，你忙着，我先走了。女人这才如释重负一般叹了口气说，慢走啊他叔，有空来待着。梁夏出了梁明家，在一棵老槐树下站了片刻。槐树上的蝉叫起来没完没了，梁夏听了更是烦闷。他突然觉得自己的举止行为多么可笑。

第三家他选择了王宝泉家。王宝泉是卖鞭子的，跟梁夏一样赶圈集。这些年来，用马车耕地的农户越发地少，王宝泉的鞭子卖得也越发地少。梁夏见到他时他正用一片锋利的刀片"哼哧哼哧"地刮一张猪皮。梁夏说，这些日子卖了多少根鞭子啊？王宝泉说，夏庄有个鸟人，不晓得哪根神经错乱，也他妈做起了这一行。他这鞭子一杆二十元，那个王八羔子只卖十八，走了几个集口，就把他的老主顾抢去不少。说完拿眼瞥梁夏，说，你这生意好啊，干赚不赔，实在卖不动，还可以自己穿。你说我留这么多条鞭子有个屌用？梁夏就说，可不是吗，以后你也可以改行干点别的。王宝泉的山羊胡子抖了两抖，嘻嘻笑着说，我看行，老子也去卖服装，老子也雇个女帮手，老子也可以把女帮手顺便睡上一睡。梁夏说，怎么，你也认为我跟她有一腿？王宝泉说，你说没一腿会有人信吗？梁夏说，我今天到你这里串门，就是想澄清这件事，别说跟那个女人有一腿，我根本是连碰都没碰过她。王宝泉把猪皮掉了个，刀片在上面刮得更为迅捷，刮了十几刀后方才翻梁夏一眼，问道，她个东西，倒是紧不紧？

看来自己的走访完全是错误的。即便他长了一百张巧嘴，人家也认为他说的全是屁话。梁夏站在村里的街道上，看着转来转去的土狗，看着跑来跑去的野孩子，眼泪差点就掉下来。他方才发觉，自己是多么小，小到不如一只蚂蚁，如果他没办法证明自己的清白，那么他马上就要被唾沫星子淹死了。即便淹不死，他这辈子也休想直起脊梁骨走路。就想起萧翠芝的样子，想起萧翠芝的样子，牙根就痒痒起来。

几天后，梁夏爹胆子去找梁永。说实话他对这个本家哥有些畏怕。梁永从小就是孩子头，脾性坏，自从当了村书记后，架子更是大得不得了。见到梁永时梁夏开门见山说，让梁永陪他去镇上。梁永吹胡子瞪眼道，你去镇上干啥？人丢在村里就行了！梁夏就说，他去镇上，是有正经事要办。梁永说有屁正经事！你的正经事就是赶紧把你媳妇央好，把自己鸡巴管好，以后别做那上梁不正下梁歪的事！梁夏也没有恼他，只好声好气地让他陪自己去镇里。梁永说你把缘由告诉我，我就陪你去。

梁夏就说："我要去镇里告萧翠芝。"

梁永呆呆地看着本家兄弟，后来伸手抹了抹他脑门，说："你脑子没烧坏吧？"

梁夏说："没有。"

梁永说："你告啥？你告萧翠芝啥？你底下舒坦了，你还去告人家？"

梁夏说："我底下没舒坦。"

梁永说："你底下没舒坦，人家为啥要说你舒坦了？"

梁夏说："我不跟你磨叽。我就是让你带着我去告她。"

梁永说："我可不能跟你比饭量吃出个胃下垂，我可不能跟你比谁鸡巴大下面挂秤砣。我可不能因为你是我兄弟，就跟你一块去镇里丢人现眼。"

梁夏大声说："没啥可丢人的！丢人的是她萧翠芝！"

梁永就皮笑肉不笑。

梁夏说："我想通了了。我要告她两条罪：强奸我；强奸未遂反倒诬告。"

梁永两颗门牙间有条裂缝，所以很少咧开嘴巴大笑。可这次他真的咧嘴巴笑了，他边笑边挥挥手说："你自己去告吧。嗯，去告吧，嗯。你要是告赢了，这美国就变社会主义国家了。嗯。"

7

　　梁夏在镇里瞎蝙蝠一样飞来飞去,愣是死活找不到个熟人。后来有人看他在院子里晃悠来晃悠去,就不耐烦地问,你找谁啊你?梁夏倒一时语塞,后来干脆说要找书记。那人问找书记干啥?书记去县里开会了。梁夏问那副书记在不在?那人上上下下打量梁夏一番说,副书记们也没在家,你不晓得吗,这几天梁各庄出事了?梁夏摇摇头说不知道。那人不再搭理他径自走开。梁夏在院子里来回蹀躞,后来在一间屋子的门楣上看到写着"书记办公室",壮胆子推了推,确实锁着,又忍不住扒窗户往里观瞧,委实一个人都没有,只得坐到花圃上抽烟。这样一直干坐到将近晌午。不久那人又看到他,攒着眉头问,你咋还没走?梁夏这才细细打量起这人,见他五短身材,方头大耳,憨憨厚厚样子。这人说,这样吧,你要是有什么事尽管跟我说,书记回来后我转告给他。梁夏就说,我要告状。那人说,哦,告状啊,告状的话你就找对人了,我就是镇里司法所的,说吧,你有什么事?

　　梁夏说:"我要告牛庄的萧翠芝。"

　　那人说:"咋啦?占你们家宅基地了?"

　　梁夏说:"不是。"

　　那人说:"欠你们家钱了?"

　　梁夏说:"没有。"

　　那人说:"没占你家地,没欠你家钱,还有啥尿事?"

　　梁夏就递给他支烟,恭恭敬敬给他点着,这才支支吾吾说道:"她……

她……她……"这后面半句死活也张不出口。那人瞥他一眼说:"你是个爷们吗?是爷们的话有屁快放,别扭扭捏捏跟女人似的。"梁夏这才清了清嗓子,直视着他说:"她……她想搞我。"

那人皱着眉头问:"啥?你刚才说啥?"

梁夏说:"她想搞我……"

那人把手挡在耳朵上,狐疑着问:"啥?啥?"

梁夏大声说:"她想搞我!"

那人一愣,半晌才说:"搞……成了没?"

梁夏就说:"没有。"

那人上上下下扫梁夏两眼,半晌才磕磕巴巴地说:"没……没……搞成……属……属于未遂。告……什么……告?"

梁夏说:"因为没搞成,她反到我们村告我,说我搞了她,还撕了我一千块钱。"

那人咽了口唾沫,说:"你这样的事倒是少见。你先回去吧。明天再来,我们先研究研究。"

那人又问了他是哪个村的,叫啥名字,并用钢笔一一记下。梁夏这才放心,开了车出来。他还是拎不清,萧翠芝为啥去村里告他?因为王春艳扇了她几个耳光?可她想过没,如果这事她不张扬出去,大不了她跟王春艳再也没得姐妹可做,除了天知地知,丢人也只是丢三个人,不会闹得全村沸扬。话又说回来,既然她都不怕丢人,觍着个脸去告我,我还怕什么?路过一片麦地,发现这家的麦子还没割,灰麻雀在麦穗上跳来跳去,就停了车直挺挺躺上去。麦芒扎得浑身痒痒,耳郭里是麦秆被压弯后挣扎着起来的噼啪脆响。而天上,大大的一个太阳挂着,连一片云朵都没有。又想起萧翠芝信口雌黄的样,随手摘了麦穗揉巴揉巴嚼了。

回家里时王春艳正在吃饭。她吃得很慢，看到梁夏时努努嘴，意思是饭在锅里自己去盛。梁夏就盛了满满一大碗，一个米粒一个米粒地干嚼。王春艳把手里的大海碗一推，挺着肚子过来圈住他脖颈，突然就哭了起来。她本是个大嗓门，怕街坊邻居听到，这哭声被她压得很低，听上去就像胡弦在暗夜里呜咽。梁夏轻抚着她的后背，不晓得该如何安慰她。等王春艳哭够了，梁夏就说："我去镇里了。"王春艳哽咽着问："去镇里干啥？"梁夏说："能干啥，告状呗。"王春艳一把推开他，瞪着大眼珠子问："告啥？你去告啥？"梁夏说："你说能告啥？"王春艳想了想说："你没疯吧？"梁夏说："我要是疯了倒好，一刀砍死她算了。"王春艳用手摸了摸他的喉结，又抹了抹他的耳垂，说："我信你，我真的信你，我怎么会不信你呢？"梁夏说："已经告到镇里了，明个我还要去。"王春艳缓缓推搡开他，蜷缩在炕角呆呆凝望着房梁，半响才说："你还是别去了。现在丢人也只丢到村里，要是到了镇里，三十六个村就全知道了。你不晓得这个理儿吗，好事不出门，坏事传千里。"梁夏这才正眼去看王春艳。王春艳仿佛一只孱弱的病猫缩在那里，全然没有了往日"女光棍"的风度。梁夏叹了口气说："女人家有清白，男人家就没有了吗？"

　　第二天梁夏早早就到了镇政府，径直找昨日那个王干部。王干部似乎也专门候着他，见了他很严肃地点点头，直接把他叫到了自己的办公室。不一会又过来了三个人，有男有女，一本正经地在旁坐了，眼神全都直勾勾地盯梁夏身上，间或相互咬着耳根窃窃私语。梁夏觉得自己仿佛就是一只马戏团里的猴子，被这些好奇的人肆无忌惮地围观，心里不禁就憋了一股火气。王干部起先也没有问话，只是"滋滋"地在那里喝茶水，不时地朝地上吐两口茶叶末。看样子他们似乎在等什么人。等镇上的领导吗？梁夏咽了咽唾沫，只觉得口干舌燥，抬头间就看到萧翠芝从门外走了过来。

萧翠芝穿着件灰扑扑的裤子，上身套着件灰色翻领短袖衬衣。她人本来就瘦，这样看上去就像是一粒干瘪的草籽。她漫不经心地扫视了一遍房间，当目光扫到梁夏时，竟然朝他很有礼貌地点了点头，仿佛他们之间从来就没有发生过什么睚眦的事。王干部挥了挥手让她坐到另一面，这才正视着梁夏说："今天我们把萧翠芝也叫来了，咱们好好掰扯掰扯。好歹你们以前是亲戚，又是雇佣关系，买卖不在了，仁义不在了，话总要说透彻，不要动不动就告状。"

梁夏只是盯着萧翠芝。他压根就没听王干部的话。可萧翠芝压根就没有瞅他。她垂着头不停地抠弄着指甲，偶尔将手指伸到嘴唇里咬着指甲……

对于那个有些荒诞的早晨多年后梁夏仍记忆犹新。他记得王干部先问了他，然后又问了萧翠芝。他和萧翠芝说的内容倒没有什么大的出入，只不过他坚持说是萧翠芝主动，他执意不肯才没搞成。对于他的说法王干部显然不太相信，他一个劲地追问梁夏，既然是萧翠芝投怀送抱，为啥梁夏会没有搞？作为一个正常的男人，既然已经被女人摸硬了，哪里还有不搞的道理？梁夏的解释是，他心里只有王春艳一个人，他长这么大就喜欢王春艳一个女人，况且拴哪家的槽子是哪家的驴，萧翠芝是别人老婆，我怎么能跟她有瓜葛？而萧翠芝的说法是，是梁夏在她借宿的那个晚上，趁她小解回来主动搞了她，不但搞成了，还搞了很长一段时间。为什么搞了很长一段时间？因为他老婆怀孕了。她的话让另外几个干部"扑哧"笑出声来，但萧翠芝没笑。她仍然面无表情地盯看着王干部，仿佛王干部肯定会对她的供词深信不疑。而毫无疑问王干部似乎也确信了她的话。她那么干瘪朴素，仿佛一株秋天里即将老去的棉花，根本就不像是个会撒谎的人。这期间另外两个人非常热忱地询问了萧翠芝几个非常专业的问题,比如梁夏用了几个体位跟她搞的?比如梁夏的老婆既然在另外一个房间里睡觉,那么她有没有大声呻吟?萧翠芝都很敬业地一一回答了他们。她回答他们的时候梁夏一直目不转睛地看着她。她貌似面无表情,但其实她的脸颊还是像少女般微微泛红,她本就细小的眼睛眯缝起来,让她的神情有些恍惚、沉醉甚至痴迷的味道。如果梁夏没有猜错,她好像真的沉浸到那个虚构出来的、对于她来讲既耻辱又让人难忘的夜晚里去了。

她的这种姿态获得了王干部他们的认可。他们很坦诚地告诉梁夏,他来这里告状完全是无理取闹,既然他跟她睡了,人家女方又不去派出所立案告他,已经是给他情面,否则要是立了案,他怎么不也得判个十年八年?即便撕了他一千块钱也无可厚非,相反,这从另一个角度证明了萧翠芝不是贪图钱财的人。一个不贪图钱财的人,怎么会做伤天害理的事,怎么会诬告自己的雇主呢?女方都这么仁慈了,男方就更应该大度,而不该倒打一耙来告女方。如果不是因为最近开"奥运",上面千叮咛万嘱咐搞好安保维护团结,他们才不会事B事B地接待这样的上访,这样的上访从本质上讲,是扯淡的上访,是得了便宜又卖乖的上访。

梁夏一下子就蒙了。他只是来回强调他没有跟她睡过。他支支吾吾的样子让王干部他们更加不爽。后来他们干脆不再问他,而是和颜悦色地询问萧翠芝。萧翠芝对王干部的信任似乎很是感动,所以那句话她一不小心就说出来。她说,梁夏跟她睡过是有证据的。说完,她窸窸窣窣地从裤兜里掏出条小手绢,然后将手绢小心翼翼地展开,为了防止屋顶的电风扇将里面包裹的东西吹走,她用手捂住手绢慢慢走到王干部身边,说,瞧,这两根,就是梁夏的阴毛。

梁夏看到王干部他们都迅速围了过去,叽咕叽咕讨论起来,边讨论边拿眼瞄着梁夏。而梁夏呢，恨不得地下立刻裂开一个深渊，自己跳将下去死了算了。另一方面，他觉得这样的场面真是太他妈滑稽了。她竟然用手绢包裹了他的两根阴毛！虽然他觉得场面似乎就要失去控制，但还是装作冷静的样子坐在那里，一根接一根地抽着香烟。等王干部他们也正襟危坐面带微笑地梭巡着他时，他发现他是一句话都说不出了。他只是听到王干部用颤颤巍巍的、似乎一不小心就要狂笑出来的声音问道：

"梁夏，你还有什么要说的吗？"

8

梁夏去镇里告状的事，周庄的人全知晓了。就有那仨好的俩近的来看他，劝他别再瞎折腾。自古以来，只听过女人告男人作奸犯科，哪里有男人告女人强奸的？况且打开窗户说亮话，人家手里是有"货"的。如此看来，萧翠芝私藏梁夏阴毛这样狗血的事，村里的人也全知晓了。梁夏就更觉得气不打一处来，嚷嚷道：她说是就是吗？她说是就是吗？没准是她自己拔自己的呢！别寻思我不懂法！是不是得经过DNA验证才算数！人家见他态度这么强硬，也不好再劝什么，只得悻悻离开。梁夏就恍惚起来，常常坐在庭院里，呆呆地盯着黄瓜架一言不发。

他越是这样，王春艳越是很少跟他讲话。她只是像头冬天的棕熊般整日四脚朝天地躺在炕上。以前是废寝忘食地读育儿书籍，现在是什么都读不下了。有一天她很郑重地叫梁夏过去，跟他商量做保胎手术的事宜。她好像已经忘记萧翠芝的事情了。梁夏就说，等两天成吗？等两天成吗？等我把这事办利索了我再陪你去。王春艳寻思半天说，梁夏，我还是想问问你，你到底跟她……有过没？梁夏想也没想说，没有！王春艳又问，那天，到底是你主动的还是她主动的？梁夏扫了王春艳一眼，从炕上跳下来，拿起板凳就朝电视机砸过去。王春艳也不阻拦，等他砸完了，王春艳又问，你说你跟她没有过，那她怎么会有你那东西？梁夏朝王春艳冷笑一声，又拿起板凳去砸洗衣机。王春艳就说，你砸吧，你就砸吧，你越是这个样子，越是说明你心里发虚。梁夏冷冷地看着王春艳，仿佛他已经不认识王春艳了。

梁夏去县里上访时晚玉米都拱出地皮了。他是开面包车去的。到了桃源县政府，见一群人嗡嗡嚷嚷围在大门口。这帮人有老有少有男有女，不晓得有什么紧要事。梁夏想从他们中间挤过去，但却发现根本是徒劳。原来这帮人手挽着手组成一道人墙，别说是人，就是一条瘦狗都钻不过去。梁夏看突围进去很是费劲，就给李明坤打了个电话。李明坤听到他到了县城颇为开心，让梁夏去网吧里找他。网吧里面更乱，全是十七八岁的孩子打游戏。李明坤就问，你今天咋这么闲？不卖服装了？梁夏闷闷地说，卖个鸡巴毛！李明坤问，出什么事了吗？你可是从来说话不带脏字的。梁夏就在网吧里将萧翠芝的事一五一十地讲给李明坤听。李明坤一边听一边笑，一边笑一边听。等梁夏讲完，李明坤就盯着怪物一样盯着梁夏。梁夏就说，看啥看！有啥好看的！你倒是帮我想想正经办法！李明坤就乐了，他给梁夏倒了杯茶，又给梁夏点了根香烟，眼睛湿巴湿巴地眨了眨，这才说，哎，以前我一直以为你是个明白人，虽然没考上大学，可智商并不低，没想到你还真是榆木脑袋！你跟我过来！

梁夏就乖乖地跟他走到一台电脑前，看他摆弄了会儿，屏幕上就跳出个窗口来,里面有个黄头发女人在笑。李明坤噼里啪啦地打了两行字,女人突然就将上衣脱了,不但上衣脱掉,连乳罩也一并脱掉,一对硕大的乳房就那么地蹦出来。梁夏暗暗吸了口凉气,狐疑地看着李明坤,李明坤就问,大不大?爽不爽?这叫激情视频。

梁夏没吭声,李明坤就关了窗口,带他进了自己的办公室,从抽屉里拿出个笔记本甩到桌面上,对梁夏说,你翻一翻,看一看吧。梁夏就拿了笔记本仔细翻看,却也没什么特殊的地方,里面只是记下了一些名字,似乎都是女人的,住在哪个小区,在什么单位上班,以及年龄、腰围之类。梁夏就问,这是什么东西?李明坤就眯着眼睛笑了,说:"这些女人,全是我搞过的女人。"梁夏嗫嗫着说,我知道你从小就好这一口。李明坤没有搭理他,只是问道:"你知道我是怎么认识她们的吗?"梁夏摇摇头。李明坤就喷云吐雾地说:"说了你也不相信,这些全是我的顾客,你也知道,我也负责修理电脑啥的。这些笔记本上的女人,招呼我去修理电脑,结果呢?我就到床上把她们修理了。知道她们都是些什么人吗?"梁夏又摇摇头,李明坤得意地说:"操,全是机关单位上班的,有幼儿园老师,有乡镇女干部,有工商局的科长,有大官老婆,还有女警察。"梁夏吐了吐舌头。李明坤用手指敲了敲电脑桌说:"你在村里屁事也不懂,城里可是什么事都必须懂。现在的世道,笑贫不笑娼,笑阳痿患者不笑性病患者。脱裤子上床比吃顿饭还容易。换妻的,一夜情的,群奸群宿的,啥事没有?司空见惯,见怪不怪。哎,难得你这么个庄稼人,还这么一根筋。如若我是你,早他妈把她给干了,也不枉她告我一回。"

梁夏听不太懂,只得说:"她们跟你睡,那是自愿的,我可不是自愿的。"

李明坤就看着他,仿佛不认识他一般。

梁夏说："不管咋样，我总得找个说理的地方。"

李明坤说："理儿是这个理儿。不过你没必要在这棵树上吊死。人活一辈子，可不能老长着一张苦瓜脸。"

梁夏说："如果这事拎不清，我只能一辈子长着一张苦瓜脸。"

梁夏进入县政府大门是两天后的事。这一次是他父亲用马车拉他来的。他父亲说了，你看你这样哪里像个告状的？穿得跟新鲜姑爷似的，还开着辆喜气的红面包！人为啥要告状？是受了委屈？受了委屈啥样？那就是块长满膏药的烂白薯，两眼漏神，浑身霉气。

于是梁夏就换了身昔日打工时穿的旧衣裳，他父亲赶着他那匹掉了牙的老马，爷俩神色凄然地奔往县城。到了县城也没个停车的地方，父亲就赶了马车去集市溜达，说是要买几斤上好的旱烟丝。梁夏看到政府门口倒很肃静，心里满心欢喜。刚想进大门就被保安给拦下了。保安头也没抬地问，你找谁啊？梁夏就说，我找县长。保安问，找县长干啥？梁夏说，我要跟县长反映点情况。保安问，县长每天忙得跟地里的蝲蝲蛄似的，今天正在会西班牙来的客商，如果你不是啥大事，还是赶紧回家去吧。梁夏在警卫室里走也不是，不走也不是。保安说，你有啥想不开的？这么年轻，两手都是劲，不好好打工，晃着膀子来这里闹腾啥？梁夏没吭声。保安又问梁夏姓甚名谁。梁夏就老老实实告诉了他。保安听了他的名字似是一愣，仔仔细细端详他一番，就问他是哪个村的？梁夏说是周庄的。保安想了想说，你先待在这里抽支烟，我去找个人，看他能不能帮你忙，你可千万别走开！

梁夏点点头，然后呆望着县政府的大楼，心想世上还是好人多，人家跟自己非亲非故，还这么热心肠。想到一会就要见到县长，难免就有些紧张起来。

过了一会儿那保安就回来，后面跟着另外一个保安。后来的保安长着一张马脸,见了梁夏也上上下下打量着,说,你要告状是吗?梁夏忙点头说"是的,是的",马脸保安说,你先跟我出来一趟,这里耳目混杂,你把你的事先跟我好好地说上一说。梁夏就连忙跟他出了门,出门后左拐右拐,就拐到一条僻静的小胡同。

马脸保安说:"你就是周庄的梁夏?"

梁夏说:"是。"

马脸保安说:"你是不是要来告萧翠芝?"

梁夏一愣,说:"是。你咋知道?"

马脸保安说:"我咋知道?我当然知道!你们镇上有谁不知道呢?!"突然一脚就踹过来。梁夏一点防备都没有,"扑通"一声倒在地上。那人上来照他的胸口就是两脚,疼得梁夏"哎呀哎呀"大叫起来。那人不待他起身又跨他身上,一手抓住他头发,一手左右开弓扇他嘴巴。梁夏蒙头蒙脑地被打了一通,两眼就啥都看不真切了。那人这才犹豫着撤身而起,叉着双臂远远地观瞧他。他刚挣扎着站起,那人健步上来又是一腿。梁夏就彻底动不了了。那人半蹲着托住梁夏下颌骨,咬着牙齿道:"知道我为啥揍你不?"

梁夏是连头都不会摇了,只是不住吸嘴里的凉气,嘴里是黏稠的液体,怕是哪里流出的血,哼唧着说:"不知道。"

那人问:"想知道不?"

梁夏说:"想。"

那人说:"那我就告诉你。萧翠芝是我姐!我是萧翠芝兄弟,知道了不?"

梁夏说:"知道了。"

那人说:"只要我还在这里当保安,县委和政府两个大院,你一个都进不来!知道了不?"

梁夏说:"知道了。"

那人说:"你以后还告状吗?"

梁夏说:"只要我还有口气,我就一直告下去。"

那人狠狠捏了捏他下巴,说:"我姐名声被你搞臭了,天天在家哭!整宿整宿睡不着觉,你他妈还没事似的天天告恶状!你咋那么爱嚼舌头?你个大老爷们,该做的事都他妈做了,还有啥不敢承认的!我操你妈的!"说完一掌搧过来。梁夏顿时双耳轰鸣。那人后来还说了什么,还干了点什么,他都不记得了。当那人晃着身子悠闲地走开去,他才有空拿袖口擦了擦嘴角,他估计自己的眼睛被打青了,胸口也撕裂着疼。他现在多盼望赶马车的老父亲赶快从集市上回来,拉着他去卫生院包扎伤口。

9

梁夏在炕上跟王春艳并排着躺了三天。都是他母亲唉声叹气地过来给煮饭。马脸保安虽下手毒辣,但好歹没伤正经地方,只损些皮肉而已。几天里梁夏一口饭也没吃,一口水也不喝,身上长了虱子般翻来覆去。王春艳只得一手按着自己的肚子,一手不停蹭着他的手背。那天半夜三更了谁也没睡,王春艳就起身出去,过了半晌端着个洗脸盆过来,费劲巴力地爬上炕头,瓮声瓮气地问梁夏,吃吗,你?梁夏只当没听见。旋尔听到王春艳在炕沿上磕鸡蛋壳。一个,两个,三个……这样反反复复不下十来次。等梁夏忍不住去看,王春艳搂着盆子已吃了十来个鸡蛋。梁夏骇然,问道,你咋啦?你咋啦?王春艳的唇边粘的全是鸡蛋黄，这里一粒那里一粒。王春艳拿眼扫扫他，又剥了个鸡蛋，直愣愣塞进嘴里。梁夏一把夺将过来扔到地上。王春艳也不恼，只朝他"嘿嘿"笑了笑。梁夏起身就将她搂在怀里。她肚子很大了，搂紧她倒颇费一番周折。王春艳就在他怀里悄无声息地哭，哭得梁夏的肩膀都潮了。梁夏只得轻轻捶着她后背，怕她这口气喘不上来。好歹王春艳哭累了，这才说，我没事，我没事，我只是觉得饿，我是不是又长了一个胃出来？说完她有些惊恐地捂住了自己的嘴，似乎自己真的多了一个胃。梁夏就说，怎么会呢，怎么会呢。王春艳就又从盆里拿出个鸡蛋来，梁夏一把抢了。

王春艳说，小时候家里穷，鸡蛋一年也吃不上几次的。梁夏就说，可不是，囤里没余粮，就怕春脖长，哪里还能吃得上鸡蛋？王春艳说，还是个野丫头的时候我就想，将来要是一个人抱着一盆子鸡蛋，想怎么吃就怎么吃，爱吃多少就吃多少，怕是世上最幸福的事了吧？梁夏就赔笑说，我小时觉得，长大了要是能娶个你这样又聪明又能干的老婆，才是最美的事呢。王春艳没接他的茬，只恍惚着说，等到了十五六岁，我就趑摸着，将来要是能嫁个又漂亮又健康的男人，怕是世上最幸福的事了吧？梁夏就说，你看看，你看看，你的愿望不都实现了吗？王春艳这才睁眼瞅他，说，是吗？梁夏忙说，是啊是啊，我们过得多好啊，周庄能有几户人家赶得上咱家？王春艳叹了口气，攥了梁夏的手，说，以后你就别去上访了，成吗？我知道你受了委屈，可是人活着，怎么可能不受委屈呢？我都快四个月了，你就多陪陪我。梁夏这下不吭声了。他撑掉王春艳的手重又懒懒地躺到炕上。王春艳鸡蛋也不吃了，又抽泣起来。

梁夏开始给县长写信是后来的事。既然自己进不了衙门口，那些信件总能进去吧？他买来纸和笔，放了炕桌一个字一个字地写，将那事的前因后果叙述得颇为清晰流畅。他上高中时语文念得好，这信写起来也不费什么周折。等信邮出去了，他就天天盼回信，每天偷偷摸摸溜达到村民活动中心。在那里倒是遇到不少人，有开会的，有唠嗑的，还有打球的，见了他都嘻嘻地笑，佯装问他伤口是否痊愈？上访见没见到大官？梁夏也懒得搭理他们，绷着脸匆匆走开。等了几天又不见回音，就接着写。因为写了一遍，这第二遍写得格外顺手，梁夏心血来潮，在信里用了不少情真意切的形容词，以此描摹自己的绝望心情。第二封信寄出了四五天，还是没有半星消息。难免焦虑起来，于是开始写第三封信。这样一个多月下来，梁夏总共写了八封信。梁夏想，这八封信即便被人弄丢了七封，肯定还有一封落到县长手里。

那天，村里的王宝水结婚，梁夏也塞了五十块钱份子，中午待宾客，梁夏也去了，被安排跟一群年轻后生一桌。酒喝到酣处，各桌就相互敬酒。梁永过来敬酒时，坐上的人都已经七八分醉。梁夏话虽少，酒却喝得不少。坐上的明白人知他心情不好，一个劲劝他少喝些，可越是劝他他越要硬喝，一碗水酒下去，天地似乎就旋转起来，想到这些时日的遭遇，喉头就紧起来。这时恰巧梁永来敬酒。他敬了张宝刚，他敬了王春生，他敬了梁守礼，总之除了梁夏，这桌上的人他全一个个敬了。梁夏酒喝得有些多，但还是看得明白，就咬着舌头问，永哥永哥，你啥人都敬了，为啥不跟我喝一杯。

梁永舌头也短了，看了梁夏一眼说："我为啥要敬你？"

梁夏说："你为啥不敬我？"

梁永说："你说我为啥不敬你？"

梁夏说："我睡了别人，你就不敬我了？"

梁永白着一张脸没言语。

梁夏冷笑着说："我根本就没睡她，信不？"

梁永说:"你要是让我信你,你就把你左手的食指剁下来。"说完转身去厨房拿了把菜刀过来。众人一看如此,慌忙去阻拦他。他大吼着将旁人喝退,将菜刀扔到梁夏眼前,大声说道:"你不是个爷们,你要是爷们,你要是没睡过萧翠芝,有种的就剁!"

事后,人们已经记不起梁夏是如何大叫一声把菜刀抢到手里、如何以迅雷不及掩耳之势剁掉左手食指的。人们只记得梁永傻了眼,王宝水也傻了眼。当有人吵嚷着打电话找救护车时,梁夏用右手捏着自己沾满尘土和菜叶的食指,坐在板凳上一声不吭。有人慌忙着用油晃晃的抹布裹住了梁夏的左手,有人慌忙着去冰箱里找冰棒,有人慌忙着去找赤脚医生……当王春艳挺着个大肚子慌里慌张着跑来时,梁夏已经昏过去了。他躺在一条狭长的凳子上,血迹将他的白衬衣几乎要染红了。

梁夏还是保住了自己的手指,只不过在医院里待了十来天。出院后他继续写信。只不过这信要别人来代笔了。说实话他也不明白为何无休止地写这些看似无用的东西,很多时候他用胶水把邮票贴好后,安静地凝望着信封,仿佛那里面隐藏着最甜美的秘密。

那天下午,梁夏刚把信邮走,便接到他连兄电话,让他去拉几袋麦子。连兄家住在段庄,跟梁夏走得颇近,晓得他把地都包了出去,吃粮食要从集市上买,故而每年麦收后都要梁夏去拉上几袋面。梁夏只得应允,傍晚时分开了面包车去了。到了连兄家,已然饭菜备好,煮的早苞米,炖的猪蹄和下水,连嫂跟孩子们都出去串门了,哥俩就斟了酒,在庭院的葡萄架下慢慢喝起来。喝着喝着连兄就说,哎,你那事,我听说了。梁夏"嗯"了声。连兄说,这种事,自古清官都难断,你这样整天跑上头有啥用呢?要是朝里有人,事怎的都好办,可咱们家尽是穷亲戚,谁能拉你一把?梁夏眼睛就潮了。连兄说,我晓得你心里苦，可你也得为春艳想想，她都好几个月了，胎又坐得不正，听你嫂子说是要做手术的，你啊，早早收了告状的心思，好生伺候春艳吧。梁夏就把酒一口干掉，站起身跟他连兄说，哥你慢慢喝，我这就走了。不待他连兄回话，转身上了面包车。

　　夏夜的村庄依然是亮的，乡间路两旁全是粗长的白杨，愣眼瞅去，树冠似乎就要冲破云朵扎进月亮里。而月光从枝叶间洒落，地上明明暗暗，斑斑驳驳，伴着树叶的沙沙声，仿如不停歇的细雨。梁夏在半路上停了会，扒在方向盘上抽了支烟。等到家门口停了车，便看到门口恍惚地站了个人。这个人细细的犹如根竹子，抱了肩膀靠了墙，不是萧翠芝是谁？梁夏漠然地瞅着她。他原以为如果哪天见她，定会上前扒了她的皮肉喝了她的血髓。可现在，他心里倒格外静，仿佛这只是一个从来跟他没有干系的人。那晚月色很好，两个人面对面站着时，梁夏看到她的脸也是银白银白的，仿佛瓷器般洁净光滑。她盯着他瞅了半晌，这才幽幽地说，我那混账兄弟没把你打坏吧？你的手也没事吧？梁夏连哼都没哼一声。他突然又想起了在镇上时她狂热的样子，她手里捏着所谓他的阴毛，在王干部他们面前眉飞色舞信口开河，跟眼前的样子比，真让人难以置信是同一个女人。他从她身边走过去，掏了钥匙径直开门。萧翠芝就是这时从背后揽住他腰身的。她的双手气力还是那么大，梁夏挣扎了一下没有挣脱开，就冷冷地说，松手。萧翠芝并没有松手，她的前胸贴着他的后背，在这凉薄的夜里很是暖。梁夏只得又重复了句，松手，别这么不要脸。萧翠芝这才将双臂挪开。梁夏将门打开，从里面插了，急匆匆进了房间。

　　王春艳已经睡下。这段时间她很少这么早就睡，看来她终归也是熬不住了。梁夏坐在炕上愣愣地盯着王春艳。王春艳的脸油油的浸着汗，梁夏就拧了湿毛巾帮她擦了擦。王春艳也没苏醒，仍睡得死死的。

梁夏忍不住跳下炕，三两步迈到门前，手在门闩上停了停，终归还是没有打开。

翌日早早就醒了，帮王春艳煮了一锅稀饭，又烙了几张她最爱吃的葱花饼。然后穿戴齐整，开了车去市里。他是想明白了，既然给县长写的信都没有着落，那么他只有去市里告状了。他也想明白了，他现在的对手不光是萧翠芝，还是一个他看不到的、无影无踪的、巨大而透明的洞。他这样安慰自己，将车开得又快又稳。有那么片刻，他的心情突然间莫名地愉悦起来。过道两旁全是一人高的青玉米，一片一片荡开去，望不到头，也望不到人，偶尔有只野狗从庄稼地里溜达出来，神情高傲地打量着他的面包车，而后在车后小跑着狂吠。树上的蝉叫得也比往年的清亮，时不时将尿洒到路人身上。

市里他可没少来，进货都是从市里进的。可市政府却是从来没去过。正在十字路口跟人问路，便接到个电话。电话里的人说，他是县政府督察办公室的，梁夏写给县长的信他都看了。这种民事纠纷他们也从来没有遇到过，如果要想更好地解决，可以去市晚报社找记者，记者对这类街头巷尾的事倒比较关心，没准可以通过舆论宣传的方式帮他解决问题。

梁夏就在电话里大声感谢那人。那人说，我还可以把报社李记者的手机号码给你，我跟他是多年的朋友，你可以去找他帮忙，就说是我介绍的。梁夏就认真记下了李记者的号码，然后想了想，就给李记者打电话。李记者很痛快地接了。李记者说，他已经听县政府的小岑说起过这事，不过其中的一些详情，还要跟梁夏当面攀谈攀谈，他正在乡下采访一个挺少见的案件，纺纱厂的三个女职工，给一个小伙子吃了牲口用的春药，在宿舍把小伙子折腾了一宿，弄得小伙子都休克了，下身出了不少血，这两个案件如果放在一起，倒是一件很有意的新闻。然后让梁夏先行回家，明天再来找他。

由于李记者在山区里采访，信号不是很好，声音断断续续，梁夏听得也不是特别明白。不过有一点倒可以肯定，那就是他委实可以帮到自己。梁夏内心里便漾起小小的欢心来，跑到专卖店里给王春艳买了一件加肥的睡裙，又给没出世的孩子买了个金锁、拨浪鼓，仿佛只有此刻忙碌起来，那种云开日破的喜悦才会维持得更长久些，心里也更安稳些。买完东西就开了车回家。路过一个野村落时，看到麦场上金黄的麦秸子垛，就下来撒了泡尿。尚未撒完就接到王春艳的电话。王春艳的声音似乎有些颤抖。除了孩子的事，梁夏倒很少听到她用这种声音说话，她小声询问道："你在哪里呢？你在哪里呢？"

梁夏就说："我在市里。"

王春艳说："你去市里做什么？"

梁夏说："你说我能来做什么？"

王春艳在那头沉默了会，梁夏就说："我来市里给你买裙子。"

王春艳说："夏天都过去了。"

梁夏说："今年穿不得，明年不会穿吗？"

王春艳又是一阵沉默，梁夏就问："你怎么了？"

王春艳说："我没怎么。是萧翠芝出事了。"

梁夏木木地问："出事了？她能出什么事？疯子从来都是最安全。"

王春艳说："萧翠芝死了。"

梁夏问："死了？怎么死的？"

王春艳说："上吊死的。"

梁夏木木地问："啥时候的事？"

王春艳说："该是昨晚上吧？今儿晨起她兄弟来看她。她在厢房里已经死了。"

梁夏说:"哦,死了……死了。"

王春艳又急急地说道:"你先到亲戚家住上几天吧。人家说,他兄弟传话出来,要找你算账。你可千万当心些!"

梁夏挂了电话,长出一口气,身子不禁往后一靠。麦秸扎身上软软的,有些痒,梁夏觉得很舒服,忍不住用了用力气,身子就整个陷到麦秸里去了。金黄的、脆酥的、长短不一的麦秆瞬息就把他淹没了。良久,梁夏睁开眼,透过麦秸仰望着天空,此刻天空也成了橙黄的颜色,几只纺织娘在半空中悠闲地飞来飞去。他突然觉得眼角有些痒,以为是垛里的蚂蚁爬上来,就伸了手指去摸,摸了半天却什么都没摸到,将手指在眼前晃了晃,只有几滴潮湿晶莹的液体,放舌尖舔了舔,咸咸的。有那么片刻他觉得世界安静极了,所有的喧嚣都被这麦秸垛挡在了耳朵的外面,他甚至痴痴地想,要是能一辈子这样躺在麦秆里,该多好啊。

七根孔雀羽毛

1

那个冬天我很少出门。如果不是给我们所长面子,恐怕我会一直窝在家里。心情好了,我也溜达着去上班,反正单位离李红家不远。他们都不知道我住李红家。当然,他们也不知道李红是谁。有一次,单位的马文喝醉了跟踪我,想知道我这段时间到底在哪儿鬼混,结果半路上我就把他甩了。不是我多机灵,而是这家伙刚过了马路就躺灌木丛里睡着了。他一直是个有点口吃、裤兜塞满榛子果仁味儿巧克力的胖子。

很多个夜晚,我从床上爬起来光脚走到阳台,梭巡着对面楼上亮着灯火的人家。这个小区的居民大都保持着早睡早起的朴素习惯,通常情况下,除了两栋楼之间的几颗星星,只是一片漆黑。偶尔三楼会有个女人开着浴霸洗澡。她洗澡很有规律:每个礼拜五晚上十二点。她胖得像头刮了毛的荷兰猪。当有一天我看到她裸着乳房,架着一副望远镜四处鸟瞰时,我就很少去阳台了。李红睡觉很死,据她自己说,这么大岁数了,还从来没做过梦。不过她的鼾声很响,一个漂亮的女人为什么打那么响的呼噜？我偎着她躺下，盯着黑房顶。盯着盯着天就莫名地亮了，光亮透过窗帘恍惚漫进，打在她眼袋上。她那么安详，总让我怀疑她其实已经在睡梦中死了。

七点十分，她大声吆喝着孩子起床，接着去洗手间小解，然后是漫长精细地描眉——我长这么大，还没见过这么热衷描眉的女人。描完眉后她去烧水煮饭。后来我在看守所那几天，老想着能有机会告诉她，她完全可以先把水烧上，再去干别的事，这种方法叫统筹，初中就学过，能省不少时间。可惜她没给我这个机会。

七点四十，她开车把丁丁送到实验小学，八点零五分回来。回来后我们就做点有意思的事。她是个三十多岁的女人，浑身化妆品的气味。女人的化妆品就像男人的谎言一样让人徒生厌倦，更何况她喜欢把我压在身下。我只有闭上眼，胡乱摸着她起伏有致的身体。有一次我突然睁开眼，发现她正盯看着我。她在瞅什么？我不知道，也不想知道……说实话……我不喜欢这种姿势。可我毕竟是个有责任心的男人。我把自己弄得无比坚挺，仿佛是台随时可以发动、马力十足、性能良好、价格低廉的发动机。九点钟这种事通常结束。如果她不想结束，我会多费些心思。她不是个过分贪心的人，据我的观察，她只是喜欢有根温热的东西留在体内，如果这根东西恰巧长在别的男人身上，我相信她也不好意思拒绝吧。

十点钟她去上班，她在步行街开了家美容院。闲得无聊时我曾经去过几次，没人理我，我就躺在大厅的沙发里看《知音》，顺便瞄几眼来回穿梭的女人。说实话，跟在美容院相比，我其实更喜欢在大街上瞎溜达。既然我从生下来就很少离开这个县城，那么，我很有必要熟悉它的每条毛细血管。譬如，农贸路有两家粮油店，一家"老百姓"，一家"绿色贵族"；文化路有四家卖"板面"的，一家河南人，两家安徽人，还有一家是成都人；低档红灯区都在粮食局后面的胡同里，小姐平均年龄都四十岁朝上，满脸褶子，如果你站在她们身边，能听到她们脸上的香粉"噗噗"落地的声音。她们生意很火，据说每天都要接待大量的民工和学生。最受欢迎的一位已经五十二岁，天生异秉，蹬三轮的车夫都赞美她的私部堪比十八岁的处女；县里最好的宾馆，就在性保健用品一条街的左侧，它有个响当当的外国名字，叫"迪拜吉美大酒店"。这个名字我老也记不好。我对超过三个字的外国名字总是记不好。

说实话，我很喜欢站在大街上，叼着烟看"迪拜吉美大酒店"。有钱人戴着墨镜从酒店里晃出来，开上他们的车咆哮着离开。他们好像总是很忙。有钱人总是很忙。他们大都很年轻，留着板寸，脖子上挂着粗壮的黄金项链，如果不出意外，他们的身边总是跟着位拉风的美女。据说，他们当中最有钱的一个，是个叫丁盛的人，他很低调，只有六辆私家车，一辆悍马，一辆宝马X5，两辆宾利雅致，一辆奥迪Q7，一辆SUV越野路虎。每天他都会开着不同的车去会晤客商，就像每天都要换一件新衬衣一样。当然，关于他的传闻很多，比如他有几个情人，比如他有几只鳄鱼、黄金蟒之类的庞大宠物。可这些跟我有屁关系？我永远不可能像他那么有钱。何况即便我像他那么有钱，我也不会买六辆车。我会给镇上的每个居民买一辆。

2

李红经常劝我说，我应该做点像样的大买卖。我知道她这么说是为了我好。她说这话的时候基本上不看我，她既然知道说也是白说，干吗还要说？我拿什么做大买卖？我又没钱。一个男人没钱，不等于新婚之夜才发现自己阳痿吗？可我不能说"不"。她不是个喜欢听男人说"不"的女人。前一个男人被她赶走了，就因为那个男人经常跟她顶嘴。他从来就没有说过"好"或者"是"。提到那个不知趣的男人时她经常会这么说："如果他不找个理由反驳你，他就会因为缺氧而憋死。"

对于我的小赌，她倒没说过什么。她父亲赌钱，她弟弟赌钱，她前夫赌钱。我估计那个喜欢跟她顶嘴的男人也赌钱。在她看来，男人喜欢赌钱，跟天天去洗头房相比，是种更健康的生活方式。何况有时候她也玩上两把。她手气通常不错。她这个年龄的女人，赌钱一般都不会输。

我就是在康捷家玩牌时看到曹书娟的。说实话，我真没想到会在康捷家碰到她。我很久没见到她了。那天我去得早，我踢掉皮鞋，靠在康捷家的沙发上看电视。我看电视只看中央电视台的少儿频道，里面有很多动画片。我最喜欢《海绵宝宝》。那天讲的是蟹老板女儿生病了，家财万贯的蟹老板为了省钱，亲自给女儿动手术。他女儿是只长得非常丑的大嘴巴鲸鱼……这时门铃响了，康捷去开门，然后，我就看到了曹书娟。她看到我时，一点都不吃惊，这让我有点难受。康捷很客气地把我们互相介绍了一番，然后我们就坐到麻将桌旁。那天我输了点钱。我不知道这是不是因为曹书娟。她倒没什么，不过很明显，她的牌技跟以前比是越来越好了。我没注意到康捷是否察觉出我有点反常。我总是忍不住拿眼去瞟曹书娟。她没怎么老，也没变得更年轻。除了她的牙齿上箍了个牙套，我看不出她跟以前有什么区别。打着打着她接了个电话，然后就很有礼貌地起身告辞。康捷出去送她，我趁机溜达到厕所,在卫生间里洗了把脸。等我出来时,康捷猥琐地看着我笑。他说:"这个货怎么样?嗯?"我朝他点点头。我很佩服他总是能找到些莫名其妙的人来打牌。而这一次,他把我的前妻找来了。

我把碰到曹书娟的事告诉了李红。李红正在用紫砂锅炖牛肉,一边炖牛肉一边唱歌。李红是个爱音乐的人。据她自己说,在锦州上小学时还专门练过手风琴,另外她还是校合唱团的领唱,如果不是变声期倒了嗓,她没准已是个出色的女歌唱家。谁知道她说的是真是假?反正炒菜的时候唱,洗澡的时候唱,化妆的时候唱……她的声音有点像那种女花腔,即便烂大街的歌,从她抽搐的嘴里唱出来,也是那种圆润、颤抖、浑厚、让人起鸡皮疙瘩的高音。当然,用她自己的话讲,她是个有素质的人,虽有傲人的肺活量,可为了避免扰民,总是刻意把高音降调。这样,我总是看到她严肃地吟唱着辨不清歌词的咏叹调,因骄傲衍生出的隐忍让她浑身散发出一种光芒……是的,属于一个美容院老板的光芒。当然有时她也难以自控,磅礴洪亮的嗓门让我溜达到阳台上。这时她会很郑重地问我,为什么我唱歌时你总爱去阳台?我只得实话实说,我说,我这是为了避嫌。她就迫不及待地问,避什么嫌啊?我诺诺地说,我怕别人以为是我在打你。

我怎么能把遇到曹书娟这件事告诉她呢?当她听到曹书娟这个名字时,她歌也不唱了,从厨房扭头扫了我一眼。我就继续嘟啵嘟啵地说。我说,曹书娟都这么大岁数了,居然还戴了牙齿矫正器。我说,曹书娟的裙子穿得很难看,竟然是紫色的。我说,曹书娟的手指越来越黄,什么时候变成老烟鬼了。我说,我们面对面地打了两个小时的麻将,竟然没说上三句话。我自言自语时,李红一声都没吭。她只是炖她的牛肉。我觉得这样挺好。

吃饭时通常很静,尤其是吃牛肉,我只听到我们三个人的牙齿咀嚼肌肉纤维的声响。丁丁吃饭从来不看别人。她不光吃饭不看别人，不吃饭时也不看别人。至少对我是这样。我搬过来半年，她几乎没正眼瞅过我。她不光没正眼瞅过我，也从没主动跟我说过半句话。为了讨好她，我曾花了一百九十块钱给她买了条连衣裙，她只是从李红手里接过去，揪住裙角一声不吭扔进衣柜，仿佛这条裙子脏了她的手。后来我在垃圾桶里发现了那条裙子。裙子粘的全是大米粒，裙边手工编织的大黄花被剪子剪得支离破碎。不过这孩子的胃口一直很好。我就喜欢能吃饭的孩子。我看着她大口大口把米饭扒拉进嘴里，又用筷子夹了块肥瘦适中的牛肉，小心翼翼卷上舌苔。我怀疑这个肥胖的女孩其实早得了自闭症。每当这么想，我就会想起小虎。每当想起小虎，我的心就一揪一揪地……疼。

"宗建明，快点吃饭。"李红说。

我只好笑了笑。李红最喜欢我笑的样子。

"牛肉凉了就不好吃了。"李红说。

我说："酱牛肉都是凉的。"

李红瞄了我一眼。

我说："我喜欢吃凉的酱牛肉。"

李红攒着眉头白了我一眼。我就不说话了。可我不说话并不代表我就成了块石头。

"我知道你在想啥，"李红叹了口气说："曹书娟可真厉害。"

沉默半晌后我方才说："我什么都忘了。"

李红"咦"了声："是吗？哦，这最好不过。你这样的人要得了健忘症，反倒是件好事。"

我用力点头。我把牛肉嚼得更响。

李红又说："哎，如果实在忘不了呢，也没关系，反正你长着两条腿，想去哪儿就去哪儿。你还长着第三条腿，想搞谁就搞谁。"

我使劲笑了笑。

李红说："说实话，你笑起来真挺丑的。眼窝那么深，鼻子那么尖，还长着副兜齿。"

我说："我知道。他们都说我像俄罗斯人。他们都说我长得像普京。"

李红"哼"了声继续问："你还知道什么？"

我龇着牙说："你炖的牛肉比清真饭馆的都香。你是不是放了大烟壳？"

李红很郑重地点点头。毫无疑问，她对自己的厨艺相当自信，就犹如她相当自信地认为，我已经从上到下从里到外完全是她的人了。她这么想也没什么不对，我住着她的房子，我吃着她的饭，我蹲着她的马桶，我睡着她的床，我花着她的钱。如果这样我还没有完全属于她，那么这个世界就太无耻、太匪夷所思了。

3

多年来我一直坚信我可能是个被淹没了的……天才。当然，我没跟别人说过。男人到了我这个岁数，如果还没学会夹着尾巴做人，还没学会睁着眼睛说瞎话，还没学会自己放屁瞅别人，肯定被人笑掉槽牙。我不怕被人笑话，我只是怕被那些我瞧不起的人笑话。不是我吹牛，我们夏庄一千号人，无论男女老幼，哪个不知道我宗建明呢？

小学一年级时我爸心血来潮养了几条金鱼，两个礼拜就全死了。

这在当时的夏庄被人传为笑谈。一个庄稼汉不好好养猪养牛养鸡养兔，养几条花里胡哨的金鱼干啥？养就养了，还全养死了。我觉得我爸挺窝囊，赶集时就顺便偷了几条。这几条金鱼大概是世界上寿命最长的金鱼。我记得高中毕业了，它们也老得游不动了，还在鱼缸里安然无恙地翕动着它们硕大性感的红嘴唇。没人猜到我是怎样饲养这些金鱼的。我不但把它们养活了，还让那条黑玛丽产了许多卵。那些透明的水泡似的卵孵出了几百条蜉蝣大小的黑玛丽。后来我们夏庄的人家就都养上黑玛丽了。再后来，王二家的母牛难产时，也找我去帮忙。有谁会想到一个十几岁的孩子蹲在牛棚里帮母牛分娩？村里人在我初中毕业时强烈建议我考市农校，专门学畜牧兽医专业。在他们看来，我是个天生的兽医。如果我不去当兽医，那简直是畜生们最大的损失。

六年级时我练了五个礼拜的乒乓球，把我们学校的体育老师大刘打败了。大刘曾是我们县教职工乒乓大赛的季军。那年春天，大刘从独寞镇得意扬扬地带个少年回来，专程跟我打了一场。那场比赛多年后还被夏庄小学的老师们津津乐道。他们谁也没想到我只花了半个小时就把少年打败了，印象最深的是当我发完最后一个侧旋球，那孩子突然把球拍往地上一摔，蹲在乒乓球台边上"呜呜"恸哭起来。他哭得那么伤心，那么绝望，仿佛他是这个世界上唯一的孤儿。最后，老师们不得不把他连抬带拖地拽上拖拉机，送回了独寞镇。后来我才知道，这个男孩就是桃源县乒乓大赛青少年组的冠军。他有个很好记的名字，康捷。

他们都夸我聪明，他们都说，我的心比别人多长了一窍，如果我想干点什么，我肯定能干成。他们说的没错。他们总是对的。高中时我喜欢上了曹书娟。第一次见到她是在操场上。高一的新生都在操场上拔草，她蹲在那儿，腰板细得一把掐，乳白连衣裙裹得臀部微微上提，让她既优雅又趾高气扬。当时我就想，哦，这就是我老婆。追她没费什么劲，我给她写了几封情书，请她吃了顿鱼香肉丝和麻婆豆腐，然后就把她带地洞去了。我们学校有座古城，是元朝大将纳言侔展修的，据说用以囤积粮草，地洞就在古城下边，抗日战争时成为八路军的指挥部。不过当我们上高中时，这条地洞被学校用大石头堵死了，如果他们再不把它堵死，估计会有很多女学生不得不中途辍学。不过那块巨石并没难倒我。我攥着根木棍在石头旁转来转去。曹书娟问，你在干吗？我就跟她说，我在找一个点，如果把那个支点找到了，我就能把这块石头撬开，如果把这块石头撬开，我们就能钻进地洞，如果能钻进地洞，我们就能干点我们都想干的事了。我记得曹书娟的脸当时就红了。这让我很得意。后来呢？后来我真把那块巨石撬开了。怎么撬的？很简单，我真就找到了那个支点。是的，只是一个点，然后，我和曹书娟就把石头撬开一尺——这个缝隙刚好够我们钻进地洞。

可是，如果一个男人总怀念从前那点屁事，并故作镇定地讲给人听，那么他肯定不是个天才。最起码讲，肯定不是个腰缠万贯的天才。吃完炖牛肉的下午，那个曾跟我钻过无数次地洞的女人，那个曾经把我当成天才的女人，终于跟我面对面坐到一家冷饮店里。如果一天之内两次见到你前妻，你应该毫不犹豫地去买六合彩。搞到曹书娟的电话很容易，康捷办事相当靠谱。我没跟他说我跟曹书娟的关系，我怎么能跟他说这些呢？我只是貌似不经意地跟他念诵道，我操，那个女人的牙套真他妈性感。他在电话那头"嘎嘎"笑，他早不是那个为了一场球赛要死要活的少年了。五分钟后他把曹书娟的电话号码用短信给我发过来，当然，后面少不了他时常嘲笑我的那句话：种马发情，少妇遭殃。

见到我时曹书娟脸上没什么表情。如果一个离婚的女人跟她的前夫一起吃冷饮,而且脸如塑胶面具,那就表示这个女人跟她的前夫,真的丁点关系都没有了。

"你有什么事就说吧,"曹书娟看着我说,"不过我先告诉你,我最近手里很紧。"

我没有回答她。我有很长一段时间没骚扰她了。我把戴着圣诞帽的服务员叫过来,点了两杯酸梅汤。我喜欢喝热的酸梅汤。

"我还有半个小时就要去北京,"曹书娟的右臂托着下颌骨,左手托着右胳膊肘。她没有看我,而是盯着玻璃幕墙外边的露天游乐场。

我点了支香烟,然后递给她一支。她犹豫了下才接过。我慌忙起身用打火机给她点烟。这个 ZIP 打火机是当年她去洛杉矶时专门给我订做的。上面刻着我的名字。

"如果你今天约我来只是这么干坐着,"曹书娟用手拢了拢头发,她一直喜欢这个动作,"我觉得一点必要都没有。"

酸梅汤上来了,我没用吸管。我讨厌吸管,就像我讨厌自己现在为何开不了口一样。

"你应该清楚,我没起诉你,没把你送进监狱,算给你很大面子了。你还想怎样?"曹书娟用中指轻轻弹击着玻璃杯的杯口。她的声音终于不是直线了,我仿佛看到她的胸口在剧烈起伏。这反倒让我心安些。"你还想怎样呢?"她又问了一遍,似乎不是在问我,而是在问她自己。这时她的手机响了。很好听的铃声,如果没有记错,这首歌的名字叫《脚印》,小时候老听王洁实和谢莉斯在收音机里唱。他们的声音有种做作的华美和空洞。曹书娟扫了我一眼,站起来去外面接手机,她就站在玻璃幕墙外接手机。我在座位上能看到她的侧脸。我一直认为,她最漂亮的就是她的侧脸。她的颧骨有些高,正看有点寡相,不过若是侧看,倒有种骨感美。不久她就回来了,她走路的姿势还和以前一样，身体往前一挺一挺，仿佛身后有猎狗在追追她一般。

"我走了。"她把手机放进包里。这是一款 LV 的包。小镇上很少有女人背这种包。"以后不用再给我打手机。从这家店里走出去，我就换另外一张卡了。"她站着，我坐着。她本来就高，她的语速也有些急促，甚至有些疲惫。有那么片刻，我怀疑她极有可能会顾不上店里熙攘的顾客，很优雅地扇我一个耳光。但是，没有。我就那样仰着头凝望着她转身离开了冷饮店。她的那辆红色宝马跑车就停在露天游乐场。

我终于站起来，去了趟洗手间。在洗手间里我长时间地注视着镜子里的宗建明。我本来以为宗建明可能会流泪，不过还好，镜中男人只用手按了按自己的眼袋，朝着镜子龇牙咧嘴地笑了笑。他的牙齿缝隙全是烟渍。我突然想起一句话，不要找你的敌人陪你喝茶，她像你牙缝里的烟渍和你舌尖上的醋，使你烦躁不安。

4

"你下午是不是出门了？"李红问。

"没。一直在家睡觉来着。"

"真的？"李红换上拖鞋蜷缩进沙发，"那你为什么还穿着这件阿玛尼？"

我低头看了看自己的大衣。我竟然还穿着大衣。这是我最喜欢的一件衣服，每次打麻将或者会朋友，我都会貌似隆重地穿上它。"哦，下午去康捷那儿玩了会儿。"

"不会是又和曹书娟打对家了吧？"李红"呵呵"笑了两声。

"没。怎么可能呢？"我倒杯凉白开递给她，把她的小腿轻柔地抬上我的大腿捏揉起来。我按摩的手艺不错。我说过我可能是个天才，无论做什么，都会比别人做得好那么一点。

李红很快就放松了，小声哼唧起来。"其实见面又能怎么样？"她摸了摸我耳朵，似乎在安慰我，"你当时把她整那么惨，差点就死你手里，"她用手支起我的下巴，很耐心地打量我，"宗建明，你知道吗，泼出去的水是收不回来的，破了的镜子是圆不了的，花儿不会在一年里开两次的。"

"我比你清楚。"

"那就好，"李红把我揽入她怀里，似乎我不是她男人，而是她尚在哺乳期的儿子，"你也该清楚，"她咬着我耳根说，"我跟她们不一样，我只是想跟你好好过日子……哎，你到底有什么好呢，嗯？为什么那么多女人喜欢你，缠着你？"

她还没说完我就把她扑倒在宽大的沙发上了。沙发弹性很好。我喜欢跟女人做爱时脚趾触到温软的棉布。"好了……好了，我要去接丁丁了，"李红喘息着推搡开我，笑着拧了拧我的鼻子，"你呀，浑身总有使不完的劲。"

她走了，房间里又剩下我一个人。我突然不知道该干点什么好。我先给单位打了电话，接电话的是王雅莉。她是我们单位去年新招聘的大学生。她细声细语地告诉我，她已经帮我把两家企业的申报表录好了。我只是"嗯"了声。这个安静的姑娘似乎对我很有好感，如果我没去上班，她会很自然地接手那本来应该由我处理的事。接着我又给康捷打了个电话。我听到麻将牌掉到地板上的声响，他似乎在叨着香烟讲话，口齿不是很清晰，他说："怎么样？嗯？爽了吗？你该好好谢谢我！明天，记住，明天去大陆海鲜请我吃龙虾！"然后是哗啦哗啦洗麻将牌的声响。

还好，李红很快就把丁丁接回来。丁丁回家后的第一件事就是打开电视看《喜羊羊和灰太狼》。这是部整个银河系最烂的动画片。它不会让孩子们变得可爱，只会让孩子们变得更蠢。丁丁就是最好的例子。李红把丁丁放家后又去美容院了。这个女人是只永远不会停下来的工蜂。不过这样也好。这样能有什么不好的呢。我到了书房，打开了那只皮箱。这是只棕色的皮箱，1994年上大学时买的，我怀疑它根本不是皮子的，而是人造革的，这么多年来，它的色泽越来越黯，已经破了两处，露出黄色的硬纸板。可这并不妨碍我拎着它从一个地方走到另外一个地方。里面也没什么东西，一只开胶的乒乓球球拍，几张散发着霉味的奖状，几束干掉的野花，几本相册，然后，就是那七根羽毛。

我已经忘记了这是我多少次打开它，在冬日昏黑的光线里欣赏这些羽毛了。屋子里没有开灯。羽毛色泽暗淡，密集的绒毛上长着一只沉郁的蓝眼睛。

"喂……"

我知道她是在招呼我。她总是这样招呼我。她这样招呼我总是让我很不爽。我不爽的时候通常会保持沉默。于是我听到她扯着嗓子喊道：

"喂！给我一根行吗？"

她把屋里的灯打开了，站在门口俯视着我。我还从来没见她用过这种眼神跟我说话。她棕色的瞳孔里流出的是那种类似濒死的小野兽特有的温情。这眼神让我感觉很舒服。我问她："喜欢吗，你？"

"这是孔雀的羽毛吗?"

"嗯。"我拿起一根朝她晃了晃,然后麻利地放进皮箱。接着我把另外六根羽毛也放进了皮箱,用乒乓球拍压住。皮箱拉链拉起来的动静很响,我留意到丁丁棕熊般的身体随着拉链的声音颤抖了下。我把皮箱塞到沙发底座下面,这才对她说:"喜欢的话,叔叔以后给你买。动物园门口不光有卖孔雀羽毛的,还有卖象牙的、卖獭兔的、卖蟒蛇的……你喜欢红屁股的金丝猴吗?"

"我就想要刚才的那几根,孔雀羽毛。"她咬着肉嘟嘟的嘴唇说。

"哦……这个……"

"七根,"她眯缝着眼睛说,"一共是七根,快点给我。"

我盯了她半晌,说:"放心好了,我一根也不给你。"

她的脸通红通红的。她似乎要哭出来了。

我说:"别想得到不是你的东西,知道不?如果你现在不知道,长大了就会很狼狈。尤其是你这样一个又胖又丑的女孩。"

她肯定听不懂我在讲什么,她只是轻声轻语地说:"我会告诉我妈。我会跟她说,你连根孔雀羽毛都舍不得给我。你不怕我妈生气吗?你不怕我妈把你赶出这座房子吗?"她倚着门扶手叉着胳膊站在那里,说话时除了肥硕的双腮鲶鱼般翕动几下,她的整个身体仿佛就是根冰凉的、粗糙的大理石柱。

我点了支香烟。我觉得这确实是件挠头的事。后来,我站起来摸了摸她的头顶:"随便,我又没用针缝你的嘴,你想怎么说就怎么说。说实话,叔叔一点都不喜欢你,真的,可是,叔叔还得装出喜欢你的样子,这挺难受的。我从来没见过你这么讨厌的孩子。你跟小虎比起来,简直一个是天使,一个是狗屎。"

丁丁就是这时哭起来的,李红也是这时拧开防盗门走进来的。不过，她似乎并没有听到我说了什么。如果她听到了，那天晚上我也不会躺在她的床上了。她给丁丁买了蜂蜜小面包。吃了蜂蜜小面包的丁丁不哭了。那天晚上，李红搂着我说，跟孩子计较啥呢，孩子是什么？孩子就是小动物，小动物喜欢什么？喜欢甜的喜欢暖的，你往她的嘴里塞块糖，给她的脚上套只棉袜子，她就欢喜了。她没有跟我说孔雀羽毛的事，也许她说了，我忘了，我唯一记得的是那个晚上，她趴在我身上狠狠咬我肩膀，就像一只记仇的獾终于用獠牙狠狠咬住了它的敌人，良久都没有松开。

5

我足足打了十几遍手机曹书娟才接。很显然她记住了这个不受欢迎的号码。让我略感意外的是，她似乎颇为平静，没有丝毫厌恶的意思。她说，她现在很忙，只能给我一分钟。她还说，我跟你已经离婚了，我们现在连朋友都算不上，不要动不动就骚扰我。说到"骚扰"这两个字时，她语气冷静，仿佛只是在转述别人的台词，表明别人的态度。我只好跟她说实话，我必须跟她说实话。我必须把上次在冷饮店没说出来的话全告诉她：

"我想要小虎。"

"你说啥？大声点。"她有点不耐烦地说，"你难道不能换部好点的手机吗？"

"我想要小虎。我想把小虎接过来，跟我一起住。听清了吗？"

"你疯了吧，宗建明？"曹书娟惊讶地问道，"你是不是刚从五院里跑出来?"

"没错,我刚把精神病院的护士全打昏了。我正在开着飞机在世界各地旅行。"

曹书娟半晌没说话,她不说话就表示,她正在认真对待我。她必须把我的话当成真话。

"你连房子都没有。你现在还住你姘头家。"

"这个不用你发愁。"

"行了,别做梦了。宗建明。你总是在梦游。你总是搞不清,你是什么东西,你配有什么东西!"

曹书娟大吼一声挂了手机。她挂得很对时候。如果她还吼叫,她的声音肯定跟我的手机一起摔到地上了。后来我就坐在马桶盖子上抽烟。我的要求难道真过分吗?我想小虎了,我想把他接过来一起住,这一点都不过分。如果这个算过分,那么,世界上还有什么不过分的事?

我突然想把这件事讲给别人听。于是我坐在马桶上给康捷打手机。刚接通我就按掉了。我觉得如果康捷知道了我以前那点鸡巴事,肯定瞧不起我。除了小时候赢过他一场球赛,我好像样样都不如他。我就给马文打,马文很利索地接了。不过,我干吗要跟这个喜欢吃巧克力的胖子说我的私事?他知道的还不够多吗?我又不是个喝醉了的抑郁症患者。后来我就给菲菲打。菲菲是个可爱的东北姑娘,跟我有过几腿,她最擅长的是冰火两重天。她极瘦,躺在白色床单上扭动身体时,就像医学院的教授在冷漠地摆弄一副人体骨骼标本。她极爱说话,如果你不打断她,她可以从地球一直说到冥王星。她是个无所不知的人。可惜,那天她在电话里的声音扭捏不安,我隐约听到了一个男人粗重愚笨的喘息声。打扰一个女人做生意是不厚道的,我只得悻悻地掐掉电话。后来，我索性打开手机上的电话簿，一个人名一个人名地翻，翻到最后一个人名，我才发觉，我竟然没有一个可以说话的人。这个念头让我沮丧起来。这沮丧来得如此猛烈，以至于当李红敲起厕所的门时，我还在愣愣地盯着墙上的一只死苍蝇。这只苍蝇还没腐烂，我想肯定是以前的某个男人用苍蝇拍随手打死的，而且这个男人有洁癖，他甚至不愿意把这只苍蝇扔进垃圾箱。

"你有空吗？"李红斟酌着问，"我想跟你……谈些事。正经事儿。"

"我很忙。你没看到我正忙着吗？"

"是啊，你是很忙。我长这么大，还没见过有人穿着裤子拉屎。"

我只得从厕所里磨蹭着走出来。她能有什么事？什么重要的事能让她舍得放下美容院的顾客？我狐疑地盯着她。我肯定把她盯毛了。她的唇边粘着一粒米粒。

"曹书娟给我打电话了。"

"什么？"

"曹书娟给我打电话了。听清楚没？曹书娟给我打电话了。"

这倒让我有些毛了。曹书娟给她打电话？她们根本不是一个星球上的人。她们之间有数十亿光年的距离。

"我不知道她怎么找到我的。"李红双臂交叉倚靠着推拉门，"不过，她真的给我打电话了，"她似乎为接到我前妻的电话有些抱歉，"曹书娟说，你想把小虎接到我这儿来？嗯？"

我不知道该答"是"还是"不是"。如果回答"是"，那么我肯定是个不知趣的男人，竟然想把儿子接到情人家里住。如果回答"不是"，那么我肯定是个虚伪的男人，竟然不敢承认想把儿子接到情人家里住。

"我知道你是个好爸爸……"李红压着嗓门说,"你对丁丁那么好,更别说对小虎了,"她摸了摸我的下巴,"可你有没有想过我的感受?"她的眼睛潮了。我知道她是个容易动感情的人,我想她那些年费过万的客户都是被她湿漉漉的眼神打动的。"我已经很累了,我不想把自己弄得更累。谁希望自己总是筋疲力尽呢?你说呢?"

我只有说"是"。我肯定不能说别的。

"如果你真的想小虎了,可以把他接到家里住几天,"她轻声轻语地说,"这个我绝对没有意见。"

我走上前紧紧搂住了她,然后垂下头吃掉了她唇边的那颗米粒。她在我怀里突然小声抽泣起来。她也把我搂得紧紧的。她的胳膊那么细。她的细胳膊上长满了浓重的体毛。我一直不明白她为什么不把她胳膊上的毛给刮掉。

"我肯定会把小虎要过来的。"我望着她的眼睛,"我想跟我儿子住一块。这段日子,我总梦到他……"

李红一把推开我,然后仰着头看我。她的表情有些错愕。也许她认为她的这番话是白说了。她往后退了两步,又扫我两眼,转身就走了。她关门的声响不大,说明她还没有真正生气。女人真正生气的样子我再熟悉不过。她们都有一个共同点,那就是,她们的瞳孔会喷出紫色的火。那股火焰会让她们精致的脸庞在瞬间变得畸形,仿佛一个塑料玩具被人狠狠踩了两脚。

我从楼上鸟瞰着她上了她的那辆马6。她开车的速度还和往常一样慢。她是个急性子的人,可她开车从来不超九十公里。这很好,她开了十几年的车,从来没有撞过别人,也没有被别人撞过。

6

其实跟曹书娟彻底分开时,她把那栋房子留给了我。这说明她还算是个有良心的人。她离开后,我跟一个饭店的服务员搞上了。这个服务员长得很像香港演员温碧霞。我喜欢所有长得像温碧霞的女人。她跟我在房子里住了很长一段时间。她还只是个十九岁的女孩,从燕山山脉的一个山沟里走出来不过半年,口音里还带着艮栗子味儿。这个年岁的女孩谈恋爱不要别的,只要你帅就行。当然,如果你长得帅,有份稳定的工作,还有自己的房子,那就更好了。我确信那段时间我彻底忘了曹书娟,彻底忘了小虎。我突然就得了失忆症,不久前发生过的事突然就像一粒沙子落在沙漠上,没一点踪迹。这让我想起一部美国电影,主人公得了一种奇怪的病,每隔五分钟,他就会把发生过的所有事都忘了,哪怕你还跟他躺在床上,他已经想不起你的名字。后来他只好给每一个刚认识的陌生人拍张照片,在照片上写上名字,而那些他认为极为重要的线索,则让文身师文上他的大腿根、胸部、胳膊……我确信我比他幸运,下班买菜的时候,会有飘忽的影子倏地一下闪过。我会咬着牙齿让那些影子以最快的速度消失……

后来我跟马文说过这种感觉,据他的推测,我那阵时间肯定是得了"选择性失忆症"。也许这个胖子说的没错。他一直是个聪明人。当然,比我还差那么一点。饭店服务员后来为什么离开我?我打了她。我为什么打她?因为有一天她心血来潮,在我上班的时候,把我们家的地下室给重新收拾了一下,她把那辆"金蛙"牌三轮车、生锈的煎饼锅、断了一条腿的军用床铺、爬满了蜘蛛网的书橱以及几十双高跟鞋全部卖给了一个绰号"皮诺曹"的红鼻子老头。服务员哭着走了后，有个在歌厅陪唱的小姐曾跟我同居过几个月。我就是那个时候迷恋上赌博的。要是李红知道我赌博时曾经输过一栋二层独院小楼，那么她肯定不会让我跟康捷他们去打麻将。

在那段声名狼藉的日子里，我身上通常不会超过二十块钱。一个离婚的男人如果混到这份上，只能有一个办法，那就是去找他腰缠万贯的前妻。刚开始的时候，曹书娟是一万一万地给，我记得很清楚，她总是把那些捆得极为齐整的人民币狠狠砸到我脸上。然后我就拿着我前妻的钱，继续去赌。输掉后我还去找曹书娟，我觉得如果我不去找她要钱，我就太不对不起她了。她生性贪婪，后来几次，只是两千两千地给。她面无表情地把钱塞到我的衣兜里，鼻子里哼哼着，明显是对我的这种行径极为鄙视。可这有什么关系？如果当时有人让我吃泡狗屎，再给我五千块钱，我肯定吃。再后来就找不到曹书娟了。这个吝啬小气的守财奴在我的生活中消失了很长一段时间。那段时间里我一直住单位宿舍。那帮赌徒也没联系过我，也许在他们看来，我只是堆散发着恶臭的垃圾，连个馊馒头也拣不出来了。那时我们单位的人见了我都避之不及，仿佛我身上的厄运随时会像病菌一样传染给他们……当那天马文皱着眉头说外面有人找我时，我愣了半晌。后来马文嘴里嚼着巧克力继续大叫我的名字，我才哆嗦着走到单位门口。那天多冷啊。那是有生以来最冷的一天。就在那一天，我在我们单位门口看到了一个男孩。

这个小男孩裹着件白色羽绒服，羽绒帽子外面还裹了条桃红色的围脖。他站在那里一动不动，仿佛雪后刚堆好的雪人。当他小跑着到我跟前时似乎犹豫了一下，然后死死抱住了我的大腿。我就是在他抱住我的刹那知道了他是谁。能是谁呢？还能有谁呢？只能是我的小虎。小虎。我的儿子小虎。我上小学三年级的儿子小虎。考试从来很少及格的小虎。我蹲蹴下去，拨拉开他的帽子和围脖，轻轻蹭着他的小脸。他什么都不说。他好像离我很远很远。当我试图去亲吻他的脸蛋时，他才害羞地笑了。我承认，这是我这辈子见过的最好看的笑。他把一个信封偷偷塞到我手心里。他说："爸爸，这是我攒的钱，给你买好吃的。"

他怎么来的？又怎么走的？我竟没留意。我当时打开了那个信封。信封里装了二十五块钱。钱很旧，闻上去有股馊味。我就攥着有馊味的二十五块钱，在寒风中站了几分钟。从那以后，我就再没赌过。后来跟康捷混上，也只是随便玩玩，那种动辄上万的游戏，我再也没碰过。

"我知道你彻底戒了，"康捷说，"我相信你再不会碰了，"他那几天一直犯牙疼，总是耷拉着八字眉吸溜着空气，同时眼神里流泻出不耐烦的神情，"可是一下子借这么多钱……"他左边的眉毛快耷拉到肥硕的腮帮子上了，"我也拿不出啊。"为了证明他言辞非虚，他只得继续说，"你也知道，去年秋天接的那笔活，账到今天也没要上来。建明啊，财主也不是天天吃龙肝凤胆啊，是不？"

我很郑重地点头。我必须很郑重地点头。任何一个人，如果碰到有人跟他借二十万，即便他没牙疼，肯定也是康捷这副嘴脸。事后我想不起怎么就去找康捷了。跟人借钱最好撒谎，但是跟康捷借钱，最好实话实说。我说，我想买房子。我想把小虎要过来跟我一起住。我经常在梦里看到他。我快受不了了。

"晚上呢，别走了，来一帮贵客。你帮我陪陪酒吧。这几天我的牙快疼死了。"他忍不住用手指去抠自己的臼齿，"有时候坐床铺上，一坐就坐到天亮。操他妈的，我多希望自己的三十二颗牙齿都完美无瑕啊，"他的舌尖不停伸缩着舔那颗牙齿，"就像个十六岁的雏儿。"

康捷的朋友很多。那些人无一例外都是他的贵客。穷极无聊时我曾总结过他的朋友圈：一种是他的小学同学，没什么本事，做点小本生意，这些人包括卖水暖配件的、卖农机的、卖圣象木质地板的、卖劣质化妆品的，他们一般都开松花江或者长城皮卡，来找他的原因也简单，无非是借钱；一种是他的生意朋友，那些人大都跟建筑、饮食和娱乐业有关，他们开的车都比康捷的那辆丰田霸道要好；还有种就是行政口的，国地税工商局银行建设局环保局城建局，也许可以这么说，在这个县城里面，每个行政口都有康捷的人，那些人基本上都开着十来万的车，他们的白眼仁通常都会比黑眼仁多一些。"今儿晚上的人你差不多都认识，都是好哥们，"他递给我一支香烟，"先别想房子的事了。每个人都有受不了的事，但也得受着啊，活着不就是受罪嘛。"

如康捷所言，那天晚上来的客人我大部分都认识。一个叫"刺猬"，是环保局质检科的科长，长着两道蚕眉，从来不笑，喝起酒来从来不醉。一个是银行储蓄所的所长，明眸皓齿，貌比潘安，见人总是颇为含蓄地颔首微笑，仿佛他是个来开新闻发布会的明星。还有个是财政局的科长，据说平时好写点豆腐块文章，发在我们这里的晚报上。那个有点秃头的是县医院实验室的主任，他很有名，不过他有名不是因为他的医术，而是因为他小姨子，他小姨子跟了他十三年，当然，他老婆没死，活得好好的，他们也没离婚……只有一个不认识。我不认识这个人，是因为我真的从没见过他。他大概不会超过二十五岁，头发黄黄的，眼窝很深，瞅人时眼神涣散，当发现别人注视他时，他才朝别人木木地点一下头。

"这是李浩宇,"康捷说,"人劳局的李浩宇。浩宇过来。"李浩宇就低着头走过来,"这是宗建明。税务师事务所的。"李浩宇就跟我握手。他的手心潮乎乎的。我很少碰到冬天手心潮湿的人。一到冬天,大部分人的手心会非常干,并且手指上的皮肤会因燥冷的气候变得粗糙蜕皮。

那天晚上我们喝了三瓶十斤装的张裕干红。那种酒的玻璃瓶足有两尺高,卡在造型优美的木头匣里。他们在忙着打麻将时,我就和李浩宇忙着开酒。我们都没喝过这种包装的酒,鼓捣半天也没把红酒从包装盒里拽出来。后来李浩宇转身从厨房里翻出把锤子,然后照着木头匣子狠狠砸下去。他的手指又细又白,有些像女孩的手。高过膝盖的红酒从匣子里取出来了,可是倒起酒来很费事。"有暖壶吗?有暖壶吗?"李浩宇皱着眉头凝望着我。我说肯定有,谁家没一两个暖壶呢?他就吩咐我去拿。这孩子可能很少参加这样的场合,为了证明自己是个聪明能干的人,他努力在每一件小事上都显现出自己的镇定干练。我把暖壶随手递给他。他眯缝着眼睛盯了我一会,匆忙低头把红酒灌进暖壶里。

"你是近视眼吗?"我问他。

"不是……哦,是……"他慌忙回答问题时,红酒就从暖壶里溢出来。那些红色的液体很快就把乳黄色的瓷砖洇了一大片,他"啊"了一声后转身去拿拖布。他就是在转身的刹那间跌倒的。一只脚顺势把暖壶蹬出了足有两米远,然后,伴随着"砰"的一声,暖壶就碎了。

说实话,这个场景给我留下了异样深刻的印象。包括我后来去做那件事的时候,我在车里还想起了那个暖壶,以及从暖壶里洒出来的飘着香气的葡萄酒。满满的一暖壶葡萄酒把地板变成了一块猩红的大绒布。当康捷踱步过来时,李浩宇刚从地板上爬起来。他的浅色牛仔裤上全湿了。"哦。没事的浩宇。"康捷还在用牙齿不停地舔着那颗白齿,"岁(碎)岁(碎)平安嘛,你的腿没伤着吧?"

李浩宇小声"嗯"了一声,又支支吾吾说,"没事。""没事就好,"康捷笑了笑,"你们慢慢拾掇吧。放心好了,我的酒窖里还有十来瓶这样的红酒。一会儿你们尽管去拿。"

我不知道该怎么安慰李浩宇。当然,如果他是个姑娘,我肯定有办法。我就盯着红酒继续在地板上流。后来当我瞥李浩宇时,我发现他也在看我。他竟然在笑。他笑起来的样子有点像鼹鼠。

"真够丢人的,"他用手掸了掸仍滴答着葡萄酒的裤子,"我长这么大,还没碰到过这么丢人的事,"似乎为了安慰我,他的手稍显迟疑地在我的肩膀上重重拍了下,"可谁没疏忽的时候呢?凡事包容,凡事相信,凡事盼望,凡事忍耐。爱是永不止息。"他的手还停在我肩膀上,"这是《新约·哥林多前书》第十三章里的。你觉得有没有道理,宗建明?"

7

那天晚上,县医院的医生喝吐了。康捷和我开着车去送他。都凌晨一点了,他老婆和他小姨子还在门口等着这个脸庞浮肿的男人。然后康捷又去送我。在路口我们遇到了红灯。康捷就塞塞窣窣地从放光盘的地方扯出个信封,抖了抖递给我。我摸了摸,很厚,但是还没厚到可以交房子预付款的地步。"这是两万块钱,你先拿去用吧,"他咧着嘴说,"牙真他妈疼……哎哟……等过段时间资金回笼了,我再替你想办法。成吗？"看我没吭声，他突然笑了，"你别不知足，这些钱够一只鸡卖多少次啊？"我想了想说，我不是鸡，我是你哥们。康捷就不笑了。他把信封从我手里冷不丁抽回去，摔到玻璃窗上说，你他妈爱要不要！我可没欠你的！我慌忙着又把信封抓过来塞进裤兜。我小心地笑着说，我不是嫌少，而是你给的太多了。

他对我已经够意思了。说实话，我跟他混也就这两年的事。那是个无聊的饭局。请客的是家钢铁公司老总，由于我们单位的关系，我被隆重地邀请过去。我知道在那种场合该怎样喝酒，该怎样说话，以及该说怎样的话。那种八股文的程序既乏味又约定俗成。譬如先敬谁酒，后敬谁酒，然后主人几个黄色笑话过后，酒场就像水烧到滚边了。主陪会挨个敬酒，如不出意外，主陪一般都海量，不仅海量，口才一般都不输《百家讲坛》那些信口开河的狗屁学者。那天他们干杯时，曹书娟的电话偏就打过来。我忙去接，有个男人就说，喂，宗主任，业务这么忙？我强笑着说，是你嫂子。男人就问，哪一房啊？大嫂还是二嫂？我想想说，不是大嫂也不是二嫂。男人问，你肾功能还挺强！两个还不够你忙活？我诺诺着说，不是你嫂子……是我前妻。男人就说，前妻也是妻嘛！谁能说你用过的尿壶扔了，就不是你的尿壶了？众人哄笑。后来这男人亲昵地搂了我脖颈，一起去洗手间。在洗手间曹书娟的电话又打过来，我听到她"嗡嗡"地说，她打算好了，房子给我，小虎她要。"我不起诉你已经比上帝都仁慈了，你不能说不，听清没！"她用惯常的口吻一锤定音，"从今后，宗建明，你再也见不到小虎了！"

我愣愣地挂掉电话，那个男人也刚好方便完。他拍了拍我肩膀，问道："哥们，我问你件事。"我说随便。他沉吟片刻说："你是不是叫宗建明？"我说是。他笑嘻嘻地问："你还记得一九八七年，夏庄的那场乒乓球比赛吗?"我这才正眼观瞧他一番,然后皮笑肉不笑地问道:"难道……你就是康捷?"很明显,他对我依然记得他的名字颇感意外。那天晚上,我跟他喝了一斤半五粮液。男人间的交情很简单,无非是酒跟女人。而我跟这个男人,除了这些,还有二十几年前一场乒乓球比赛。我才知道,康捷已经是一家建筑公司的老板。后来慢慢搞清,所谓的建筑公司,有点草台班子的意思,有活了就拉关系、搞竞标、跑批复,活计到手了,再把标的一卖,轻松挣上四五百万不是问题。大多时候,康捷总是比我还悠闲,悠闲的时候,他会时不时叫上我,跟他喝喝酒,打打麻将,陪陪客人。不过,我们再也没一起打过乒乓球。不是我不想打,而是康捷说,自从那次输球给我后,他就再也没摸过乒乓球拍子。

"每次你跟康捷喝酒都会喝多。"李红似乎暂时忘记了小虎的事,对我这么晚从康捷家回来也丝毫没有介意。她一点都不傻。她懂得排兵布阵的道理,知道越是当口,越不能急躁。稳住阵脚才能一招制敌。她嗔怪道:"你不就是小时候赢过他一场乒乓球赛吗?至于好得穿一条裤子?"我知道她没生气。我还知道她对我跟康捷交往还是很自豪的。女人的男人如果有一个有钱的哥们,这哥们又对男人不错,女人肯定觉得是件有面子的事,况且康捷出手大方,给他老婆和他的情人分别办了一张过万的年卡。

"对了,问你件事。"

"问吧。想问什么就问什么。我对你就像对它,"我摸了摸下边,"都是最亲的。"

李红没笑。李红没笑说明她真的有事。"丁丁今儿晚上跟我说,前几天她跟你要几根孔雀羽毛,你没给她?"

"嗯。"

"你为什么不给她呢？她只是个孩子啊。孩子最好哄了。你把她哄高兴了，才会跟你亲……我希望我们结婚后，孩子管你叫……爸爸。"

我不知道该怎么样回答她才好。

"不就是几根破羽毛吗？又不是什么值钱的货，至于为了这件小事惹孩子生气吗？"

我随手翻着枕边的几本杂志。杂志哗啦哗啦地响。

"不会是以前相好的送的吧？"

"是的话我早就扔了。"

"可我还是闹不清，你干吗舍不得几根破孔雀毛呢？"

"是啊，我为什么舍不得几根破孔雀羽呢？"

"谁送你的？嗯？"她的手划过我的小腹，然后就停在那里。我感觉到小腹慢慢温暖起来。

"我真记不清了。"

"明天你送给丁丁几根，"她一把就抓住了正经地方，我不禁小声呻吟起来，"不，全都送给丁丁，一根不剩地送给丁丁。"

我想跟她说，这几根孔雀羽毛对丁丁并不重要，重要的是她应该带丁丁去市里看心理医生。这孩子已经有两天没说过一句话了。可话到嘴边又活生生咽了回去。我不想她整宿睡不着。我一个人整宿睡不着就够了。

第二天李红一大早就走了，她去市里进货。李红走了以后我又开始给曹书娟打电话，我想我一定是疯了，只不过疯得还不够。如果一个人疯了，而且还没到癫狂的地步，那么他一定是最冷静最理智的。我知道如果直接联系曹书娟，她肯定不会接我的电话。我也不知道她是否还在郭六那里上班。可即便她在郭六那里上班，即便我去郭六那里找她，我又能怎么样呢？我以前又不是没去郭六那里找过她。郭六长得比我矮，也没我年轻，但比我有钱。他家就住在县城十里开外的农村。不过他居住的那个村子比较奇特，家家户户都在大规模地生产钢锹、铁锄、斧头、镰刀之类与农活有关的器具，他们将这些农具抛光上油，再卖到缅甸、埃塞俄比亚、厄瓜多尔、哥伦比亚这样喜欢种植罂粟和马铃薯的国家。他们的村子据说是全亚洲最大的钢锹生产基地，也是整个县城包二奶包得最疯、最明目张胆的地方：大老婆穿着黑棉袄在家里跟雇工一起割道轨、锯铁板，小老婆则在县城里喂养私生子，或者到美容院做昂贵的面膜。按照桃源县的说法，这个村子的男人普遍吃着碗里的，看着锅里的；左手握着丑陋冰凉的铁轨，右手攥着小巧锋利的镰刀。

"康捷，你知道曹书娟现在……住在哪儿吗？"

"操。你还当真了？这个女人你可惹不起的。"

"那你肯定知道她住哪儿了？"

"我劝你最好别碰她。你知道她跟着谁吗？"

"我不想知道。"

"你最好知道。以前她跟着郭六，现在又跟着……"他沉吟了片刻，似乎在考虑是否该告诉我，"现在呢，嗯，她跟……丁盛的关系……很密切。你总该知道丁盛吧？"

是的，我知道丁盛。我们都知道丁盛。这个县城的人可能不知道县委书记是谁，但是没有人不知道丁盛。他以前是棉麻公司的工人，后来开了一家饭店，五年后他把饭店开到了市里，据说是我们市的第一家五星级酒店。有钱人手里的钱总是滚雪球般越滚越大，他又开了若干家洗浴中心，然后是全省最大的男科医院。男人有了钱，肯定又会涉足房地产。我们县城的大部分商品楼都是他开发的。所有人都说，他大概是桃源县有史以来最有钱的人。他到底多有钱？你看看他的车就知道了。

"你最好离曹书娟远一点。"康捷语重心长地叮嘱我,"别等着麻烦上身时,连跑都跑不了。"

"那你肯定知道她住在哪儿了?"

康捷沉默着挂了手机。他担心我,说明他真把我当了哥们。要怪的话,只能怪我不够哥们,我从来没把我跟曹书娟的关系告诉过他。他从来不知道,几年前被桃源人嚼烂舌根的"郭六被刺事件"就是我干的。在传闻中,我被塑造成一个为了报复妻子出轨策划谋杀的人。也许他们同情我头上那顶绿帽子,他们把我的形象传得很高大。他们说我将一把藏刀藏在裤裆里,郭六刚从奥迪 A6 里迈下来,我就猎豹一样蹿上去朝他胸部猛捅三刀,鲜血直接就喷溅到我脸上。然后我用脚踹了踹郭六的肥头,又朝他吐了两口浓痰,这才甩着胳膊扬长而去。还好,他们并没有让我穿一件"小马哥"那样的黑色风衣,也没有鸽子从我头顶上的天空飞过。可这都不是事实。事实是,我根本从来就没有过那么一柄藏刀,即便我有,我怎么会舍得把它藏在裤裆里呢?我事先也并不知道那天晚上会碰到郭六,如果我知道,我肯定会买把更锋利的蒙古刀。那天晚上我只是和马文跟一个北京来的神经质女人吃烧烤。也就是说,那阵子我很郁闷。我怎能不郁闷?我老婆曹书娟失踪了。我知道她蹲监狱了,可我并不知道她到底在哪儿蹲监狱。我找了她大半年都没找着,她竟然在我吃烧烤时从郭六的车里款款走出来。我还记得当时的情景,她昂着头,挺着胸脯,脸上是那种惯常的不屑表情。郭六搂着她的腰,他不仅搂着她的腰,还在大庭广众之下亲了她一口。由于他个子比曹书娟矮,他亲她时只能踮起脚。我盯着他的屁股,突然想把手里还串着羊肉串的钢钎扎进去。我仿佛听到了钢钎扎进皮肉时轻微的声响,然后血流出来,把略微烤焦的羊肉染得色泽更深些……

康捷还是把电话打过来了。他毕竟是我哥们。我的哥们已经不多了。他低着嗓子跟我说话,也许我该问候下他的牙疼是否痊愈。但我没有。我听他说,曹书娟有时候住在市里,有时候住在酒店,有时候住在县城,而现在……她就在县城的鼎盛花园。"110栋3门112。"当康捷说完最后一句话时,我听到他深深叹息了一声。

当时是上午九点,这个时候曹书娟通常还没起床。日子好过些后,她一般都十点起床。那个时候,她不再中午时到学校门口卖鸡蛋煎饼,她到郭六的钢铁厂当了财务科长。那是最安静的一段时期。她喜欢醒后再赖在床上半个多小时。当我催她给小虎去做饭时,她总懒洋洋地说,让我苏醒苏醒吧,宗建明,让我苏醒苏醒吧。我讨厌她在日常生活中使用书面语。跟她不同的是,我从来不喜欢"苏醒",我从来不知道"苏醒"是什么滋味。我干吗非要知道"苏醒"是什么滋味呢?

8

我按了不下二十次门铃。估计曹书娟在猫眼里观察我半天了。小虎肯定没跟她在一起。听说小虎被她送到了市里的私立学校。

我说:"开门,曹书娟。"

我说:"你为什么不开门呢?我只是想跟你说说话。"

我说:"你把门开开吧。我没有别的意思,我只是想跟你聊聊。"

我说:"我知道你恨我。你恨我是应该的。"

我说:"我们从十六岁就谈恋爱。难道你现在连见一面的机会都不给我吗？"

我说："如果你还恨得牙根痒痒，你就把我在笼子里关上半个月。"

我说："曹书娟，你不开门的话，我就把这扇门给砸烂了。"

我说："开门，曹书娟。"

我说："谁没疏忽的时候呢？凡事包容，凡事相信，凡事盼望，凡事忍耐。"

最后一句话是李浩宇说过的。不过从我嘴里说出来有些可笑。我彻底没辙了。我不可能真拿锤子把门砸烂了。我可不是个野蛮的人。我上过大学，小时候就会给牛接生，我是个没有成功的天才。我突然想哭。我好久没哭过了，或者说，在我有生以来的记忆中，我好像就没哭过。可那天，坐在曹书娟家门口的楼梯上，我突然想哭了。我知道这很危险。这不是好兆头。很好，这个时候我接到了李红的电话。她貌似漫不经心地询问我，是否已经把那几根破孔雀羽毛送给了丁丁。我说，丁丁不是上学了吗？李红就说，中午你接她吧，顺便带她吃肯德基，再把那几根破羽毛给她，为了给她一份惊喜，你可以把羽毛用礼品盒包装起来。我打着哈欠说，单位很忙，中午有客户要请吃饭。李红就嘟囔着说，你少喝点酒啊。你现在每喝必醉，简直有酗酒的倾向了。

从十一楼坐电梯下来，我才发现下雪了。桃源总这样，每到冬天就铺天盖地地下雪，把各种颜色都染成白色，看着挺耀眼挺迷人的。我缩着脖颈，突然不知道去哪儿。我好像没有任何必须要去的地方。我多想找个会出气的说说话啊，哪怕它是条狗。还好，在小区垃圾箱旁，我真的遇到了一条流浪狗。说实话，我还从来没见过浑身没毛的狗。它看上去更像一头营养不良的猪崽，在一堆被刨得杂乱的垃圾中急切找寻着食物。当它发觉我在冷眼看它，它也漠然地瞥了我一眼。

173

它的黑眼珠在雪地里像两颗煤核。我顺手摸了摸衣兜,我记得里面还有两根火腿肠。后来我俯身蹲它旁边,剥掉肠衣,犹豫着递到它嘴边。它嗅了嗅,一口就吞下去。它竟一口把整根火腿肠吞进肚子。我忍不住伸手摸它。它没动。它的皮肤像张砂纸,长满了烂苔藓的砂纸。

我起身离开时,它的眼里忽然流出一行泪。

一条会流泪的狗。我碰到了一条会流泪的狗。我本来想把那条流浪狗带回家,可是后来又想,我都不能带小虎回家,更何况一条长得那么丑的狗?街上行人稀少,下雪天,他们都喜欢猫在有暖气的房间。我也不例外。我已经很长时间没去单位报到了。我们所长,那个喜欢跳交谊舞的老太太,对我不是一般宽容。也许在她看来,像我这样的男人能安全地活着,不给她添什么乱,已让她感激到烧香拜佛了。

在单位门口我碰到了王雅莉。她见到我似乎很惊讶。她说刚想打电话给我,有人找我呢。我漫不经心地问是谁?她垂着头喃喃道,喏,他还没走呢。

是李浩宇。李浩宇坐在办事厅的椅子上抽烟。他是个不会吸烟的人。他只是把烟从鼻孔里艰难吸进去,顷刻间又从嘴里吐出来。他吸烟的样子让他显得既寒酸又古怪。"哦。我来这儿有些公务。不过已经办好了。"他朝我迅速瞄一眼,低着头又猛吸了一口香烟。接着他佝偻着腰剧烈咳嗽起来。"我这几天有些感冒。你知道,冬天简直是气管炎患者的地狱。"他哆嗦着掐掉香烟,盯着墙壁突兀地问道:"中午你有空吗?我请你吃涮鱼。"也许他怕我对他过分的热忱有所疑虑,接下去他貌似坦荡地感慨道,"下雪吃鱼跟红泥火炉话春秋,人生两大快事呢。金圣叹说的。"

我从没听过金圣叹这个名字。看来李浩宇的确是个有文化的人。他说的话我都听不大懂。我还是绷着脸。他连忙小声商量着问:"不然……我们叫上康哥吧？"我说不用了。他牙疼，请一个牙疼的人喝酒，只会让他的牙更疼。他如释重负般"哦"了一声，弯下腰替我把门拉开。

我没想到他会把吃饭的地方选在"香湾活鱼锅"。以前曹书娟我们经常来的地方。把一尾鲜鱼煮进麻辣的汤里，鱼的味道真不是一般的鲜美。李浩宇把鱼眼附近的嫩肉小心着剜出来，全夹进我的吃碟，他自己则只吃了几根半生不熟的菠菜。我们喝了一瓶五十年陈酿的茅台，是他从车里取出来的。说实话，我没想到这孩子有一辆宝马。看来真是人不可貌相海水不可斗量。我突然知道康捷为什么要跟李浩宇这样的人交往了。李浩宇没上几年班，又没什么职位，他们来往的唯一原因就是，李浩宇可能是个所谓的"富二代"。

酒的味道挺醇厚。事后我想起那个漫天飞雪的午后，我跟个只见过一面的孩子吃了顿还算丰美的午餐，确实有些不可思议。我不是那种自来熟的人，他好像也不是。不过我们还是说了些话。他的话有一搭无一搭，全然不在情理之中。有那么片刻我愣愣地盯着他。他的人中很短，按照桃源县的说法，他的寿命应该不会太长。与他的人中相比，他的下颌则很长，这让他的脸颊有些失去比例，有种滑稽中的威严。而他的眼睛……怎么说呢，很纯。我不知道用纯这个词来形容男孩的眼睛是否合适，可事实是，他确实有双看似无辜的眼睛。

"我知道你的酒量很大。听说有一次你自己就喝了两斤衡水老白干？"

"老皇历了。"

"听康哥说，你打得一手好乒乓球？你跟刘国梁交过手？还赢了他一局？"

"我有三两年没摸过球拍了。"

"我嫂子是开美容院的吗？"

"我还没结婚。不过……我结过婚。"

他好像不清楚问什么好了。他的牙齿间咬着一根青菜，呆呆地望着翻滚的鱼身。

其实，我本来想告诉他，我二十一岁就跟曹书娟结婚了。我们都是农村出来的，我是凤凰男，她是凤凰女。我在税务师事务所上班，每个月只有七百块，曹书娟在县锁厂当配件工，每个月四百五十块。生下小虎后她只待了两个月产假，就去一家私人文印部当打字员。小虎两岁时，她开始频繁更换工作：先是辞掉了打字员的职位，到农贸市场卖山东煎饼，然后到家冷饮店当门童，专门对那些前来吃冰激凌的孩子们像鹦鹉那样不停地说着"您好，欢迎光临"。之后，她又跟亲戚推销一种昂贵的保健品，传销禁止后她借钱买了辆二手电三轮，晨起六点钟就到汽车站、小区门口拉客。有一次马文母亲住院，他夜间陪床，清晨去上班，随手在医院门口招了辆三轮车。那个车夫裹着军大衣戴着白口罩，脚上蹬着双翻毛皮鞋，将马文拉到单位时已气喘吁吁。马文刚想掏钱，车夫摆摆手说，马文，我是你嫂子。马文这才明白过来，车夫原来就是曹书娟。

"对了，你怎么看待夫妻间的忠诚问题？"李浩宇没看我。他盯着盘子里的青菜。他来回用筷子扒拉着青菜。"如今搞一夜情的太多了。"

曹书娟就是蹬三轮车时认识的郭六。郭六当晚喝醉了不敢开车，把车停在酒店的停车场。曹书娟将郭六送回家后，在三轮车上捡到一个黑色手包，里面装着手机、身份证、汽车钥匙、伟哥、银行卡和两个数目惊人的存折。她随意从手机里挑了个号码打过去，间接找到郭六，将手包还给了他。郭六很感激，便邀她去他的工厂当现金保管。当然，按照我的理解，郭六其实从开始就心怀叵意。我甚至可以打包票,这完全是场阴谋。郭六当晚乘坐曹书娟的电三轮,肯定是故意把手包丢在了上面。

"我还没谈过恋爱呢。"李浩宇诺诺地说,"我有婚姻恐惧症。我大学时还得过抑郁症,没毕业就不念了。"

他干吗跟一个不熟的人说这些话?我不是神父,他也不是信徒。我们也没在教堂里。

"对了,跟你问个问题。你知道宇宙有多大吗?"说到"宇宙"这两个字时,他伸出双手比画了一下。他双手之间的距离不会超过三十厘米。

我就盯着那三十厘米的宇宙说:"我只看过《ET》和《星球大战》。"

"太阳有一百三十万个地球那么大,而银河系里又有两千多亿颗太阳那么大的恒星。"我盯着他。他的瞳孔放射出一种光芒,让他蜡黄的脸颊在瞬息间红润起来。"你可以闭上双眼想一想,两千亿是什么概念……"我的眼睛依然睁着,不过他的眼睛倒是安静地闭上了。"你可能根本想象不出银河系有多大,在我们肉眼看来,那只是一条点缀着星星的河流……前几年,天文学家又发现了五百多亿个与银河系类似的恒星系统。"

"哦。"

"宇宙里肯定有不计其数的外星人。他们之所以没有冒昧地打扰我们,"他艰难地咽了口唾沫,"只是因为,整个地球在他们眼里,只不过是玻璃球那么大小的一个玩具。"他睁开眼,面无表情地凝视着我,"有谁会跟玩具过不去呢?我们这些人,不过是依附在玩具上的细菌。或者说连细菌都不如,只是一个个原子那么大的物质。外星人肯定也不是以我们通常认为的方式存在,他们可能是气体,也可能是液体，更有可能是透明的非物质。他们干吗非得以人类肉体的方式存在呢？"他笑了笑，"没准肉体灭绝后，我们倒有可能在肉体之外见到他们呢。"

我百无聊赖地玩弄着手里的打火机。曹书娟送我的打火机。

"可是，即便我们只是一群细菌，也该有细菌的道德底线。你说呢，宗建明？"

我把一盘宽粉倒进锅里。我有点后悔跟他出来吃饭。他只是个对世界充满好奇心的小职员，喜欢跟人夸夸其谈，以显摆自己渊博的知识。可这有什么了不起？我十几岁就会给牛接生。

"有一个细菌想办点事。可是，他不确定，这事儿是否值得他去办，是否值得他付出一些代价。"

我什么都没说。我什么都没说是因为，他说的已经够多了。当我们结束了这顿午餐，已经是下午两点。李浩宇坚持开车把我送到单位。他车技很好，安谧的雪花大片大片打在车窗上，他仍把车开得又稳当又快捷。他的酒因为凛冽的寒气醒了不少，他肯定也为在酒桌上说了那么多该说或者不该说的话有点后悔，这让他的眼里有种惶惑的神情。当我下车时，他喊住我，说了句我一辈子都忘不了的话。

他说："有人打你的右脸，你把左脸也让他打；有人要你的衬衣，你连外套也让他一块拿走；有人逼你跑一里路，你就同他一起跑二里。这样会舒服些。"

他干吗给我讲这些？难道他知道我什么事？可即便知道，又有狗屁关系？我又不是山西煤老板，为了洗白只得为山西某集团注资五十亿亿元。我只是宗建明，输得一个子儿都没有的人。我摇摇头。关车门时我听到他"哦"了一声，然后微笑着说："不过，以牙还牙的滋味，肯定也挺爽。"

当时我想,他不但是个天文爱好者,还是个基督徒,如果他不是个基督徒,那么他肯定是个疯子。我没有必要听懂一个疯子的话。我现在唯一关心的是,该怎样拿到一笔钱,该怎样把小虎抢到我身边。如果真如李浩宇所说,我只是一个肉眼看不到的细菌,那么,这就是这个丑陋的细菌活着的全部理由。

9

"你倒是挺忙活。"李红说,"你这件阿玛尼都快穿酥了。"

"一个客户。他们公司财务出了点问题,想让我们做一套假账。"

"待会跟我一块接丁丁,"李红斩钉截铁地说,"顺便带上你那几根破孔雀羽毛。"

"我待会还要出门。你自己去吧。"

"你能不能对丁丁好一点?"李红柔声道,"你能不能不那么自私?"

"……"

"你摸着自己的良心问问你自己,我待你怎么样。"

"……"

"你再不说话我就把你当哑巴卖了。"

她有资格生气。我重新系上我的围巾,转身去拧门把手。她从身后搂住了我的腰身。我垂下眼睑看着她白皙的手指交缠在一起。

"我们谈谈好吗?"

"我们不是一直在谈吗?"

"不是这样的。"她的声音有些哽咽。她的乳房透过保暖内衣顶着我的脊梁骨。说实话,她破碎的声音完全没有了花腔女高音的高亢,相反,有些像是从羞涩的女孩的嗓子里挤出来的。有那么片刻,我的眼泪差点就流出来。我强挺着没有吭声。她绝对是个好女人。我现在不缺一个好女人,我缺的只是小虎。

"你把小虎……接过来吧。两个孩子还是个伴儿。"她的细胳膊仍然没有松开。不但没有松开,还把拖鞋踢掉,两条细长的腿勾住了我的膝盖骨。这样,我们两个以一种奇怪的姿势僵硬地站在那儿:我身体前倾斜,左手牢牢握着冰凉的金属把手,而李红则像只八爪鱼一样手脚并用,缠住了我的小腹和双腿。也许她也觉得保持这个姿势需要体操运动员的体力和腰肢,很快就从我背脊上滑了下去。滑下去后她没有像通常打情骂俏那样狠狠地揪住我的耳朵,而是将脸庞死死贴住我后背。

"我真的是想好好跟你过,你知道吗,宗建明,"她的声音很小,"我知道你所有的事,可我从来没有怀疑过你的诚意。我知道你跟我在一起后,再没有杂七杂八的事。我们图什么呢?我们什么都不图,"她好像终于哭出了声,"小时候我们家住在锦州,那里老地震,我爸爸就说,我们回老家唐山吧,那里地广人稀,鱼虾成群。于是,一九七六年七月二十六号,我们就举家搬迁到桃源县。结果刚过了两天,就来了场七点八级的地震,还好我们全家都安然无恙。有时候我就想,这辈子最倒霉的事已经过去了,后来的事再倒霉,肯定也要比这件事好,所以……"我听到她在擤鼻涕,"我第一个丈夫和他同事被我堵在他们单位的值班室,我啥都没说,我甚至连闹也没闹。第二个男人是个杠头,如果你驳他一句,他会有一箩筐的话等着你……我想肯定有更好的男人等着我。等啊等,就等到了你……我是真的想跟你在一块。就算你啥都没有，可我真的愿意。就算你长着一副兜齿，我也愿意。"

我转身抱住她。她那么瘦小，抱住她时仿佛抱住了一个发育不良的女孩。"你自己去接丁丁吧，"我佯装亲了亲她眼睛，"我真的有事要办。我要是骗你，我出门就被暴打一顿。"

她笑了笑。她笑起来的样子还是很好看的。

外面的积雪越来越厚，踩上去能淹没了脚脖子。我打算去找曹书娟。这么大的雪，她不可能再开车去市里。她肯定一个人在家看电视。她最喜欢看韩国电视剧，尤其是《加油，金三顺》。也许她觉得她自己就是金三顺吧。

最先发现曹书娟和郭六有勾当的，是我妈。她那阵子给我们看小虎。我妈是个一辈子没进过几次城的农妇，终生的乐趣除了生儿育女，就是拾掇农务，立春栽稻子二伏割麦子，霜冻收白菜腊月焐热炕头。那天她去商场买棉拖鞋。在商场门口，她看到顾客对两个人指指点点。她眼花，而且对县城每件事都有种孩子似的好奇心。她拎着双拖鞋，慢慢踱到那两个人身旁，忍不住"咯咯"笑了。原来是个男人和一个女人亲嘴。男人个子矮，女人个子高，那个男人只好把脚踮起。她的笑声惊动了两个正在亲昵的人。女人挣脱开男人毛茸茸的手臂，嘀咕了句"讨厌"，从包里掏出口红描了描唇线，机警地朝四周扫了扫。当她扫射到我妈时，有些诧异似的问："妈，你怎么在这儿？又迷路了吗？"我妈去看那男人。那男人不是我。那男人怎么会是我呢？我妈立马就蒙了。她没答曹书娟的话，而是指着那个头发稀疏、肥头大耳的男人问道："他……他是小虎舅吗？"曹书娟她哥我妈以前见过，跟郭六模样倒差不多。曹书娟捋了捋我妈的衣领，安慰她道："妈，他不是我哥。他是我老板。"她给我妈买了只赵家烧鸡，让郭六开车把她送回家。我妈还没明白过来,就被郭六讪笑着推扠进轿车。轿车里温度很高,我妈感觉气息急促,心胸烦闷,眼冒金光。后来,她把早晨吃的咸菜全解恨似的吐在车里。当然,这件事当时她并没跟我说。她怎么可能跟我说呢?她的心脏病已经让她说不出话了。

我大概是最后一个知道曹书娟郭六这对狗男女有奸情的人。我用皮带狠狠抽了她一顿。抽完后我想,好了,好了,一切都结束了。一切都会重新开始。谁能保证一辈子不犯点错?然后有一天,我突然被公安的请过去。他们说,曹书娟利用专用发票偷了八百多万出口退税,结果被海关发现,因为数额巨大,税务部门已将案件移交到他们那儿。他们只是象征性地通知家属一声。我当时很纳闷,这事跟曹书娟有什么关系?她只是小小的财务主管,偷税这种事,公安的不找法人怎么找她头上?后来才知道,郭六的厂子曹书娟能当一半家。好些重要协议和单据,都是她签的字。更让我吃惊的是,她一个人把所有罪名都顶下来。那次我在拘留所见到她,她神情淡漠,只是叮嘱我别担心,把小虎带好。她说郭六先让她顶罪,他会在外面跑关系,用不了几天她就能出来。郭六答应过她,等她出来后就给她两百万当酬劳。两百万哪,我记得当时她伸出两根手指,在我眼前骄傲地晃了晃……结果呢,郭六临阵拉稀,并没把她弄出来。她失踪了,我不知道她到底被判了几年,也不知道她被押在哪所监狱……然后就是那个夏天的"郭六被刺事件",我发现她从里面出来了,仍跟郭六混。只可惜,我那六把串着羊肉串的钢钎并没插进郭六屁股。事实是,在我扑上去的刹那,曹书娟挡住了郭六,那六把尖细的钢钎,全部插在她的乳房上……

我为什么要想起这些 B 事?这些 B 事只会让我头疼。我不想头疼,头疼比牙疼更难受。我突然想起李浩宇的话,我们都是细菌。虽然是细菌，我们也要做不头疼的细菌。在鼎盛花园的门口，我又看到了那只流浪狗。我朝它摆摆手，它漠然地瞅我一眼，然后跟着我默默地走，一直走到110栋3门。这个时候我停了下来，它也停了下来。我就摸我的大衣兜，很遗憾的是，衣兜里除了手机和钱包，什么吃的都没有。我蹲下身子朝它吹了吹口哨。它突然大声狂吠起来。当时我想不明白，它干吗那么生气呢？只是因为我没喂它火腿肠吃？

  事后我想，其实它并没有朝我狂吠。它只是看到了三个彪形大汉站在我身后。他们在我身后大概站了一段时间。后来一个站得不耐烦，这才一脚把我踢了个跟头。他们不但把我踢了个跟头，还用他们粗糙硕大的拳头在我的肋骨、我的鼻子、我的裆部、我的屁股上狠狠砸了若干拳。我被打蒙了，从小到大我还没被这样揍过。有一拳砸在我的肋骨上时，我听到了核桃壳被捏碎了的清脆声响。我想，一定是骨头折了。我只好用胳膊死死抱着我的脑袋。我那阵还清醒，想偷偷看一眼他们的模样，但马上一只拳头就砸在我左眼眶上。他们在打我的过程中没说一句话，我只是听到那只流浪狗在不停地叫，后来叫的声音也渐渐弱下去。我想如果从天空往下俯视，一定是很有意思的事。一个人被三个人拳打脚踢，一只狗在旁边胡乱狂吠。这一切这么安静，跟雪花落在雪花上的声音一样安静……我突然想抱住什么东西，我的手臂似乎想攫住什么。也许他们认为我是想反抗，拳脚上的力道更足了。其实他们根本不会想到，我只是想起了我的儿子，我的儿子有个好听的名字，他叫小虎。我想把他抱在怀里。我甚至想起了曹书娟失踪的那段日子……每天下班后小虎都会把饭做好。他才七岁啊。可是他炒的菜是我吃过的最美味的菜，他最擅长的一道菜是红烧鲫鱼……鲫鱼身上的鳞片他总是刮不干净……我那段日子晚上老是喝酒，喝完酒后就躲在书房里上网聊天，要不就激情视频……有一天我听到小虎在门口轻轻地说，爸爸，我可以进来吗？我说进来吧。小虎就站在门口看着我，然后我听到他说，爸爸，我可以站你身边吗？我说站吧。小虎就站在我身边，用他的小手摸我头发。摸着摸着他说，爸爸，你能抱我一会儿吗？还没等我回答，小小的一团肉就钻进了我怀里……我就那么搂着他，他的双臂反勾住我脖颈，他的小脸磨蹭着我下巴……

10

我在李红家躺了好几天。据李红说，我是被一位热心肠的大妈发现的。她老听到一只狗拼命叫，叫得她心里直发毛，就从楼上下来观瞧。当她发现我时，我身体僵硬，左手紧紧揪着一只狗的尾巴。当我被送到医院，他们以为我死了。我脸上全是血，呼吸微弱。我像一只弯狗虾般在病床上静静地躺了两个小时。当李红赶到医院时我还没有完全苏醒。万幸的是我身体皮实，筋骨一点事都没有。除了我的眼睛有些浮肿，我简直比医生都健康。"你干吗非要揪住那只狗的尾巴呢？"李红强笑道，"不过，幸亏你揪住了它的尾巴，它才叫的。它要是不叫，你肯定被埋在雪底下冻死了。"

康捷和马文他们都来看望过我。康捷什么都没说，只是给了我一个厚厚的信封。他走后我拆开，里面是五千块钱。马文那几天正闹感冒，说话瓮声瓮气，他说所长去市里开会了，让他代表事务所来探望我，希望我早日康复。临走前他问我，有没有报警？我笑着说，我要是报警了，只会被打得更惨。他吐了吐舌头。他的舌头很长，能够伸到鼻尖。

几天后康捷叫我到他家去吃饭。他说有人送了他一条两米长的深海鱼。他招呼了几个哥们喝两杯。他没再提我被打的事。他什么都明白。当然，他也明白我什么都明白。我们不说只是因为我们都知道，即便我们说出来，也只是白说。那天晚上的客人无一例外地全是桃源县的大老板。我搞不清这种场合干吗让我来参加。不过还好，李浩宇也在那儿。见到我时他只是严肃地点点头，然后就站在那些老板旁边，神态自若地看他们打麻将。他对我的态度和前几天判若两人，我甚至怀疑那天跟我一块吃涮鱼、满桌上胡言乱语的人是否就是这个神情高傲的人。我有点失落。这种失落一直延续到他主动邀请我去阳台上抽烟。

他抽烟的动作还那样，只把烟从鼻孔里艰难吸进去，顷刻间又从嘴里吐出来。我们就并着肩望着窗外吸烟。开始谁都没说话，我不是个多嘴多舌的人。后来还是他打破了沉默。他拍了拍我肩膀，问道，你的伤全好了吧？我点点头。他又问，知道是谁干的吗？我朝他笑了笑。他也笑了。然后我们就继续望着黑暗的天空吸烟。

"你知道吗，有时候望着夜空，我会有种恐怖感。"

"哦？"

"世界上有很多这样的人。这是种病，叫宇宙恐惧症。宇宙恐惧症始于一种叫人产生幻觉和思维障碍的精神病。在人类最开始探索太空的时候，飞船的成员少，而且不会跳跃，必须要进行长期的飞行。在这种极度压抑的环境中，某些人就会患上一种心理疾病，这种疾病就是宇宙恐惧症。"

"哦。"

"不过，后来这种病的范围又有些延伸。面对夜空、星星、宇宙时感到担惊受怕，甚至到了无法控制的地步，也叫宇宙恐惧症。"

"细菌也不是那么好当的。"

李浩宇半天才反应过来。他"嘿嘿"地笑了两声说:"你比我想象的聪明多了。"

那天晚上,晚宴很快就结束了。老板们晚上一般都比白天忙。李浩宇走得更早,我甚至都不知道他是何时离开的。最后房间里只剩下了我和康捷。康捷喝了点红酒,看来他的牙疼有所好转。我本来也想早早回李红家,可康捷说,他有件事要跟我商量一下。他说话的口气很郑重,仿佛真的有什么事。他把我叫到书房,把门反锁,又疑神疑鬼地检验了一遍窗户是否关闭严实,这才抻过一把椅子坐下,跷着二郎腿注视着我。我被他看得有些发毛。我说,什么事这么神秘?不会是你中了两亿元彩票吧?他没点头,也没摇头。我就惊喜地问,真中了?中的话一定要给我买辆奥迪啊!

"不用我中彩票,过两天你也能买得起奥迪。"他望着我说,"有件好差事。你愿不愿干?愿意的话,三天后你就能拿着现金去买车了。不过,我想你不会买车的。你现在最想买的是房子。"

我的脑筋迅速转动着。什么事的酬劳能买得起一辆奥迪?

"其实也挺简单,你车开得怎么样?"

"我十六岁就开拖拉机,十七岁开三马子,十八岁开货车。大学社会实践时,我还开着一辆公共汽车绕着市里走了一天。"

"吹吧你,你知道迪拜吉美大酒店在哪儿吧?"

"你说的是阿联酋的那个,还是咱们县的那个?"

"你明天早晨能早起来吗?"

"我整宿整宿地睡不着。我失眠足有半年了。"

"哦。那好办多了。"康捷深深吸了一口气,"明天早晨五点五十你准时下楼。你们家楼下会停着一辆没有车牌的崭新红色霸道。钥匙就在左前辘轳下面。你开上车去迪拜吉美大酒店,停在三号车位。你们家到酒店,最多用六分钟,所以六点钟的时候,你必须准时到迪拜吉美大酒店。六点零五分,会有两个男人上车。"

我盯着康捷的瞳孔。

"那两个男人你肯定不认识。你也没有必要认识。当然,也不会有别的人错上你的车。你不要在车上说任何话。你必须把你当成一个哑巴。然后,你走下道,把这两个人送到市里的西客站。记住,千万别走高速。"

"就这么简单?"

"就这么简单。他们下车后,你把车开到西客站旁边的香格里拉酒店。把钥匙放在左前辘轳下面,就可以打车回家了。"

"然后呢?"

"然后明天下午,我会把三十万现金送到你手里。你来我家拿也成。"

我沉默了足足有五分钟。这五分钟里,康捷一句话没说。我们彼此凝望了一眼,然后迅速将目光投向别的地方。在那五分钟里,我想了不下十种可能,可是无论哪一种,归根结底都可以概括成一句话:这绝对不是一件光明正大的事。这个结论很蠢,但肯定是我得出的最正确的结论。

"我只是想帮你,"康捷终于说道,"你再这样萎靡下去,一辈子都不会站起来了。这件事没有任何风险,只要你按我说的办,你就能有笔小财。这笔小财能让你做点你真正想做的事儿。何乐而不为呢?"

我还是没吭声。

"如果你不想干也简单,就当没听过我这些话。我再找别人。说实话，如果不是看在我们多年交情的分儿上，我绝对不会找你。你该非常清楚这一点。"

我想抽支烟。可我摸遍全身也没找到。康捷就点了一支，递给我。他的手指碰到我的手指时，我不禁哆嗦了一下。这时康捷说："好了，你回去睡吧。我刚才说的话，你只当是我放了一个屁。"

我猛地吸一口香烟，盯着康捷说："康哥，你放心，明天的事包我身上。打架亲兄弟，上阵父子兵。"

康捷这才笑了笑。我第一次发现，他笑的时候嘴巴有点歪。

那天晚上回到李红家时，李红还没睡。不晓得她想什么了，她的眼圈有些发红。我什么都没问，只是把她搂在怀里，安静地躺了会儿。我们也什么都没做。熄灯后我翻来覆去，怎么都睡不着，于是干脆蹑手蹑脚去了书房，把我的皮箱从沙发下拽出来。当我打开皮箱，那七根孔雀羽毛还在，在灯光的照耀下，它们显得色泽斑斓鬼魅妖艳。我躺在地板上，来回摆弄着其中的一根。这是最长的一根，上面的那只眼睛也最大。我把这根羽毛在灯下晃来晃去，晃着晃着我就看到小虎……李红何时走进书房的？我竟一点都没察觉。我甚至没察觉她轻柔地剥掉了我的内裤，软软覆到我身上。当我发觉自己有了反应时，我翻身将她压倒在地板上。我疯了似的进入着她，一声不吭。她起先还配合似的呻吟，后来就被我的粗暴弄烦了，想把我推下去。我咬着牙牢牢攥着她手腕，把她钉在坚硬的地板上。我看到那几根孔雀羽毛在她身底下随着我的动作前后左右轻盈地摆动。后来，我还听到她小声抽搭的声音。当那最后几秒钟如期来临，我们搂抱在一起。没有人肯说一句话。

11

那天早晨我五点钟就穿好了衣服。李红和丁丁还在熟睡。我打开电脑看《海绵宝宝》，一直看到五点五十。这期间我有种强烈的冲动，想看看楼底下有没有人，有没有车。不过我的理智告诉我，知道的越少才越安全。五点五十我准时下楼。天黑漆漆的，只能看到白色的积雪映衬着暗影。我真的看到了一辆红色霸道。我安慰自己，一定要冷静，然后我把衣兜里的一把钥匙扔到地上，佯装捡钥匙时，顺势仔细地摸索着轮胎下面。下面真有一把钥匙，即便看不清，我也知道这肯定是把崭新的钥匙。打开车门坐上座位时，我整个人突然松懈下来。我甚至有点神清气爽的感觉，仿佛我马上就要开着新车去旅行。是的，就是旅行前那种感觉。这种感觉一直伴随我到了迪拜吉美大酒店。

虽然停车场的灯没亮，我还是很轻易地就找到三号停车位。我看了看手机，是五点五十八分。也就是说，如果不出意外，还有七分钟，就会有两个男人从酒店门口走出来，坐上我的车。康捷曾一再叮嘱，不要和他们说话。这难不倒我，我向来是个沉默是金的人。我记得在那七分钟里，我打开手机，听了一首歌。那是首俄语歌，是个漂亮男人唱的。可是我没记住他的名字。我说过，我对超过三个字的外国名字总是记不好。不过我知道他的唱腔叫"海豚音"，我还知道有个叫张靓颖的中国歌手也会"海豚音"。那是首超长的歌，我一边听一边盯着我的手机。我从来没发觉一秒一秒地数时间，是这么熬人的事。当俄罗斯男人的"海豚音"响到第二遍时，酒店门口仍然一个人都没有，而这个时候，已经是六点零五分了。

我敢肯定，除了那次，长这么大我从来没有汗毛竖起来的时候。我之所以知道我的汗毛竖了起来，是我用手背擦脸上的汗时，本来纤细的汗毛扎疼了我。我只好又把那首《歌剧2》重放一遍。我的眼睛眨也不眨地盯着酒店的那扇门。那是一扇透明、豪华的玻璃门。我能看见门上用金粉描了一只虬龙和一只凤凰。它们一动不动趴在玻璃门上，不知道什么时候会随着门的转动飞舞起来。当我发现已经是六点十分时，我的心脏突然狂跳起来。我有种不祥的预感，一定是哪里出了差错。如果不是哪里出了差错，一定是我的手机出了差错。这么想时，我有点恨起自己来。我嘴里不停地念叨着"稳住稳住稳住稳住稳住"，仿佛不是说给自己听，而是说给那两个我不认识的人听。

当桃源一中上早自习的学生骑着自行车从对面马路上驶过时，我又看了看手机，六点十五分。也就是说，那两个我从来没见过的蠢货，已经整整晚了十分钟。我觉得口干舌燥，我当时想，我怎么没拿瓶矿泉水呢？即便没拿矿泉水，拿瓶酒也不错。我突然想起了在康捷家被打碎的那瓶葡萄酒。想到葡萄酒时我的鼻子闻到了一股浓郁的香气，然后是满眼的红色液体在眼前缓慢流动……

我知道，我不能再待在车里了。我必须出去透透气。我从车里蹦了下去。车位离玻璃门的距离超不过十五米。这十五米我只走了八步。是的，只走了八步。我记得我一直在心里念叨着"一步，两步，三步……"当我从玻璃转门进去，大厅里一个服务员也没有。灯光倒是很亮，我猜服务员一定还在睡懒觉。我忍不住在偌大的前台大厅装模作样转了一圈。我从没来过这个酒店。我没想到这个酒店这么气派，墙壁上全是光着屁股的金发仙女。她们看上去就像是真人被挂在了墙壁上……那两个人就是我盯着油画时从电梯里走出来的。我当时确实吓了一跳。他们的头上蒙着黑色头套，看上去就像是香港警匪片里的银行抢劫犯。他们没有奔跑，他们只是轻便地、快捷地行走，仿佛两个坐长途火车的人到终点站时，旅途中的焦急在迈下火车的刹那，终于被到了目的地这个事实缓冲得懈怠了。

我转身就跑。我有种预感，我等的就是这两个人。我必须在他们找到我的车时先坐到驾驶员位置。看来我的判断是准确的，我刚把车发动好，这两个戴黑色头套的人就钻了进来。我想也没想就将车窜出十来米。这时，我听到其中一个压着嗓子说，慢点，路滑。我"嗯"了一声，同时想通过反光镜仔细地看看他们。我当时特想知道他们长什么样儿。可是，车行驶了十来里地了，他们仍没舍得把头套摘下来。我不知道这是否影响到他们的呼吸，不但让他们的声音变形，也让他们显得格外紧张。

"我操！这是啥东西！"这人一口东北腔。

"妈的！你怎么把这玩意带出来了？"另一个也东北腔，只不过他的声音嫩些。

"这是啥玩意？"

"蜥蜴。非洲蜥蜴。你不知道啊？丁盛最喜欢这些玩意。不过蜥蜴是要冬眠的，跟熊瞎子一样。"

"那这只咋没冬眠呢？"

"如果世界上只有一只不冬眠的蜥蜴，那它肯定是丁盛的。"

"哦。可能是从他口袋里跑出来的。真他妈怪，哪有兜里揣着蜥蜴散步的？"

"这有啥啊。听说他家里还养了好几条黄金蟒蛇呢。"

"养那玩意，还不如多养几个老婆。"

"操，他老婆还少？五六个也有了！他那些孩子因为财产的事，打得不可开交。"

　　这是两个饶舌的东北人。后来，我承认，我一点听他们讲话的心思都没有。我的脑袋里只是来回旋转着两个字："丁盛"。看样子他们是把丁盛给咋着了。这么想时，我的心跳得更快。我的车开得比我的心跳还快。我从没想到我能在积雪里把车开得如一头敏捷的麋鹿。

　　接下去简单多了。我把他们送到西客站时，还不到七点钟。我在雪天只用了四十分钟走了一百二十里路。我对我的速度很满意。唯一遗憾的就是，直到那两个东北人下车，我也没看清他们的模样。这一点都不重要。重要的是我把车安全地停在了香格里拉大酒店的停车场。当我呼着长气转身下车时，突然有个东西从我肩膀上蹿了出去。

　　那是一只蜥蜴。一只绿色蜥蜴。这是我第一次看到真的蜥蜴。它足有半臂长，趴在水泥地上，恐龙样的头颅上长着两只棕色的眼睛。它静静地瞪着我，仿佛随时听从我的吩咐。它在等我一起散步吗？那两个东北人干吗没把它带走？我忐忑不安地盯着它，俯身把钥匙放在轮胎下。当我打上出租车时，它还以最初的姿势卧在那里。我不时扭过头，透过车窗回望着它。我相信用不了多久，这只没有冬眠的蜥蜴就要被冻死了。

　　到桃源县城时，太阳已经完全出来了。李红见到我时有些不满，也许昨天晚上我确实把她弄疼了。她大声地询问我大清早的跑哪儿去了？连个招呼都不打。我朝她笑了笑。她就说，别自作多情了，你笑起来挺丑的，鼻子那么尖，还长着副兜齿。

　　我就说，我知道。他们都说我像俄罗斯人。他们都说我长得像普京。

12

丁盛的事，当天下午就传遍了全县城。每个人都知道他在迪拜吉美大酒店跟情人过夜，晨起散步时被人注射了氰化钾。每天凌晨六点五分散步是丁盛雷打不动的习惯，只不过，从今后他再也不能带着他的蜥蜴或蟒蛇去散步了。

当天桃源县百度吧里关于丁盛和关于氰化钾的帖子铺天盖地。甚至凤凰网上也有了相关新闻，题目叫"亿万富翁酒店偷情，怎奈横尸酒店走廊"。我没去康捷家，他直接把三十万现金送到了李红家。他说，没把钱直接打到我的银行账户，是怕有人怀疑。这些现金也不是一次性提出来的。"你现在不能把这些钱存到银行，"他说，"近期内你也不能花这些钱。这是为了你好。"其实他的潜台词是，为了他好，我决计不能出半点漏子。

我说我知道。

他没多问别的，他也没多说别的。他不用说别的我也知道我该怎么做。我一直都比他聪明，只是我运气不好。我把这些钱全藏进我的破皮箱。后来我坐在皮箱上，想着我的屁股底下坐着三十万块钱，真是爽透了。我闭上眼睛，感觉像是坐在飞机上，正朝着无比美妙的地方飞去。那是什么地方？我不知道，也不想知道。我只知道有了这些钱，就能买一处两室一厅一卫的房子。房子不够大，但足够我和小虎住，当然如果李红愿意，也可以和丁丁搬过去。我讨厌丁丁，可她毕竟是个孩子。我一个大老爷们怎能和一个孩子计较？我坐在皮箱上不停吸烟，又泡了杯速溶咖啡慢慢喝。喝咖啡时我又把今天早晨的事从头到尾审视了一遍。我没发觉我有任何差池。可以这么说，我的每一步都做得非常完美。我甚至很佩服我在车里听了两遍《歌剧2》。

那一整天，我都处于一种莫名的亢奋状态。我不停地吃东西，不停地刷新桃源贴吧的帖子，看网民们热烈到近乎疯狂的讨论。他们讨论的焦点主要集中在两点：一是谁胆子这么大，干掉了丁盛；二是在迪拜吉美大酒店跟丁盛过夜的女人是谁？当然其他方面的帖子也很热闹，比如有人问，丁盛到底有几个老婆？有几个孩子？这个问题很快得到了解答。有人说，丁盛跟原配并没有离婚，他们有一个儿子，在县里的某事业单位上班，这个儿子和丁盛的关系很紧张。另外丁盛还有四个小老婆，这四个小老婆给他生了三个女儿和两个儿子，其中一个儿子二十一岁，一个儿子刚过十四岁生日。后面的跟帖形形色色唾沫乱飞。有人刚佩服一个男人能娶这么多老婆，立马就有人回帖说，丁盛每天都固定吃两个猪腰子，都是从"大老黑"熟食店买的。接下去，又有江湖术士开始卖一种价格便宜、功能非凡的春药，他保证这种春药吃了之后，一晚能驭三女……

到了晚上，到底谁跟丁盛在酒店过夜的帖子突然点击量暴涨，很快突破了20万。我漫不经心地一页一页浏览。在倒数第六页，一个貌似知情者的家伙斩钉截铁地说，那个女人就是桃源县最牛的女人，叫曹书娟。她开一辆红色宝马，以前从事钢锹进出口贸易，现在跟丁盛联手搞房地产开发。发帖人还贴了一张不晓得从哪里弄来的曹书娟的照片，不过很快就被吧主删除了。

说实话，看到"曹书娟"这三个字，我的头嗡地一下就大了。那天康捷跟我说，曹书娟跟丁盛关系很密切，我只是一个耳朵进一个耳朵出。没想到倒是真的。她怎么跟丁盛勾搭上的呢？不过我很快就释怀了。像她那样的女人，做出什么惊天动地的事都有可能。如果哪一天她跑到美国当了美国历史上第一任女总统，我也丝毫不必觉得惊讶。看来那天在她家楼下收拾我的，没准就是丁盛手下。想想那天的情形，又想想曹书娟，我的咖啡就喝不下去了。

吃完晚饭后我跟李红商量，要不要出去旅游一下？李红说，冰天雪地的，去哪儿旅游啊？我说去海南啊，我们去海边游泳、晒太阳、潜水、吃龙虾、喝椰奶。我请你们娘俩，飞机票和来往费用我全包了。李红笑着说，得了吧宗建明，你发横财了啊？听到这句话时我不禁沉默了。我很后悔刚才说的话。于是我说，我没发横财，我也没有多少钱，但是我们在一块半年了，我们还从来没有三个人一起去旅行呢。我认为我和丁丁的关系有可能在旅途中有所改善。李红沉默不语，只是用她的手指蹭着我的手背。后来她说："这样吧，我们别去海南了，我们去哈尔滨。现在正是看冰灯的好时节，而且我老姨他们全家就在哈尔滨，吃住不用花钱，我也有五六年没见到他们，说实际的，还真是挺想他们呢。"

我们就一本正经地谋划去哈尔滨的行程。我们把日子定在后天。李红说，有几个重要的顾客要做定期保养，现在打电话通知人家太晚了。我说好吧，哪一天都无所谓。

第二天上午我回了趟老家，看了看我爸我妈。下午，胖子马文来电话，说让我赶快到单位去一趟，有几个警察找我，说要了解些情况。我说好吧，我马上就到。我干吗答应得那么爽快？不过我倒真的很镇定。我先给康捷打了一个电话。康捷说，我操，你做什么坏事了啊？是不是找小姐没给钱？我说谁知道呢？真是莫名其妙。康捷说，你什么都没做，所以你什么都别乱说。去就去嘛，有什么好怕的？我又问他，需不需要找个律师？他果断地说，找个屁啊，他们问你什么，你就如实回答什么，警察不会冤枉好人的。要相信政府嘛！

我突然明白过来是怎么回事，他肯定是怕我的手机被人监听了。我冷静地说，是啊，我这就去，你在哪儿？要不开车送我到单位？康捷说，你要是不怕晚就等着我送你吧，我正在北京的三里屯酒吧跟人喝酒。

警察的态度倒和善。他们把我带到了讯问室。开始只是问些年龄籍贯之类的问题。后来就问我昨天早晨几点起床？起床后干了什么？我想了想说，我昨天起得很早，这段时间我老是失眠。至于几点钟倒记不清了。起床后我到文体中心跑步来着。

"你确定你去跑步了吗？"一个满脸长满麻子的警察问。

"当然，"我说，"我喜欢跑步，跑步让我觉得舒服。"

"有人看到你跑步了吗？"麻子脸继续问。

"我怎么知道啊？"我说，"黑灯瞎火的，谁也看不清谁。"

"跑完步后，你跟谁去的迪拜吉美大酒店？"麻子脸问。

我说我从来没去过迪拜吉美大酒店，那是有钱人才去的地方。像我这种小职员，一个月工资不到两千块，哪里有福去那儿享受？

麻子脸笑了笑，说："那你过来下，看看这个人是谁？"

说实话，当时我确实蒙了一下。在电脑里我看到了一段视频。像我这么聪明的人，怎么会想不到前厅安装了摄像头呢？麻子脸把这段视频反复放了三遍。我看到自己在前厅里溜达了一圈，貌似专注地梭巡着墙壁上的油画。当电梯门打开，两个戴黑色头套的人不紧不慢地走出来时，我突然撒丫子转身就跑。我第一次看到我自己跑步的姿势。

"这个人不是你，还会是谁呢？"麻子脸突然暴喝道，"老实交代！这两个人是谁！他们去哪儿了！"

我没吭声。我当时想我必须一口咬定，那个人并不是我。摄像头拍摄的画面有些模糊，只能看到我穿了件黑色夹克和一条蓝色牛仔裤。画面里甚至没有我的眼睛，只有一个翘起的下巴。而那件黑色夹克和蓝牛仔裤，我上午去看我爸我妈时，早顺手扔到途中的一个垃圾处理厂。我也不怕他们搜李红家。那三十万现金被我藏到了连上帝都找不到的地方。

"确实不是我，"我说，"我难道连我自己都不认识吗？"

"嘴硬是吧？"麻子脸冷笑着说，"不过，你的鸭子嘴早晚会被煮熟的。小李，去把曹书娟带过来。"

这是我这辈子最后一次见到曹书娟。我没想到他们让曹书娟指正我。我更没想到是曹书娟在观看录像时脱口而出喊出了我的名字。她穿着件呢子套裙，粉红色的。也许她有点冷，我感觉到她似乎在不停地哆嗦。看到我时她朝我点了点头。她在朝我打招呼吗？出于礼貌，我也朝她点了点头。我就是朝她点头时，突然想起了多年前我们一起钻地洞的情形……在地洞里用火柴将油灯点亮时，我仿佛来到了另外一个世界。这个世界没有风声，没有人声，甚至连我们的呼吸声都没有。我跟曹书娟在洞边站了足有两分钟。在这两分钟里我什么都没想，什么都没做，就这样在油灯忽明忽暗的光亮下，凝望着蛇一样蜿蜒扭动的黑暗幽洞。

13

在看守所那几天。我整宿整宿地睡不着。我知道他们在另外一个房间里日夜观察我，我不能辗转反侧，不能表现出焦虑不安的神情。

所以我总是朝左侧躺着。时间长了，等心脏被压得麻痹，我才装作不经意的样子打着鼾声朝右侧躺。做这些根本没费多大事。无论朝着哪个方向躺着，我心里想的只有一个人，那就是小虎。我自己也很奇怪我为什么没有殚精竭虑地思考些真正实际的问题，比如第二天他们可能会问哪些问题，我该如何不动声色地回答，并回答得滴水不漏。我已经承认了那个摄像头里的人是我。我是这么解释的，跑完步后，我沿着主街溜达，到了迪拜吉美大酒店时，出于好奇，我顺便到里面参观了一圈。没有任何法律条文或地方法规规定，住不起酒店的人就不能参观酒店吧？当我看到那两个戴头套的人从电梯里走出来时，出于本能的恐惧，我转身跑出了酒店。就这么回事。只能是这么回事。任何一个正常人看到如此装束的人都会这么做。至于为何开始不承认那个人是我，原因就更简单了，哪个无辜的人面对警察的严厉审问时，不会下意识地撒点小谎，从而保护自己呢？

他们从市里请了很多审讯专家。可我只是坚持我的说法。我清楚该如何对付他们。这期间李红看了我一次。她好像找了人，带进来不少好吃的。她说她和丁丁很想我，她说她已经从北京请了一个最好的律师，用不了多长时间，我们就可以团聚了。她说等我从里面出来，我们一定去趟海南。哈尔滨等明年再去吧，她现在最想做的一件事，就是穿着比基尼和我在三亚游泳，躺在沙滩上晒太阳。她还说了什么？哦，她说，她在我的书桌上看到了孔雀羽毛，随手就给了丁丁。丁丁非常喜欢。"你不会生气吧？"她笑着问，"其实我一直想知道，那几根破羽毛里到底有什么秘密，让你当成了宝贝疙瘩？"她笑的时候，我在她眼里看到了泪花。

我说，这些破羽毛狗屁秘密没有。我早忘了是谁送我的了。要不就是我自己逛动物园时花钱买的？谁知道呢？况且，有些秘密，除了它是秘密外，什么也不是。

　　对我的回答李红很不满意。不过她还是摸了摸我下巴，说，别怕，普京先生，我保证会把你弄出来。说这些时她像个做祷告的修女。本来我想跟她说件事。我想告诉她，她晨起化妆前，完全可以先把热水烧上，再去描眉，这种方法叫统筹，初中就学过，能省不少时间。可惜时间到了。警察已催促了两次。她起身朝我摆摆手转身走了。她走得很匆忙，连头都没回。她的黑色羊绒大衣的腰带掉下一头，一直垂到地面，当她走路时，一下一下磕着她的鞋后跟。

　　康捷一次也没来过。没来他就对了。他很少做错误的决定。不过让我吃惊的是，李浩宇探望了我一次。开始，我们就面对面地看着，谁都没说话。其实我当时特别想听他高谈阔论一番，说说宇宙恐惧症，说说银河系，说说恒星和行星，说说他的"细菌理论"。他为什么舍不得说话呢？他待的时间很短。只有临走时才说了两句话。第一句话一点都不符合他的说话方式，我一时半会也没忘。他嘀咕着说："宗建明，祝你好运。"当"好运"两个字从他嘴里蹦出来时，他的眼泪忽然大滴大滴滚下来。他的样子让我很讶异，所以当他的第二句说出时，我有点神情恍惚。我听到他哽咽着说："细菌没了道德底线，细菌的儿子为什么还要道德底线？"

　　他的样子不但让我讶异，肯定让那两个警察讶异。他走后，我听到一个警察说："真奇怪，他干吗要来看嫌疑犯？有病啊？"

　　另外一个说："是啊。让人闹不明白。不过听人说，这孩子一向行事古怪。上大学时跟他爸吵架，还割过手腕呢。差点就死在医院里。"

　　一个说："不过，看样子，他跟他爸并不像传说中的那样，没一点感情。他刚才哭了呢。他是哭了吧？"

　　另外一个说："再怎么说他也是丁盛的大儿子嘛。父子心连心，打断鸡巴连着筋。"

一个说:"听说,他把公职给辞了。丁盛的所有公司都交给他管理了。"

另外一个说:"人家那个班,也只不过是幌子嘛。有钱人干什么都会有钱的。不过,这小子也算是因祸得福。"

他们的对话我全都听到了。他们的对话让我那天上午一直郁郁寡欢。李浩宇是丁盛的儿子?打死我都不信。他为什么姓李而不是姓丁呢?这个问题一直纠缠着我,让我的头裂开了一样疼。中午吃饭,我本想问问那两个警察到底是怎么回事,可话到嘴边又咽下去。他们怎么可能会告诉我呢?那天中午的饭是一个馒头一碗白菜汤。我先喝了一口白菜汤,咸得要死,我立刻就吐了。看来我只好干吃馒头了。可馒头碱大火也大,黄黄的像泡狗屎。看守所为什么不找个手艺好点的厨师?我一边琢磨一边把馒头掰成碎碎的一小块一小块,顺手扔到脚边。脚底下的蚂蚁就慢慢围了上来。它们那么小,那么黑,让我不禁皱了皱眉头。我想伸出手指捻死它们,可是手还在半空,我的眼泪就落了下来。一滴眼泪在蚂蚁看来,或许就是一个湖泊吧?

中午的阳光透过铁栏杆射进来,在肮脏的地板上打着形状不一的亮格子,不计其数的灰尘在光柱里安静地跳舞。那一刻,我谁都没想,我谁都想不起来了。我只知道,阳光躺在眼皮上,太他妈舒服了。

2010 年 8 月 15 日于唐山

细嗓门

1

林红抵达大同那天,是腊月十六,离过年还有些时日。出了检票口,她没急着跟岑红联系,而是独自在火车站附近转悠了两圈。单从火车站看,这座城市跟十七年前并无变化。旅客如织,黑灰的天宇低垂。林红长吸口气,先到一家饺子馆要了碗水饺。水饺油大,她随手倒了些陈醋。后来她盯着那只灌满陈醋的破啤酒瓶。啤酒瓶里漂浮着团黑乎乎的东西。她用筷子蘸出,却是两只淹死的苍蝇。林红用牙签将它们挑到餐桌上,戴上眼镜,仔细研究着它们。研究完后,林红就完全没了胃口。她从旅行包里掏出块硬邦邦的面包,就着饺子汤吸溜着吞咽。吃完了就跟老板娘要餐巾纸。

"厕纸啊?在桌上嘛!又不是没长手,自己撕!"

这座城市的口音还和若干年前一样狠辣干进。林红用手纸擦拭着眼镜,却越擦越模糊。后来她倚着饺子馆的脏门板,恍惚间又回到1986年冬天。父亲从部队转业,那天,父母带着她跟妹妹在站前的饺子馆，要了斤茴香猪肉馅饺子。肉多菜少的饺子和辛辣的大蒜让两个女孩忘记了告别时的忧伤气氛，变得活泼起来。林红喜欢一个肉丸的饺子，这样的饺子每年也只能吃一两次。那天，她跟妹妹吃得很快，等她们吃完，才发现父母手中的筷子悬在半空动也未动。他们近乎怜悯和自责的神态让林红有些羞赧。那年她十三岁。十三岁的林红觉得自己很有必要让父母省心一些：她往肩膀上揽了两个硕大包裹，包裹很沉，装的全是铁筒菠萝罐头：这大抵是空军部队给转业指导员的最后礼物了。她背着行李，在父母温柔的斥责声中，蹒跚着牵着四岁的妹妹走向检票口……

她还是没急着给岑红电话，而是到站前超市转了转。如若要去岑红家，最好给孩子老人带些礼物。要是没记错，岑红的孩子今年六岁，六岁的男孩喜欢什么？林红斟酌着买了旺旺大礼包和一套奥特曼光盘，又给岑红的公婆买了两瓶鹿龟酒。她晓得岑红跟公婆住在一起。从超市出来，林红这才蹲在台阶上，给岑红打电话。她告诉岑红，她出来旅游，在北京转了转，没啥意思，就来……看岑红了。她很想岑红。为了强调她来大同的原因，她说，她已经三年没见过岑红，不知道岑红是瘦了，还是胖了，是梳着马尾辫，还是烫了直板？她语气有点哽咽，有点幽怨，她的声音细细的，在嘈杂的火车鸣笛和旅客喧嚷声中显得微弱而楚楚动人。

岑红对她的到来并不如何吃惊，仿佛早已预知故人来访。她们虽多年未见，却时常电话联络。小小的惊喜还是能听出来。岑红说，你怎么没提前给我信儿啊！哎，我在汾阳呢，现在是……下午三点半，晚上还要跟德州客商吃饭，岑红在那头沉吟了会，说，这么着吧，我让李永去火车站接你，你先到我们家住一宿，明儿一早我赶回去！林红对岑红的建议没肯定，也没否定，也就是说，她对岑红的安排似乎很满意。

像那些满怀希望的等待者一样,林红在候车室门口站了足足一个小时。在这一个小时里,她又饿了,只得买了几只茶叶蛋,三两口咽下,又买碗米粉哆嗦着吃完。她从没这样饥饿过。她忘记她有两天没吃过任何食物了。

那个叫李永的男人终于来了。他径直走到林红面前,放肆地瞄她几眼,伸手就去抓林红的行李箱。林红没说什么。她根本就来不及说什么,三步并做两步紧随其后。这个叫李永的男人还像多年前一样沉默。她有些慌乱地盯着他的臀部有力地摆动,把她牵引到一辆警车前。她上了车,安静地坐到后座,怯怯地目视着李永的头发。这个男人给她印象最为深刻的就是他的头发:看上去黑而繁密,根根倒立。

"火车上累吗?人挺多吧?学生们都散寒假了。"

林红低声说:"不累。"

"走了十多个小时吧?有座位吗?"

"十小时四十九分。普快。"

"这些年……挺好的吧?"

"好。"

"家里人都好吗?"

"都好。"

"哦。"李永似乎不知道说什么了。

"你们……也挺好的吧?"林红把头俯低,掏出唇膏,偷偷刮着爆皮的嘴唇。

"能有什么不好的,"李永叹息一声,"就那德行。一天一天地过吧。"

"你胖了呢。"

"你瘦了,"李永似乎有些惊讶地说,"你怎么这么瘦啊?有皱纹了。"

"是啊,"林红挤出一丝笑容,"不过,你还那么年轻。男人都抗老。三十岁的男人……不都是……花骨朵吗?"

对林红揶揄性的赞美李永没吭声。李永没吭声,林红也就不好再说别的。林红就又给岑红打电话。岑红漫不经心地问,他怎么刚去接你?林红嗫嗫地说,这也不晚啊,反正我也没什么要紧事。岑红低低嘟囔句什么,林红没听太清。其实除了火车站,这个城市变化还是很大的,在黑夜中,还是窥出灯火亮了,店铺挤了,拉煤的大卡车少了,鬼魅的高楼在黑暗中闪着橘色灯火,让人心里一热一热地疼。李永一直抽着烟,林红不时小声咳嗽两声,将车窗玻璃轻推开一半,傍晚的风硬硬吹过,林红打个冷颤,不由得将臃肿的腰身紧紧反抱。她听到自己的心脏还在紊乱地、强劲地敲着胸腔,仿佛随时要从两个温暖的、倭瓜花般瘦小的乳房中间跳脱出来。

2

岑红的家,让林红吃惊的是,结婚时用透明胶布粘到门楣的大红"喜"字,还艳艳地粘着,这让林红一下子有点时光逆转的错觉。岑红的公公正在厨房煮饭。岑红的婆婆在刮鱼鳞。那条鲢鱼还活着,挣扎着蹦跶,将鱼鳞鱼子甩得遍地皆是,婆婆就叮嘱身边的男孩拿锤子。那个虎头虎脑的男孩,无疑就是岑红的儿子。孩子很快把工具拎来,照着鱼头就是一锤。林红的身体随着锤子的重击晃悠了下。李永从身后扶了扶她肩膀,说,你是不是累了?累了的话,先到屋里休息休息。林红红着脸说，怎么会累呢，见到你们，高兴得跟吃了兴奋剂似的。边说边拿礼物，热情地塞给孩子。李永的爹妈仍保持了东北人的豪爽实在，端茶倒水洗苹果，对林红不远千里探望岑红表示了诚挚的、近乎感恩的道谢。他们责备林红为何独身一人前来，而没带丈夫和孩子？这样多见外啊！林红就说，他们还没有要孩子，丈夫去北京培训了。两位老人又问，去北京培训什么？林红还没吭声，李永就介绍说，林红的丈夫是当地有名的理发师。老人们就盯着林红的头发说，怪不得呢，闺女的头发这么漂亮，孔雀开屏似的！林红头发是那种暖暖的酒红，烫的小波浪，这两天的旅途让头发变得乱碎不堪。她沉默片刻后，对两位老人说，她的头发不是她男人做的，她从来不让她男人烫头发。两位老人多少感到些意外。在他们看来，理发师不为妻子理发是不合情理的。

对于两位老人的多嘴多舌，李永变得不耐烦。他大声地说，今天晚上，他跟林红不在家里吃了。为什么？岑红刚才打电话说，她在酒店订了桌。他要带林红去会见几个唐山老乡。老人们就开始唠叨为啥不早说呢，糖醋排骨都炖好了，鲢鱼也入了锅。孩子则张罗着跟父亲一起去酒店，被李永生硬地拒绝了。他对孩子说，你要在家陪爷爷奶奶吃排骨，排骨能让你脑子变得更聪明、骨头变得更坚硬。

"你干吗骗他们啊？"林红坐到车后座问，"岑红……肯定没给你打电话。"

"没啥，"李永说，"跟你待会儿，说点话。她不在家，我得尽地主之谊吧。"

"家里不一样说吗？"林红幽幽地问道。李永默不作声。她有些尴尬地拂拂头发，暗中瞅着李永。李永的脸在黑暗中倏地亮一下，灭了，再亮一下，再灭，她根本看不出他有何表情，而看清他的表情，对林红来说，是件多么迫不及待的事。

"其实没什么，"李永说，"能有什么呢。"

能有什么呢？

去的是家海鲜店。李永点了扇贝、鲍鱼，要了只个头不小的龙虾。林红还没到过这么豪华的餐厅，缩在李永身后，总是欲言又止，间或愣愣地盯着水池里游来游去的中华鲟。等上了包间，却是个十来人的大包，两人在空旷的包间里显得那么小，又显得距离那么远。既然谁也没提出坐得更近些，两个人也就那么远远坐着，中间隔了三四把雕花木椅。林红打量着李永，李永正在开红酒。这男人还跟七年前一样有味道。他的味道是从他的动作里散发出来的：他的每个动作都僵硬呆板，无论举手投足，都仿佛出生的婴儿般混乱，不明晰、没有丝毫目的性。林红向来不喜欢动作敏捷的男人。

"你喝点红酒吧，暖胃。"李永没等林红回答就把酒给斟上了，推到林红眼前。林红把杯子擎起，红酒来回晃着，在倾斜间舔噬着玻璃杯，要从坚硬的透明中流出来似的。

"我知道你来这里干什么，"李永说，"你们不愧是闺中密友。"

林红的身体轻颤着。

"你冷啊？服务员！把温度调高些！"

"一点都不冷。你别麻烦她们了。她们不容易。"

"顾客是上帝嘛！这年头有谁容易呢……你该多穿点。"

"我穿的一点都不少，"林红呷口红酒，"我挺暖和的。我穿得多。"

"她都跟你说了？"

"说什么？"林红问，"你……说什么？你想说……什么？"

李永好奇地看着林红，好像他刚刚认识林红一般。他的样子让林红有些不悦。

"我什么都没说,"李永说,"一切都挺好的。"

"你们之间没什么事吧?"林红大口大口地喝着酒。李永极少看到女人这样喝酒。林红的脸色并没有因为生猛地灌入红酒而变得绯红或妩媚,她的脸色还像刚下火车时那样:苍白里有种不干净的、黏稠的灰,又有些肾炎患者臃懒的虚胖,仿佛随时会睡着或者随时从梦中惊醒。

"我们……打算春节前离婚,"李永想了想说,"你真不知道?还是装的?"

林红吃惊地放下手里的杯子,木木地盯着李永。

"我以为,她早跟你说了……"李永点支烟,片刻烟雾就把他跟她隔离开来。"我还以为你这次来,是她请你当说客的。"李永自嘲地笑笑。他的牙齿并不齐整,但是很白,没有丁点烟渍。林红看着他的牙齿。

"你跟她有两三年没见了吧?"

"嗯,"林红说,"我上次见到她,你们家小孩刚满三岁。她带孩子回娘家过年。但是你没来。"林红有些遗憾似的说,"她说你值班。人家是越过节越轻闲,你们警察正好相反。"

"小偷也要过年嘛。我们有七八年没见了吧?"

"是的,"林红低着头说,"七年,"她抬起头,"这次是我第三次……见到你。"她好歹暖和些,她终于不再喝酒,眼神直勾勾地盯着李永。

林红第一次见到李永是在石家庄,岑红做流产,林红那时没考上大学,已经在县里的肉联厂上班了,她从唐山跑去照顾她;第二次是在唐山,岑红结婚回娘家摆喜宴,林红当伴娘。说实话,这么多年来,尽管一直没见李永,林红对他的相貌倒颇为熟悉。他的样子看起来有点性感。比如他的嘴唇，他嘴唇薄，薄得近乎透明，仿佛是玉石精心雕刻出来，有点润，润中浸透着一星亮，正是这一星亮，让他整个宽阔的下颌生动异常；他眼睛是单眼皮，不大，也不小，眼神里无甚内容，也不单纯——没有桀骜不驯的凌厉，反倒透出些疲惫和忠厚的尘土气，或者说，是那种春天时掺和着猪粪的泥土味。那年岑红上大三，对于那次两人性生活上的疏忽，岑红付出了补考跟习惯性腰疼的代价。作为岑红高中时代的闺中密友，林红陪李永在手术室门外，坐了将近一个小时。那是他们独自相处最漫长的一次。李永穿着件白衬衣，领子有点脏，里面没套跨栏背心。他不停地在走廊里走动，神情焦虑呆滞。后来可能太热，他不耐烦地将衬衣领子扒拉开，露出发达的胸肌，本来林红眼睛有些近视，但在明媚阳光中，她还是注意到他乳头上黑色的毛须从领子里斜探而出……她当时为注意到如是的细节而有些羞涩，她只得从椅子上站起，陪他在走廊里象征性地溜达，以此来表示她跟他同样焦虑，同样对这次刮宫手术抱以并不充足的信心和对岑红身体的担忧。

"是啊。七年了，"李永说，"过得真他妈快。不是一般的快，像是……像是……"他实在想象不出恰当的比喻。林红就替他说："像是午睡时做了个……杂乱的梦。"

李永笑了："你还经常读书吗？还读张晓风的散文吗？"他笑起来时宽阔的下巴配上他短短的头发非常明亮。

"为什么要离婚？"林红并没有回答李永。他竟还记得她喜欢张晓风的散文。"你们非得离婚吗？"她声音平淡，细细的，不像在询问，反倒像是在喃喃自语，没有丝毫探知他人生活隐私的热忱，也没有对老友不幸婚姻生活的惋惜。李永倒是有些讶异了。她木讷地翕动着唇瓣，还想说点什么。最后，她端着红酒咕咚咕咚喝起来。有几滴顺着下巴流到她的脖子上。她的脖子又细又白,褶皱横生,像只脱毛的老火鸡正扬着脖子舔雨水。

3

这天晚上,林红跟李永喝了很多酒。其间岑红给林红和李永分别打过电话。林红告诉岑红,她在跟李永喝茶聊天。她说出"聊天"这个词后觉得有点不妥,于是她补充说,她已经晓得了岑红跟李永之间的事。她并没有说出"离婚"这两个字,她深信岑红已经明白她到底想说些什么。当然,她没有透露其他的一些细节,比如,李永跟她喝了不少红酒,还抽了不少烟。除了李永无所谓的神态跟她自己混乱的思维,那顿价格不菲的晚餐其实并没给她留下更多印象。晚上休息是在一家三星级宾馆,李永给她找了间干净舒适的标准间。当她褪去厚重的羽绒服换上拖鞋,李永还在沙发上看她。于是她提醒李永,他该回家睡觉了,天色已经很晚。李永没说什么,林红就泡了茶,端了杯给他。他坐在沙发里的姿势很放肆,喷云吐雾,后来他竟然把鞋脱掉,将腿搭在沙发扶手上。

"我跟她离婚,是因为我有别人了,"李永说,"我对她一点感觉都没了。实话实说,我跟她过够了,"他的那条腿一直抖着,他好像有些得意,也有些失意,"她明天就回来了。你先在我们这里玩几天,等你走后,我们……就去办离婚手续。"他盯着墙角,似乎那个墙角隐藏着无数的布满灰尘的秘密,"希望这几天,你能玩得开心。你去过云冈石窟没?"

林红的嘴唇一直嚅动着。没有声音。李永说："我知道你是她这辈子最好的朋友，女人嘛，结婚后还有朋友是很不容易的，你担心她合情合理，我理解你的心情，可是……"他站起来，将手探出去，握了握她的手，"你也应该理解我的感受。"

他竟然让她理解他的"感受"，林红倒退半步，诺诺着说，你该走了。

李永很礼貌地跟她握手辞别。林红插上门，将门反锁，大口大口呼吸着。

这天晚上林红睡得并不好，那只乌鸦又在梦里诞生了，或者说，这只粉红色的乌鸦，伴随着她从唐山一直飞到大同。无论是在唐山火车站的候车大厅小寐，在特快列车上迷糊，还是在旅馆温净的房间里貌似酣睡，那只乌鸦都在安静地冷眼望她。它油光水滑，踯躅着朝她踱来……林红醒了，醒了的林红将壁灯全部打开，艰难地喘着气。她快速奔到窗前，犹豫着拉开一角窗帘。相对于明晃晃的干冷的白天而言，她似乎更喜欢黑夜。

天原来早就亮了，阳光晃眼。她囫囵着洗完澡，然后给妹妹打电话。妹妹没接，是个男的接的。这个男人的声音很陌生，以前从没听过的。妹妹又换了男朋友？林红问你是谁啊？对方没有正面回答，而是用一种挑衅的口吻反问，你是谁啊？他的声音尖利暴躁，明显是个刚过青春期的男孩。这样的孩子没教养是正常的。妹妹总是喜欢形形色色的男人……她已经跟多少男人睡过了？林红一阵眩晕，随之呕吐就无法抑制地开始了——她在卫生间待了足足半个时辰，每当她直起腰身，呕吐就重新开始。她盯着马桶里的污物和卫生纸，内心无比洁净。该吐的总要吐出来，该说的话总要说出来。林红默默注视着镜子。镜子里林红的脸色好多了，是那种植物根须的嫩白。

她心不在焉地联系岑红。岑红手机未开。林红想了想,把自己的手机也关了。已经上午八点半,岑红还在睡懒觉?这孩子从少女时期就整日睡眼惺忪。无论是跟人谈话还是自己发呆,她的眼睛总是没有完全睁开的样子。这常给人造成一种错觉:她要么自卑得要命,要么骄傲得要死。岑红倒无所谓。她好像对一切都无所谓,大大咧咧的。有次,林红亲眼看到她将一叠手纸塞到裤裆里,当岑红留意到林红在观察她时,她吐了吐舌头解释说,卫生巾用完了。林红决不做这样的事,这样的事不该是女孩做出来的。这些并不妨碍林红跟岑红成为朋友。高中时,她们都穿米黄连衣裙,梳吊辫,一起到餐厅打饭、蹲厕所,晚上会跑到一张床上搂着睡觉,连她们的乳罩也都是同样的型号、同样色调和同样的款式。有那么段时期,她们两个甚至越长越像,比如说,林红的眼睛本来大而幽深,后来却越长越细小,看人时眼神游离,仿佛旁人都是用来蔑视的;岑红的皮肤本是麦粒黄,跟林红好上后,肤色越来越浅,到最后,变成了林红的那种近乎透明的乳白……这些神秘的变化叫她们两个吃惊,吃惊中挣扎着些许羞赧,慢慢地,隐隐升腾起对彼此的厌恶,她们只好互相怄气,互不理睬。厌恶来得快,也就消逝得快,不消几天,怄气变成了想念,都念起对方的好,互相给对方写信。林红的信写得比岑红的信更情真意切,也更富有色彩,她会引用席慕容跟汪国真的抒情诗,来证明她对岑红的友谊的纯度和热度。岑红就不同了,她极少回信,她更喜欢用行动来表达歉意。她会拉着林红的手去学校的商店买便宜的头花,或者从学校的花圃偷一朵蔷薇,插进灌满清水的墨水瓶,清晨放到林红的书桌上。

现在林红的手里就有盆微型蔷薇。虽是冬天,却开得繁复肥美。林红一直是个养花高手,她家里有口硕大的瓷缸,她在肉联厂当屠宰女工时,经常把从冷库里偷来的猪内脏存进一口一人高的破瓷缸,专用来沤花肥。自从开了肉铺,她的肥料沤得更好,常有养花的老头老太太跟她讨要,她也乐意把自己养的花送给熟人。这盆蔷薇就是林红赠给岑红的礼物。把这盆娇嫩的植物从唐山带到大同是多么不易。她把玩着花盆,心脏倏地就顶到喉咙。为保持镇定,她颤抖着手指掐死了叶片上的一堆红蜘蛛卵虫。等她把蔷薇塞进旅行包,有人敲门了。

来的不是岑红,而是李永。不光是李永,还有个陌生女孩。这女孩把自己包裹得像只粽子。李永平静地向林红询问,昨天晚上睡得好不好?有没有怯炕?林红说,一觉就到天亮了,好多天没睡这么香这么沉了。她说话时疲惫的神态没有逃脱李永的眼睛,李永又问林红吃没吃早点?林红说还没有,她早晨一般不吃饭,好多年了,一直都这样。吃早饭会让她胃疼。李永蹙了蹙眉说,你连毛病也跟岑红一样,长期不吃早饭,胃病只会越来越厉害的。我们到"永和豆浆"吃馄饨吧。

林红一直梭巡着那女孩。李永大清早带一个陌生人过来,让林红有些纳闷。

"岑红刚才打电话说,她联系不上你,"李永在电梯里说,"她让我转告你,头中午她就到了。"

"真是麻烦你们了……"林红嗫嗫答道。她的木讷并不妨碍她在电梯里机敏地窥视女孩。女孩把蓬松的波希米亚式围巾解开了。林红这才发现,她的头发非常短,一层蓬松的、厚实的、金黄的卷毛顶在头顶,像是头顶上开出了一朵向日葵。在宾馆前台结账时,林红还在不时瞥着女孩。女孩也不时瞥她几眼。林红将目光怯怯挪开,不经意就看到那张发票。是两间房。两间房的价格是不一样的,林红的是单间,而另外一间是双人间。这样看来,昨天李永也住在这家宾馆。

馄饨店大得很,人也异常多,空气里满是炸油条和韭菜盒子的香味。李永好不容易找了个靠近落地窗的座位，跟女孩并肩坐了，"忘了给你介绍，"李永面无表情地说，"这是米粒。米粒，这是林红。你嫂子的好朋友，林红。刚从唐山过来的。"

米粒朝林红笑了笑。她笑起来很可爱。她有颗龅牙。

"你名字很好，"林红的声音很小，"是你本名吗？"

"我妈起的，"米粒说，"我妈喜欢标新立异。"说完，她扭头对李永说："对了，忘了告诉你，我妈养的那只狐狸犬，前天早晨，做了一个它这辈子最聪明的选择。"等她发觉林红也在注视着她，她反而就不说话了。李永问，它是不是又把肉骨头偷着叼给隔壁的小母狗了？米粒这才"咯咯"地笑着说："这次它干得更彻底，"她伸手掐了掐李永的脸蛋，"它终于跟那只女狗私奔了，都两天没回家了。"

"你们怎么不去找它？"李永点上支香烟。

"我们干吗去找它？"米粒有些吃惊似的问，"你不觉得它很幸福吗？"

对于米粒赤裸裸的调情和表白林红很不适应。林红不是傻子，她知道米粒其实真正想说些什么。女人的嗅觉通常要比猎犬还灵敏。如果没有猜错，女孩无非就是李永的新欢，或者说，这个看上去很聪明的女孩，就是岑红婚姻生活中的第三者。这个第三者的年龄不会很大，即便不是大学生，应该也是那种刚刚上班一两年的公司小白领。从面相看，她脸颊的线条流畅，没有丁点油腻斑驳的光泽，额头也明亮，衬得狭长的单凤眼格外多疑机警，睫毛呢，倒是粗长黑润，透些芭比娃娃的纯真。

"你跟岑红长得很像呢，"林红说，"不过，她年轻的时候，可比你俊多了。"

米粒的脸色刹那间变得绯红。李永则神色坦然。对于这样的效果林红倒是很满意。她重重打了个喷嚏,用很浓重的鼻音对米粒说:"你很喜欢把自己的幸福……建立在别人的痛苦上吗?"

"什么?你再说一遍。"米粒有些茫然地说。

林红鼓足勇气,大声说:"你是读过书的人,应该明白的。"

"这个跟你一点关系都没有,"米粒说,"你的好奇心跟你的年龄一点都不匹配。"

"是跟我没有关系。但跟岑红有关系。"林红的声音突然高了八度——或许她自己也未曾料到。她摆出一副自己被自己吓到的样子,快速地喝了口汤水,然后一字一顿地说:"我觉得,你跟他,一点都不般配。"

"你到底说什么哪?"

"说的就是你。"

"喊!你这种……乡下大妈……我见多了。"米粒懒洋洋地说,"虚伪狡诈,小农意识,没见过什么世面,一个赛一个的丑,跟老母猪一样蠢,"米粒把头偎依住李永的胳膊,"你们天生爱管闲事。你们天生就不是我们的对手。"

她使用了"我们"和"对手"等一干词,林红倒有些意外。让她更意外的是,李永一句话都没说。这个时候她非常想听听李永会说些什么。

"有一天你也会老的,"林红说,"总有一天你也会到更年期,"她不等米粒有任何反应接着说,"等有一天,男人把你甩了,"她瞥李永一眼,"你就会明白,"她站了起来,双臂撑着油腻的桌布,"你也就是个破鞋的命。"

一杯滚烫的茶水泼到林红脸上。米粒毕竟嫩,她还是没有沉住气,这很好。不是一般的好,是非常好。林红盯着李永。李永铁青着脸站起，看了林红足有五秒钟，他的目光中不是愤怒，而是诧异。后来他拽着要扑上的米粒迅速离开"永和豆浆"。他们很快就横穿过斑马线，拐到酒店附近的巷口。李永揽着米粒的腰身，而米粒显然是在挣扎，伴随着若有若无的尖叫声……店里所有的顾客都盯着林红。林红晓得自己现在的样子丑陋无比。她早晨忘记了化妆。她的脸一定比初生的蒜瓣还要白，而她肥大的、浸染着油渍的绿色羽绒服也一定让她显得臃肿不堪。更糟糕的是，茶水顺着她的鼻子不时滴吧到胸脯。胸脯垂死的鸟雀一样剧烈起伏着。在这些天来时常失控的胸膛起伏中，她隐隐感觉到一团火从乳房中间燃烧起来。这火旺盛忧郁，她甚至看到了它蔚蓝色的、近乎透明的舌头瞬间就烧上了自己的瞳孔。

4

　　林红在饭桌上发现了一个手机。是李永的。她随手查看了已接电话，便看到了米粒的名字。米粒在两天里总共给李永打了13个电话。林红冷笑了一声，把米粒的电话记下来。

　　走出馄饨店，风刀凛冽。这个城市的冬天还和若干年前一般冷。林红后悔起来。当着李永的面侮辱一个他喜欢的女人，无论如何都是不智之举。她不该当面骂米粒，即便骂的话，也不该骂那么下流。李永的本意她也清楚，他只是想让她看看，他喜欢的是怎样的一个人，当然，这个人适不适合他以及她对这个人的看法并不重要，重要的是他想传达这样一种信息，他跟这个女人的关系已经到了何种程度，并且变相地警示她，他跟岑红的事，她最好别插手，即便插手，也不会起什么作用。他在得体、优雅地劝解她。

现在她非常迫切地想听到岑红的声音。她突然想把岑红的身体紧紧抱住,像若干年前一样细细安抚她粗糙、健壮而颀长的身体。这个世界上,也许只有女人和女人酥软的拥抱,才最温暖纯净……等情绪稍稍安稳,她打了辆出租车,径直去了趟空军军区大院。站岗的是个细眉细眼、满脸痤疮的小当兵。他并没有盘问她,或许他把她当成探亲的军人家属了。让林红奇怪的是,这个大院和若干年之前仿佛只是经历了一个白天晚上,没有任何变化:那堵将陆军军营和空军军营隔开的花墙,仍然蜿蜒着伸到篮球场,仿佛一条已经腐烂的、褪了颜色的猪盲肠。红色的水塔依旧伫立在营房的西侧,几只乌鸦在塔顶盘旋。她和妹妹曾经爬上水塔捉麻雀,在父亲受排挤的那几个月,她带着妹妹去水塔下捡过烂橘子。妹妹那时候多听话,扎着羊角辫,眼角下全是小雀斑。捡着捡着妹妹困了,她就背着妹妹捡。那些腐烂了一半的橘子散发着诱人的清香。她喜欢那种蕴藏在清香里的腐臭气息……

那年夏天,更多的时候,是她一个人来到水塔底下,玩耍。说是玩耍,其实是来观察那只乌鸦的。那是只粉红的乌鸦。长大后她曾经想过,也许,她是这个世界上,唯一一个见过粉红色乌鸦的女人。她通常离它三四米,她并不敢靠近它,它也只是在树荫下梳理着羽毛,或者像一个士兵来回着踱步,间或腾空而起,在离地不远的半空中扇动着羽翼,这常常给林红造成种错觉,它不是一只乌鸦,它只是一团温暖的有些暧昧的火焰,在离她不远的地方,将她的心脏小心地炙烤。她曾经把这只乌鸦向岑红描述过。岑红听了完全没有觉得惊讶。她只是很平静地告诉林红,她没见过粉红色的乌鸦,小时候到麦子地挑菜时,倒是见过一条细长的白蛇,那条蛇很安静地从她身边游过,没有咬她,她觉得非常幸福……

刚离开空军大院，岑红的电话就紧打过来了。她语速很快，她说才下火车，马上就到家了，你到楼下来接我吧。林红闷闷地说，我没在你家，我在空军大院，闲逛呢。岑红不假思索地说，那地方离火车站不远，我打车顺便捎上你吧！

她们终于见面了。她们已经三年没有见面了。和想象中的相逢场景一样，她们先是面色潮红，手拉着手不停蹦跶，然后才郑重地拥抱到一起。林红闻到岑红的头发有股油腻味，而她身上，则是一股浓烈的涮羊肉味。这个大大咧咧的女人，还是以前那样不拾掇自己。她的手也糙，手背上全是一角角皲裂的小口子。她不像是赴完宴会归来，倒像是刚从某个轧钢厂的车间下夜班。后来，她们就望着对方笑了。林红用手指掸去她发丝上的一片头皮屑，有些感伤似的说："你看看你，你看看你，哪里还有个女人的样？"

"你好！总跟个孩子似的，说话都不敢大声气！"

林红就笑。

"我都忙死了。"岑红看上去越来越像个疲惫的、不修边幅的男人，"昨天跟客商谈完合同，又跟员工们搬了二十箱灯泡，"她攥着林红冰凉的小手，"最近的灯具生意很不好做。累死我了。"

"你饿不？"

"不太饿。我的胃病最近犯得厉害。总是饱着。还老睡不着觉。"

林红急切地询问："我以前给你寄的中药单子呢？丢了吗？你没坚持吃中药？"

岑红笑了笑说："我哪有时间熬中药喝？上趟厕所都得掐点。你也知道，女人要想干点事，就跟男人想生孩子一样难。"

"别太累了。"林红挽着她的胳膊，"钱总是别人的，身体才是自己的。"

"你们还没要孩子吗?"岑红转移开话题,"你都三十多了,该要个孩子了。"

林红脸色顿白。她的皮肤在阳光下也总是渗透出一层暗灰,粗糙的毛孔仿佛随时张开,将明亮的光线一根根吞噬掉。她半晌方才说道:"我们永远不会有孩子了。"说完后,她蹲蹴在马路牙子上,开始认真地呕吐。为了使呕吐更为顺畅,她使劲用手抠着嗓子。可她什么都没吐出来。她的胃里已经没有食物了。

"别这么说。要个孩子多好。"岑红替她捶着背,"可以给他洗澡,给他换尿布,教他走路唱歌。看着一个小肉团长成个大人,很好玩的。傻丫头,你是不是怀孕了?"

"没有,"林红吐着胆汁说,"有也做掉了。"

岑红就小心搀扶着林红,絮叨着去了家小吃部。岑红不停打着哈欠,好像非常困的样子,可她还是装出副兴致盎然的模样,开始筹谋起林红这几日的行程。她建议先和林红去趟云冈石窟,那些高大的、神秘的北朝佛像能让人异常宁静,然后呢,再去慈云寺烧香求签,那里的菩萨一向灵验,还可以去趟恒山,悬空寺在冬天一点都不萧条。"这里的风味小吃也多着呢,有豌豆面、羊杂粉汤、莜面、荞面圪坨,还有阳高杏脯、广灵豆腐干、浑源炒酥大豆……保证让你这个馋嘴子吃得流哈喇子。"

林红没有说话。她突然就想了高中时,她们也经常这样面对面坐着,叽叽喳喳商量着买什么零食好。岑红家是农村的,家里给的零花钱不多。林红父母那时尚在人世,父亲在法院当检察官,母亲当老师,给她和妹妹的零花钱还是相当宽裕的。她们学校门口,每天都有个戴毡帽的老头,推着辆三轮车来卖零食,有棉花糖、麻糖、巧克力豆、糖瓜子、爆米花、西瓜子。林红通常买一大纸包,藏在抽屉里,赶到课外活动，才宝贝似的拿出来，两个人就热火朝天地吃，吃开心了，就大声唱歌。她们是文科班，男生少女生多，女生天生就是爱聚群的，不多时就凑成一圈，边吃边唱，唱陈淑桦的《滚滚红尘》和《梦醒时分》，唱凤飞飞的《追梦人》，唱齐豫的《九月的高跟鞋》。春天的空气浮游着杨花细穗，阳光扑在她们柔弱纤细的脖颈上，将茸茸的汗毛打成晕晕的金黄。

"你怎么了？心不在焉的。"

"没啥。"林红望着岑红说。岑红唱歌不好听，或者说很难听，主要是她嗓子粗，有些喑哑，而且唱时老找不着调门。她通常保持沉默，托着腮做一个安静的倾听者。林红的声音很细很弱，有时候唱着唱着，一口气喘不上来，眼瞅着就断了，然后就在声音消失之前，她又能勉强着把嗓门吊起，起初还是孩子似的呓语，慢慢地、慢慢地，她的歌声就浮出水面了。那是种尖细的、有些扎人耳朵的童声。在少女们温厚、海藻般清新的嗓音中，她的声音是勉强合拍的，但却是刺耳的，后来，再后来，她的声音就渐弱，缓缓湮灭在逐渐凌乱的合唱声中……

"你是不是有什么心事？你呀，都这么大岁数了，还老是多愁善感。你妹妹好吗？"岑红又打个哈欠，"她今年也有二十二岁了吧？找男朋友没有？"

林红嘴里的豆腐干掉在碗里。汤水溅到了手背，她没擦，岑红就从包里掏出纸巾，一滴滴拭了。

"你妹妹也怪可怜的。哎。老天就是不长眼，叔叔阿姨那么好的人，偏偏遇上场车祸……她还是跟你们两口子一起住吗？"

"是的……啊不，搬出去了。"

"韩小雨呢？"韩小雨就是林红丈夫，桃源镇的理发师。

林红盯着岑红，半晌说道："死了。这个人渣……死了。"

"你个乌鸦嘴！哪有这样咒自己老公的！韩小雨从小就是混混，你又不是不知道。你当初看上了人家，就别后悔。他人不着调，也算有个正经职业啊。你们的理发店生意不是很不错吗？"岑红探出手，摸了摸林红的头发，她的样子看上去像个啰唆的母亲，正在安慰自己耍刁的女儿，"行了，我知道你们这几年感情不好，慢慢来，巧嘴数不了十八个萝卜，神仙做不了二十四个梦，感情不好可以慢慢来嘛！人心都是肉长的，感情也是可以培养的。你们要个孩子吧。有了孩子，一切都会不一样。"

"……"林红不晓得如何应答。岑红的儿子都六岁了。

"你还在卖猪肉吗？"

"嗯。"林红开了家肉铺。每天早晨，镇上的王屠户就给她送来一头新鲜的生猪，屁股上盖着畜牧局的蓝戳，还有些猪大肠、猪尾巴、猪尿脬、猪鞭，这些杂碎有些人嗜吃如命。她的刀法非常精妙，她会把那头猪肢解得恰到好处，猪排是猪排骨，护心肉是护心肉，精肉是精肉，肥肉膘子则剔满一塑料盆，专门等饭店的人买回去耗油。在多年的肉铺生涯中，林红赢得了很好的声誉，她从来不卖老骒猪（母猪）肉，从来不缺斤短两，她唯一的缺点就是不爱笑，没有生意的时候坐在案板前面，穿着身干净衣裳，心不在焉地翻着本虽包着书皮却仍然油腻腻的书。有时韩小雨去外地进货，她就帮忙看理发店。理发店有两个专门洗头的，都是东北人，她便跟她们有一搭没一搭地闲聊。其中一个叫佳美，出来之前，曾在当地清洁队上过班，很喜欢养花，她们就谈谈茉莉花怎么养啊，芍药怎么养啊，金橘生了蚜虫是用敌敌畏还是用乐果啊。

"以后别干那买卖了，一个妇道人家，天天跟杀猪的、卫生防疫站的、工商税务的打交道，多头疼啊。我一想到你天天拿把牛角刀在那儿剃猪排，就想笑，"岑红神色有些黯然，然后她仿佛自言自语似的解释道，"可是你不卖猪肉，做点什么好呢？"

"瞎活着，"林红神情恍惚地说，"人不都瞎活着吗。我可以瞎活着，你不能。"

"好了好了！既然出来旅游，少想不开心的事，弄得跟个小怨妇似的！哦，乖。"她拍拍林红脸蛋。

岑红告诫她别做个"小怨妇"。这句话本来是应该林红对她说的。说完之后，岑红从包里掏出一大堆药，开始看说明书。林红也留心看了看，却原来全是治疗失眠抑郁的药品：舒民香、槟榔十三味、沉香十七味、安神镇惊二十味、肉蔻五味丸、顺气安神丸、帕罗西汀……岑红从里面挑了几味，手里抓了满满一把，一仰脖，连水都没喝就干咽下去。林红惊讶地问道："你疯了？你吃这么多药干吗？快吐出来！"

"失眠闹的，"岑红自嘲地笑笑，"每天晚上，我都睡不着觉，白天就犯困，可犯困了，还是睡不着……"她又给林红的盘子里夹了些菜，"待会吃完饭回家，看看能不能睡个安稳觉。"

"你们……是不是要离婚了？"林红斟酌着问，"你们真要……离婚吗？"她的眼睛尽量不去看岑红。她怕自己的眼睛泄密。她相信有些秘密岑红能从她眼神里窥知，比如，她跟李永的那顿晚餐，她跟米粒焰火气十足的会面，或者，那只粉红色的一直追随着她的乌鸦。

"嗯。"林红没有叹气，她语气平静，不单是平静，甚至是有些麻木，"李永跟你说的？他现在是恨不得全世界的人都知道，他要跟我离婚了。他们已经做好了所有的准备，备好了粮食马匹，就等着最后跟我决战。可我到现在还不知道，我的敌人是谁。那个女人长得什么模样？在哪里上班？一点不清楚。你也知道，李永是警察，他别的没学会，保密功夫却是一流的。"

"你别这么说……你别太难过……"林红说,"我知道……你这么多年不容易,一个人在这么个大城市,人生地不熟的……男人都是这个样子的……"她突然找不到什么言辞来掩盖她的情绪了,她的泪水唰地就流到了鼻子上。为了避免岑红察觉她的失态,她佯装筷子掉到地板上慌忙着去拾。她鼻涕也流出来了。她一哭就流鼻涕,这么多年了一直这样。等她抬起头,她看到了岑红递过来的纸巾。她没有拒绝。

"你知道,我非常地……爱他。"岑红说,"过去爱……现在爱,以后也会爱。"她就像在诉说别人的事情,"我现在只能这样。我没有别的选择。我不会拱手把他送给别人,离婚协议打死我也不签的,"她从包里掏出管口红,"你别哭了。你一哭起来就没完没了!我最讨厌你这脓包样!"她把口红塞到林红手里,"这是我昨天下午给你买的,铂金炫彩唇膏,香港产的,喜欢吗?你涂上肯定漂亮。你的嘴唇怎么紫青紫青的?你是不是特别冷?我们回家吧。我们回家说话。这里太乱了!这个世界上清静的地方越来越少了!"

5

到了岑红家已过中午。孩子去了幼儿园,岑红的公公婆婆正在吃饭。李永也在家。他靠在沙发上,蹁着腿看动画片。看样子岑红和公婆关系尚可。婆婆一直小声询问岑红吃饭了没有,又帮她烧好了洗澡水。之后询问林红中午吃好没有?她煮的鸭血笋片,没吃好的话,跟他们一起喝点鲜汤。老太太的热情让林红隐约有些不安,老人家好像还不知道,岑红和李永的关系已到了岌岌可危的地步。等岑红去洗澡了，林红把手机偷偷递给李永。

李永皱了皱眉，接了，寻思了会，说了声"谢谢"。那部动画片林红也看过，叫《海底总动员》，她非常喜欢里面那条丑陋的小鱼尼莫。

"对不起，"林红闷声道，"早晨是我不好。我……不知道为什么……会那样……"

"你没做错什么，"李永盯着屏幕，"不过，你好像搞错了。那女孩是我表妹。"

林红觉得李永愚蠢透了。他完全没必要狡辩，用什么"表妹"来搪塞。

"她还是个大二学生，不懂事，你别见怪。你的脸没事吧？"

林红摇摇头。

"我要去上班了。你让岑红陪你吧。她应该请了好几天的假。你的面子够足的。"

李永关了电视，推开门走了。她突然想起了什么。她拿出手机，翻出米粒的号码，犹豫片刻后按了。很快就拨通了，她也很快就听到了米粒的声音。尽管和米粒只见过一面，但米粒的声音却像烙铁一样烫伤了她的耳朵。这孩子的声音懒洋洋的，很明显，她已然忘记了清晨的不快。像她这个年龄的女孩，都是没心没肺的。妹妹也这样。妹妹比米粒更疯。妹妹搬出去住已经一年。可有些事情，还是不能阻止……

"谁呀？美云吗？是美云吗？"

林红突然没有勇气说任何的话。长这么大，她还从没主动给陌生人打过电话。

"真是急死人了！说话啊！吃哑巴药了？我有要紧的事要办,快点！"

林红挂掉手机，探头看了看浴室的门。岑红还在洗澡，两位老人还在餐厅里"吐噜吐噜"地喝着鸭血汤。在这个岑寂陌生的房间，林红又呕吐了。她憋屈的呕吐声让她的脸一片酡红。等她扶着墙角慢慢站起，发觉岑红恰巧散着湿漉漉的头发，披着件花格子浴巾从浴室出来。林红已多年没见过她的身体。记忆中，岑红还是个假小子模样：粗壮匀称的骨骼衬得她身材格外高挑，胸部扁平，臀部微翘，走起路来一左一右晃着肩膀，像个练排球的运动员。现在呢，她的乳房把乳罩顶成了两座富士山，她转身进卧室时，浴巾被门缝夹住一角，饱满的臀部就闪露出来。这条健康丰满的大马哈鱼，已经不是多年前的岑红了，这是一条被雄鱼侵占过、或者说是被雄鱼享用过的雌鱼。林红擦掉嘴角的汁水，心头隐隐作疼。她趋进岑红的房间，对正在慌张着套衣服的岑红说，她现在必须出去一趟，有些事情需要办理。

岑红狐疑着问："有什么事非得今天办？我可是推掉了两个代理商，专门陪你来了。我待会眯一觉，然后陪你去逛街呢。你看看你这身脏衣服。"

林红就说，上午她去军区大院看望父亲的一个老战友，不成想去年搬到郊区住了。父亲生前跟这个战友关系极为密切。她父亲去世后，他对她和妹妹也格外照顾，隔三岔五就要寄些钱财衣物。她结婚的时候，还特意邮了条鸭绒被过去。

"既然那样，你就去吧。不过时间可别太长了，"岑红有些不情愿地说，"好多话想对你说呢。"

"我也是，"林红眼睛潮了，"我有好多事要跟你说的，"她挽住岑红的手，细细搓着她手指，"到时候你……你可别……别不爱听。"

岑红笑着说："去吧小丫头，我在家等你。"说完她就去翻那堆药，"咦？林红，你看到我的沉香十七味了吗？我是不是把它落在饭店了呢……"

林红头也没回地关上门。下楼梯时被绊了一跤，额头正蹭到扶手上，她不停地用手揉着，渐渐就隆起一个包。她索性坐到楼梯上，从羽绒服里摸索出一盒香烟。她之前从未抽过烟，这盒烟是在唐山火车站买的，还没开封。在火车上她一直未找到抽烟的机会。那些满身汗气的民工和一身脚臭的学生把车厢挤得水泄不通，连厕所、硬座底下、洗手间挡板都睡了人，而推着小车卖火腿肠和烧鸡的列车员绷着脸，不耐烦地吆喝着"让路！让路！"。这给多年未曾出过远门的林红造成种错觉，那就是，她好像身处三四十年代的黑白默片中，车厢里满是人肉的气味和肺结核患者胖肿的脸颊，一群难民在轰隆的火车颠簸中，驶向遥远的城市，或者屠宰场。如果抽上一支烟，或者喝上半瓶酒，她就能在火车上睡个安稳觉了。她知道抽烟也能醉人，妹妹在十八岁那年就经常抽醉，抽醉了不哭也不闹。睡个安稳觉多好啊，梦里不会出现恐怖的场景和粉红的乌鸦，只有安谧的雪花瞬息铺满寰宇……

　　她把香烟叼进嘴里，用火柴点着，猛吸两口，马上低头咳嗽起来。将香烟掐了，嘴里仍是一股淡淡的烟草味。现在除了她，谁还能帮岑红一把？现在除了帮岑红一把，自己还能干点什么？剩下的时间已经不多了。她哆嗦着掏出手机，按响了米粒的号码。

　　"你到底谁啊？再骚扰我，我可就报警了！"米粒的声音有些声嘶力竭。

　　林红挂掉电话。过了三两分钟，又打了过去。

　　"你他妈个贱货！我知道你是谁！你以为你换了号码，我就不知道是谁吗？王小峰你给我听着！我已经不喜欢你了！你再打骚扰电话，我找人废了你！你信不信我能废了你？让你的那杆破枪永远射不出子弹来！"

　　林红挂掉电话。过了一会，再次打过去。

"王小峰你给我听着!我现在就下楼去等着你!你是男人不?你有种不?你要是有种的话,就到财院东门口等我!我收拾不了你,我就不是米粒!"

林红怯怯地给岑红打电话,询问这个城市是否有座财经学院?除了财经学院,是否还有财经学校什么的?岑红好像还没睡着,她告诉她,只有一座财经学院,是座省属本科。林红便又问学院有几个门口?岑红说财院一共有两个门口,一个朝北,是正门,对面就是博物馆;另外一个朝东,对面就是市体育馆。说完后她问林红去那里干吗?

林红想了想说,父亲战友打电话,叫她先去财院找他女儿,他女儿在那里教书。他怕林红人生地不熟的,找不到他那儿。这个谎言并不怎么高明,但岑红似乎并没有识破,她只是对林红的行径有些难以忍受。她又拿出上学时的强硬口吻,警告林红不要瞎跑。"你别在那里逗留太长时间,晚上我想带你去吃麻辣小龙虾呢!"岑红失望地说,"我都答应我儿子了,咱们一起去的。你呀你,还是别去了吧?"

"我肯定早早就回来,"林红果敢地说,"我不会被人拐骗走的啊。"

"你平时大门不出二门不迈的,有什么准?你个小丫头片子,从小就是个小迷糊!"

林红抑制不住地笑起来。她挂了电话,打了辆出租,马上奔财经学院而去。路不是很长,林红却觉得像是时间卡住了,窗外的行人和路标让她窒息。还未到财院东门,便看到黑压压的一群人在门口附近涌动,五颜六色的服饰像是到了圣诞夜。一种夸张的、恣肆的欢乐犹如烟雾从人群中轻盈地流溢出来,漫过四周清冷灰暗的街道和建筑。

"现在的孩子啊,个个都是追星族,"司机师傅是个面色红润的老伯,"你说上了大学不好好学习,听什么演唱会啊?把那个疯狂劲用到学习上,'超英赶美'不早就实现了?"原来是体育馆今天下午要开

"超级女声"迎新春演唱会，这些俱是超女啦啦队，正在准备迎接他们的偶像。接下去老伯又骂起布什，说布什不是什么好鸟，长得獐头鼠目，想逮谁就逮谁，刚把萨达姆押解到美国，又开始惦摸本·拉登了。本·拉登不是跑到哈萨克斯坦去了吗？还是去了苏丹？林红没心思听他牢骚，付款下了车。

这么多人，到哪里去找米粒呢？即便找到米粒，又能对她说些什么？林红难免就犯愁起来，快快地挤过喧闹的人群，一步步蹭到学校门口。果不其然，哪里有米粒的影子？再打米粒手机，已然关机。林红夹杂在那些挂着臂章、戴着面具、手里拿着荧光棒的歌迷当中，无端地就想哭。她又呕吐起来。她弯腰扶着一棵粗糙的老槐树，把中午刚吃进去的羊杂粉汤和荞面圪坨全吐了出来。这很好，她觉得，如果把这三十年里吃掉的所有食物都返还给土地，多好啊，就像猪被屠宰后，大肠肯定会被清洗得一干二净。这不是老天对她的惩罚，而是老天对她的怜悯。

6

擦净了嘴唇的林红挤在歌迷当中，简直喘不上气来，她在桃源镇可没见过如此的阵仗。天上不知怎么就飞起雪霰。开始还是一星一点，掉脖颈里倏而不见，赶后就撕扯成大朵大朵，惹得人群中不时传来疯狂的骚叫声。林红低着头、缩手缩脚地默默穿行在这些人当中，旋尔听到不远处一阵撕心裂肺的尖叫。便听到有人小声议论说，是李宇春的歌迷跟周笔畅的歌迷，因为占场子打起来了。林红不禁扭头过去。

这一看不要紧,便正瞅到米粒。米粒被一个穿绿套服的瘦姑娘紧压身下,金色的向日葵花盘被身手矫健的小姑娘拼命揪撕着,而奋力扭动的米粒套身杏黄色衣服,看上去就像支老玉米被人在火焰上翻腾着烤炙。旁边都有各自的人拉架,但只是象征性地你拉一把我扯一下,似乎都被对方气势压住了阵脚,唯恐参与进去就要遭殃。林红慌忙挤蹭进去,一把就拽住了打人的小姑娘。小姑娘已如疯癫,满嘴污言秽语,见了林红披头就骂,而米粒趁机脱身出来,抬手就扇了小姑娘几个耳光。两旁的人顺势把小姑娘和米粒拉开。这时警察也来了,人群稍事安静。

米粒恶狠狠地盯着林红,嘟囔着什么。后来似乎醒过神来,大声对林红说了声"谢谢"。林红有些受宠若惊,却也不晓得跟她说些什么。

"你来这里干吗?"米粒问。

"我……我……我……"

"你不会也是来看演唱会的吧?"

"啊……演唱会……演唱会?"

"你是凉粉?玉米还是笔迷?"

"我……"林红看了看米粒的衣服,"玉……玉米。"

"你真是玉米?"米粒的眼睛冒出火来。

"是啊……是的……玉米。"

"你从唐山跑到这里,专门看春春的演唱会?"

"是……"林红结巴着说,"嗯。是。"

米粒的眼睛里就充盈着泪花:"春春是神的孩子,我们都爱她。"

林红附和说:"神的孩子……谁的孩子?"

"每当我看到她纯净的眼神,曼妙的拉丁舞姿,独特的低音,我就会全身战栗。我就是为她而生的。"

"是吗?"

"是啊。你不是啊?"

"不知道",林红恍惚着说,"……你有空吗?我想跟你待会。我有很重要的事跟你谈谈。"

"哦?"米粒机警地瞥了林红一眼,"你不是来看春春的吗?"

这个女孩身上的毛刺总让人不舒服。还好,雪下得越发紧,躁乱的人群随着漫天雪色倒渐渐安生。不时有人过来跟米粒询问入场问题。林红在一边畏手畏脚地缩着,听她们讲话就像听黑社会的人在讲行话。她安慰自己,现在必须耐得住性子,否则依米粒的脾性,没准就会因了哪句话翻脸,那么一切都前功尽弃。

看样子,这帮孩子计划非常周密,比如,哨子要按"哆~嗖~咪"的旋律吹奏;而那些男玉米,必须全部走在队伍最前列,用她们的话说,是让"恶毒的凉粉们"知道,玉米不光是彪悍的美女,还有神情款款的斯文小哥。看来,这是个组织严密、训练有素的宗教式歌迷会,有堂主副堂主,香主副香主……后来,她们钦点了几个娘娘腔男生,预备在3点10分齐放冷烟花,到时烟花怒放,万人齐颂,瞬间让"神的孩子"感受到她们内心的"呼喊"和"爱",让"神的孩子"知道,她不是短信歌手,而是灵魂歌手。

这帮孩子真是疯了,林红想,她们年轻的时候,可从没干过这样的事。她们喜欢汪国真的诗,因为他的诗里总是有"玫瑰""爱情""身影""命运"这样的词汇。后来她和岑红又都爱上了张晓风的散文。她曾经抄了满满一本《初雪集》送给岑红。记得里面有一句:"让我们在水底,像水草一样,将手臂秘密地挽起",她小声地念给岑红听,念着念着,她的眼泪就流了下来……

林红已然被米粒忘记了。林红只有如影随形，以防止被米粒甩掉。等米粒忙得差不多，这才注意到林红，她搓着手问林红："你的票在第几排？"

"我……我没票……"林红焦虑地问，"你什么时候有空？我们谈谈吧，"她看到米粒的鞋带开了，赶紧俯身下去替她系上，然后半弓着腰，讪笑着说，"我是乡下来的，说话办事不周全，你……大人有大量，别为早上的事生气了。"

米粒似乎根本没细听这个邋遢的女人在说些什么。"没有票也没关系，"米粒从兜里掏出一张，有些不舍地塞到林红手里，"送给你一张吧。我让三表哥买了两张VIP会员票！组织上还给了我两张。都是最好的位置！"她眼里顷刻间灌满了泪水，让她在漫天雪色中仿佛一位圣洁的修女，"这样，我就能在四个位置仰望春春了……"

"你表哥？"

"是啊，我表哥，李永啊！"

"李永是你表哥？"

"咋啦？"

"李永真是你表哥？"

"他不是我表哥，难道是我男朋友啊？我们是一个姥姥一个姥爷的。我早晨去酒店找他，就是去拿票啊。这几天，我都把他的电话打爆了！"

林红差不多就要疯掉了。她最后看了米粒一眼。米粒左脸颊上贴着六张"大头贴"，那位分不清是男人还是女人的家伙咧嘴憨笑，露出兔子牙，手里抓着破牙刷，牙膏广告似的。林红觉得自己笨死了。她转身就走，米粒在身后大声呼喊着什么，她也没有丁点心思去搭理。她必须像条灵活的泥鳅，游过这些蔓生的水草浮萍，抵达另一个安静的水底世界。这个世界真是疯了，没有丝毫可以理喻的地方。

在人群中突围时，她忍不住瞧了瞧手机。有四个未接来电，其中三个岑红的，看来她还在等着她一起去吃麻辣小龙虾；另外一个是妹妹的。林红连忙打过去，却是"嘟嘟"的忙音。在这个空气中散发着煤渣味煤灰味的城市，在这个下着雪的狗屁下午，林红想起妹妹，脑子里全是她婴儿时的影像：肥硕的南瓜脸，一双小耗子眼，头上的羊角辫扎着粉色大丽花。她是一点想不起妹妹如今的样子。真的想不起来。

妹妹在桃源镇最大的一家商贸城租了柜台，卖那些花样和颜色都稀奇古怪的棉布、大绒布。她好像傍着一个不算很有钱的出租车司机。那个出租车司机长着张风干的橘子皮脸，硕大的酒糟鼻让他无论何时都像个刚刚闭幕的小丑。他经常拉着她出去跑业务，北京、石家庄、德州，偶尔去趟海拉尔，顺便给她买件廉价的貂皮大衣。她还傍过好多人，据林红所知，有急诊室医生、卖农药的二道贩子、练气功的中年鳏夫、人寿保险的业务员、青岛啤酒经销商、政府的副股级干部……他们也许只买给她一副鹿皮手套，一双丝袜，或者一瓶芬达饮料。她想和谁睡就跟谁睡，她简直就是只腐烂的橘子，每个男人的手指能伸进它松弛的内里，沾染些它的汁水和果肉。林红心里一阵绞痛……

终于挤出了人群，林红深呼吸口空气，点了根烟。吸烟的时候已不觉得呛了。她边抽边给妹妹打了个电话。这次终于通了，是个男人，声音嫩嫩的，却不是上午的那一个。

他有些羞涩地询问林红是谁，他说林艳正在卫生间里洗澡，他说你如果有什么事待会再打过来吧，他说你别问我是谁，我只是她的普通朋友，他说你怎么这么啰唆啊，你是她妈呀还是她姐呀，他说要不我就把手机送到卫生间让她接一下，他说好了好了！我要挂了！我从没遇到过你这么磨叽的人!

　　妹妹不知道她的新号码。她的新号码没告诉任何人。在这次出门之前,她只是在餐桌上给妹妹留了张便条。谁晓得她什么时候会看到?

　　我去旅游。存折在糖盒里,密码是你生日,缺钱尽管拿。
　　你要多保重。
　　姐姐永远爱你!

林红

7

　　林红还是吃上了岑红的麻辣小龙虾。这个地方就在岑红家对面,装修体面,菜味也正宗。岑红对林红拒绝了老军人的晚餐很是满意,一个劲给林红剥虾,闹得她儿子直生气。李永是吃到一半时才到的,穿着制服,满身碎雪,靴子上水迹连连,看样子刚执勤回来。他吃得极少,只在一旁不停吸烟,间或皱眉看着他们,不知道是在看岑红,还是在看林红,或是在看孩子。孩子对父亲的到来满心欢喜,干脆跳到餐桌上唱起了《数鸭子》,引得服务员过来小声训斥,孩子噘着嘴往下跳时,把茶水杯摔碎了一只。服务员还没过来打扫,岑红已随手把孩子拽过,解恨似的打着屁股,孩子涨红着脸大声啼哭,眼泪泉涌。他嗓门洪亮高亢,让林红很是吃惊,她慌乱着扫射了下四周,小心地把孩子抢抱过来，温声细语地哄。谁料岑红又把孩子拽过去，接着打屁股。

"你别这样好不好！"李永捻碎烟头，朝岑红低声喝道。

岑红没有吭声，孩子感觉到什么，也不哭了，乖乖地钻母亲怀里。李永呷了口啤酒，抬头对林红问道："你明天去哪儿玩？我从单位给你找辆车。"

"不用你们的警车，"岑红说，"我们坐公共汽车去，"旋尔又补充句，"你不用陪着，你们明天不是扫黄打非吗？"

李永说："明天不用去。跟老马换班了。"

岑红开心地说："那也好，你给我们当司机，我们高兴还来不及呢。"

李永说："林红大老远的来看我们，真不容易啊。"他没说来看"你"，而是说来看"我们"。他没拿林红当外人，这让岑红很是高兴，她捅了捅林红说："看看，看看，僧看佛面树看皮，你面子多足啊！"

在外人看来，这是一个还算和美的小家庭，不会有人察觉到丝毫裂纹。林红趁岑红喂孩子之机，鼓足勇气，硬硬地朝李永抛了个眼色。李永起身说了句"我去趟厕所"，过了几秒钟，林红也起身如厕。洗手间只有李永一个人在闷头抽烟，林红边洗手边问："你能告诉我那个人是谁吗？我想见见她。"她的声线压得不能再低，仿佛就要塌陷到地面之下。为了防止李永没听清楚，她再次急切地重复了一遍。她说话的时候一直没看李永，而是开着水龙头，盯着哗啦哗啦的流水。良久，她感觉到有人在自己臀部触了一下，只是一下，犹如蜻蜓点水般急促。林红从镜子里看到李永脸色平静，嘴里喷吐出的烟雾让她看不清他的瞳孔。于是她直起身，对他说："我真的想见见她。"

李永叹息了声，林红不敢看他的眼睛。

"我想和她谈谈。"林红低着头,"我是为了你跟岑红好……你们多般配啊,多让人羡慕,还有个聪明的孩子……你还有什么不满足的呢?"

李永没有说话。

"你们这么多年了……十年了。"她抬头死死盯着李永。她不知道她的瞳孔里燃烧着热烈的一簇火。或许她自己也不晓得这簇火是为谁燃烧。李永咧开嘴巴,笑了。然后,他扭头去了男卫生间。

林红拼命用凉水冲着额头。要说的话终于说出来了,就像苍蝇终于从肉案板上飞走。

"刚才米粒给你打电话来着,她说演唱会结束了,你有没有空去陪她喝杯咖啡?"李永的手在烘干机下来回翻转。他冷漠的语气像是机器人。

"我不去……我只想见见那个人……我没别的意思……"

"那我就告诉米粒了,她一定很失望。"

"我不想见米粒,我只想见见那个人……"

"你发烧了吧?"他冷冷地问。

他们一前一后地回到饭桌上。岑红正在扒拉米饭。她饭量委实不错,已经吃了两中碗了,宽阔的额头满是汗珠。"我们明天先去慈云寺吧。"她把一只脆生的虾壳塞进嘴里,嘎吱嘎吱地咀嚼起来,可能虾壳卡住了某颗蛀牙,她慌忙着找牙签,急急地剔起牙来,剔完牙她就又从包里把那些安眠药倒出来,抓了一把干咽了。后来,她打了个悠长的哈欠,这才慢条斯理地说道:"我看了天气预报,说明天还会有雪,估计去云冈的路也好走不了,还是去慈云寺好了,"她又抓了几粒槟榔十三味,茫然地塞进嘴巴,"不必麻烦你了,李永,你不用跟老马换岗了。忙你的去吧。"

晚餐越吃越无趣，林红垂着头小口小口地喝茶。这时孩子叫嚷着要撒尿，岑红起身带他去了。

"你的电话。"李永用手指敲敲桌子，将手机递过来。

原来还是米粒。这让林红无比讶异。米粒的声音有些哽咽，她说，散了，散了，人都走了，灯光也灭了，演唱会结束了，你哭了没？你在吃饭吗？林红还没待回答，米粒就又说上了，她说，她现在非常非常地伤感，像是春天的时候，眼睁睁看梨花从树上大瓣大瓣地飘下来……对于米粒的抒情式言语，林红并没有被打动，只觉得有些滑稽可笑，她很难把那个玩命打架的女孩跟现在这个拿捏着哭丧腔调的人重叠。在这短暂的一天，米粒已经戏剧性地向她展示了搔首弄姿、撒娇、泼茶、打人等系列表演，她没上北京电影学院真是可惜了。

"真的谢谢你，下午没让我出丑，"米粒舌头似乎有点短了，"你们现在吃完饭没？我在体育馆的台阶上，你过来趟吧。你下午不是有事要跟我说吗？你有什么事呢？"

"……我现在没话说了。"

"我知道你想问什么，你过来问吧。我把知道的一切统统告诉你。你来吧，我求求你了。"米粒在那边哭起来。说是哭不如说是抽泣，断断续续，有声无声，悲怆难抑。林红心里一沉，怎么就想起了妹妹。

那年妹妹就是经常这样抱着她抽泣的。妹妹哭的时候从来不出大声，她从小就那样，打针都不哭，她不怕疼，她只咧嘴，但从不掉眼泪。妹妹抽泣完毕，就看着她。她永远忘不了妹妹那天晚上的眼神。那是韩小雨跟她结婚半年后的一个晚上，她值夜班回来，门敞着，屋里也没有韩小雨，林红就去妹妹的房间，妹妹这个时候应该正在温习功课。可门锁着，她就掀起门帘，然后她看到了一具黝黑的身体在妹妹的床上……林红疯了似的敲门，用脚踹，后来连门玻璃都砸得粉碎……韩小雨出来的时候，身上什么都没穿，只脚上套着双黑袜，他抽着烟，森冷地盯着林红。他什么都没说，走到客厅，裸露着身体倚靠进沙发，闷闷地抽烟。我喝酒了，韩小雨说，我喝多了，他抬起头凝望着林红，将电视打开，屋子里顿时满是喧哗的声音。林红走进妹妹的卧室，哆嗦着看着妹妹。妹妹蜷缩在床上，赤身裸体。她样子非常古怪，她什么都不说，在昏黄的灯光下，只用双手捂着自己的乳房……韩小雨一个礼拜没敢回家，妹妹一个礼拜没跟她讲话。她知道妹妹在期待着她做点什么，然而让妹妹失望的是，她什么都没做。妹妹就是从那时起开始神情恍惚的，她常常失踪，也不好好上学。有一天，妹妹很晚没回来。她疯了似的把河边、学校、附近的小树林翻遍了，却没有一点线索。回家后，她坐在妹妹的床上，拿了把菜刀割着自己的手臂。可却感觉不到一丁点的疼。后来，她看到妹妹从橱柜里钻了出来。妹妹在橱柜里躺了半天？林红扑过去想抱住妹妹，妹妹却一把搡开她。林红知道，妹妹以后再也不会信任她了，她再也不能像以前那样，将这个孩子疼爱地抱在怀里。妹妹将她推搡开后，淡淡地扫了一眼她胳膊上流淌下来的血，冷冷地说了句，我没事了，真没事了。

"你等着我。"林红压着嗓子对米粒说，"你别做什么傻事啊！我这就赶过去！"

林红的头脑重又灵活起来。她告诉李永，如果待会岑红回来，就转告她，父亲的战友又来电话了。老人家在电话里哭哭啼啼，为了不让老人家伤心欲绝，她必须去一趟，安慰安慰老人家，可能会回来得晚点，让岑红放心好了，她不会出事的。李永机械地点着头，示意她尽管去就是。

出了饭店,林红才发觉雪已经停了。在短短的时间里,这座被煤烟熏得脸色黯淡的城市,已然被涂上了薄薄的一层猪油。

8

下午熙攘的体育馆,在雪后是那么清冷。水泥地遍是歌迷们扔弃的门票、易拉罐、荧光棒、宣传照。室外篮球场上,几个男孩正呼哧呼哧地打篮球,因为地滑,他们不得不放慢动作,这样看上去,他们就像是电影里回放的慢镜头,还有个身材臃肿的老头,绕着篮球场倒退着跑步,另外有俩老太太,并排站雪地里,吊着风箱般的嗓门齐唱《红梅赞》。

林红在体育馆馆门外发现了米粒。馆门紧锁,她坐在台阶上。林红走到她身边时,她正仰头喝着什么。当她看到林红,便把瓶子朝林红晃了晃。林红这才发觉那是瓶白酒。这么冷的天,这姑娘一个人坐在这儿喝白酒?林红不相信似的把瓶子拎起来,原来是瓶半斤装的62度杏花村汾酒,已下去近半瓶。米粒没说啥,只用手掌拍了拍台阶,示意林红坐在那里。林红从兜里抠出团脏兮兮的手纸,擦了擦,犹豫着坐了。米粒这时却不说话,把头夹在两腿中间,耸着窄小的肩,嘤嘤哭出了声。林红就又从兜里抠出那盒香烟,划了火柴点,点了两根却都灭了,米粒眯缝着眼,用手替她遮了风。林红胡乱吐着烟圈,便听米粒哭丧着说:

"给我一根。"

两个女人就坐在那里抽烟。米粒看样子是个老烟鬼了。边吸边不

237

时灌口白酒,每灌一口,就探着头咳嗽不止。林红最是惧怕白酒浓烈的味道。她一把将酒瓶抢过,毫不犹豫地泼掉。米粒也不哭了,愣愣盯着空酒瓶,说:"春春走了。"

"走就走吧。"

"我很累。"

"有谁不累呢……不累的都变成了鬼。"

"我男朋友跟我分手了啊。"

"分了……就分了……你这么年轻……有的是好的。"

"可我就喜欢他!"

林红就想起下午打电话时她提到的那个叫"王小峰"的人。除了王小峰难以忍受米粒的脾气,怕是再也找不出他们分手的缘由。

"我们明天就期末考试了。"

"……好好考……"

"可我连一科都没看。"

"不及格……能补考吗?"

米粒哭得更加绝望:"我已经有五科不及格了!"

"虱子多了不痒,都五科了……再加上一科……也没啥……"

"要是六科不及格,就被学校开除了啊!我都上大二了啊!多丢人啊!"

林红真的不知道要如何劝慰她。她哆嗦着将烟头掐了:"你会没事的。没有趟不过去的河。我走了。你也早点回学校。"

"别走!陪我待会!"米粒嘶嚷道,"陪我待会!"

林红复又坐好,将羽绒服裹得更为密实。下了雪天就格外冷,人跟没穿衣服似的。她突然想起上高中的时候,每每雪停,她就拽上岑红去堆雪人。她们堆的雪人跟别人的不一样。她们堆的雪人一个身子长着两个脑袋,都梳着用玉米穗编织的长辫子。

"你是我嫂子的好朋友,我告诉你,他们该离婚了。"米粒站起来,将那个空酒瓶捡过来,抱在怀里,用脸轻蹭着,"我好热。我要爆炸了。我马上就要爆炸了!"

林红的心提到嗓子眼:"他们为什么要离婚……他们不知道有很多人羡慕他们吗……"

"赵小兰回来了。"

林红的耳朵猫一样耸动着。这个女人的名字终于从别人的嘴里蹦出来。这个女人的名字很嫩生,像春天没割过头茬的韭菜。她尽量让自己的声音显得漠不关心:"她从哪儿回来的?"

"谁知道她从哪儿回来的?反正她带着个女孩回来了。"

"后来呢?"

"后来?后来她就找我哥。"

"找你哥……干什么?"

米粒没有回答。她直起身,将那个空酒瓶扔了出去,接着,清脆的、悦耳的玻璃器皿破碎的声音在远处回荡着。米粒依了林红坐下,变魔术般从怀里又掏出瓶白酒,似乎是怕林红阻止她继续喝下去,她拧瓶盖的动作异常麻利。林红看着她将酒瓶插进嘴里,咕咚咕咚着咽下一大口。"好爽啊!我表哥命里注定就走桃花运,从幼儿园就走,一直走到现在,你信不信?"

"信。"林红低头。她怎能不信?算上这次,她只见过他三次。第二次是他们回唐山摆喜筵。岑红高中是班长,很有号召力,那些同学差不多全到。同学们大都没考上大学,不是在化肥厂修理机床就是在清洁队扫大街,要么就在手套厂当女工,即便做生意的,卖些厨房用具服装小百,也赚不了几个子儿。他们觉得在外省工作的岑红还能惦记他们，还能邀请他们喝喜酒，当真是给他们长脸的事。这些人哪个不喝个半斤八两？他们把岑红和李永灌得烂醉。尤其是岑红，本是男子性气，又跑了几年业务，喝酒有两把刷子，从不服软的。等林红把这对新婚夫妻送回宾馆，岑红一头就栽倒在床，很快打起鼾声。李永跟跄着去厕所呕吐，林红忙去搀扶，李永反身一把将她攫住。他的气力大得惊人。她至今还记得他火热、柔软、蜂蜜般甜美的舌头来回舔着她的两个耳郭，舔得她浑身酥痒喉舌干渴。当时她为何没一把将他搡开？她还记得他的大拇指和食指细细地抚摸她的乳房，孩子撒娇似的说，我喜欢你害羞的样儿，亲亲宝贝……厕所墙上挂着面破了边的镜子，镜子上满是大朵大朵的粉色花朵，她看到一双惊恐的眼睛在蔷薇花瓣中辗转飘移时隐时现，瞳孔中透着恍惚的、微弱的、丝丝了了的光亮……

"我给你讲个故事吧，"米粒打个酒嗝，"从前有两户人家，住隔壁，丈夫都是哈尔滨的，又都在煤矿上班，老婆呢，都在制药厂财务科，平日你来我往，关系好得赛过一家人，"她扭头问林红，"还有烟吗？"林红颤抖着点了根，忙低着头递给她，"两家呢，一家是女孩，另一家是男孩，同岁，从小一起玩大的。男孩长得漂亮，性子柔，学习还好，女孩呢，细眉吊眼的，满脸雀子，大大咧咧像个男孩，考试总是倒数第一。后来，女孩考上了职中，男孩上了重点中学，这时，两家都住上了商品楼，一家在昌盛街，另一家在华容街，隔了七八里路。虽不住邻居了，走得却比以前更近。这家炖了两条梭鱼，也要骑上自行车，花上二十分钟去给那家送一条……高二那年寒假，女孩老说肚子疼，她妈就带她去医院检查，"米粒瞄准酒瓶，将烟灰耐心地弹进去，烟星不时在玻璃瓶里闪着忧郁的碎光，"医生说，孩子多大了？她妈说十六啊，刚过的生日。医生就说，你这个妈咋当的？

你到底是不是孩子亲妈啊？你是傻子还是疯子？你闺女怀孕都八个月了……"

林红屏住呼吸。下面的情节已不难想象。这个时候，那个练习跑步的老头从她们身边踱了过去，不时狐疑地回头看她们。米粒尖着嗓子嚷道："看什么看！没见过美女啊！老色鬼！"林红一把捂住她嘴巴。"你胆子真小！你们乡下人是不是都这德行？"米粒有些不屑地吐口痰，"后来，女孩她爸妈差点把女孩打死，女孩就是不把那个男人的名字说出来。据说，她的后背被她爸爸用笤帚抽烂了。能说什么呢……再后来，他们全家就搬走了，工作房子都不要了，没人知道他们去了哪儿。再后来呢，半年前，这女孩回大同了，她今年也三十多岁了吧？跟你一样，是个老女人了，她带着个十四岁的闺女……"

"你知道赵小兰的电话吗？"

"知道怎么样？"

"告诉我。我想跟她谈谈。我知道她很可怜……可是……"

"知道怎么样？不知道又怎样？告诉了你又能怎样？你以为你是谁？我明天考试照样他妈的不及格！"她的眼泪唰唰流下来，"你说，我要是真被开除了，该多丢人啊！王小峰会看我笑话的！"

林红缓缓站起来。林红走了。林红走得非常慢。

"别走！别走！你别走！你给我站住！你他妈一身猪肉味，有什么牛B的啊！"

夜深如海。她再次拨了妹妹的手机，虽然很晚了，但妹妹的手机并没有关。过了会便有人接了，是个男的，这是个中年人，但明显不是那个长酒糟鼻的出租车司机。他的声音像是绷得直直的钢丝，平平的、细细的，鼻音很重却有金属回音。他问林红是谁。林红说我找我妹妹。男人沉默了半晌，然后说你妹妹睡了，刚刚睡着的，你是林红吗？你现在在哪里？要我把她叫醒吗？你现在在哪里？

林红没有回答，直接关了手机。

9

林红是在体育馆北边的马路上看到李永的。李永倚着那辆警车，就那么地凝望着越走越近的林红。在路灯下，这男人的面孔如此陌生。十六岁时的李永是什么样的？他又过了一个什么样的寒假？

林红还依稀记得十六七岁的韩小雨。他比她低一届，上初三。她晓得他是因为他在学校里很有名。他有名的原因颇多，他有三个哥哥，其中两个蹲过监狱，韩小雨继承了他兄长们的彪悍习性，脸上常贴着膏药晃来晃去。他在英语课上看黄色小说被老师逮到，校长在全体会上点名批评。林红没想到高中毕业后会跟他成为肉联厂的同事。他那时安分多了，他三哥因为抢劫刚刚进了监狱。虽是同事，见了面也极少打招呼。两年后，林红在厂里成了新闻人物：她父母车祸身亡，肇事方赔了林红和妹妹八万块钱。韩小雨就是那之后追林红的。那时林红跟妹妹住平房，经常停水。韩小雨下班后就跑到她们家，将水缸挑得满满的，将庭院里种的豆角、茄子浇得精透。起先林红很是厌恶他，以后就慢慢习惯了。有时候她看着他光着膀子，浑身油亮，挑着两担水就像个欢快的剃头匠，心里是一种暖暖的疼。有一次，她接连几日没见到他，隐隐有些失望。后来听人说，他病了。林红就买了些水果罐头探望他。他很是快活的样子。他娘是个瞎子，信佛，每年三月初八都去百里开外的庙里烧香。他说这次去，公共汽车离寺庙尚有八里地，就抛锚了。老太太又非在午时进香，他就背着她一路小跑，热了就脱了衣裳，光着膀子赶路，不成想就感冒了，头疼得厉害，似是怕林红不信，他就拽了她的手去摸他的额头。林红想把手抽回，不成想他一把将她拉入怀里，翻身压下……他好像对此非常精通，她并未感到丝毫的痛楚，她只是睁着一双眼睛，凝视着屋顶。她想，她们家终于有个腱子牛一样壮硕的男人了……

"上车吧，明天我陪你们去云冈看大佛，"李永将车门打开，"我把岑红跟孩子都送回家了。岑红让我来接你，怕你找不着家。等你半天了。"

"哦。"

"你这次来，怪怪的。家里是不是出了什么事？"李永的额头从侧面看上去显得有些凸起，而他薄薄的嘴唇在阴柔晦暗的灯光下仿佛与人中连在了一起，变成了一个没有嘴唇的人。

"没有！"林红很坚决地说，"他们都很好！"

"你还在卖猪肉吗？"

"嗯。"

"你丈夫还在开理发馆？"李永神色专一地开着车。

"是。"林红的声音有些喑哑。她这一天里已经说了太多的话。她觉得这一天说的话已经远远超过了以前三十年所说的。她记得猪在被五花大绑起之前，它们肥硕的耳朵总是疯狂摇晃，似乎不想听到屠刀在磨刀石上霍霍的声响，等蹄子被麻绳捆得紧紧的，仍死死挠动着，一副随时拼命奔跑的姿态。它们惨叫的声音像是沙尘暴来临时，风沙从明净的玻璃窗上滚过。它们冥冥中知道一切行将结束，它们嚎叫的声音里除了恐惧，更多的是一种临被屠宰时的幸福。

"你跟米粒都聊什么了？"

"没什么……我们都是……那谁的玉米……"

"呵呵。没想到你还喜欢听歌,喜欢追星呢!"

"我们……回去吧。岑红肯定等着我。"

"我们不回去,还能去哪儿?"前面是红灯。李永将车停了,看了看林红,林红垂下头,手指磨蹭着羽绒服的衣角。"这么多年了,你还跟个小姑娘似的,你不会大点声气说话吗?你怕什么呢?有什么好怕的呢?"

林红不晓得如何作答,她只有努力均匀地呼吸着。

等到了岑红家,两位老人都睡了,孩子也睡了。岑红似乎对林红的所作所为很是生气,闷闷地替林红放了洗澡水,又将棉被抱到沙发上,叮嘱李永睡觉不要蹬被子。李永只是看《晚间新闻》,不停喝着茶水。岑红就低声质问道,你到底想怎么样?你到底想怎么样呢?!李永连看也不看她一眼,两人就那样僵持着。等林红洗澡出来,李永刚好接了电话。他神色凝重地看了岑红和林红一眼,说局里有紧要任务,他必须去报到。岑红对他的解释只"哼哼"了两声,然后"砰"的一声将防盗门关上。

两个女人就进了屋子,窸窸窣窣地上了床。床灯亮着,灯光碎了一地。岑红也不搭理林红,侧身而卧。林红知道她并没睡着,伸手去摸她的手,岑红轻轻将她的手掸开,过了会林红的手便又伸过去,岑红又将她的手挪开,如是反复几次,岑红才安静了,林红握着她的手,她的手大而糙,粗大的骨节攥在手里,像是攥着把枯柴火。岑红就有一搭没一搭地问,林红父亲的战友住在哪个区?是否健康?是否喝了些酒?林红也没吱声。岑红就转身过来,静静地看着林红。林红的脸色比白天要红润些,眼角细小的纹络爬向两鬓,像是张大风过后的蛛网,她鼻翼两侧的雀斑比前些年更多了,而她的嘴唇,起了两个白色水疱，行将溃烂的样子……只有她的眼睛没变，幽深趟不着底，棕色瞳孔转动间，满是少女的羞涩和不安。

"你到底有什么事瞒着我？说。说吧！"岑红摇晃着她的肩膀。她的肩膀没有丁点肉，肩胛骨锐利得像两把刀鞘，岑红反倒有些心疼起她来，"你把秋衣脱了吧，怪热的。"林红没有反应，岑红就去拽她领子。她的秋衣很旧了，原是老红，洗得松弛得像块花抹布，脱起来甚是方便。然后，岑红就发现了她身上的秘密。岑红险些叫出声。林红的胸脯、林红的胳膊、林红的后背、林红的手腕上全是疤痕，有深有浅，还有椭圆形的疤，明显是用烟头烫的。林红一声不吭，任她把自己翻过来翻过去地看，脸上没有任何表情。

"这个畜生！全是韩小雨干的吗？！"岑红用手指肚来回蹭着她身上形形色色的疤痕，颤抖着声音问，"他比牲口还牲口！还是个男人吗？！"

林红仍是不语。"当时你们结婚，我就知道他图的是什么！你个傻丫头啊。"岑红用新棉花被将林红裹得像只蚕蛹，"你跟他离婚吧！哪有这样打老婆的！哎，你当初干吗嫁给他呢？"

林红只是不语。她似乎睡着了。岑红也就无话了，重重叹息一声，侧身躺了，不停打着哈欠流着眼泪。后来，她感觉到林红钻进了她的被子，手臂安静地揽住她丰满的腰身，脸死死贴住她后背。再后来，她觉得自己后背润润的，湿湿的，洇了一大片。她抓了颗药丸塞嘴里，细细咀嚼着，说，林红，你给我唱首歌吧，我好多年没听你唱过歌了。你唱歌比我强多了……唱什么呢？就唱《九月的高跟鞋》吧。谁唱的来着……是凤飞飞呢还是林忆莲呢……你那小嗓门，唱起来比谁都好听，是真好听呢……

翌日醒来，本是计划去慈云寺，但雪已经融化，岑红就又改了主意，说，还是去云冈石窟吧！定了主意后，她便急忙给李永打电话。李永的电话一直关机。等老人孩子都起床了，早饭也吃完了，才联系到李永。李永说他还有点事，让她们在家里安心等着，还嘱咐岑红，千万不要让林红出去乱跑，人生地不熟的，路又滑，别出什么岔子。他说话的声音柔和温静，全然没有了往日的不耐烦。岑红很是高兴，便跟林红商量，是否带孩子一起去？林红呆头呆脑地说，怎么都行，怎么都行。由于事先没准备，岑红开始仓皇着给孩子找干净衣裳。孩子呢，知道要出去旅游，乐得连蹦带跳。这时林红就说，她先出去买点东西，让岑红等她片刻。岑红虽不情愿，也不好说什么，也许，林红这两天的怪异行为已让她哑口无言。她只叮嘱林红别乱买东西，到时候在那里吃饭住宿都不用发愁，李永会找企业报销的。林红"嗯"了一声，背了旅行包出去了。

　　出了门，林红先给米粒打电话。如果她今天参加考试，自己就去学校等她，直到她考试结束，如果她装病弃考呢，就更好了，能马上见到她。林红现在最大的愿望，就是从米粒嘴里套出赵小兰的电话号码。林红深信对付赵小兰这样的女人，她还是绰绰有余的。只有赵小兰离开李永，岑红的日子才能过得安生，即便她自己有什么不测，她也会心安。

　　可是米粒电话关机，她便给妹妹打，妹妹的手机也关机。林红打了辆出租车，径自去了财经学院。为了防止岑红干扰她的行动，她也把手机关了。现在世界终于清静了，没有什么比耳根子清静更幸福的事情了。

　　等到了财经学院，问题又出现了。她不知道米粒在哪栋宿舍楼。她总是这么糊涂。再次联系米粒，还是无法接通。便找岑红，岑红说，你又跑哪里去了！这么半天也不回来！李永刚才打电话说……林红果断地挂机。后来,她突然又想去军区大院看一看。昨天去的时候,她没有看到那只粉色乌鸦。也许那只乌鸦早死了,也许它还活着,这些全是次要的,林红只是想证实一下,在那个忧伤的年代,她是否真的看到过一只乌鸦呢?而且是粉红色的,每天它都会从古老的砖红水塔上飞下来,逍遥自在地独自起舞……

今天站岗的士兵不是昨天那个细眉细眼、满脸痤疮的小伙子,而是个方头大脸,两腮抹着高原红的粗壮家伙。他是个很认真的士兵,他说他好像从来没见过林红在这里出入,想看一下她的证件。林红诺诺地说,证件丢了,还没有补办,你就让我进去吧!士兵就说,你给家里人或熟人打个电话吧,我想证实一下。林红就怏怏地走了。她边走边给米粒打电话,仍没有动静。在经过一个街心花园时,她在那里坐下,细细地观察着来往的行人。他们都忙着去上班,他们从来不会对一个陌生人看一眼,而林红现在多么需要一双温柔的眼睛注视着自己,她会把自己所有的秘密透露给他,哪怕他是个完完全全的陌生人。

后来,她看到一辆大卡车拉着一车猪肉缓缓路过,那辆车虽然鼓着个肥大的绿帐篷,可林红还是从车尾缝隙里,晃着了一头头被剖膛破肚的生猪。它们安静地叠压在一起,尾巴僵硬地卷垂着,支棱着肥硕的耳朵,像是刚拱完猪食槽子。她又开始呕吐了,她连昨天晚上的麻辣小龙虾都吐了出来。她看到光溜溜的韩小雨躺在大理石地板上,那么安静,那么悠闲,全然没有了往日的威风,曾经永远不知疲倦的下体缩成一团肉芽,它再也不会膨胀了,它再也没有力量粗暴地捅入妹妹的身体里……畜生永远是畜生,不管它是否穿着人的衣服。无论何事,只要有了第一次,肯定会有第二次、第三次、第四次。在过去的日子里,到底有多少次,她亲眼看到韩小雨跑进妹妹的房间呢……妹妹搬出去一年后,不知怀上了谁的孩子。那天,他将她掳到家里……

她怀孕五个月了,这头牲口还是把她弄得大出血。一个人要是有罪,老天总会假他人之手做出惩戒,最后变成植物的肥料,变成下水道里的污水,变成狗嘴里的饕餮大餐,变成遗失在火车站候车大厅里的猪肉,变成天空里……云朵最肮脏的一部分。

"林红啊!你在……哪里啊?"是岑红。她的声音虚弱而焦虑。

"空军大院旁边,有个小花园。"林红冻得鼻子通红,不停流着鼻涕。

"那个啥。林红,听我说,今天李永有事,我们还是别去云冈石窟了吧?好吗?我们去慈云寺,慈云寺近。你在小花园等我,我这就去找你!你……你别乱跑啊……"

林红又给米粒电话,还是关机。她不想等岑红,她想还是去学院等米粒吧。或许可以让传达室的门卫查一下花名册。她在小花园里又徘徊几圈。等她打定主意,她看到岑红从一辆出租车里出来了。岑红搭的那辆出租车停在离她不远的路边,后面的两辆也跟着停下来。岑红神色慌张地小跑过来,什么话都不说,只是嘴唇不停地颤抖,她的手焦躁地握着林红的手,林红能感觉出她的手也在颤抖。

林红说:"你怎么了?你怎么紧张成这样呢?对了,你手头有零钱吗?我今天不想去慈云寺了,我想待会打车去找个人。我身上就剩下两块钱了。"

"有啊。"岑红急忙去掏钱包。可是掏遍了全身也没有找到。她朝林红僵硬地笑了笑说:"真是的,出门太仓促了,忘了带钱包。"

"没事的,"林红轻柔地说,"我有银行卡,待会去支领一些好了。"

"让我再看看。"岑红又把全身搜了一遍,后来终于找到枚一元钱的硬币。她苦笑了一声,将那枚硬币攥了攥,张开手心,朝它吹了口气,然后她交错了几下左右手,胳膊伸得直直的,对林红说:"猜一猜，在哪个手心里？"

林红笑了。这是她们在少女时代经常玩的游戏。每次林红都很少猜错，而岑红则很少猜对。林红将那枚硬币放在掌心，幽幽地说道："岑红，你还记得吗？上高中的时候，一块钱能买二十块糖瓜子。"岑红没有回答，林红就接着说，"有些事你别担心，我会帮你办好的。"她把头斜靠在岑红宽厚的肩膀上，耳朵不时蹭着岑红的衣服，"你还记得吗？我小时候的理想吗？"说到"理想"这两个字时，她似乎有些羞赧，于是她的声音便更微弱了，"我想变成一块小石头，在大海底下，最深的地方，待着，不用说话，不用想事，不用动弹，只能看到鱼在游泳，海藻漂来漂去，"她深深吸了口气，仿佛她真的变成了一块大海深处的石头，"你咋了？为啥不吭声呢？"

岑红一直没有说话，她整个粗大的身坯都在打着寒噤。等林红环顾四周，才发现有四五个警察像群清冷的猎狗，正在慢慢朝她围拢。他们手里拿着枪，也许子弹都已经上膛了。在那些警察里，她发现了李永。他两手空空，面无表情地梭巡着她。林红马上明白过味来，她突然一把将岑红抱在怀里。岑红能感到她瘦小干枯的乳房顶着自己的乳房。后来，林红凌乱地摸了摸她的额头，对她耳语道："我想为你办件事……可还没办成……"她最后一个动作是蹲俯下去，似乎想从旅行包里掏东西。警察就是这时蜂拥而上的。他们很轻易地就将她按倒在脏兮兮的雪地上。她那么瘦，身子骨那么轻巧。她没有丝毫反抗，只是嘴里嘟囔着："岑红……岑红……你的蔷薇……"

那个旅行包被警察拎走了，李永对一个面色铁青的人说了几句话，然后，他从破旅行包里掏了件东西，朝岑红疾步走来。

岑红脸上的肌肉不时抽搐，嘴巴张得大如核桃，却发不出任何声音。她接过李永递过的东西，是盆微型蔷薇。小巧玲珑的花盆，盛开着两朵粉红蔷薇。单瓣蔷薇在寒风里瑟瑟抖动，发出极细小的呜咽声。岑红又去看林红，已然没有她的踪影。那些警察，富康出租车，统统消失在众多拉煤的大卡车中了。岑红哆嗦着，把那盆蔷薇藏进羊绒大衣。细小的花朵从袄兜里支棱着伸将出来。她将一把药片塞进嘴里，咕噜着喉结艰难地咽下，然后情不自禁地打了个长长的哈欠，眼泪就是这时淌下来的，她用粗大的手掌抹了把自己迸刺的脸。她觉得困极了，可眼睛依然睁得大大的。

2007年1月19日

夏朗的望远镜

1

夏朗跟方雯以前不熟，上班不过三两年，又都在下面的分局，所以说，虽然在一个单位共事，也只是开全体会时恍惚打过照面。说没印象呢，是假话，这姑娘烫一头黄金卷，煞是扎眼，瞅人时左顾右盼，用同事们的原话说就是："这姑娘呀，眼贼着哪。"说印象深呢也是假话，他极少想起她，或许偶然想起过？可即便想起，恐怕也只是似笑非笑一张脸，眉眼如何倒不是很清楚。说起来，他跟她的事还得感谢单位。如果没记错，那个夏天极少下雨，即便下了雨，也只是鸽子粪那样稀稀拉拉的几泡。也就是在那个瘦骨嶙峋的夏季，他们在市里足足蹲了一个半月。

事情是这样的，省里新来了位姓李的局长。关于这位局长，传言甚多，不过有一点可以确凿，他上任之前，曾是省委书记的贴身秘书。这个秘书和一般秘书不同，很有些脾性。据说在省会，他开的9999牌子的奥迪，遇红灯从来不停。某一天，一个新来的警察截了他的车，他摇下车窗,一口浓痰就朝小警察啐过去。当天下午,那位刚上了两天班的警察就被调离了。对于新局长的到来,市局的领导们都暗暗捏了把汗。上任不久,李局长就要求全省系统上马一个新程序,把往昔十年的纸质文件全部录入电脑。为防差错,市局要求县局派遣的精英一律市里集合,统一录入数据。所谓精英呢,无非是那些刚毕业、懂英语,尚未来得及拉家带口的单身男女。

夏朗跟方雯分在一组,每天下午两点开始录数据,一直录到晚上九点。这七个小时,除了晚饭那顿自助餐,除了上厕所、喝水,所有人员均不能离开办公大厅半步。夏朗屁股瘦,却最坐得住,不像别的同事,譬如那个二百三十斤的刘振海,每隔半个时辰就溜到外面吸烟。那天,他甚至带了烤羊腿和啤酒,时不时啃灌两口,呆头呆脑四周环顾。夏朗就笑,觉得领导把这样的同事派来,犹如让金·凯利去演爱情电影,而让尼古拉斯·凯奇去演喜剧片一般。

那天录完数据,几百号人嗡嚷嗡嚷从厅里涌出,堆挤在电梯口。夏朗鼻子里全是汗臭味儿,忍不住打了个喷嚏。不想一口痰就喷上手背,去摸手绢,却没摸到。脸红之际,身旁就伸过来一只水嫩的手,顺势把张湿纸巾搭上他手背。他一侧头,却是方雯。方雯面无表情地朝他点点头,说了句什么。也许她声气本来小,也许是嘈杂声太大,总之夏朗并没听清她嘀咕了什么,便愣愣瞄了她看。她随手指了指楼梯,似乎怕夏朗还未意会,干脆将手捂住他耳朵。瞬息他就闻到了香水味儿,犹如干草暖香,胸口不禁荡了荡,依稀听方雯说:"陪我一起走楼梯吧,夏朗。"

说这话时她嘴唇似乎触到他耳廓,也许已然触到?他忽就明白了吐气如兰是怎么回事儿。更让他意外的是,下身怎么就硬了,不是一般的硬,简直要将衣裤破开。为掩窘态,他双手捂着下体,随了方雯穿过一具又一具热腾腾的身体。日后忆起那日，觉着他和她，仿佛是逃荒的难民中两个心不在焉的人，在膨胀的饥饿感和对食物的无限热望中，内心反倒窸窸窣窣升腾起一种氤氲的、酥软的暖。这窸窸窣窣的暖，让他穿越众人随她行进时，一直仿若踏在云霄之上。后来，这个小男人和这个女人顺着楼梯一级一级缓缓地走。楼梯没亮灯，每迈一级，夏朗先把灯打开，回头看方雯一眼。方雯就朝他笑。笑得不甜，也不冷清。

"夏朗啊，你饿了没？我们去吃点东西吧。"方雯在转角处停了，抱着胳膊肘说，"我好想吃烤鸡翅。"她咂摸着嘴，不光咂摸着嘴，甚至伸出舌头俏皮地舔了舔嘴唇，"我最喜欢印度的变态鸡翅了。"

"哦。"

"你喜欢吃变态鸡翅吗？"方雯道，"喜欢辣口吗？"

"……都行吧。"

"你喜欢看电影吗？"方雯又说，"今天晚上好像是《少林足球》呢。吃完鸡翅我们就去看电影吧。听说赵薇在里面演一个丑女。不过说实话，我从没觉得赵薇好看过。一双贼牛眼多吓人啊。"

那是夏朗长大后第一次到电影院看电影。电影院里人不多，也不少。方雯买了两包爆米花，随手递给夏朗一袋。关于那天的电影，除了爆米花的甜，夏朗已没任何记忆。他只记得走出电影院时，一股热浪扑面而来，身上忽就粘了些莽撞的飞虫。坐上出租车时，方雯突然让司机停一下，然后径自下车。夏朗看着她站在离车门不远的地方抻了抻连衣裙。她穿了件连衣裙，连衣裙有点瘦。

方雯回来，塞给他一盒香烟，大大咧咧地说："我知道你抽烟，可今儿晚上你一根也没抽。没事的，你抽吧，我不介意。"夏朗手里攥着香烟盯着方雯，方雯就眨着大眼笑。夏朗窸窸窣窣点着一根，方雯问："烟抽起来是什么滋味？"夏朗就说："苦呗。"方雯问："你为什么抽烟？我大学里的男同学，很多是失恋才抽的。他们管这叫恋爱后遗症。"夏朗只呵呵笑。方雯沉默会儿，突然从他手里把香烟捏过去，狠狠吸了口，又急着吐出，慌忙插进夏朗嘴里。夏朗听到她嘀咕道："难抽死了。我爸身上就老是这种烟草味儿。隔着两米都能闻到。"

那是夏朗第一次听方雯说起她父亲。当然，他并没有问关于她父亲的任何问题。后来在市里的那段日子，他单调无味的单身汉生活因为和方雯的那场电影有了很大改观。他再也没去跟男同事们玩扑克牌或者喝酒，也没有一个人到网吧里上网聊天。他的业余时间全给了方雯，或者说，方雯把自己的业余时间全给了他。他们去专卖店看衣服，去上岛喝咖啡，去大钊公园散步，去百老汇电影院继续看那些永远记不住情节的俗烂电影。有天晚上，从影院里出来时，方雯提议去参观理工大学的地震遗址。那栋遗址本是座五层楼的图书馆。二十多年前那场惨绝人寰的地震让它由五层变成了三层，也就是说，剩下的那两层直接就沉到了地表之下。为了纪念那场地震，政府特意批准把这栋楼保留下来。

夏朗并不想去。两个人跑到幽灵遍布的废墟，想想身上就起鸡皮疙瘩。可方雯并不这样认为。她笑着威胁夏朗说，如果他不跟她走一趟，她就"休"了他。夏朗只得怏怏随了她去。月洗高梧露溥幽草，他们在废墟外面怯怯站了会儿，方雯就从防护栏上近乎勇猛地蹿了过去。夏朗张了张嘴，随后蹑手蹑脚爬将过去。两个人没拿手电筒，也没带打火机，萤火坠墙阴，就在黑魆魆的废楼里慢慢走。走着走着，一条黑影忽从里面闪出。方雯尖叫一声，顺势扑到夏朗怀里。不过是只寻食的野猫而已。夏朗颤抖着紧抱住她，她温热的乳头死死贴着他的胸脯，大腿根则顶着他私处……两人在废墟里笨拙地躺下去，躺下去时还胡乱抱在一起,仿佛驰隙流年,恍如一瞬星霜换,他们,无非是多年前在图书馆幽会的一对情侣。

那是夏朗第一次跟女人最私密的接触。他还记得他们从地上爬起来时,方雯掸了掸自己的裤子,从背后揽了他的细腰。他听到她用一种犹疑的、淡然的声音说,等这个礼拜回家,他必须跟她去见见她父亲。夏朗当然知道那是什么意思,他转过身,亲了亲她的额头,对她说,他当然要去拜见她的父亲,他不但要拜见她的父亲,还要去拜见她的母亲。说这番话时,夏朗一双手还死死攥着她蜂蜜般滑腻、柔软的乳房。

2

方家对第一次来访的夏朗礼遇很高,不但买了大闸蟹东方虾,还特意将方雯的叔叔婶婶、姑姑姑父一并请来。方家住在城乡结合部的一处平房里,三大间,还有厢房,院落里的小白菜翠绿多汁,劈好的松木码得比麻将牌还齐整。县城里像这样独门独院的平房已不多。方雯母亲和方雯长得像姐俩,虽老了,可一双湿漉漉的眼左转右旋,似乎要滚将出来。方雯父亲矮矮胖胖,犹如尊镀金的弥勒佛,老眼弯着,仿佛满世界的欢喜事全降他身上一般。那顿饭吃得有点闷,夏朗并不是喜欢说话的人,见了方雯那帮密探似的亲戚也不热心。妇女们全然在厨房忙碌,间或听到她们近乎疯狂的爆笑,似乎这个明媚的初秋,夏朗的到来让这个有些寂寥的庭院突就添增了暖暖的生气。

方雯父亲只打了个照面就不见了。后来去厕所路过厨房,夏朗才发现，原来他是在厨房。这个未来的岳父戴着顶雪白高耸的帽子，系着条拖到地面的蓝围裙，正在做油焖大虾。他神情甚是专注，脸膛被炉火映得饱胀红润。方雯站他身后，时不时拿毛巾替父亲擦拭汗水。他的样子太像电视里参加金牌大厨比赛的厨师，或者说，他比那些人更像个厨师。

那顿饭吃得漫长精细。方雯母亲不停给夏朗夹菜，又不停给夏朗倒酒。夏朗上大学时有个绰号，叫"一盖死"，也就是哪怕喝上一酒瓶盖的白酒，就不知道是如何死掉的了。所以夏朗很计较，没多喝，怕初来乍到就现原形。可方雯的亲戚们似乎并不这么想，他们热忱地劝酒，仿佛他们的满心欢喜只有通过酒水才能释放。夏朗打定了主意，不能再喝下去了。这时方雯父亲说："夏朗啊，你别光等着你叔和你姑父敬酒，你也主动点，敬敬长辈们啊。"夏朗说："哎……我实在是喝不下了。"本想解释一下，却不知从何谈起。方雯父亲淡淡扫他一眼，不再瞅他，而是和亲戚们谈起了最近城里发生的一起谋杀案。

夏朗的父母对这门亲事倒没什么意见。他们对他所有的事都没意见。这么多年来，他们没骂过他，没打过他，他们都信奉"好孩子是表扬出来的"道理。不过母亲倒有个提议。母亲有提议是正常的，她退休前在一所小学当了三十年校长，什么事都讲究规章制度。她说，最好找个媒人才显得名正言顺，不能让旁人说起来，两个年轻人在市里不好好工作，光忙着谈情说爱。于是夏朗和方雯就忙着踅摸两家都认识的人，踅摸来踅摸去，还真就找到一个人。这人姓司马，老婆跟夏朗母亲是同事，而他则跟方雯父亲是同事。宁拆一座庙，不毁一门亲，司马跑了趟夏朗家，又跑了趟方雯家，这亲事算是定下。

按照桃源习俗，亲事定下后要"踢门槛"，就是女方到男方家吃顿饭，男方给女方些彩礼钱。县城不像村里，村里的"踢门槛"钱，最少也要一万零一块，要的是"万里挑一"的意思。老校长给了方雯一千零一块，方雯大大方方接了，又接了老校长的一枚金戒指。

老校长和丈夫在厨房忙活，夏朗就和方雯在房间里待着。亲了摸了，再也不能干点别的。夏朗就说："我带你看点有意思的东西。"不等方雯询问，就牵着她爬上顶楼。然后指着一架仪器问方雯："知道那是什么吗？"

方雯盯着仪器，久久才说："望远镜吗？"

"天文望远镜。"夏朗说，"我这个是博冠探索者经典版，花了三千多块钱呢。全桃源县恐怕也只我这一架。"

"这么贵？"方雯问，"能看多远啊？能看到织女星吗？"

夏朗笑了，说："你的这个问题，就好像有人看见显微镜就要问，这台显微镜能看见多小的东西？能看见细菌吗？有人看见了一支枪、一门炮，就要问，这支枪、这门炮到底能射多远呢？这样的问题都是不科学的。评价望远镜的标准不是能看多远，而是看其极限星。我们的肉眼就是一台光学仪器，可以看到220万光年以外的仙女座大星云，但是看不见距离地球4.2光年的太阳系外恒星比邻星。所以说，说一个光学仪器能看多远是没有意义的。"

方雯讪讪地说："你方才说的这番话，我一句都没听懂。"

夏朗说："不懂没关系，我慢慢教你。你会迷上星云的。"

方雯打着哈欠："算了吧。我对宇宙一点兴趣都没有。"

夏朗嘻嘻笑着："我知道你对啥感兴趣。"把她身子扳过，揽自己怀里。在这个时候，哪怕他能观测到一艘UFO，怕也不会去看了。

吃完饭方雯就走了，不过，走了没多久就打电话过来。她犹豫着说，回家后，她遭到父亲一通埋怨，不该收那一千零一块钱。夏朗顿了顿说，是不是……伯父嫌钱有点少？我妈也问过别人，县城里边，大体是这么个数。方雯说，你想哪儿去了？我爸是那种见钱眼开的人吗？你也太小瞧我爸了。他不是嫌钱少，而是怪我根本不该接这笔钱。

夏朗就闷闷地问："那他是什么意思呢？"

方雯说："我爸的意思是，他不是往外卖女儿，既然不是买卖，干吗要收你们家的钱？两人你情我愿，沾了铜臭就显得俗气。戒指我爸说就先留下了，等结婚那天戴。"

夏朗就说："这……这合适吗？"

方雯有些不耐烦地说："你等着我，我这就给你退钱。"

夏朗说："都这么晚了，退什么退啊，你先留着吧。"

方雯那边已挂了电话。

老校长在旁听了个大概，也没说别的。夏朗就说："没想到她爸倒离钱物这么远。"

老校长拍拍他肩膀说："傻儿子啊，怕不是这么回事吧？即便真想把钱退回来，也不至于深更半夜来退，你老大不小了……别把什么事都想得这么简单，要动动头脑。"

夏朗皱着眉头说："这事难道还有多复杂？和尚头上的虱子嘛。"

老校长缓缓叹了口气，转身走了。过了半个时辰，门铃不停噪响，夏朗从猫眼里盯看着楼道里的方雯，不知要不要给她开门。

然而婚期还是定下。老校长在县城边上也有六间平房，打算搬过去，把高层楼让给夏朗他们当婚房。夏朗没说什么。住平房有住平房的好处。退休的人除了傻吃茶睡还剩什么乐趣？父母都是一辈子没什么爱好的人，不像有些老干部退休了去打门球，或者参加社区的秧歌队。老校长教了一辈子书，闲暇之余最喜欢的是做家务，每天拿了一块抹布在房间里踱来踱去，连马桶都被她擦得油光可鉴。父亲呢，在农业局干了一辈子统计，退休后就在家看电视，从凌晨五点看到夜里十二点。瘦小枯干的他最喜欢拳击比赛，北美四大拳击赛事，WBC，WBA，IBF，WBO，无一不让他痴迷，可拳击比赛不是天天有。通常夏朗起夜时，还会看到父亲躺在沙发上，强睁着一双眼看电视购物。要是他们搬到平房就不一样了，父亲到林业局上班前是村里的牲畜饲养员，他可以养点鸡鸭，当然，如果他愿意，也可以养骡子养马养奶牛。母亲就更不用闲着了，偌大的院子，一块抹布肯定是不够用的，一双老腿肯定是不够遛的。老两口也做好了搬迁准备，拾掇了三两天，伺候着哪天租了三轮车，把所有物件搬过去，再把楼房简单装饰，单待夏朗结婚生子。

那天夏朗正在上班，就接到了老校长电话。她语气有些犹豫，似乎即将要告诉夏朗的事让她颇为费解。她说，方雯的父亲方有礼今天到家里拜访了。方有礼说，他们家在县城还有一处新楼房，离夏朗家很近，他们平素在平房住习惯了，老胳膊老腿的，也不打算住，干脆让夏朗和方雯在里面结婚算了。他们只有方雯这么个女儿，把夏朗当亲儿子看的。"你怎么想呢？"老校长最后问道，"方雯没有跟你透过这件事？"

夏朗说："从来没有跟我说过啊。"

老校长问："那你是什么想法？嗯？你是什么想法？"

夏朗沉吟着说："我没有想法……"

老校长说："如果你们结到他们家的房子里，是不是就有些倒插门的意思？"

夏朗说："他们家就方雯一个闺女，什么倒插门不倒插门？将来老了，不还得我们侍奉？"

老校长似乎有些不满夏朗的回答，可即便不满，她也不会说什么："哦，那你就等着当养老女婿，给他们送终吧。"

夏朗这才觉察出老校长话里有话。夏朗虽有哥哥，却在北京工作，一年中除了国庆和春节回趟家，平素忙得连电话也不晓得打一个。父母将来肯定是指望不上他的，哪天老得走不动路了，吃不下饭了，喝不下水了，拉不下屎了，无非还得靠夏朗这个老儿子。这也是当初夏朗大学毕业时，父母非让他考县城公务员的缘故。夏朗就商量着说："那我们……还是在咱家房子里结婚吧。毕竟是家里的房子，住着踏实，硬气。是吧？你不就是这个意思吗？"

老校长沉默半晌，方才嗫嚅道："哎……方有礼……刚才……将楼房钥匙留下了。他说，说……房子他们出，装修咱们管。"

3

到底是在方雯家的房子里结的婚。新房离老校长家不过三百米，仿佛方有礼当初买了这房，就知道女儿将来要嫁夏朗似的。装修那段日子，方家人一次都没有来过。

两口子每晚从镇上回来，都要跑到老校长那里蹭饭。老校长当是尽心伺候，每天换着花样吃。吃完两口子就回自己窝里，卿卿我我不在话下。一天事毕，夏朗心血来潮，衣服也没穿就拉着方雯跑上阳台看星云。夏朗让她看最亮的那颗星。方雯瞥了眼，夏朗憨憨地问："你真的不喜欢那些星星？你看到的那些光，都是上万光年之前就发散出来的。"

方雯说："真的啊？"

夏朗说："有时候我老忍不住想，别的星球上是不是也住着像我们一样的人？像我们一样出生，像我们一样谈恋爱，像我们一样老死。或者他们的文明比我们发达，他们的那个星球上，根本就没有死亡这个说法。一切都是永恒的，一切都是完美无瑕的。"

方雯盯着夏朗说："你真是个怪人。"

夏朗搂着她说："如果有那样的星球，我们就搬过去住。"

方雯打着哈欠说："这个礼拜天，陪我去美容院做护理啊。"

夏朗"哦"了一声，眼却还是钉在望远镜上。

方雯的护理没做成。小雪至，县里已供暖，夏朗家的暖气管道不知哪儿出了问题，摸上去冰凉。两口子忙着找热力公司的人来修。等修好了已过晌。两口子坐沙发上，不晓得是去老校长家蹭饭，还是自己蒸点米饭。这时方雯朗着嗓子说："夏朗啊，等暖气热了，我想把我父母接过来一起住。"

夏朗想也没想说："好啊。"

方雯似乎有些吃惊："你同意？"

夏朗说："这有什么？你爸妈住平房，又要买煤又要生炉子，多费事。"

方雯笑着说："你心眼真好。说实话，我想了好几天，也没好意思跟你说。"

夏朗捏着她鼻子说："我心眼不好，你会嫁给我？"

方有礼两口子很快就搬过来。他们没有劳烦夏朗两口子，而是把亲戚们全动员起来了，有车的出车，没车的出力，没力的出主意，只一个上午，就将家当全部搬运过来，仿佛吉普赛人大迁移一般。等夏朗下班回来，开门的正是方有礼。方有礼咧着大嘴"嘿嘿"笑着，把拖鞋递给夏朗，又朝他老婆使个眼色，丈夫娘就笑吟吟递过一杯普洱茶。夏朗倒没受过如此礼遇，忙说爸妈你们客气啥？方有礼就把夏朗拉到自己身边，拍着胸脯说，朗朗啊，我们这不是客气，是心里委实高兴呢！四周的街坊邻居，哪个不羡慕我们找了个千里挑一的好女婿？你瞅瞅李福林家，空有四个儿子，可哪个儿子主动接他们两口子去楼房里猫冬？你再瞅瞅王秀峰家，为了养老问题，把俩孩子都告上法庭了！法庭啊！方有礼笑眯眯的眼睛突然就睁铜铃那么圆，痴痴地看着夏朗。见夏朗张着嘴巴不知所谓，这才又嘿嘿笑起来，说：人家都说闺女是爹妈贴身的小棉袄，可我看哪，姑爷比闺女还亲！闺女要是贴身的小棉袄，姑爷简直就是一块心头肉！

夏朗慌忙着点头，又慌忙着朝给他脱外套的丈母娘笑。

这样过了一个来月，倒也没觉察出什么不便。晚上回了家，方有礼夫妇早把饭菜做好，热腾腾的，吃着也顺口；洗脚水早早烧好，端到沙发前；屋子以前一个礼拜收拾一次，这下方雯倒成了甩手掌柜，连墩布都不摸一下；夏朗找脱下的内裤洗时，却发现正被丈母娘用力搓揉……总之，家里突然像多了两个知寒知暖的保姆。这倒和夏朗在家里时不太一样。老校长虽宠夏朗，可夏朗的袜子、内衣都是夏朗自己洗。按照老校长的说法就是，贪婪源于每日所见，懒惰源于父母娇惯，一个男人不能娇气，要懂得自己的双手能干什么活儿，要懂得自己的双腿往哪里走。

夏朗是见不得别人好处的人。人对他好三分，他定会给人还十分，更何况这两人是他的岳母岳丈。那天夏朗从集市顺手买了两条香烟，回家时带给方有礼。方有礼笑眯眯地接了，瞅了瞅牌子，没说什么径直扔沙发上。

几天后夏朗去老杨家的小卖店买酱油，就碰上老杨媳妇。老杨媳妇嘴大，话碎，见了夏朗先寒暄几句，然后意意思思盯了夏朗，欲言又止。夏朗就说，嫂子你有话就说嘛，又没人用麻绳捆你的舌头。老杨媳妇这才伸过脖颈贴了夏朗说:"夏朗啊,你是不是前几天给你丈人买了两条香烟?"夏朗说是啊,你咋知道呢?老杨媳妇说:"哎,你这孩子,虽有孝心,却没用到正经地方。"夏朗狐疑地盯了老杨媳妇看,看得老杨媳妇不得不说实话:"前几天,有个老头过来,非要卖给我两条香烟,说是姑爷买的。我说这姑爷倒懂事呢。没成想他说:懂个屁事,寒心着呢。我们老两口贴心贴肺地伺候人家,做牛做马,人家也只是买了两条乡下人抽的劣质香烟给我。这种烟我是不抽的,便宜卖给你吧。又唠叨姑爷在财政局,挣钱比谁都多,没想到却这般小气,将来怕是靠不住的。"

夏朗听了老杨媳妇的话,竟不晓得如何回她。这两条烟委实不贵,可也不便宜,平日里自己也都抽这个牌子。没想到方有礼会嫌烟不好。嫌不好也罢,偏要说与老杨媳妇这种长舌妇听。心里难免乱糟糟,径自拿了酱油回家。又想起订婚前的那一千零一块钱彩礼,有点豁然开朗,分明是方有礼嫌彩礼钱少,故意找个由头,让方雯深夜送回,给他们家一点颜色瞅瞅……如是想着上了楼。看到笑眯眯来开门的方有礼,夏朗的心脏竟怦怦作力狂跳起来。

整顿饭也没说上三两句话。吃完后夏朗就溜达到阳台上。他都喜欢一个人俯在望远镜上,静观那些旁人看来司空见惯的星云。仰望黑暗苍穹中发着冷光的星束,他会静下来。近一年,他迷上了双子座的水母星云,除了在市里的那两个月,每天晚上他都要在望远镜里观测个把小时。那是一片妖异星云,一颗一颗的星星被层层雾状物质包裹、拍打、挤压,而那些星星,不是以往灰亮的颜色,相反,它们在涌动中发射出斑斓的光芒。是的,那种光芒只能用斑斓这两字来形容:瑰紫的、玫红的、杏黄的、瓦蓝的……最奇妙的是,那些颜色不是泾渭分明,而是貌似混沌地纠缠一起,仿佛是一大块一大块被随意泼洒在一起的颜料,只不过,这颜料是流动的、光芒四射的……尤其是水母的一条根须上,有一颗星格外耀眼。他观测它至少有七八个月了。那是一颗蓝色的星,犹如玻璃球般透明,当夏朗特意观测它时,那颗星似乎知道夏朗在看它,闪得格外频繁……有时他会荒唐地想,没准那个星球上的某个人,也正拿着一架望远镜观测自己。

"还看啊?"

夏朗一激灵,却是方有礼。方有礼站在他身后,狐疑地看着他。

"是啊。怎么了?"夏朗的声调竟有些高亢。

"年轻人可不能玩物丧志啊!"方有礼说,"我们搬过来这段时间,你每天晚上都守着这个破望远镜,有意思吗?"

夏朗没有应他,而是呆呆凝望着他。他倏地下恍惚起来,站在自己眼前的这个叫方有礼的人到底是谁?自己跟这个肥胖、白皙、矮矬的老男人如此陌生,犹如隔着莫测的光距。以往的二十多年,县城这么小,他从来没遇到过这么个人:宴席上,音像店里,大街上,花园里,广场上,公共厕所里,学校里,医院里,会议上,丧礼上……哪怕任一场合。而现在,他和这个曾经的陌生人住同一套房子,吃同一口铁锅,用同一张餐桌,蹲同一个马桶,原因只是,曾经躺在这个男人怀里咿咿呀呀哭泣的女孩,现在每天晚上都躺在他的臂弯里。

"我这都是为了你好,"方有礼沉吟道,"你知道吗,夏朗,你太爷就是因为玩蛐蛐败了家业。"

夏朗点了点头,转身回屋。他走得慢。他并非故意走得很慢。走着走着,他突然忘了方有礼长什么模样。他惊讶地发现,如果不跟这男人面对面,他竟拼凑不出他的五官。夏朗忍不住转过身去看方有礼,没料到方有礼正目光灼灼地盯着他。夏朗禁不住哆嗦了下。

4

天文望远镜是被夏朗在厕所的壁橱里发现的。

夏朗没料到望远镜会被方有礼搁置起来。

他本来想和方有礼谈谈。这是他的私人爱好，就像赌徒喜欢麻将，瘾君子喜欢毒品，嫖客喜欢小姐，电影演员喜欢镜头一般。况且这个爱好并没妨碍别人。可话到嘴边又咽下去。他觉得自己最好装作没心没肺的样子。若是他跟方有礼谈了，方有礼肯定会以为，自己是个小肚鸡肠的人。他不想被方有礼看成个小肚鸡肠的男人。他本来就不是个小肚鸡肠的男人。

他把天文望远镜重新摆到阳台，就匆匆忙忙上班了。下班回来，特意去看了下，望远镜仍在那里，这才放心。做这些事时，他有点莫名其妙地心虚，怕方有礼看到。可方有礼似乎并没留意他在干点什么。他眼皮子也不抬地看《老人世界》。他眼睛并没有花，也没有戴花镜，可扔伸着胳膊，把杂志支得远远的。夏朗就泡了壶碧螺春，给他恭恭敬敬端过去一杯。方有礼点着头接了，小口地酌了一口，这才说："夏朗啊，年轻人要养成好习惯，什么东西都要放在固定位置，不要到处乱摆乱放。"

夏朗以为他在说望远镜的事，刚想辩解几句，方有礼倒先说上了："以后上厕所，烟灰缸不要放洗手盆里。"

夏朗"嗯"了一声。方有礼说："你不会拿个凳子，把烟灰缸放凳子上吗？"

夏朗"嗯"了一声,方有礼说:"烟灰缸从厕所里拿出来,要摆在茶几的左手边。"

夏朗"嗯"了一声,方有礼说:"我跟你都是左手抽烟,摆在右手边不得劲。"

夏朗"嗯"了一声,方有礼接着说:"还有……嗯……那个什么……哦,对了,你上厕所时看的书,一定要记得拿出来。"

夏朗"嗯"了一声,方有礼说:"你这个孩子,我算是发现了,啥事不说清楚,你还真拎不清。"

屋内的暖气不是很热,夏朗额头仍出了细细一层汗。再去偷眼看方有礼,方有礼仍在看杂志。那页杂志他大抵看了半个多小时。

夏朗就说:"您待着,我出去走走。"

方有礼就说:"雯雯啊。夏朗要出去走走,你不一块去吗?"

夏朗连忙说:"不用了不用了,她忙她的好了。"

出了门时夏朗想,这一切都是怎么发生的呢?他刚才说那些话,是不是怪自己又把望远镜搬上了阳台?可是,他为什么怕方有礼?他怕方有礼什么?可如若不怕,为何每次面对笑眯眯的方有礼,自己似乎都冒虚汗?说实话,这些日子来,方有礼的态度也发生了些改变。有些时日他没给自己拿过拖鞋了,别说是拿拖鞋,连平日说话的腔调都不一样了,以前是讨好的,近乎谄媚的,现在却是威严的,说一不二的……夏朗乱糟糟在外面转几圈,小风飕飕,不久又旋起细雪,他只得缩着脖颈快快回家。

回到家里,三口人正有说有笑地看电视,见夏朗开门进来,头也没点一下,仿佛夏朗在或不在俱形同虚设。方雯不停讲着他们单位新近的一起桃色事件,一个良家妇女被一个派出所的男人给睡了,却不成想被睡上了脏病……听到精彩处,她母亲便"咯咯"爆笑,方有礼更别提，顺着话嗑添油加醋引出去，将几十年前小城的风流逸事抖出，再总结出些风马牛不相及的俚语。方雯呢，则忽闪着大眼睛频频点头，仿若她父亲说的每一个字，她都应该像虔诚的基督徒诵读《圣经》一般背诵下来。

夏朗一个人缩在墙角，看着这一家人被明亮的灯光映照，每人的脸上都焕发出如出一辙的气息。是的，如出一辙的气息：他们笑起来时，眉毛通通先神经质地一皱一展，然后眼角的笑意方略显刻板地流泻而出——似乎不经意间就饱含了一种优雅的蔑视；他们吃饭时，眼睛总是瞅着别人的饭碗，仿佛在享受食物时仍忧心忡忡地担心，人家的饭随时吃完，他们若不及时给人添饭就显得他们没有教养；他们连剔牙的姿势也一模一样：左手遮挡住嘴巴，兰花指一律翘起，右手的大拇指和食指捏着牙签，小拇指则压在左手小拇指下方，也就是说，两根小拇指构成了一个标准的直角，硬硬地捅向旁人，当牙签在口腔里运动时，右手的小拇指就有规则地左右摆动，直角就变成了钝角，而他们的脸上，浮现的不是那种碎肉从牙龈里挑出来的快感，相反，而是一种肃穆得近乎哀伤的神情……

夏朗想和方雯谈谈。可谈什么？其实也没什么大不了的事。悻悻回了房，将被褥铺好。等方雯看完电视回屋，夏朗仍有一搭没一搭地翻看报纸。方雯脱衣服脱到一半，方才发觉夏朗在看着自己。随手打了一下夏朗，说有什么好看的？夏朗就压着嗓子说，我们有多少天没亲热了？

那晚方雯情绪很好，方雯情绪很好的意思就是，她似乎也很想做点那样的事。他们有多长时间没好好做了？从方有礼两口子搬过来以后。也是，方有礼买的这套房，也有七八年，砖混结构，隔音效果奇差。每当夏朗想到隔壁就住着两位既善良耳朵又无比机灵的老人，动作难免小下来。他感觉自己就是一只潮湿怯懦的蜗牛，在方雯身上磨磨蹭蹭爬行，边爬边竖起触角听着隔壁动静。可那一天不同，夏朗用力摇动着方雯，仿佛他们不是做爱，而是在上演一场生死肉搏战。方雯配合得很好，一会儿床头一会儿床尾，一会儿床上一会儿床下，喉咙里呜咽出类似哭泣的嘤咛声……夏朗气力就更大，一种强大的摸不到边际的快感从下身麻酥酥传至上身，简直让他麻痹。他下作地想，他这样做，就是为了让隔壁的方有礼听见。当他意识到自己这个念头，脸竟灼得厉害。冲刺行将结束时，夏朗突然听到"咚咚"敲门声。

方雯小心地扶住了夏朗的腰身"嘘"了一声。夏朗听到方有礼说："夏朗啊，你们屋子有管拉肚子的药吗？"

夏朗没说话。方雯问："怎么了爸？"

方有礼说："可能怪晚上吃的海螺，你妈跑了四五趟厕所了。"

方雯穿上内衣去开门。夏朗将被子盖上，茫然仰视着房顶。听到父女俩嘀嘀咕咕，翻箱倒柜。夏朗冷冷地想，药品柜不是在方有礼他们卧室吗？怎么跑到我们的屋子找药？再过些时候，方雯才哆哆嗦嗦小跑着进屋。夏朗说："药找到了没？"

方雯说："找到了。哎，人上了岁数就是记性不好。药明明在他们屋。"

夏朗还想问点别的，但话到嘴边又都咽下。方雯似乎也累了，没多说什么，不久传来细碎的鼾声。夏朗把灯关掉，盯着屋顶在混沌的暗黑中渐渐清晰。他甚至看到上面粘着只死掉的蚊子。

下班后就不怎么爱回家了，而是跑到老校长那儿。老校长见到儿子很意外，说，你都两个礼拜没过来了，真是花喜鹊尾巴长，娶了媳妇忘了娘。老校长很少拿这种口吻说话，夏朗就有些不好意思，说，妈，我是那样的人吗？老校长说，我看就是。你看看你，上班也有几年光景，按理说，朋友也该交了几个，哪能这样天天当闷嘴葫芦呢？老爷们，咋能没仨好的俩近的？

老校长的话倒很有道理。大学毕业后，跟天南海北的同学们还真就没有往来。别说大学同学，连发小间的交往也寡淡。每天就是上班下班，下班了也不像别的同事那样出去喝酒应酬，只在家里上上网，要么摆弄摆弄天文望远镜。他成了一个典型的宅男。

夏朗就盯着老校长说："我从小不就这样吗？"

下个礼拜，夏朗还真就参加了一次网友聚会。那是帮天文爱好者。说是天文爱好者，其实不然。这些人是一个叫"被劫持者论坛"里的资深网友。所谓被劫持者，有个特殊含义，他们——不是被人类绑架过，而是被外星人绑架过。也就是说，这些网友认为，在某个地方，某个时刻，他们曾有过被外星人掠走的经历。他们是怎么被外星人绑架的呢？他们为什么被外星人绑架呢？他们在被外星人绑架后发生了什么故事呢？被外星人释放后他们有过怎样的心理波动呢？这些话题，就是他们在论坛上经常讨论的话题，并因有着这样特殊的、隐秘的、甚至是听起来有些悚然的历程，他们这个圈子的人联系格外紧密。

夏朗是偶然涉足这个圈子的。他的爱好是天文望远镜。他之所以在论坛里混了段时日，是因为他从来不信他们的经历。正是因为这种怀疑，内心那种想揭穿他们谎言的欲望愈发强烈，到最后慢慢演变成一种近乎绝望的冲动：他也把自己伪装成一个被劫持者。本来他不是个会说谎的男人，可在那种奇妙又神秘的氛围下，他竟然成了一个标准的被劫持者：丛林、夜晚、从天而降的光柱、面目模糊的外星人、失忆、噩梦，这些标签被他轻而易举地贴到自己身上，况且，他对天文的知识让那些被劫持者有理由相信，他真的是个和他们一样的人。

那次聚会，也只限于市内的一帮人，说白了，就是五六个人。聚会的地点选在桃源县城的一个酒吧。和夏朗想象中的并不一样，那些人长相极为普通，如果不是他们聚会的缘由，没人会想到他们竟被UFO掳走过。主持是一个四十多岁的斯文男人，他开宗明义地讲了这次聚会的原因和意义，并把这次聚会的主题定为"纪念物"。也就是说，被外星人送回来后，身体上有没有异常的地方……那天晚上，主持人先把自己的胳膊费力地从袖管里撸出，向他们展示了一个酱色疤痕，他说，被遣返后，他的胳膊上就莫名其妙地出现了这个疤痕。这个疤痕的样子很平常，可是夜深人静时，他常常听到疤痕里面传出微弱的电流声，是的，电流声，就像是因为电压不足导致灯管发出的那种"滋滋"声。他知道，那肯定是外星人安装在他身上的"窃听器"。那些外星人就是利用这种卑劣手段，测试他的脑电波，从而研究人类思维。另外一个被劫持者则强调他身上并没有被安装窃听器，可是，自从被遣返后，他经常失忆。他经常会想起一些人，又经常会忘记一些人，这常常让他在人际交往中陷入一种被动局面，比如，有一次他和他们局长走了个对面，可是当时他却真的想不起这个大腹便便的人是谁……

　　夏朗听着他们的谈话一言不发。当然，一言不发的还有另外一个女人。这女人在灯光下显得白皙脆弱。她不时瞥两眼夏朗。当夏朗去瞅她，她的眼光并没回避，而是温和地迎上来，朝夏朗点了点头。那天，被劫持者相互留了电话。当那个女人把名片递给夏朗时，夏朗发现她有个很普通的名字：陈桂芬。

　　回到家里，夏朗还沉浸在那些人的故事里。比如叫陈桂芬的女人，她单独跟夏朗谈了自己的经历。她是在家里被外星人劫持的。她一直不明白，那道刺眼的光芒是如何穿透屋顶笼罩住她的，她十岁的弟弟当时就睡在她身边……她只记得当她醒来时，她仍在家里，只不过已昏迷了三天。她的家人都围在她身边，被她突然的苏醒弄得不知所措。她没发烧，也没任何疾病征兆，可她却昏迷了三天。让家人更惊讶的是，苏醒后的她已不会说本地方言，而是一口标准流利的北京话，是的，不是普通话，而是北京话。

一群神经受过刺激的人，夏朗想，他们肯定是受过伤害的人。想到"伤害"这个词语时，他不禁打了个寒噤。他想到了方有礼。他想，无论如何也不能在方有礼的房子里住下去了。

他要买一处自己的房子。他要把他的天文望远镜堂堂正正摆放在阳台上。

5

夏朗把买房子的想法告诉方雯时，方雯并没有马上赞同，也没有马上反对，而是想了想说："我得问问我爸爸，看看他怎么说。"

夏朗说："不用问了。这次买房我做主。"

方雯说："你什么意思啊？"

夏朗说："没什么意思。房子我们家出钱，不用你爸他们出。"

方雯撇着嘴说："你犯什么神经！"

夏朗斩钉截铁地说："新建的嘉华雅苑位置不错，在县城中心，离学校和医院又近，我们要买23层顶楼。这样观测星云就更方便。"

方雯说："不管你在哪儿买房子，不管你买哪一层，我必须跟我爸商量一下。"

夏朗说："有什么好商量的？这是我们自己的事，不要什么事都麻烦老人家。他们操的心还不够吗？"

方雯说："你什么意思？你是不是嫌我爸我妈住这儿了？"

夏朗说："这本来就是他们的房子，我有什么好嫌弃的？"

方雯没理他，直接走到客厅。夏朗很想知道方有礼怎么说，就跟在方雯后面。方有礼正坐着小马扎答题。方有礼有个癖好，就是答《唐山晚报》上的有奖知识竞赛题。他胃口很杂，无论是"共青团有奖知识竞答""人口普查有奖知识竞答"还是"血液与健康有奖知识竞答"，他都踊跃参加。原因只有一个，这些竞赛都有奖品。多年前他偶然参加的一次竞答让他得到了一桶"金龙鱼"花生油，之后他的这个爱好就保留下来了。那天，他正在做"党建网开通一周年有奖知识竞答"，见方雯和夏朗一并走来，连忙问："快点快点，这道题选哪个？让一部分人先富起来，带动共同富裕的方针，体现了什么原则？"

夏朗和方雯你看看我，我看看你，都没先吭声。

事后夏朗想想，那晚方有礼的反应还算正常。当他听完夏朗的想法，他把手里的报纸放在脚底下。他坐在马扎上，要比夏朗矮半截，看夏朗时不得不探着身子，向前昂着头颅。而夏朗俯视着他。他很长时间没正眼看过这个男人了。这个老男人的脸色似乎比以前更加润朗，颧骨处的肌肉像用胭脂抹了两抹，而宽阔的脑门则仿佛涂了厚厚的橄榄油。他那双眼睛没任何表情。这和夏朗想象中的有些不同。他原以为方有礼听到这个消息后会愤怒，或者不屑，但是没有。他就那样前倾着一身肥肉，安静地盯看着夏朗。这反倒让夏朗有些不自在。夏朗只好紧绷着一张脸。他想他没有任何理由向这个男人屈服。他委实想让这个男人知道，他不在乎这个男人的感受，他并不喜欢和他们住在一起。他不想把这种想法大声说出来，可现在，他即便不说出来，这尊弥勒佛也应该能感觉到，他面对的并非一个他的信徒。

"你们看着办吧。不过,我丑话说前头,我手里并没闲钱,别指望我帮多大忙,"方有礼咳嗽了一通,轻描淡写道,"看来,呵呵,你们只有贷款了。"

夏朗记得方有礼说完后就去了厕所。方雯和他回了房。方雯开始什么都没说,后来实在憋不住了才问,你手里有多少钱?夏朗就说,这个你别管,首付我出,还贷咱俩一起还。方雯说,贷款的话,可不能影响我的生活质量,知道吗?蒙尼坦我得照去,兰蔻我得照买,阿依莲我得照穿。

夏朗就说,你放心好了,你该怎么活就怎么活,我可没让你吃糠咽菜。

老校长听到夏朗要买房子的消息,很吃了一惊。她的意思是,如果他们想单独生活,她和老头子可以搬到平房里去住,完全没有再买楼房的必要。夏朗说,算了,你们即便住平房,这房子我也得买。老校长似乎从没见到过儿子这副执拗样,忍不住笑了,说:"这样吧,我跟你爸出首付,你们自己还贷,好不好?你哥呢,当初在北京买房子,我们也只是给他出了这些钱。手心手背都是肉,我们可不能对你太偏心了。"

夏朗就把老校长出首付的话跟方雯说了,方雯听了很高兴,赶紧去向方有礼汇报。夏朗就坐在卧室里吸烟。他知道方有礼是如何想的。方有礼肯定以为他拿不出钱,肯定以为他只是虚张声势,肯定在暗地里看他笑话。想到方有礼张皇失措的样子,夏朗心里竟有些微微了了的得意。过不多时,就有人悄没声地推门进来。夏朗以为是方雯,头也没抬地继续看书。"哎,看来你是吃了秤砣铁了心。"夏朗猛一抬头,却是方有礼站他身旁。他以为方有礼会说三道四,可是并没有。夏朗轻轻笑了一下,方有礼就沉吟着说:"夏朗啊,我跟你说过多少遍了?

别在床头吸烟,很容易着火的。要抽的话,在床头柜上摆个烟灰缸。你老大不小了,怎么这么没记性呢?"夏朗连忙点头称是,径直从床上跳下来去客厅拿烟灰缸。左腿刚迈到门槛,就觉得哪里有些不对头。可右腿还是径自跨了出去,而且这一步跨得尤其大。

翌日上班的时候,不成想就接到一个女人的电话。女人的嗓门有点粗,有点沙哑。夏朗就想起来,这个女人就是那个曾经被外星人劫持过的陈桂芬。就问有什么事儿吗?陈桂芬就说,没什么事儿。难道非得有什么事儿,才能给你打电话?说完陈桂芬先在电话那头笑起来。夏朗问,是不是又要操持聚会了?陈桂芬说,没有,有的话我也不想去,感觉一点意思都没有。夏朗问,不是挺好玩的吗?怎么会没意思呢?陈桂芬说,哎,我觉得他们说得都不靠谱,你没感觉出来,他们所描述的,都跟美国科幻片里的情节如出一辙吗?我觉得他们根本就是看《4400》看得走过入魔了。陈桂芬这么一说,似乎就把自己跟那帮被劫持者给区分出来,而且话里话外还有点瞧不起那些人的意思。夏朗"嘿嘿"笑了声说,聚会嘛,无非就是图个开心,干吗还想要更多的东西呢?陈桂芬在那头沉默了会儿说,你说的没错,我们这样的人,能平心静气活着就不错。夏朗就不知道怎么继续接话,在电话这头也沉默了片刻。陈桂芬也没说什么。夏朗能听到她在电话那头喘气的声息。这样子让他觉得有些尴尬,就说,没什么事我先挂了,我这里忙得很。陈桂芬说,好吧,我们改天再聊……其实,我是有很多话想跟你说。夏朗的好奇心就起来了,问说,要是有什么紧要事,但说无妨。陈桂芬就说,哎,一言难尽,等哪天我请你吃饭,我们慢慢聊。

晚上回家时,夏朗还在想着,这个叫陈桂芬的女人,到底有什么难言之隐呢?那些外星球的人真的拜访过地球吗?他们真的对地球上的人很感兴趣吗？忍不住跑到阳台上摆弄起他的天文望远镜。冬日的夜空虽然繁星密布，却依然黑得让人绝望。从望远镜里看的天空，也并不比夏天看到的更广袤。看得久了，一条条幽暗、神秘的星河，似乎就在眼前荡漾起来。难免有些心慌，转身踱进卧室。方雯做了面膜，躺在床上想着什么。很少看到她这样安静地想心事。结婚也有半年多，夏朗并未觉得她离自己更近，相反，他对她似乎越发陌生。这陌生和身体上的熟稔互一相较，就觉得那距离愈发地深厚。他倒时常想起夏天的那个夜晚，他们去地震遗址的情形，他们如此亲密，依赖，仿佛世界上最美妙的时光，就是她转身搂住他腰身的刹那。夏朗的鼻子难免有些发酸，盯着方雯细细打量。方雯似乎也察觉到他在看自己，一把将面膜撕下，拍拍床铺说："夏朗啊，你过来坐。我跟你说件正经事。"夏朗乖乖俯到她身旁。方雯的手伸进他衬衣，恍惚摩挲着他的小腹。夏朗一把将她揽进怀里，问道，有什么事就直说，两口子哪里有藏着掖着的。方雯将撕下来的面膜揉巴揉巴扔到地上，说："夏朗啊，我爸说了，他们也想买楼房，而且，他想把咱们对门的房子买下来。"夏朗没听太明白，问道："什么？"方雯就说："夏朗啊，我爸的意思就是，如果咱们买新房子了，他想跟咱们住对门。"

夏朗的嘴巴张得不是太大，但足够吞下一只拳头了。

6

夏朗有几天没跟方雯说话了。不但没有跟方雯说话，而且没有跟方有礼夫妇说话。他为什么想买房子呢，无非是想躲方有礼远远的。

可方有礼似乎并不这么想。夏朗算是看透了,如果他们是磁铁,方有礼就非得当铁渣;如果他们是腐烂的苹果,方有礼就非得当苍蝇。他就是要当他们的影子,时时刻刻尾随他们,除非他们死了,变成了空气,方有礼才会在黑夜来临前自行消失。这么想时,一种空洞的、难言的哀伤从心脏一直涌到喉咙,迂回缠绕,让他吃不下饭,喝不下水。

当然,方有礼很正规地跟夏朗面谈了一次。他说,他手里还有些积蓄,他会替他们出首付,老校长那头呢,就不用劳烦了。那天晚上他之所以说没钱,是因为他的钱全在线厂里放高利贷,恰巧这些天,线厂由于经济危机,破产的就有四五家。他托人弄脸才将钱跟利息要出来,加在一起呢,也有三十多万。这三十万存银行呢,也是白存,眼看就要通货膨胀,还不如直接买房子划算。这些钱付两套房子的首付是绰绰有余了。两家住对门多好,将来要是有了孩子,他们哄起来可就更方便。还有什么比这更划算的事儿呢?没有!说到这时,方有礼的脖子红了,腮下耷拉的一块肉轻轻蠕动,仿佛刚刚谋划的美好前景已让他激情难抑。

夏朗没跟方有礼说任何话。他能跟他说什么?他连看都不想看他一眼。总而言之,他绝不会把房子买在他们对门。方雯似乎没想到这一次夏朗如此强硬。她木木地看着夏朗,又扭头望了望她父亲,说:"夏朗啊,你到底是怎么了,犯哪门子神经?"

夏朗说:"我没犯神经。我只是想单过。"

方雯说:"我爸也没说跟咱们住一处房子啊。"

夏朗歪着头,不知如何作答,后来干脆说:"我也不想跟他住对门。"

方雯就怒了:"夏朗!你有什么了不起的!除了摆弄你的破望远镜,还有什么狗屁本事!"

夏朗愣了愣说:"那你就去找有本事的吧。"

方雯说:"我怎么当初就看上你了?三棍子打不出一个闷屁!一个朋友没有,一点情趣没有,你哪一点值得我喜欢?你第一次去我们家吃饭,都不知道敬亲戚们一杯酒!你妈是怎么教育你的!"

夏朗退后两步,看着方雯。又看看方有礼,方有礼垂着头。去看丈母娘,丈母娘将眼神硬硬移开。夏朗转身去收拾衣物,收拾完径直去开门。手握到门把手时,他想或许会有谁象征性地阻拦一下,那样的话事情不至闹得太僵。但没谁上前来拦他。他只好将门打开,然后"嘭"一声再将门关上。

老校长对儿子的到来并没说太多话。倒是老统计师煮些虾,跟夏朗喝了两盅,旁敲侧击地劝解他,不要跟女人一般见识。女的和男的啊,其实用四个字就全概括了。哪四个字呢,就是"北、比、臼、舅",所谓"北",就是男的跟女的背靠背,谁都不认识谁,缘分没到哇;所谓"比",就是男人对着女人的背,追人家呢;臼呢,就是男的跟女的面对面,相互倾诉哪;"舅"就不用说了,男的跟女的结婚了,生下个男孩。天下的男女,无非就是这个过程。你跟方雯也不例外。有啥大不了的事,多想想你们在市里的日子,多想想方雯的好,让着她点。

夏朗真没想到喜欢拳击比赛的老统计师会说出这番话,也有些感慨。父子俩这么多年来,还没这样贴心贴肺唠过嗑。就说,他没有别的意思,他也不是不让着方雯,而是……而是……老统计师就问,而是什么呀?你在家里住两天,就给我搬回去。

夏朗一直在家住了一个多礼拜。这一个礼拜过得倒舒心,想干点啥就干点啥,不用看方有礼嘴脸。这期间陈桂芬给他打过一次电话,邀他出来喝茶。夏朗想了想,也没拒绝,拾掇拾掇去了。

夏朗去得早些，陈桂芬去得迟些。他从窗户里窥到陈桂芬从出租车里下来，然后一瘸一拐朝大厅走来。夏朗难免有些讶异，上次竟没发现这姑娘身有残疾。连忙小跑着出去，把陈桂芬搀扶进来。陈桂芬说，不用搀我，我好着呢。等落了座，夏朗竟有些羞赧。长这么大，除了方雯，他还真没跟别的女人约会过。陈桂芬似乎也瞧出他有些拘束，笑着说，你的样子，倒真像个小孩。男人沾些孩子气，就显得特单纯。夏朗咧嘴笑了，说，还单纯呢，说结了婚的男人单纯，简直就是骂人家。陈桂芬慢条斯理地说，确实如此，大部分男人上了班结了婚，都会染上酒色财气，眼神都变得浑浊。"就像……就像……"她皱着眉头想了想说，"就像河岸被冲刷后总要留下些垃圾和泡沫，可你不一样，你眼神特干净。你的眼睛还是一条干净的河流。"

夏朗就笑了。他没想到这个女人如此看他。他想告诉她，他其实从来没有被外星人劫持过，他也并不是她想象中的那条没有被污染的河流。可是，看着陈桂芬充满期待的脸，似乎说什么都多余。陈桂芬点的是"宫廷大红袍"，待茶泡好，她就慌忙着起身给夏朗斟茶。夏朗从她手里把壶接过，小心着替她斟好。陈桂芬就若有所思地默默饮茶。夏朗有些不自在，就问，你上次打电话，到底想说什么事儿？陈桂芬一愣，说，哦，我感觉那些人，又要来了。夏朗知道她说的"那些人"无非就是外星人，笑着说，真的吗？你是怎么感觉到的？怕吗？陈桂芬似乎对夏朗戏谑的神态有些不悦，定了定神说，我老是心慌，老听到有人在我耳边说话——可我根本听不清那人说些什么。夏朗就笑得更厉害，说，那些人不会是在警告你，2012就快到了吧？陈桂芬也笑了。她笑起来的样子还是很可爱的。她长了两颗洁白的虎牙，嘴角上撇时，苍白的面孔难免就透些朴素的活泼。夏朗若有所思地盯着她，心里想的却是方有礼和他的女儿。陈桂芬突然说，你快回家吧，夏朗，今晚会有贵客给你带来喜讯。夏朗懒懒地说，如果真有好消息，下个礼拜我请你吃烤鱼。

回到家里，老校长正在收拾他的衣物。夏朗说："我不会走的，妈。你要是硬赶着我走，我就去住如家快捷酒店。怎么，方有礼是自己来了，还是派说客来的？"

老校长说："他们啊，派说客来的。"

夏朗问："谁啊？"

老校长说："能有谁？你们的媒人司马呗。司马这个人可不是白给的，真是口吐莲花指鹿为马。他真是可惜了，要是去教书，肯定都是全国特级教师了。"

夏朗说："不管他口吐莲花也好，口吐乌鸦也好，我才不吃那一套。"

老校长就摸摸儿子的头发说："你呀，还真是煮熟的鸭子，嘴硬。可这回，你无论如何都要回去了。你知道吗夏朗，方雯怀孕了。"

7

方家人对搬回来的夏朗并没显出多热情，也没显出多冷淡，仿佛夏朗只是出了趟短差而已，该看电视的看电视，该做饭的做饭。夏朗四处转了转。这一转才蓦然发现，短短的一个礼拜，他们家已发生诸多变化。那对皮沙发，以前摆在电视机对面，刚结婚时他特别喜欢和方雯挤在上面看电视，现在却搬到了窗台下面，而窗台下面的那条春秋椅，怎么就占据了原来沙发的位置；电视机罩是老校长买的，粉红色，上面绣着夏朗喜欢的哆啦A梦，现在变成了橘黄色，上面绣着一对俗气的鸳鸯；那盆葳蕤的巴西木，以前摆在金鱼缸旁边，透过鲜嫩的绿色，能看到黑玛丽在鱼缸里游来游去，而现在则搬到了缝纫机左侧……夏朗突然发现，现在他们家的样子，跟方有礼家的平房，已经没什么区别。夏朗站在客厅，木木地想，什么时候，方有礼再把房间的颜色变一下？他记得，那处平房的墙壁，一米以下全刷成了草绿，看上去就像医院的病房。

而那架天文望远镜，毫无疑问，又被方有礼放到厕所的壁橱里去了。

夏朗后悔回来得有些莽撞。看样子他们让司马请自己，并非出自真心。没准方雯怀孕的消息也是假的。他们只想把他骗回来，让他看看，他不在的这段日子，他们过得有多快活，他们肯定又回到了方雯的少女时代，三口人其乐融融……夏朗犹豫片刻，拽出皮箱，把一件件衣物放进去。他想，对方有礼一家而言，他才是真正的陌生人。更有可能，他可能永远就是个陌生人。

这时方有礼过来了，随手递给夏朗一支香烟。夏朗僵硬地点了点头，接了。方有礼"嘿嘿"笑着说："夏朗啊，你快当父亲了，我也快当姥爷了。看样子，这香烟哪，我们得慢慢戒了。二手烟对孩子最不好。"

夏朗的心就一软。

方有礼说："你看看你，你看看你，才几天哪，怎么瘦了一圈？爸看着真是心疼呢。明天我去买些高丽人参，给你炖锅老鸡汤。"

夏朗没有吭声。

方有礼说："方雯也瘦了呢。这怎么能行？怀孕的人了，最忌讳的就是心神不安。也是，你不在家里，她天天以泪洗面。"

夏朗的心又是一软。

方有礼说:"你能回来,我们真是农奴盼到解放军啊!"

夏朗仍没吭声。

就在这个时候,便听到方有礼老婆在厨房里吆喝:"开饭了!"

到了厨房,夏朗不禁一愣。桌上摆着一个生日蛋糕,蜡烛也点了。方雯把一盘螃蟹放上餐桌,笑着说:"夏朗啊,知道今天啥日子不?今天啊,是你生日呢。"

夏朗心里忽然腾起股细暖流。老校长是个稀里糊涂的人,除了小时候给他煮过生日鸡蛋,长大后倒从没正儿八经给他过过生日。夏朗也渐渐对所谓"生日"了无概念。方有礼一把将夏朗按捺在座位上,说:"今天啊,我们夏朗生日,方雯呢,也有喜了。高兴哪!方家有后啦!你妈跟方雯炒了几个拿手小菜,咱爷俩好好喝两盅!"

那天晚上,夏朗喝得连呕带吐。他怎么喝了那么多白酒?几杯下肚后头就眩晕起来。他看到方雯不停伸着舌头舔奶油,有几星不小心沾到了她鼻尖上,丈母娘笑眯眯地盯着盘红薯秧子炖南瓜,仿佛忆苦思甜。方有礼呢,宽阔的鼻翼两侧沁着亮晶晶的汗水,圆润的颧骨绯红,一张大嘴巴不停地嘚啵嘚啵地翕合。他听到方有礼说,夏朗回家就对了,夫妻哪里有隔夜仇?他听到方有礼说,夏朗以后可不能这样任性固执,说离家出走就离家出走。他听到方有礼说,房子我们还是买在一起吧,相互照应起来多方便,将来哪天我们死了,房子也是你的,你就让你的儿子接着住。他听到方有礼说,明天我们就去交首付,你该上班就上班,不用你操心呢。他还听到方有礼说,夏朗你的排骨掉衣上了,赶紧着拿抹布擦干净……夏朗只是不停点头,不停点头。他感觉自己正在听一个饶舌的上帝布道。他觉得这个肥胖的上帝是那么仁慈,那么亲切,他以前本想把他钉上十字架,现在是恨不得要跪下去亲吻他的脚趾了。他本来想跟方有礼说说天文望远镜的事。他想跟方有礼说,望远镜如果搁置起来,就不是望远镜了,望远镜如果不用来观测星云,就不是天文望远镜了。可到了后来,他是连一句话都说不出来。他想着水母星云里的那颗蓝色星星,很快就熟睡过去。

方雯怀孕期间,反应闹得厉害。连口水喝下去,也要翻江倒海吐个不止。夏朗在镇上上班,照顾起来不很方便,就特意叮嘱老校长多留心。三四个月上,方雯突然见了红,老校长急急忙忙给夏朗打电话。夏朗就坐了公共汽车心急如焚地跑回来。回来后给老校长打电话,没成想老校长说,方有礼已经骑着摩托车带方雯去医院了,她还在去医院的半路上。夏朗就打了辆出租直奔妇幼医院。在门诊,气喘吁吁的他看到方有礼爷俩正静静坐在长椅上。

方有礼面色凝重地拔着腰板斜靠着墙壁,一只肩膀高,一只肩膀低,方雯呢,脑袋病怏怏地靠在他的肩膀上。她脸色惨白,目光呆滞地梭巡着熙攘人群,方有礼时不时地伸出手,摸一摸女儿的头发,嘴唇一张一合,无疑在安慰她。在一刹那,夏朗突然似乎就明白了什么。在方有礼眼里,方雯肯定还是个喜欢粘在他身上的七八岁女孩,她并没有长大,并没有成为人妇,也没有将为人母。她只是一只孱弱的、需要他来保护的小动物。那么,在方有礼眼里,自己又算什么?猎人呢,还是第三者?他呆呆站在那儿,并没有立即打扰他们。他觉得,让一个感伤的老男人安静地舔一舔伤口,享受一下消逝了的时光,无疑是种美德。

说实话,那段时间,夏朗似乎遗忘了他的天文望远镜。他哪里还有空去摆弄他的望远镜呢?他每天晚上要跟方有礼一起给方雯做饭,饭要清淡,还要不重样,今天竹笋糯米粥,明天海米玉米汤,后天木瓜牛奶羹。饭后要陪着方雯一起做胎教,听舒伯特的小夜曲,听儿童讲格林故事，还要听一个发音老是卷舌的中国人用英文朗读世界名著……方雯越来越胖，夏朗每日晚上抚摸着她臃肿硕大的腹部，仿佛一个穷人在看护着他唯一的宝藏。

8

　　孩子生下来已是芒种。带壶把的男孩。两家人甚是欣喜。方有礼迫不及待地给孩子起了个乳名，叫乖乖。夏朗也没说什么。不久，两处新楼也装饰一新，夏朗就带着老婆孩子搬进去。方有礼夫妇也随后搬到对门。老校长在夏朗家服侍了半月后，方有礼说，我的亲家母啊，亲家母，老夏一个人在家，你怎么能放心？嗯？听说他不会做饭，饥一顿饱一顿，万一落个胃病的根，该有多麻烦！他的前列腺炎和糖尿病，不是已经让他够挠头心烦的了吗？快回去吧，好好照顾老夏去吧。

　　老校长眯着眼瞅了瞅方有礼，他脸上貌似关切的神情让她不禁嘘叹一声。午后，她就夹着包裹三步一回头地回家找统计师去了。

　　方有礼夫妇呢，并没有住在对门，而是依旧和夏朗他们住一起。方雯奶水不足，晚上要起夜给孩子冲奶粉。夏朗方才知晓冲奶粉也是一门学问。如果用开水沏，太热，奶粉冲后要凉一会儿，孩子嘴紧，定会哇哇大哭；如果用凉白开沏呢，奶粉又冲不匀，一坨一坨的，孩子喝着费劲。最好的办法就是事先把奶粉冲好，等孩子醒了，再用开水冲一瓶，两下混淆，不冷不热，喝着正好。为了保证方雯的睡眠，方有礼强烈要求孩子跟他们睡。说，他们老眉咔嚓眼的了，一晚上睡不上四五个时辰，不正是照顾孩子的最佳人选吗？就将孩子抱过去。这样，每天晚上，夏朗只听到孩子声嘶力竭地大哭，然后是老夫妻噼里啪啦忙作一团的声响。捅一捅方雯，方雯睡得死猪般，鼾声连天。自从分娩后，她似乎就得了嗜睡症，蓬头垢面，眼老睁不开。

等孩子一周岁，又是来年开春。空气里到处荡漾着花粉。方有礼时常将孩子抱到小区里耍。夏朗那天休礼拜，跟着下了楼。人家见了孩子，都夸长得天庭饱满地阁方圆，将来肯定光宗耀祖，又夸方有礼说，你这个当爷爷的，有这么个孙子，老了肯定沾光啊！方有礼有些不高兴地说，我不是孩子爷爷，我是孩子姥爷。人家就说，哦，肯定是孩子爷爷住在乡下，没空哄吧？姑爷姑娘还真是有福分呢。方有礼抱着孩子转身就走了。夏朗站在那里，觉得哪里似乎就不对劲了。

其实，老校长和老统计每个星期都是要来上几趟。来也不是空手来，总要买几罐奶粉。可即便来了呢，也插不上手，孩子在怀里抱了屁大一会儿，就被方有礼急急抱将过去，嬉皮笑脸地说，这孩子认生，待会肯定要哭闹呢。老统计粗粗拉拉，倒没什么，老校长听了却有些不是滋味。回家后给夏朗打电话说，天儿也转暖了，孩子也不小了，你们逢了周末，也过来瞅瞅。没听方有礼说吗，我跟你爸爸，都是外人呢。

夏朗就想带孩子去老校长家看看。孩子长这么大，还没去过奶奶家。跟方雯说了，方雯噘着嘴说，又不是成年累月地看不着乖乖，有什么好去的？嘴上虽这么说，却也是去了。老校长见了孙子，自然眉开眼笑，虽然孙子还没长牙，仍做了一桌子菜，倒比过年过节要丰盛。还没等上桌，就听到电话响，接了，却是方有礼。方有礼说，孩子的奶瓶该换奶嘴了，要不要我送过去一个？老校长说，就别麻烦了，我这里准备了四五个，什么型号的都有。方有礼就叮嘱老校长，一定要用开水将奶嘴煮一煮。老校长说，这个不消说，肯定会用开水烫一烫的。方有礼又说,光烫一烫是不行的,谁知道出厂的时候,最后一道工序的工人是不是肝炎患者呢?千万得小心!一定要用开水煮呢!老校长说,老方啊,你就放心好了,我又不是没生养过孩子,不用你个大男人来教我。

没想到,饭还没吃完,方有礼就来了。用塑料袋裹了两个奶嘴,说是刚才去探望一个老朋友,就在老校长附近住,顺便来看看外孙。老校长板着脸没怎么理他。他就径自抱了孩子又亲又啃,仿佛倒是平生第一次见到亲骨肉一般。夏朗在旁边看了,说不出的厌烦,当着方雯的面,又不好说什么。可是即便说,又能说什么?

回家后,方有礼跟夏朗说,孩子这么小,是不能出远门的。有个着凉上火,可是天大的麻烦。春天风硬,最怕得的就是肺炎。夏朗说,有什么怕的,今天上午你不就带孩子出去溜达了吗?方有礼说,你怎么能这样跟我说话?我们不都是为了孩子好吗?夏朗说,我怎么跟你说话了?你还想我怎么跟你说话?我对你已经够宽容的了!方有礼这下就跳起来,拍着桌子嚷道:宽容?!我要你来宽容?笑话!你娶了我的女儿,你住着我的房子,孩子我替你哄着,饭我替你煮着,你有脸跟我提宽容?真是让人笑掉大牙啊!亏你还是个大学毕业生呢!说话就这鸟毛水平!我们老两口累死累活做牛做马地图个啥?你竟在我跟前提宽容?你有这个资格吗?!

夏朗一句话都说不出来,他只有看着这个浑身颤抖的老男人。当这个肥胖的老男人再次拍桌子时,夏朗突地就拿起暖壶狠狠摔到木质地板上。暖壶"嘭"的一声就碎了,碎片飞溅开去,一片片扎在夏朗脚背上,热水也汩汩流淌着,瞬息间就将夏朗的脚烫得水疱连连。

9

夏朗在老校长家住了七天。统计师陪儿子去了趟医院,将碎片剔出。夏朗脚上抹了药水缠了纱布,走起路来一瘸一拐。老校长没问个中缘由,也没催他回家。方雯倒是来了趟,不冷不热劝他回去。很显然,她对夏朗还有怨气,认为是夏朗的不是。如果不是夏朗的不是,方有礼怎么突然就犯心脏病了?要不是手头有速效救心丸,不定有个什么好歹。夏朗就跟方雯说,他想冷静冷静,一定是哪里出了问题,等他想明白了,就立即回家。方雯也没有强求,只是说,你个蔫巴肉心眼子,看着办吧。

这期间,夏朗出去喝了两次酒。一次是跟刘振海。刘振海到夏朗所在的分局当副局长。他是夏朗他们这拨人里提升最快的。听说他舅父是县里的人大主任。两杯酒下肚,刘振海就说,他找夏朗的原因很简单,一是叙叙旧,他们曾经共患难过,那年在市里录数据,如果不是好心的夏朗帮忙,他不定会挨多少批评呢;二是交交心,他刚来分局,对分局的人际关系不是很了解,想听夏朗掰扯掰扯,哥俩都是年轻人,惺惺相惜不戒心。夏朗就将分局鸡毛蒜皮张三李四的事说了个大概,谁跟谁如何的秉性,谁跟谁如何的关系。刘振海听得津津有味,不住点头。等夏朗讲罢,他就盯看着夏朗。夏朗被他看得发毛,就说:"怎么,中邪了?"

刘振海说:"我没中邪呢。我是在琢磨你呢。"

夏朗说:"我有什么琢磨头?草民一个,屁民一个。"

刘振海说:"也是。你这样的人倒真少见,学历挺高,却愿意跑到县城当小公务员,人挺聪明,却对仕途不闻不问。你难道对自己的未来没什么规划吗?你难道没有自己的理想吗?"

"理想"两个字从市侩的刘振海嘴里出来,让夏朗不禁笑了。他边嚼着花生米边说:"我是个随遇而安的人,这样随性活着,不挺好?我干吗非要去追什么东西?"

刘振海说:"哎,你呀,真是个怪人。年纪轻轻,说起话来却像老和尚。"

第二次喝酒,却是在"被劫持者论坛"网友聚会上。本来夏朗不想去,可是陈桂芬打电话说,她很想见夏朗一面,她最近又有些新发现。夏朗眼前就浮现出她走路的样子,还有她微笑的样子。聚会是在市里举行的,规模很大,定在最豪华的"大陆海鲜",来了不下二三十号人。夏朗就跟陈桂芬坐在一起。主持人将这次聚会的主题定为"异能的苦恼",之所以有这样的主题,是因为有些被劫持者有了特异功能后,对功能的价值产生了质疑。有异能是好事,可那些普通人怎么看?他们会不会认为异能者对他们的生活构成了潜在威胁?就算异能者帮他们治病开药,他们会不会只把此举看成是异能者的自我救赎?

夏朗对这些话题没多大兴趣,而是跟陈桂芬说起了不久前的一次星云观测。他说,他在阳台上观测到了漩涡状星系。漩涡状星系就是"梅赛耶51a",与地球的距离为2300万光年,位于北天的猎犬座,是一个庞大的、与它的伴星系共存的螺旋状星系。这是宇宙中的一个非常著名的螺旋状星系。它和它的伴星系 NGC 5195,非常容易被观测到,甚至用双筒望远镜都可以看到。"你知道它们像什么吗?"陈桂芬摇头笑了笑，夏朗就说："它们简直就是一只巨大的蜗牛。你见过蜗牛吧？漩涡状星系有一个紫色的壳，前端有一个细长的脖颈，只不过，它的头在往回看，在它眼部，有一团紫色的、耀眼的星体。跟人的眼神相比，这只蜗牛的眼睛，是非常柔和非常温顺的。"

陈桂芬很有礼貌地颔首。夏朗却有些内疚。他其实有一年多没摸过那架天文望远镜了。搬到新家后，他甚至不知道方有礼将望远镜放到了什么地方。更为内疚的是，他怎么就对陈桂芬信口开河地讲起螺旋状星系了呢？他以前可不是无中生有的人。可陈桂芬好像并不这么想，最起码，她倾听的样子很虔诚。后来，陈桂芬轻声细语地问夏朗："你知道双子座吗？"

夏朗说："当然知道。"

陈桂芬说："那你喜欢水母星云吗？"

夏朗的心一颤，问道："你也喜欢水母星云？水母星云离地球大概有5000光年，很近的。我曾经观测水母星云有八九个月之久呢！"

陈桂芬盯了夏朗很长很长一段时间，然后用一种几乎听不到的声音说："你知道吗，我在那里住过。"

夏朗看了看她，笑了，然后又看了看她，又笑了，最后咬着嘴唇问："你去那里度假吗？你是坐UFO去的，还是自己驾着热气球去的？"

陈桂芬很严肃地说："你真想知道吗？想的话，我们去酒店接着聊。我把所有的秘密都告诉你。"

事后想想，夏朗也不清楚怎么就随陈桂芬去了酒店。他那时还没喝酒。喝酒是到酒店之后的事。他们悄悄地从饭桌上离开，并没有引起旁人的注意，他们也很顺利地就抵达了酒店。那是间豪华包房，灯光迷离。夏朗坐立不安地站在门口，想不通怎么自己就随陈桂芬到了那儿。后来，陈桂芬说，我给你变个魔术吧。然后，她抻下自己的丝巾，挡住了左手，郑重其事地朝丝巾吹了口气，当丝巾拿开，她的左手俨然就托着一瓶红酒，红酒的盖子已经被打开。陈桂芬把酒倒进两个玻璃杯，一手一杯，然后低一脚高一脚地朝夏朗蹭过去。

夏朗那天晚上一定是喝醉了。如果没有喝醉，他怎么就躺到那张柔软的席梦思上了？如果没有躺到柔软的席梦思上，他怎么顺手就把陈桂芬揽进怀里了呢？他不但将她揽进怀里，还剥光了她的衣服，不但剥光了她的衣服，还长驱直入进了她的身体。当他闭着眼睛闷哼一声，酒气似乎才隐约散去，然后，他惊奇地发现，陈桂芬的身体竟然是淡蓝色的，她犹如修长的蓝色琉璃器皿躺在那里，淡淡的、迷离的光晕从她的脚趾流淌到她的小腹，又从她的小腹流淌到她纤弱的脖颈，他只好笑着问："你为什么把全身涂满荧光粉呢？"陈桂芬并没有解释，只是再次将他的腰身扳过，贴着他的耳廓喃喃道："你会永远记得我吗，无论我在哪一个星球上？"

翌日醒来，已然晌午。窗帘拉着，阳光散漫地扑满房间。夏朗似乎想起什么，慌忙着四处张望，却再无他人。匆匆从酒店跑出来，打车回了家。司机问去哪里。夏朗张口就说，桃源县嘉华雅苑，而后又昏昏沉沉地睡了。等一觉醒来，司机师傅说，嗨！哥们到了，你这一路，可睡得真香哪！

夏朗站在嘉华雅苑小区门口，踌躇半天，还是直接上了楼。开门的不是别人，正是方雯。方雯"呀"了一声说，夏朗回来了。没多久，乖乖就从屋里踉跄着出来，见了夏朗，"爸爸爸爸"地喊。夏朗眼睛湿了，一把抱了，拿眼角余光去瞥方雯，方雯正朝他笑。方雯说，快把乖乖放下，医生过会儿就给他输液来了。没等夏朗细问，方雯又说，孩子开始只是咳嗽，后来就发烧。吃了些感冒药，高烧还不退，到医院一查，是初期肺炎。输了四五天液，情况稍稍稳定，我们才带着乖乖回家，每天请医生上门输液。

夏朗就急了，大声质问方雯："孩子有病了干吗不告诉我一声？"

方雯说："你不是受伤了吗？腿脚不灵便。"

夏朗就说："跑不了你也该告诉我。我去不了，我爸我妈难道还跑不了吗？"

方雯一愣，摆摆手说："你添什么乱啊。有我爸在就够了，还麻烦他爷奶干吗？"

夏朗站在那里，不知如何驳她。这时方有礼就走了过来。这是那次吵架后夏朗第一次看到他。他哪里有得心脏病的症状？肥头大耳，腮帮上布满条条红线。夏朗受伤后，他没去看过夏朗，甚至连个电话都没打。据说夏朗刚去了医院，他就心脏病突发倒地上了。

"你的脚……恢复得怎么样了？"

夏朗说："挺好，没瘸。"

方有礼咳嗽了声，说："哎，那天真是怪，我不冷静，你也不冷静。"又说，"你回来就好。你是家里的顶梁柱，缺了你，我们是连槽子糕也做不成的。"

夏朗看着他。他说话的样子很诚恳，夏朗甚至看到了他眼神里流露出的不安和内疚，只好说："也没什么大事。皮肉伤而已。乖乖呢，我看最好还是住院吧。在家里，还是心里不安稳。"

方有礼说："儿科全是得肺炎的孩子。乖乖已经好得差不多，再待在医院里，万一被二次感染，该如何是好呢？"

夏朗想了半天，才说："随你的便吧。你想怎么样就怎么样。你愿意怎么着就怎么着。"

10

　　方有礼夫妇在夏朗家一住又是两年。乖乖会蒙话了，乖乖长牙了，乖乖会走路了，乖乖会骂人了……夏朗一家人的日子全绕着乖乖展开。方有礼两口子每天哄孩子，到了上幼儿园的年岁，也没让乖乖全托，只隔三岔五送上一次。方雯呢，调到了县局的办公室，负责收发文件，夏朗呢，还在分局管微机，每天晨起搭公车，晚上六点钟才回家。像他这样的男人委实少见，烟也戒了，酒一滴不沾，从不跟同事洗脚泡KTV，朋友也没一个，除了单位就是家。他越来越瘦，穿腰围二尺一的裤子，眼角的皱纹也爬了不少，来办事的人员，年轻点的，都郑重地管他叫"夏叔叔"。听人家这样叫，他还是激灵了下，不过想一想，自己都三十来岁的人了，也没什么可奇怪。有一天他去老校长家，老校长非要给他称一称体重，他就乖乖地站到简易秤上。老校长就愣住了。他就问，多少斤啊？老校长瞥他一眼，说，刚好一百斤……老校长犹豫着问，你最近没跟他斗气吧？

　　夏朗晓得母亲嘴里的"他"是谁。说，没。

　　老校长在他身后站着，泪就要落下。她听到夏朗说，我们处得挺好的，挺好的。真的挺好的。能有什么不好的呢。

　　其实，老校长倒是想跟夏朗说几件事。上个月她去看乖乖，买了几斤香蕉。老校长生性节俭，买的香蕉是处理的，皮儿有点黑斑。不成想乖乖见了，说，奶奶真抠门，舍不得花钱，专买烂香蕉。小跑着将香蕉扔进垃圾桶。老校长很上火，虽童言无忌，可孩子怎么知道什么便宜什么贵？无非是方有礼教的。老校长起身就走了，乖乖还追在身后说，抠心奶奶，不许来我家，不许来我家。上个礼拜，老统计去商场，刚巧碰到方有礼和乖乖，乖乖见了他，连声"爷爷"都没叫，方有礼也只是貌似威严地朝他点点头。老统计到家后跟老校长说，哎，这个孙子，是姓方呢，还是姓夏呢？

当然，这些话，老校长断不会说给儿子听的。他已瘦成一把骨头。

瘦成一把骨头的夏朗，觉得自己简直是进入暮年。如果没记错，他甚至很长时间没有和方雯亲热了。方雯好像也忘了这茬，晚上把乖乖哄睡了，她也就睡着了。有时候，夏朗呆呆地看着方雯，努力把她和几年前那个邀请他看电影的姑娘联系在一起，可是无论如何，这个方雯和那个方雯，都不能重叠。她比以前胖了，摸上去肉乎乎，再也没那种蜂蜜般的嫩滑。

至于方有礼，夏朗也没跟他翻过脸，不过，只要见到他弥勒佛一样的笑脸，心里就神经质地哆嗦下。他不晓得这是怎么了。可也懒得去深究。做饭的时候，方有礼会让他打下手，如是辣椒炒肉，方有礼负责洗青椒，夏朗就负责切肉，如是红烧鱼，夏朗负责杀鱼刮鳞，方有礼负责下锅烹炸。他们之间配合得很好，也没有什么差错。开饭的时候方有礼瞥他一眼，他就急匆匆给丈人拿酒杯，再倒上上好的散白酒。临睡觉前，夏朗会烧上几暖壶开水，先给儿子洗脚，再给方有礼倒上一盆，将擦脚巾叠得方方正正，摆在旁边的凳子上。没有人非要他这样做，可是他还是这样做了，而且做得很自然、很流畅，犹如澡堂里的搓澡师傅见了客人，不用先问客人是否擦澡，只管先将毛巾洗干净、牛奶和盐放在手边一般。

至于那架望远镜，他真的找不到了。也许被方有礼拾掇到耗子洞里去了，反正，夏朗把那架昂贵的望远镜忘得一干二净。他也再没如醉如痴地观测过水母星云。他也忘记了那颗透明的瓦蓝色星星。有时他甚至连自己都怀疑，自己真的有过那么一架天文望远镜吗？自己真的在水母星云上观测过那颗会眨眼的蓝色星星吗……如果不是那天接到陈桂芬的电话，他几乎想不起来，他曾经真的有过那么一架时髦的东西。接到陈桂芬电话那天，夏朗正在擦皮鞋，先将乖乖的擦了，再擦方有礼的，岳母的，然后擦方雯的。等擦完了，才发现自己脚上的皮鞋干涸得很，愣神的空当，手机响了。

"夏朗吗？你是夏朗吗？"陈桂芬的声音听起来很焦躁，"我是陈桂芬，我是陈桂芬！你还记得我吧？"

夏朗怎会忘了她。夏朗说："是我。有什么事？"

陈桂芬说："你现在能出来趟吗？我有些重要东西给你。"

夏朗看了看坐在沙发上打毛衣的方雯，说："我现在忙得很。"

陈桂芬说："我求你了，你抽空来一趟吧。"

夏朗压着嗓子说："是不是那些外星人又来找你了？"

陈桂芬不说话。

夏朗就问："你最近还好吗？"

陈桂芬说："一点都不好。"

夏朗说："我挺好的。他们要是真来逮你，你就赶快去公安局备案。"

陈桂芬叹息一声说："这一次……我真的要撤了。"

夏朗"嗯"了声。

陈桂芬说："其实，我从来没有被外星人劫持过。"

夏朗说："我知道。"

陈桂芬沉吟着说："其实，我不是地球人。我家在水母星云里的一颗小行星上。我这么远来地球,只是想看看你。"

夏朗不说话。

陈桂芬说:"我居住的那颗蓝色行星,是一个类似你们佛语中极乐世界的地方。我们从一降生就完美无瑕,没有疾病,没有死亡,我们是永恒的。"

夏朗的汗流了下来。

陈桂芬说:"可我不喜欢那种日子,我特想知道,有缺憾的日子什么样儿。那一年,你老用望远镜观测我们星球,我也注意到了你。你不知道,我的望远镜比你的高级一亿倍,上面有一个HGU仪器。你信吗,我能看到你鼻翼两侧的粉刺黑头。"

夏朗说:"对不起……我该去吃饭了。"

陈桂芬哽咽着说:"我选择了一个跛脚女孩的身体作为寄主,而且我如愿以偿……那个晚上……我会记住。我在玲珑小区,你过来趟,我有件好东西给你做纪念。"

夏朗沉默了足足有一个世纪那么长,然后果断地挂了电话,系上围裙,赶紧去做醋熘藕片。

方有礼出事,是吃完醋熘藕片的翌日。那天中午,乖乖非要一辆迷你赛车,方有礼就骑着自行车带着乖乖去超市。在超市门口,乖乖的鞋带开了,乖乖就说,老方老方,鞋带鞋带。方有礼蹲下给乖乖系鞋带。他这一蹲,就再没站起来。如果不是一个好心人将他送进医院,没准当时就死了。医生说,方有礼的脑淤血很严重,颅腔内大面积出血,即便渡过危险区,以后怕也是不能说话走路。

将方有礼从医院接出来,正逢溽夏。夏朗和方雯将轮椅推进房间后,方雯就嘤嘤地哭起来。夏朗不晓得这是她第几次哭了。她的眼睛这段时间总是红肿着。就去瞅方有礼。方有礼坐轮椅上,更像一尊弥勒佛雕塑，只不过，他的老眼不会眯笑了。他的右腿跟右胳膊都被栓住。最倒霉的是，舌头也被栓住。他坐在轮椅上，嘴角流着黏稠的哈喇子，"啊啊啊啊"地嘟囔着什么。夏朗将新买的一块手绢围他脖子下面，然后久久盯着他。方雯就说，夏朗啊，以后要记得每天给爸爸擦身子、洗脚，要是擦得不及时，很容易得褥疮。说到这儿，又跟她妈一起号啕大哭起来。夏朗"哦"了一声，将目光投向窗外。方雯就抽噎着说，你倒是听到没？他要不是为咱们操心费力，至于搞成这个样子？夏朗没吭声，径自走到阳台。七月的阳光暴晒着夏朗，直晒得骨节噼啪作响。

到了秋天，方雯听人说，县城有位老中医，治疗脑淤血有一套祖传秘方，颇为灵验，就给了夏朗地址，让他求偏方。夏朗就开车去了。老中医住在玲珑小区。这个名字夏朗听着怪耳熟，可也没往深里细想。

老中医很有些架子，留着白须，穿着白大褂，戴着副玳瑁腿老花镜。他问了问方有礼的病情，而后给夏朗开了两剂草药。夏朗付了钱拿药告辞。进了车刚想发动，怎么就瞥到"玲珑小区"的牌子，突然想起，陈桂芬似乎就住在这儿。想了想，就给她打手机。可打了四五遍，提示音都是"号码已经注销"。忍不住下了车，溜达到警卫室，问这里是否住着一个叫陈桂芬的人。

警卫是个邋遢的中年人，穿着一身卡其布蓝衣裤，上面印着××机械厂的字样。他瞄了眼夏朗说："你说的这个陈桂芬，是不是那个小儿麻痹症患者？"

夏朗说："是啊。她不是住在这儿吗？"

警卫说："是住在这儿啊。不过，那是以前的事了。"

夏朗想了想说："她什么时候搬走的？"

警卫就环视下四周,这才凑到夏朗跟前说:"她没搬走。"

夏朗就狐疑地看着他。警卫沉吟了片刻,这才低声说:"我跟你说了你也不相信。"

夏朗就笑了一声说:"有什么不信的?难道她真被外星人捉走了?"

警卫后退两步,仔细打量着夏朗说:"你知道这件事啊?"

夏朗看着警卫的认真样,忍不住笑起来。

警卫叹息一声说:"哎,如果不是亲眼所见,我也是一辈子不信的。那个东西真亮啊。比太阳还刺眼。叫啥来着?UFO?当时陈桂芬正跟刘老太太唠嗑。那东西突然就停在半空,一百来米高。大家眼睛都睁不开了,只听到陈桂芬一声尖叫……然后……哎。"

夏朗出了身汗,忙问:"然后怎么了?"

警卫努了努腮帮子说:"然后,陈桂芬就不见了呗。那个 UFO 也不见了。"

夏朗傻傻地盯着警卫。警卫说:"刘老太太吓傻了,现在还住精神病医院呢。那天在现场的人,都不敢跟别人说这件事,怕那东西……把自己……也捉走了。"

夏朗半晌才说:"大哥啊,你可真会开玩笑。"

警卫瞥他一眼,就不再搭理他,闷闷抽烟去了。

夏朗开了车回家。说实话,长这么大,他还没遇到过这么不靠谱的警卫。他记得那天陈桂芬打电话,说有东西给他。会是什么重要的东西?再说她搬到哪儿去了呢?这样想着驶出了小区。刚到主街,就接到方雯电话,她恹恹地叮嘱说,让他把草药放到惠康药店煎熬一下,刚才她去买砂锅,没有买到。"点真背啊!"夏朗听到她不耐烦地嚷道:"你早点回家!"夏朗"嗯"了一声,将车开得更快些。

秋日晴空,似被涤荡过,大朵大朵白棉花浮着。夏朗想,自己到底有多长时间没有观测过星云了？改天一定要把天文望远镜翻出来，而且还要添置一个新的赤道仪。他早就想买了。秋天来了，所有的天文爱好者都知道，这个季节，正是观测星云的黄金时期。

2010 年 12 月 8 日